中國語言文字研究輯刊

初　編

許　鋑　輝　主編

第 6 冊

殷墟YH127坑甲骨卜辭研究（下）

魏　慈　德　著

花木蘭文化出版社

國家圖書館出版品預行編目資料

殷墟 YH127 坑甲骨卜辭研究（下）／魏慈德 著 -- 初版 --
新北市：花木蘭文化出版社，2011〔民 100〕
目 4+260 面；21×29.7 公分
（中國語言文字研究輯刊　初編；第 6 冊）
ISBN：978-986-254-702-1（精裝）
1. 甲骨文
802.08　　　　　　　　　　　　　　　　100016358

ISBN-978-986-254-702-1

9 789862 547021

中國語言文字研究輯刊
初　編　第　六　冊　　　　　ISBN：978-986-254-702-1

殷墟 YH127 坑甲骨卜辭研究（下）

作　　者	魏慈德
主　　編	許錟輝
總 編 輯	杜潔祥
出　　版	花木蘭文化出版社
發 行 所	花木蘭文化出版社
發 行 人	高小娟
聯絡地址	新北市永和區中正路五九五號七樓之三
	電話：02-2923-1455／傳眞：02-2923-1452
網　　址	http://www.huamulan.tw 信箱 sut81518@gmail.com
印　　刷	普羅文化出版廣告事業
初　　版	2011 年 9 月
定　　價	初編 20 冊（精裝）新台幣 45,000 元

殷墟YH127坑甲骨卜辭研究（下）

魏慈德　著

目次

上 冊

緒 論 ……………………………………………… 1

第一節 研究的回顧與方向 ………………………… 1

一、研究的回顧 …………………………………… 1

二、研究的方向 …………………………………… 4

三、各章內容大要 ………………………………… 5

第二節 論文的研究方法 …………………………… 6

一、選題緣起 ……………………………………… 6

二、各章寫作方法 ………………………………… 8

三、凡例 …………………………………………… 11

第一章 一二七坑的發現 …………………………… 13

第一節 殷墟發掘的經過 …………………………… 13

第二節 一二七坑甲骨的發現過程及其內容 ……… 36

一、第十三次發掘的過程 ………………………… 36

二、一二七坑甲骨的發現 ………………………… 39

三、一二七坑甲骨卜辭內容及今後研究的方向 … 47

小 結 ……………………………………………… 48

第二章 一二七坑甲骨的綴合及著錄 ……………… 53

第一節 一二七坑甲骨的著錄 ……………………… 53

一、關於一二七坑甲骨的綴合與著錄 …………… 53

二、《乙編》、《乙編補遺》與《合集》、《合集補
　　編》的幾點勘誤 …………………………… 60

第二節 一二七坑甲骨和其它著錄甲骨綴合的現象 … 62

　　　　一、一二七坑甲骨和它書著錄甲骨已知可綴合者
　　　　　　 ……………………………………………………64
　　　　二、疑與一二七坑甲骨同一來源的它書著錄甲骨
　　　　　　 ……………………………………………………73
　　　小　結 …………………………………………………82
第三章　一二七坑中的自組卜辭………………………………97
　　第一節　武丁以前卜辭說………………………………97
　　　　一、目前可知時代最早的卜辭……………………97
　　　　二、一二七坑中的「甲午月食」卜辭……………100
　　第二節　自組卜辭的相關問題…………………………107
　　　　一、自組卜辭的提出………………………………107
　　　　二、自組卜辭的時代………………………………111
　　　　三、自組卜辭的地層位置…………………………114
　　　　四、自組卜辭的分類………………………………118
　　　　五、一二七坑中的自組卜辭………………………124
　　　小　結 …………………………………………………125
第四章　一二七坑中的子組卜辭……………………………127
　　第一節　子組卜辭概念的提出…………………………127
　　　　一、子組卜辭的概念及其占卜主體的身份………127
　　　　二、子組卜辭的分類………………………………131
　　　　三、《合集》中的子組卜辭………………………132
　　第二節　一二七坑子組卜辭的排譜……………………134
　　　　一、子組卜辭時間的排序…………………………134
　　　　二、一二七坑子組卜辭的重要記事………………146
　　　　三、一二七坑子組卜辭中的稱謂…………………155
　　　　四、一二七坑子組卜辭的事件排序………………156
　　　　五、一二七坑子組卜辭的特色及時代……………158
　　　小　結 …………………………………………………161
　　　附表　一二七坑子組卜辭綴合表……………………162
第五章　一二七坑中的午組卜辭……………………………167
　　第一節　午組卜辭的定義及著錄………………………167
　　　　一、午組卜辭的提出與貞人……………………167
　　　　二、《合集》所收錄的一二七坑午組卜辭………169
　　第二節　一二七坑午組卜辭的排譜……………………171
　　　　一、一二七坑午組卜辭的排序……………………171
　　　　二、午組卜辭的重要事類…………………………187

三、午組卜辭的事件排序 …… 200

四、午組卜辭的特色 …… 201

小　結 …… 203

附表　一二七坑午組卜辭綴合表 …… 203

第六章　一二七坑中的子組附屬卜辭 …… 209

第一節　子組附屬卜辭的提出及分類 …… 209

第二節　一二七坑的[illegible]體類卜辭 …… 211

一、[illegible]體類卜辭的特色 …… 211

二、《合集》中[illegible]體類卜辭的著錄 …… 211

三、[illegible]體類卜辭的排序 …… 213

四、[illegible]體類卜辭的內容 …… 220

第三節　一二七坑的[illegible]體類卜辭 …… 225

一、[illegible]體類卜辭的特色 …… 225

二、《合集》中[illegible]體類卜辭的著錄 …… 226

三、[illegible]體類卜辭的排序 …… 228

四、[illegible]體類卜辭的內容 …… 235

第四節　一二七坑中的亞組卜辭 …… 238

一、亞組卜辭概念的提出 …… 238

二、亞組卜辭的辨正 …… 239

三、《合集》中關於亞組卜辭的著錄 …… 241

四、亞組卜辭的排序 …… 242

第五節　一二七坑中的自組卜辭內容 …… 245

一、自組卜辭的歸類 …… 245

二、自組卜辭的排序 …… 246

小　結 …… 248

附表　一二七坑子組附屬類卜辭綴合表 …… 248

下　冊

第七章　一二七坑賓組卜辭的排譜（上） …… 257

第一節　關於賓組卜辭的排譜 …… 257

一、排譜的定義及價值 …… 257

二、對賓組卜辭排譜的回顧 …… 261

第二節　夏含夷微細斷代法的探討 …… 265

第三節　賓組卜辭中與雀有關的事件排譜 …… 269

一、與𢦏[illegible]、獲缶事件有關的卜辭 …… 272

　　　　二、伐夷及伐巴有關卜辭 ……………………………… 283

　　　　三、與𢦏𢆶及征𠦪有關的卜辭 ………………………… 288

　　　第四節　賓組卜辭中與子商有關的事件排譜 ………… 299

　　　第五節　賓組卜辭中與婦好及𡆥正化有關的事件排
　　　　　　　譜 …………………………………………………… 305

　　　　一、𡆥正化相關卜辭排譜 ……………………………… 311

　　　　二、婦好相關卜辭排譜 ………………………………… 329

　　　小　結 …………………………………………………… 336

第八章　一二七坑賓組卜辭的排譜（下）…………………… 343

　　　第一節　多方與多婦卜辭的排譜 ……………………… 343

　　　　一、興方卜辭 …………………………………………… 343

　　　　二、婦妌卜辭 …………………………………………… 344

　　　　三、婦𡠱卜辭 …………………………………………… 348

　　　第二節　一二七坑的改製背甲及早期賓組卜辭的問
　　　　　　　題 …………………………………………………… 352

　　　　一、改製背甲 …………………………………………… 352

　　　　二、「臺𣲷」類卜辭 …………………………………… 355

　　　　三、� 體類卜辭 ………………………… 357

　　　第三節　關於賓組卜辭中的用字用語問題 …………… 362

　　　　一、以字體來分期問題的探討 ………………………… 362

　　　　二、一二七坑賓組卜辭的否定對貞句式和廟號稱
　　　　　　謂 …………………………………………………… 365

　　　　三、一二七坑賓組卜辭的異體字及省體字 …………… 370

　　　　四、關於《丙編》及《丙編》釋文的一些校正 … 378

　　　第四節　一二七坑賓組卜辭存在的時間 ……………… 381

　　　小　結 …………………………………………………… 383

第九章　結　語 …………………………………………………… 391

附表一　《合集》對《乙編》一二七坑甲骨所作綴合號
　　　　碼表 …………………………………………………… 395

附表二　《丙編》、《合集》與史語所典藏號（R 號）對
　　　　照表 …………………………………………………… 419

附表三　一二七坑賓組卜辭同版事類表 ……………………… 429

附表四　一二七坑甲骨綴合表 ………………………………… 477

參考書目 …………………………………………………………… 501

第七章 一二七坑賓組卜辭的排譜（上）

第一節 關於賓組卜辭的排譜

一、排譜的定義及價值

李學勤曾在「古文字當前的十五個課題」中，把甲骨文的排譜列為重要的課題之一。其言：

（四）甲骨的綴合和排譜，也是整理工作不可缺少的環節，現在還有許多事情可做。

以《殷虛文字乙編》著錄的 YH127 坑龜甲為例，這批卜甲在坑中本來是完整的，經過《殷虛文字綴合》、《殷虛文字丙編》和《甲骨文合集》的工作，業已綴合了許多版，但肯定還有相當數量碎片能夠拼綴，值得進一步努力。

排譜就是把零碎分散的卜辭，根據干支和內容集中排列起來。這種工作，有學者曾小規模試做過，已有不小的收穫。現在《甲骨文合集》出版了，有條件進行分組分期的排譜，盡可能把互相關聯的材料聯繫成譜，這樣就可以更完整地了解卜辭所反映的史事。上面所說的 YH127 坑卜甲，在盡量拼合以後便可用排譜的方法整理，同時再把

坑外有關聯的甲骨補充進去，這是極有價值而又不難完成的工作。

　　祭祀和戰爭兩類卜辭，尤其適合用排譜法整理。現已證明，祭祀卜辭所體現的殷禮是相當繁縟複雜的，只是由於殘碎零散，我們對當時的典禮儀注所知甚鮮。戰爭卜辭也是因散碎之故，很難了解其因果、過程及地理背景等。通過排譜，可以在一定程度上解決這種問題。〔註1〕

後來又在「甲骨學的當前課題」中說到：

　　殷墟甲骨最豐富的發現，應推 YH127 一坑龜甲。這批卜甲在地下本來完整，而且顯然是同時的，現在已經綴合了不少，但用排譜的方法進行整理，還沒有人著手嘗試。我相信，如果花費幾年時間，把這一工作做好，必能對甲骨學及商代史的研究有較大的貢獻。〔註2〕

在上引文中李學勤不但揭示了排譜的重要性，更提出了綴合和排譜工作的前題，就是要先將零碎和分散的甲骨綴合起來，如此才有辦法來作卜辭的排譜。在一二七坑甲骨的排譜方面，由於《甲骨文合集》、《甲骨文合集補編》及《甲骨綴合集》、《甲骨綴合續集》的出版，總計其中所收錄的甲骨綴合，已近囊括了目前《乙編》甲骨綴合的大半成果，加上張秉權、林宏明、蔣玉斌、宋雅萍等人對此這批材料的綴合，可以說已經替此坑甲骨的排譜工作作好了準備。

　　而他也說到一二七坑甲骨是最適合作排譜工作的一批甲骨，由於這批甲骨是整批出土，所以比其他的甲骨材料更多了時代的關聯性。因之替這批甲骨作排譜除了有許多的同事類卜辭為據外，還有同坑出土的性質以及大量的同版及成套關係，這也是目前以一二七坑甲骨來排譜的優勢。

　　李文還說到祭祀和戰爭卜辭是最適合作排譜的兩種卜辭事類，尤其是周祭卜辭，李學勤在《商代周祭制度》序上便說到董作賓的《殷曆譜》乃是充分使用了排譜的方法，將分散的卜辭材料依其內在聯繫而排成的譜。而且提出「周祭卜辭的復原，是甲骨排譜研究的一個範例」，其言：

　　周祭的研究，第一步工作便是把殘碎分散的材料按照卜辭的規律集

〔註1〕 李學勤：《古文字學初階》（北京：中華書局，1985 年），頁 93。

〔註2〕 李學勤：《失落的文明》（上海：上海文藝出版社，1997 年），頁 36。

中起來，能綴合的綴合，能互補的互補，再依年月干支的次第，整

理出原有的秩序。這種整理方法可稱爲排譜，不僅對周祭材料適用，

推而廣之，也適用於其它內容的卜辭。周祭卜辭的整理，爲排譜法

研究甲骨提供了不少寶貴的經驗。〔註3〕

　　但由於一二七坑卜辭時代尚未形成像祖甲以後般有系統的周祭制度，正

如常玉芝所言的「研究商代周祭制度，主要根據殷墟甲骨卜辭中的五種祭祀

卜辭。這類卜辭黃組中數量最多，內容也最完整、最有系統；其次就屬出組

保存得最好了。其它組卜辭或者沒有關於五種祭祀的記錄，或者雖有而數量

很少，又缺乏系統性。」〔註4〕所以祭祀類卜辭在一二七坑卜辭排譜上的作用

不大，而戰爭類卜辭由於有較明確的時代性，某一時期對某一方國發生戰爭

總是比較固定，加上當時參與戰爭的人物和同時段所發生的大事（包括某婦

娩妫，某侯殂）〔註5〕，這些都可作爲當我們遇到不同版上的甲骨記載著對同

一方國的戰爭卜辭時，判斷其是否爲相同時期戰事的依據。

　　其次，排譜工作主要就是希望能透過卜辭，將卜辭所載的事件依時間的先

後一條條給羅列出來，而由於在排譜的同時，干支是排定卜辭時間先後的一個

絕對標準，所以排譜一定會牽涉到曆法，關於殷曆雖然已有不少學者作過研究，

如四十年代董作賓的《殷曆譜》，及近年常玉芝的《殷商曆法研究》等，董書由

於作成的年代早，在當時甲骨材料蒐集整理不易及綴合工作尚未起步的情形

下，其成果當然不能以今日的眼光來評斷。〔註6〕而常書的結論又大大不利於排

〔註3〕　常玉芝：《商代周祭制度》（北京：中國社會科學出版社，1987 年）前附〈李序〉。

〔註4〕　常玉芝：《商代周祭制度》，頁 8。

〔註5〕　「娩」字的隸定依李零：〈郭店楚簡校讀記〉，《道家文化研究》第十七輯（北京：
　　　　生活·讀書·新知三聯書局，1999 年），頁 486、514 及李家浩：《九店楚簡》（北
　　　　京：中華書局，2000 年），頁 146。而「妫」字近來李學勤改釋爲「男」，見氏著：
　　　　〈《殷墟甲骨輯佚》序〉，《文物中的古文明》（北京：商務印書館，2008 年），頁
　　　　140。「殂」的隸定依陳劍：〈殷墟卜辭的分期分類對甲骨文字考釋的重要性〉，《甲
　　　　骨金文考釋論集》（北京：線裝書局，2007 年），頁 432。

〔註6〕　如李學勤就說：「四十年代董作賓氏的《殷曆譜》享有盛名，但有些論點未得到學
　　　　術界的普遍承認。比如置閏，甲骨文記有閏月是公認的事實，但是有沒有歲中置
　　　　閏便值得考慮。唯一的證據是征人方卜辭，從干支看似應有閏九月，然而又找不
　　　　到肯定屬於該月的卜辭。」《古文字學初階》，頁 94。又可見常玉芝批評董作賓以

譜工作的進行，如其言殷曆有大於三十天的大月（合 26564 等），也有小於廿九日的小月（合 10976），還有連小月（合 26682）、連大月（合 339），甚至是「年終置閏」和「年中置閏」並行的現象，〔註7〕使得以干支來推算月份及年代的工作難上加難，但是我們認爲想殷曆基本上還是有一個固定的天數，殷人之所以無法把所有月份的天數及何時置閏完全固定下來，是因爲尚未發展出一套完整緻密的曆法，無法完全知道一個陰陽合曆的曆法每隔五年必要有二個閏月的道理，〔註8〕但又得時時合天象，故當其發現月份與時令不合時，就隨時在年中或年終加入閏月，因此整個殷曆顯的沒有規律，〔註9〕而今日推算古曆的曆表雖是憑藉假設當時是整齊的天數來推算，但其依循的也是當時的天象，所以從長時期來看，兩者是可以相容的。今日爲了能找出更符合商人的曆日，已有學者大規模進行從天文學的定點，配合古書中的王世紀年和今人所推算出的曆表，試圖推算出最合理且最能符合商年的時間。如此則讓卜辭排譜所得的結果有了一個可以合之於殷王年的標準，因爲殷商早期的卜辭都是不記年的，所能排出的事譜若依微細斷代法也僅能知其爲始於一個正月一日爲何干支的曆年，如果有了商王年的定點，如武丁的元年爲西元前的那一年，然後再根據今天推算出的曆表，我們就可以把卜辭所排譜出的事件，透過合曆表，把所在商王年給推算出來，因此讓排譜工作能作到推測出商王的那一年發生那一件事。這當然不得不歸功於近年來年代學的新成果，然如果所據的商王年定點及曆表有誤，同樣的也會連帶造成排譜合商年時的錯誤，但是我們從藉著卜辭事類排譜僅能知其卜辭事件發生的相對時間一直到能透過三代年代學成果而知商年絕對時間，這不能不視爲一種進步。因此縱然時至今日商曆究竟如何，仍有討論的空間，而

殷曆大月都是卅天，小月都是廿九日，及以爲祖甲以後行年中置閏法的錯誤。

〔註7〕 見常玉芝：《殷商歷法研究》（長春：吉林文史出版社，1998 年），頁 299。

〔註8〕 常玉芝以爲「殷商曆法中有閏月的安排，説明殷曆是一種陰陽合曆，是以太陰紀月，以太陽紀年的曆法。一個太陰月平均爲廿九天半多一點，十二個太陰月爲 354 到 355 天，不足一個太陽年的 365 天多，於是每隔二年半到三年須加一個閏月以調整太陰月與太陽年的不合。」《殷商歷法研究》，頁 317。

〔註9〕 馮時以爲武丁時的殷曆是一種以調節曆月來符合分至四中氣的置閏法，故有年中置閏及十三月的現象出現。見氏著：〈殷曆武丁期閏法初考〉，《中國歷史文物》2004 年 2 期。

且承認商年不可算一定比試著去推算的風險還來的小，但在希望把排譜事件的時間推算到最大可能性的動機下，嘗試將這些新成果援以為據，更以之為定點。因之本文的殷王武丁元年及五次月食的時間定點，以大陸夏商周斷代工程的成果為據，而遇到需由干支年換算成西元紀年的時候，則參考張培瑜的《中國先秦史歷表》。〔註10〕

二、對賓組卜辭排譜的回顧

曾對賓組戰爭類卜辭作過排譜的，早期有董作賓、李學勤，晚近則有蕭良瓊、彭裕商、劉學順和夏含夷。而對賓組卜辭中所載有關戰爭類卜辭作過分期研究者，則有王宇信、范毓周和林小安。前面說到過排譜是要以干支和內容為主，對記載同一時期同一事件的卜辭加以排序，而若偏重事類和王世不重干支的聯續性，就可稱之為分期，上述王宇信、范毓周、林小安之作，皆是嘗試從人物或事件來對賓組卜辭分期。而分期乃是排譜的前題，故一併提出討論。下面分別述之。

董作賓的《殷曆譜》中排了武丁廿八年起四年半的伐土方和舌方的戰事，其在下編卷九的「日譜一、武丁日譜」，上言「譜起於武丁廿八年七月止于三十二年十二月，前後凡四年有半，在此期間，所錄卜辭以武丁田狩及伐下旨、土方、舌方為主要材料，而以其他各項貞卜記事之辭繫屬之，僅限於同版、同文及事類有關者，非逐年月日所有卜辭，悉數錄入也。」〔註11〕

關於排譜，董作賓有自己一套方法，他說他是以「年曆譜」為依據，而後各求其相當之年月，其本身之組織，則運用新方案連貫卜辭，使成為堅實之系統。

這種新方案也可作為我們排譜時的參考，其所謂的「新方案」就是：

所謂新方案者，不外兩種原則六種方法。兩種原則，其一，即分期。

〔註10〕張培瑜：《中國先秦史歷表》（濟南：齊魯書社，1987 年）。

〔註11〕董作賓：《殷曆譜》下冊（台北：中研院史語所，1992 年），卷九，1 葉。其次董作賓還在「帝辛日譜」中排了征人方的卜辭，對征人方卜辭排譜的學者繼之有陳夢家、李學勤、島邦男、丁驌、鄧少琴、溫少峰及王恩田、黃歷鴻，吳晉生等，後兩篇見〈人方位置與征人方路線新證〉，《胡厚宣先生紀念文集》（北京：科學出版社，1998 年）及〈殷王帝辛四征夷方考釋〉，《殷都學刊》2000 年第 1 期。餘可參見王宇信、楊升南主編：《甲骨學一百年》（北京：社會科學文獻出版社，1999 年），頁 497。

余發表《甲骨文斷代研究例》時，僅分爲粗略之五期，十餘年來，更可據其他標準，辨析各王之卜辭。如本編〈祀譜〉之別祖甲、帝乙、帝辛，〈交食譜〉之別小辛、小乙、武丁，是。故精細分期，爲整理工作之第一步也。其二，即復原。現存甲骨殘版，同出於一地，如未毀滅，自當有破鏡重圓之一日，吾人倘能作精密之分期，則復原亦屬易事，本編各譜拼合之版是其例也。惟須作準備之工夫，即甲與骨實物之認識，及甲骨上卜辭文例之熟悉也。

六種方法，爲研究卜辭史料所必用，用之，則可使斷骨殘甲，得其連絡而化爲殷代之重要史實，本卷武丁日譜，皆應用之。茲分述如次：

一、同文異版。殷人貞卜一事不止一次，少則二三卜，多者乃至五六卜，而以十卜爲限。……（下略）

二、同版異文。凡甲骨之刻辭，在同一之版者，其貞卜記載之時期必不遠，多則一年之內，少則一月之內。……（下略）

三、同事異日。一事而一日數卜，數記者，即同文異版，已見上述。一事而連日或相距數日復卜之者屬此，即以事類相聯繫之一法也。……（下略）

四、同日異事。干支六十而一周，同在一版，同一干支之日所卜，未必在六十日之後，故干支同者，可斷定其爲同日。同日而卜兩事，則兩事均可類相及，連鎖穿插。各成一組也。……（下略）

五、面背相承。骨面或甲面之卜辭，往往因地位之限制而繼續刻之於甲骨之背者，此例甚多。……（下略）

六、正反兩貞。卜事每有問及正反兩方面者，此其定例。……（下略）

以上六法爲整理卜辭者所應注意。惟分期必須認眞，復原必須盡力，然後月日可以聯繫，事類得其貫通，同版以證時期之近，重文以補彼此之闕，更以人名地名爲之線索，如綴百衲之衣，如穿九曲之珠，規矩粗備，運用之妙，在於人爲。

而董作賓之所以排武丁日譜，其實是因爲他發現有一組卜辭（五版）其上

皆記載了四邑被災的記錄，而從此組卜辭上可得「十一月丙子」和「十三月丙申」這兩個干支月份，因之求其〈年曆譜〉，而後定爲武丁廿九年。〔註12〕

繼董作賓後，對賓組卜辭作過排譜的有李學勤、蕭良瓊、彭裕商、劉學順等，還有一些學者作過與排譜相關的分期工作，簡述如下。

關於排譜方面，李學勤在《殷商地理研究》中排過一二七坑中的改製背甲卜辭和與囧、缶、𢀖（茍）有關的卜辭，但把後者視爲是爲標準的文武丁卜辭。〔註13〕蕭良瓊在〈卜辭文例與卜辭的整理和研究〉中利用合 13362 正反等幾版有「同文」、「同對」、「邊面對應」關係的卜辭，排譜了武丁某年一月至十一月的大事記。〔註14〕彭裕商則對賓組一 A 類卜辭中的「戔（翦）基方缶」、「戔（翦）囧」卜辭，賓組一 B 類中的「伐舌方」、「婦姘于諅」、「伐土方」、「爯正化」卜辭作過排譜，以及賓組二類中的「撲周卜辭」作過排譜。〔註15〕

劉學順對一二七坑卜辭中的「婦好娩與征亘方」、「婦果娩」、「征下危（𢦏）」〔註16〕、「征角」、「征冑」卜辭作過排譜。此外，夏含夷也曾針對翦囧及缶卜辭作過排譜，凡此皆將於下文中討論。

〔註12〕董作賓：《殷曆譜》下冊，卷九，1 葉。

〔註13〕所謂整治背甲指修成扁平鞋底形上穿一孔的背甲，包括乙 4679、乙 5301、乙 4681、乙 5241、乙 4780、乙 6382、乙 6684、乙 4747、乙 4683、乙 5271、乙 5267、乙 4682，見 74 頁。又與囧、缶、𢀖有關卜辭見李學勤：《殷代地理簡論》（北京：科學出版社，1959 年），頁 87。復收入《李學勤早期文集》（石家莊：河北教育出版社，2008 年）。

〔註14〕蕭良瓊：〈卜辭文例與卜辭的整理和研究〉，《甲骨文與殷商史》第二輯（上海：上海古籍出版社，1986 年），頁 24。

〔註15〕彭裕商：《殷墟甲骨分期研究》（上海：上海古籍出版社，1996 年）第七章「卜辭中所見商代重要史實」。「撲周卜辭」的「撲」彭文依唐蘭說作「璞」（頁 353），劉釗在〈利用郭店楚簡字形考釋金文一例〉中主張要讀成「翦」。見氏著：《古文字考釋叢稿》（長沙：岳麓書社，2005 年），頁 148。林澐反對將「璞（撲）」改釋爲「翦」，見〈究竟是「翦伐」還是「撲伐」〉，《古文字研究》廿五輯（北京：中華書局，2004 年），頁 115。

〔註16〕「𢦏」字，近來徐寶貴主張要讀爲「犂」，以爲其是豎寫的「耕犂」之「犂」的象形字，「下犂」即「下黎」。〈甲骨文犂字及其相關問題研究〉，復旦大學出土文獻與古文字研究中心網站論文。2010 年 4 月。http://www.gwz.fudan.edu.cn/SrcShow.asp?Src_ID=1125。

　　作過分期研究的有王宇信，其〈武丁期戰爭卜辭分期的嘗試〉認爲武丁一代與各方國所進行的戰爭可分成三類，一爲武丁前葉所進行的戰爭；一爲武丁晚葉所進行的戰爭；一爲整個武丁時期都在進行的戰爭。其分期的標準是以婦好的活動時間爲準，由「勹舌方于於好」（合 6153）推論伐舌方的戰爭主要發生在婦好死後，因此有婦好參加的戰爭時間就較早，爲武丁前葉；婦好死去後的有關戰爭則定爲武丁晚期。前葉征伐的方國有亘、狩、鴞、興方、夷方、巴方、土方、湔方、芫方、虎方、下危（🐾）等，征伐的將領有雀、亩、婦好、沚㦰、侯告、望乘、戈、舌侯虎、輿、夒、師般。晚期戰爭征伐的方國主要有舌方、周、龍、馬方、臱、戋方、方等，參加的將領有婦好、沚㦰、望乘、舌侯、戈、師般、夒等。其中出現於武丁前葉和晚葉之際的有辠、弓、屮、仢、鹴、申、婦妌、仢正化等。〔註 17〕

　　范毓周有〈殷代武丁時期的戰爭〉，其先將甲骨發展時間序列定爲自組－自歷組－歷組，後因有雀活動的賓組卜辭和自歷間組卜辭相對應，將有雀的卜辭擬爲武丁中期卜辭。又把歷組父乙類卜辭定爲武丁晚期卜辭，因之將武丁卜辭區分爲早、中、晚三期。其中武丁早期有伐雫、歸、通、羌、戎、糸、ㄓ、望、戈、畁、微、𣏟、豕、目、沚、豐、衛、〔註 18〕卨、芫、𦰩、利、盧、逆、陟、𠣬（芒）〔註 19〕、洙、夳、䵎、羊、眣、等三十多次戰爭。中期有伐畄、缶、丕、基方、狩、亘、我戎、鴞、馬方、祭、淋等十多次戰爭。晚期則有伐夷、巴方、龍、兟、下危、土方、舌方、周、方、戋、臱、𢀛、羋、湔方等十數次戰爭，又以爲其中以伐土方、舌方一戰規模最大。〔註 20〕

〔註 17〕王宇信：〈武丁期戰爭卜辭分期的嘗試〉，《甲骨文與殷商史》第三輯（上海：上海古籍出版社 1991 年），頁 142。

〔註 18〕關於衛，在卜辭中有「子衛」，杜正勝以爲其乃衛國之君長。而這是商王讓親信子姪去統治，而後來兵戎相見的例子。〈卜辭所見城邦形態〉，《盡心集》（北京：中國社會科學出版社，1996 年），頁 27。

〔註 19〕「𠣬」字像在刀上加上象徵刃部線條的指事符號，《類纂》將之釋作「刃」。卜辭中還有「𠤎」字，這兩個字都是以指事符號來表達刀刃的意思，其應該是鋒芒之「芒」的原始表意字。而「𠤎」字在卜辭中皆用作人名。裘錫圭：〈釋無終〉，《裘錫圭學術文化隨筆》（北京：中國青年出版社，1999 年），頁 69。

〔註 20〕范毓周：〈殷代武丁時期的戰爭〉，《甲骨文與殷商史》第三輯，頁 175。

　　林小安有〈武丁早期卜辭考證〉及〈武丁晚期卜辭考證〉兩文，其用人物係聯的方式，將武丁卜辭分為三期，即「雀組武丁早期卜辭」、「婦好組武丁中期卜辭」和「𦰩組武丁晚期卜辭」。以及認為凡卜辭中出現有伐舌方事及載有𦰩與𦥑者就可以判定為武丁晚期、祖庚初年的卜辭。〔註21〕

　　下面先討論夏含夷所提出的微細斷代法，並加以析評。

第二節　夏含夷微細斷代法的探討

　　微細斷代法為夏含夷所提出，這個斷代法的最大功用在於能對兩條或兩條以上內容不同且附記有干支及月份的卜辭，推算出其是否可能為同一年所發生的事件。如此一來就有可能把載有相同事類且可確定是同一年內（或連續的時間內）發生的卜辭集中在一起，然後依時間先後排定，有利於卜辭排譜。而其方法的根據是先假設殷曆為大月30天，小月29天整齊輪流排列，故只要卜辭上有干支紀日和月份的記載，就可以推算出該條卜辭正月一日的干支所在參數量，而只要是卜辭的正月一日干支所在的參數量可以相容，就可以假定其可能是發生在同一年的事件，若是不能相容，則肯定不會是發生在同一年的事件。

　　其推算的方法以夏含夷所舉的例子為例，合 11485 上有（a）「癸亥卜，爭貞：旬亡𡆥。一月」、（b）「癸未卜，爭貞：旬亡𡆥。二月」、（c）「癸卯卜☑旬亡𡆥。二月」、（d）「☒癸卯☑貞☑亡☑五月」、（e）「癸未卜，爭貞：旬亡𡆥三日乙酉夕月㞢食聞八月」五條卜辭，而我們可以分別得到癸亥、癸未、癸卯、癸卯、癸未五個紀日，加上其所在月份，可以將之簡寫作 1/60、2/20、2/40、5/40、8/20。以 1/60 為例，假設殷曆為大月30天小月29天連續排列，則當年的一月一日的可能干支即為甲午到癸亥之間（若癸亥為一月最後一天，則正月一日要往上推 29 個干支，即甲午日，若癸亥為一月的第一天，則正月一日就是癸亥日），所以我們就可以用 1:31-60 來表示它的正月一日所在參數量，而對於雙數月份的干支為了計算的方便，將之換算成次月的一日所在參量，如 2/20 的三月所在參量為 3:21-50（若癸未（20/60）為二月的最後一天，則三月的第一個干支為甲申；若癸未為二月的第一天則三月的第一天還要加上 30 天，即癸丑），

〔註21〕林小安：〈武丁早期卜辭考證〉，《文史》卅六期；〈武丁晚期卜辭考證〉，《中原文物》1990 年 3 期。

而（c）、（d）、（e）的單月一日所在參量分別是 3:41-10；5:11-40；9:21-50。

而由於先假定殷曆是大月 30 天小月 29 天相連續，所以每向前推二個月時，干支便要減去 59 個，而 59 正好是六十干支減一天，因此每向前推二個月，就要求在那個量的首尾各加一日，如從 3:21-50 換算兩個月之前的正月一日的參數量是 1:22-51，而 5:11-40 是 1:13-42；9:21-50 是 1:25-54。

而分別算出（a）1:31-60、（b）1:22-51、（c）1:42-11、（d）1:13-42、（e）1:25-54，若將這五個參量作一交集，可以發現它們可以同樣符合於正月一日是第 42 個干支（乙巳）這一天，所以可以確定這一年正月一日的干支是「乙巳」。〔註 22〕

微細斷代法有兩個主要假設的前題，一是首先肯定了殷曆一定是大月 30 天小月 29 天如此相間排列著，二是認定殷曆以年終置閏爲主。如果殷曆不是大月卅天小月廿九天規律的相間排列著，用微細斷代法算出來的正月一月可能參數量就會有數日的誤差；而卜辭中一旦有年中置閏而不書者，在換算成微細斷代法時，其參數量就可能會有一個月的誤差。其次，對於年末置閏的情形，如果不能先確定該年有十三月，而在計算時加以考慮，對於跨越一年的卜辭事件，其計算的結果仍然會有一月的誤差。此外，無法考慮到連大月的現象也是缺失之一。〔註 23〕夏含夷在排敠囗卜辭時就自言「在本文的分析中，由於所討論的時期不超過十五個月，所以我將不考慮可能存在的大月相接的情況。」

對於殷曆是否是大月 30 天小月 29 天的看法，有很多學者作過討論，最早有束世澂、劉朝陽、孫海波的「一甲十癸說」，即認爲殷曆每個月都固定是卅天，而每月第一天的干支不是甲子就是甲午，每月的最後一日不是癸巳就是癸亥。

〔註 22〕關於夏含夷微細斷代法的詳細內容，可參閱〈殷墟卜辭的微細斷代法〉，《甲骨文發現一百周年學術研討會論文集》（台北中研院史語所，1998 年 5 月）。復收入夏含夷：《古史異觀》（上海：上海古籍出版社，2005 年），頁 19～39。

〔註 23〕所謂連大月及置閏現象依許進雄所言爲「一個月的日數是根據月球繞地球一周而定的，平均一個月廿九日半而有餘，那是古代的人也容易觀察得到的。故以大月卅日、小月廿九日交替安排是古代常見的曆法。但精確的曆法又得修正其間的差距，即每隔十四到十六個月份，又得置一連大月，才能適當反映月相。除外，一年的日數又多於十二個月份，每隔三十二到三十三個月份又要置一閏月，才能調整太陽年與太陰月的不一致。」〈第五期五種祭祀祀譜的復原〉，《大陸雜誌》73 卷 3 期。又並見於《古文字研究》第十八輯（北京：中華書局，1992 年）。

後來有董作賓的「陰陽和曆說」，認爲殷曆有大月小月之分，大月都是卅日，小月都是廿九日，一年中大小月相間安排，而且有連大月和閏月的現象。其次還有溫少峰、袁庭棟所提出的殷曆有長達卅一天的大月說。〔註24〕而近來對殷曆作過較全面探討的是常玉芝，其在《殷商曆法研究》中總論殷曆是：

> 總而言之，本節的論證說明殷曆並不是如束世澂、劉朝陽等學者所
> 說每月都固定爲三十日，紀日的干支和各月各旬的日次都有一種比
> 較固定的關係；各月也不是固定的首日都爲甲日，末日都爲癸日；
> 殷人的卜旬與月的長度不相始終，卜旬爲單獨的另一種紀時法。卜
> 辭證明殷曆月已有大小之分，大月有三十日的，也有三十一日以上
> 的；小月有二十九日的，也有少於二十九日的，甚至有二十五日的，
> 並不是如董作賓所說大月全是三十日，小月全是二十九日。有三個
> 連大月和連小月的現象。由晚期的黃組卜辭仍有大於三十天的大月
> 和小於三十天的小月來看，整個殷商時期的曆月都是以觀察月象爲
> 準的太陰月。〔註25〕

他在討論大月小月時引用到了二版一二七坑的甲骨，一是丙 257；一是乙 5329，並提出這二版上的月份有小於廿九日的情形出現。〔註26〕再者許進雄曾

〔註24〕關於束世澂、劉朝陽的「一甲十癸」說和董作賓的「陰陽和曆」說內容討論可詳見常玉芝：《殷商曆法研究》第四章「殷代曆月」。而胡厚宣亦曾對一甲十癸說提出辨正，見胡厚宣：〈一甲十癸辨〉，《甲骨學商史論叢初集（上）》（台灣：大通書局，1983 年），頁 365。而對於溫少峰、袁庭棟主張商代曆法有大月 31 天的說法之討論，可見劉學順〈有關商代曆法中的兩個問題〉，其在文中主張殷曆法中絕無大月 31 天之事，而對殷曆一個月中出現超過三旬的記載，如明 687 上的八月出現癸卯、癸丑、癸亥、癸酉四個癸日的現象，都主張是由於年中置閏所造成的。《殷都學刊》1992 年 3 期。而李學勤提出了甲骨文中確有「一甲十癸」的曆譜，即有名的後編下 1.5 胛骨（合 24440），上於「月一正曰食麥」後列甲子至癸巳共 30 天，於「二月父秘」後列甲午至癸亥共 30 天。〈再說帝辛元至十一祀祀譜〉，《夏商周年代學札記》（瀋陽：遼寧大學出版社，1999 年），頁 249。然其也認爲「是否商代在一定情況下，眞的實行過『一甲十癸』的曆法？還是特別在像征夷方的戰爭中，爲了便易，暫時用了這種簡單的曆法」。

〔註25〕常玉芝：《殷商曆法研究》，頁 299。

〔註26〕常玉芝：《殷商曆法研究》，頁 290。

透過對第五期五種祭祀祀譜的復原討論到了晚商的曆法，據他的研究發現帝乙時代的曆法有許多不正常的現象，第一個不正常的現象是有過連小月的情形；第二個不正常現象是失閏；第三個不正常的現象是有超過三十一日的大月。晚商失閏的現象有時很嚴重，譬如從帝乙三祀十一月到七祀五月之間，許進雄就指出其間不可能有閏月。〔註27〕

以上似乎說明殷曆不會是由整齊的天數所構成，因此對於透過天文學所取得的定點有時也無法完全確定其就是實際殷年，如李學勤在〈讀甲骨文日月食研究與武丁、殷商的可能年代〉中說到：〔註28〕

> 可見武丁與祖庚的分界大約在己未、壬申月食的前後，也就是公元
> 前 1190 年左右。由於歷組庚辰日食版已有父丁稱謂，祖庚元年不晚
> 於公元前 1198 年。因此，我認爲張培瑜先生所說武丁的大致年代范
> 圍在 1250-1192 年是恰當的。

然而既已認定祖庚元年在公元前 1190 年左右，卻又還要肯定張培瑜所說的武丁年在公元前 1250-1192 年之間的說法，兩者之間的差異在於來自透過天文學方法所推算出的曆法其中仍有不少假設的成份。

而是否因無法得知眞實且符合殷人的曆日，就認爲所有想要去推算殷曆的工作都是徒勞而沒有意義的事呢？我們知道殷人不斷的置閏改月，是爲了要合天象和節氣，而且卜辭中確實有許多天象就今日來看，是可以視爲曆法上的絕對定點的，就好比日月食的記載。而今日學者們質疑商年的可推算性，最大的理據就是他們從甲骨上歸納出來的商月天數都是不固定的，無規律可尋，然對於這一點我們只能說這些記載仍然是片斷而不全面的，甚者有些是因其例外而見載於卜辭的，故殷人要特別標出月份來，否則試想商人要如何來定曆。因爲如果沒有一個大致的天數，是不可能形成以月這個單位來記日的概念的，而這種在固定範圍之外的例外天數，應當會有一些合理的解釋。

基於上面的理由，仍然肯定殷曆是一個大致有規律的曆法，而對學者們據此爲前題所作出的推算加以肯定，並認爲從長時間來看，藉由假設的整齊的殷曆去推算商人當時曆日還是能得到近似值的。再者對於微細斷代法所得出的結

〔註27〕許進雄：〈第五期五種祭祀的復原〉，《大陸雜誌》73 卷 3 期。

〔註28〕李學勤：《夏商周年代學札記》，頁 197。

果，基本上予以肯定，雖然其兩個主要的前題都不是商曆中絕對不變的標準，但我們知每一個微細斷代法所得出的干支可能範圍都在一個月的天數左右，在同一年中縱使每個月可能會有大於卅天或小於廿九日的未知天數，但這些例外天數斷不可能加起來會超過卅天，除非是插入一個閏月而不知，所以在知道當年中有閏月的情形下，微細斷代法所得的結果可以是很準確的。再者平均五年要二閏，十四到十六個月要有一個連大月，都是很大的範圍，只要使用微細斷代法得當，不作過度的推算，它所提供的結果是可以被接受的。

其次，排譜除了以上所說，希望能將所排譜的事件給予一個絕對的商紀年外，還有一層更重要的意義，便是要把同時期同一事件的人物給類聚起來，之後就可以從參與事件的人名或方國名，來推知某事件在整個商王朝發生的相對時間。這也可以說是一種利用事類來作時間分期的一種方法。這種方法同時也可以解決一些卜辭中大量人物同名所帶來的困擾，譬如賓組早期中有一個人物戓，而在中晚期伐舌方卜辭中也有一個人物戓，前者在合 6983 中為雀所伐，而後者卻在伐舌方卜辭中為商王主將（英 1179），若不知前者是望戓的省稱，為望族人，出現的時代比後者早，就很容易將兩者混淆。

第三節　賓組卜辭中與雀有關的事件排譜

以下先將一二七坑的賓組卜辭中出現記有「雀」之龜甲列出，計有以下：丙 1、丙 56、丙 87、丙 117、丙 119、丙 121、丙 171、丙 249、丙 259、丙 261、丙 263、丙 302、丙 304、丙 349、丙 431、丙 485、丙 491、丙 531、R044572、R044555、R038133、R044560、R044637、乙 1540、乙 4693、乙 4718、乙 5313、乙 5317、乙 5347、乙 5349、乙 5822。

首先在這一節中將先對賓組卜辭中的「雀」作排譜。關於雀這個人的時代，裘錫圭曾說到「雀這個人名沒有在賓組晚期和出組卜辭裏出現過，而他在前辭作干支卜的賓組早期卜辭中則是屢見的，在自組卜辭中也出現過，他的活動時期顯然要略早於沚戛、望乘等人。」〔註29〕彭裕商也說「（自賓間類）最多見的弜和雀都見於自組大字附屬，弜也是自組小字二類常見的。雀在賓組一 A 類

〔註29〕裘錫圭：〈論歷組卜辭的時代〉，《古文字論集》，頁 303。又有學者認為雀即是文獻傳說中的「傳說」，此說存疑，見林小安：〈武丁早期卜辭考證〉。

中仍很常見，一 B 類以後始不多見，此外又見於自歷間類和歷組一類。」〔註30〕知記載雀的卜辭從自組大字類附屬（♀ 類卜辭）一直到自組小字類、賓組一 A 類都有，而其主要活動時間約對應於賓組一 A 類（賓組一類）卜辭的使用時間。

　　關於賓組卜辭的分類，曾經對賓組卜辭作過分類的學者有黃天樹和彭裕商，以及近來的崎川隆，〔註31〕前二者的意見分別收錄於《殷墟王卜辭的分類與斷代》，〔註32〕和《殷墟甲骨分期研究》中，後者則見其博論《賓組甲骨文字體分類研究》。黃書依字體的不同將賓組卜辭分為四類，分別是賓組一類、賓組♀類、典賓類和賓組三類。這四類的時間依作者所言為前兩類屬武丁中期，後兩類為武丁晚期到祖庚之世以及武丁晚期到祖甲之初。而彭裕商的《殷墟甲骨分期研究》同樣是依字體來分類，其將賓組卜辭分為賓組一類和賓組二類，而賓組一類又分為賓組一 A 類和賓組一 B 類。一類二類的時代分別為武丁中到晚期，以及武丁晚期到祖庚之世。〔註33〕崎川隆則根據字體將賓組卜辭細分為四大類，即師賓間類、賓一類、典賓類、賓三類；又對每一類進行更細部的分類，共計分為十四類。〔註34〕

　　大體看來黃天樹所分的賓組一類、賓組♀類和典賓類卜辭相當於彭裕商所

〔註30〕彭裕商：《殷墟甲骨分期研究》，頁 118。

〔註31〕黃天樹：〈賓組卜辭的分類與斷代〉，《考古》1998 年 9 期；彭裕商：〈賓組卜辭的時代分析〉，《徐中舒先生九十壽辰紀念論文集》（四川：巴蜀書社，1990 年）。其次又有劉學順：〈賓組卜辭的分類〉，《鄭州大學學報》1992 年 1 期，然而劉文主要是依貞人來作系聯，將貞人分為品貞人團、亘貞人團、爭貞人團，又定其時代分別為武丁早期、中期、晚期，所分過於疏略，故在此不列。

〔註32〕黃天樹：《殷墟王卜辭的分類與斷代》（台北：文津出版社，1991 年）。

〔註33〕彭裕商在〈賓組卜辭的時代分析〉中將賓組卜辭分為三大類四小類，其中第一類為自賓間類，在《殷墟甲骨分期研究》中把這一類放在賓組之前，在此依《殷墟甲骨分期研究》的分類。

〔註34〕崎川隆將賓組卜辭依時間早晚分為「師賓間類」、「賓一類」、「典賓類」、「賓三類」，而再將這四大類再加以細分，如將「師賓間大類」分為「典型師賓間」和「非典型師賓間」兩類，而後者又分為 A、B、C、D、E 五個小類，並且還有一過渡 1 類；「賓一大類」則分為「典型賓一」、「過渡 2」兩小類；「典賓大類」則分為「典型典賓」、「過渡 3」兩小類；「賓三大類」則分為「典型賓三類」、「非典型賓三類」兩類，而後者又細分為 A、B 二類。見《賓組甲骨文字體分類研究》，吉林大學博士學位論文（2009 年），頁 195。

分的賓組一類；賓組三類則相當於彭裕商所分的賓組二類卜辭，其中黃天樹分的占了賓組大半的典賓類卜辭也就是彭裕商所分的賓組一B類卜辭。

　　雀這個人名不僅出現在一二七坑的賓組卜辭中，在同坑的子組及午組卜辭中也現過，午組卜辭中雀更被稱作「亞雀」，知其為商王朝的職官。〔註35〕其次，雀也須向商王朝入貢卜甲，如在許多甲橋刻辭中便明確記載著「雀入二百五十」。〔註36〕

　　晚近曾對賓組卜辭裏與雀相關的卜辭做過干支排譜的學者主要有彭裕商和劉學順，前者排過與雀直接相關的「𡦦基方缶」譜、「𡦦囗」譜及間接相關的「爯正化」譜；後者則有「婦好娩與征亙方卜辭」、「征囗卜辭」以及與雀間接相關的「征角卜辭」。〔註37〕在方法上，兩者大抵以卜辭中所載的月份和干支來作時間先後的排譜，而對於缺乏月份，甚至缺乏干支的卜辭，通常只能依月分和干支的估量來作去取。後來夏含夷發表了利用推算月份和干支參數量的微細斷代法，使的利用干支和月份來排譜的工作有了較客觀的根據，其並以賓組卜辭中與雀有關的𡦦囗卜辭為例，排出一段主要發生在武丁甲午年且歷時約半年的𡦦囗月譜。誠然微細斷代法仍存在著許多的問題，在上一節中我們也已經談到過，

〔註35〕子卜辭中的雀見合21840，午卜辭中的亞雀則見合22092。亞是卜辭和金文中常見的官名，裘錫圭在〈釋「勿」「發」〉中提出《逸周書・世俘》「紂矢（夫）惡臣百人」中的「惡臣」即亞臣。姚孝遂、肖丁合著的《小屯南地甲骨考釋》則以為「卜辭亞主要職掌為軍旅，同時也司祭祀」（北京：中華書局，1985年），頁115。而李學勤在〈元氏銅器與西周的邢國〉中以為金文的亞就是亞旅。《考古》1979年第1輯。知亞某的職務當為商王朝軍隊中的將帥，然其也有當族名者，如今可見出自殷墟之最早古印「亞𪚩」（第二字李學勤釋「羅」，裘錫圭作「离」），裘錫圭便以為其是古代常見的族名。見《綴古集》，頁79及〈淺談璽印文字的研究〉，《裘錫圭學術文化隨筆》，頁55。關於古印上的「𪚩」字，近來何琳儀指出甲骨文中的「𪚩」都該釋為「离」，並進一步主張從隹從𪚩那個字要釋成「離」。〈釋离〉《徐中舒先生百年誕辰紀念文集》（成都：巴蜀書社，1998年）。

〔註36〕如丙359、丙369、丙374、丙376、丙389等。

〔註37〕分見《殷墟甲骨分期研究》的頁341、頁345以及頁388。劉學順的排譜見《YH127坑賓組卜辭研究》，中國社會科學院歷史研究所博士論文，第三章「YH127坑賓組卜辭重要史事的排譜」，1998年5月。又有王宇信：〈武丁期戰爭卜辭分期的嘗試〉、范毓周：〈殷代武丁時期的戰爭〉，其雖也多少涉獵到賓組卜辭的排譜，然所排比的月份及干支皆不成體系，故在此不錄。

但其仍是目前較爲可信且有根據的方法，因之下文中對於那些事件延續時間不長的卜辭排譜時都將利用微細斷代法來考慮，以下就是對賓組卜辭中與雀直接相關的卜辭所做的排譜。

賓組卜辭中與雀有關的卜辭基本上可分三類，分別是「靠𖣠與獲缶有關卜辭」、「伐夷及伐巴方有關卜辭」、「衍亘與征𤞤有關卜辭」。

一、與𢦏（靠）𖣠、獲缶事件有關的卜辭（以下卜辭依時間先後排列，關於表內卜辭的體例可參見本論文後面的附表三「一二七坑賓組卜辭同版事類表」）

（一）十二月

丙 558	㱿	𖣠、𡥁		賓一	E9A1 13:50-19
1.（壬子）我𢦏𖣠王固曰吉𢦏旬虫三日甲子允𢦏十二月　2.𡥁來☒					

丙 1	爭、㱿	𖣠、𡥁	雀、子商、龍敖、侯專、扶	賓一	E9E0F7F8F0A2A3 29-58
1.（壬子）自今五日我𢦏𖣠　2.（癸丑）自今至于丁巳我𢦏𖣠王固曰丁巳我毋其𢦏于來甲子𢦏旬虫一日癸亥𦥑（車）弗𢦏之夕𖣠（嚮）甲子允𢦏〔註38〕					
反	1.辛酉卜㱿貞我亡𡥁　2.㱿				

（二）一 月

丙 124	㱿、爭	𖣠、𡥁	缶	賓一	D0F4F5F6 27-56
1.（癸卯）虫于河三羌卯二牛燎一牛〔燎河一牛虫三羌卯三牛〕　2.（癸卯）王虫于且乙二牛用　3.（癸卯）王𡥁于大甲　4.（丁巳）降𠦪千牛千人　5.（戊午）我其乎𖣠𢦏　6.（己未）𡥁（缶）其𢦏我𣏟（旅）（缶不𢦏我𣏟一月）　7.缶其來見王一月　8.（己未）王夢𡥁隹☒					
丙 124 反	我來十				

（三）三 月

R038133		𡥁	雀		
	1.（庚申）隻☒　2.（丁巳）雀弗其𡥁（缶）　3.丁巳卜王				

〔註38〕張秉權在這一片的考釋中說到，此版有被劚削的痕跡，如「壬子卜，爭貞：自今五日我𢦏𖣠」，「今」下的「五」字刻後削平，「爭」字的下部被削平。「我毋其𢦏，于來甲子𢦏」中「毋」與「子」二字之間的下端有一細筆的「毋」字，曾被削除。「來甲子𢦏」的「𢦏」字頂端，亦有一被削的「其」字殘痕。

丙1（續）	爭、殼	濟、$	雀、子商、龍敖、侯專、扶	賓一	E9E0F7F8F0A2A3 29-58
3.（庚申）王貞余伐□（不）三月　4.（庚申）王貞雀隻缶　5.（辛酉）翌壬戌不至　6.（癸亥）我□□缶　7.（癸亥）翌乙丑多臣□缶　8.子商隻先　9.（丙寅）乎□□（龍敖）□□（侯專）咎□（权）　10.□（扶）屮王事						
反	1.辛酉卜殼貞我亡□（鬚）　2.殼					

（四）四　月

R044555	殼、爭	濟	子商		31-60
1.（甲戌）雀隹子商□基方□（克）□　2.（辛卯）基方缶作□（墉）其□（不□）弗□四月　3.（辛卯）勿□（□）基方缶乍□子商入　4.（辛卯）勿□基方缶作□子商□四月　5.（壬辰）王先雀翌甲午步于□（朱）　6.（癸巳）翌甲勿先雀步于□　7.（壬辰）□屮取（弗其以屮取）						
13514 反	□					

丙171	內		子商	賓一	B8B0D5　23-52
1.（辛巳）基方□　2.（癸未）子商□基方缶　3.（癸未）子□屮□（保）四月　4.（戊戌）□三牛　5.（戊戌）乎雀□一牛　6.乎雀□于出日于入日宰						

（五）五　月

丙302	殼	濟	雀、子商	賓一	D8D9E1　51-40 12-41
1.（辛丑）今日子商其□屮方□□五月　2.（壬寅）□雀重□（膏）□屮方〔子商不□□屮方〕　3.（壬寅）至今至于甲辰子商□屮方五月　4.（壬寅）日子商□癸□　5.日□甲□　6.日子商于乙□　7.日子商至于屮丁乍□（火）□　8.（甲辰）翌己巳日子商□（敦）至于丁未□（成套卜辭三卜）						
反	1.我來　2.□田					

註：其中 R044555 為合 13514+合 9069+合 9070+合 9072+合 4956+合 9071+乙 1119+乙 1999+乙 2440+乙 3511+乙 3514+乙 4885+乙 5790+乙 5582+乙 8163+乙補 823+乙補 827+乙補 862+乙補 1606+乙補 1647+乙補 1683+乙補 2504+乙補 3228

有關賓組卜辭中記載□□與獲缶事件的刻辭，彭裕商、劉學順以及夏含夷三人都曾作過排譜，[註39] 彭裕商根據字體把□□和獲缶卜辭劃歸為賓組一 A

〔註39〕彭裕商的排譜見《殷墟甲骨分期研究》，頁 341、345；劉學順的排譜見《YH127坑賓組卜辭研究》，頁 64～68；夏含夷的排譜見〈殷墟卜辭的微細斷代法〉。

類卜辭，並且認爲這二類卜辭可以系聯，其言「賓組一 A 類所記對缶和宙的戰爭可以聯系，可能這二個方國距離不遠，對其作戰的主要人物是商王及其直屬臣僚，此外還有雀」。又說「對基方的主要人物是子商，此外還有雀，戰事主要發生在四、五月間」。他對這兩個事件的排譜分別是：（正反對貞的卜辭僅舉肯定句爲代表，某些未識字則依其所隸定）

（一）𢦏囧卜辭

1	丙 558	壬子卜殼貞：我𢦏囧？王固曰：吉，𢦏？旬屮三日甲子允𢦏。十二月。
2	丙 1	壬子卜爭貞：自今日我𢦏囧？
3		癸丑卜爭貞：自今至于丁巳我𢦏囧？王固曰：丁巳我不其𢦏，于來甲子𢦏？旬屮一日癸亥𤓱弗𢦏，之夕𢀗甲子允𢦏。
4	丙 124	戊午卜殼：我其乎𤓱囧，𢦏？
5		己未卜殼貞：缶其𢦏我旅？一月。
6		己未卜殼貞：缶其來見王？一月。
7	丙 1	庚申卜王貞：余伐𢎥？三月。
8		庚申王卜貞：雀隻缶？
9		辛酉卜殼：翌壬戌𢎥至？
10		癸亥卜殼貞：翌乙丑多臣𢦏缶？
11		癸亥卜殼：我史𢦏缶？
12		乙丑卜殼貞：子商弗其隻先？
13	六中 91	☑雀弗其執缶？
14	合 6989	☑卜殼貞：缶其𢦏雀？二告。

　　對於以上卜辭我們可以依同版關係及同事類的系聯簡單的寫作：（括號內的數字爲月份）

　　　　丙 558（十二）－丙 1－丙 124（一）
　　　-𢦏囧　　　　　　-𢦏囧　-𢦏囧、缶
　　　　　　　　　　└丙 1（三）－六中 91－合 6989
　　　　　　　　　-雀𢦏缶　　-雀執缶　　-雀𢦏缶

（二）伐基方缶事件

而彭裕商對於伐基方缶事件的卜辭排序是這樣的：

1	乙 5349	乙亥卜瓮貞：雀有乍凵？
2		乙亥卜內貞：今乙亥子商囗
3		乙亥卜內貞：今乙子商敢基方，弗其祦？
4	合 6580	乙亥卜瓮貞：子商弗戎？祦基方？
5	合 6579	囗子商其祦基方？
6		己卯卜瓮囗
7	合 6581	己卯卜瓮貞：基其戎？
8	丙 171	辛巳卜爭貞基方戎？
9		癸未卜內貞：子商有保？四月。
10		癸未卜內貞：子商祦基方缶？
11	合 6570	乙酉卜內貞：子商祦基方？四月。
12		丙戌卜內貞：我乍舌基方乍囗
13	合 6576	丙戌卜瓮貞：我囗基方囗弗囗祦
14	R044555	辛卯卜瓮貞：勿鬃基方缶乍郭、子商祦？四月。
15		辛卯卜瓮貞：勿鬃基方缶乍郭，子商祦？
16		辛卯卜瓮貞：基方缶乍郭其凵？
17		辛卯卜瓮貞：基方乍郭不凵弗囙？四月。
18		囗雀步于屮。
19		辛卯卜瓮貞：基方缶乍郭不凵弗囙？
20	合 8444	囗卯卜瓮貞囗基方囗不囗其囗
21	丙 302	辛丑卜瓮貞：子商其敢基方缶，祦？
22		壬寅卜瓮貞：自今至于甲辰子商祦基方？
23		貞：自今壬寅至于甲辰子商祦基方？
24		壬寅卜瓮貞：尊雀惠啇敢基方？
25		壬寅卜瓮貞：曰：子商冎癸敦？
26		甲辰卜瓮貞：翌乙巳曰：子商敦，至于丁未祦？
27	合 6578	丙午卜者貞：翌丁未子商祦基方？
28	合 8445	貞：基方娌？
29	合 6575	囗卜囗伐囗方
30		囗卜王囗基囗屰

在乙 5349（合 6577）之前，彭裕商又列了乙 5582（合 6573），而乙 5582 可以綴入 R044555 中，與合 13514 爲同一版的卜辭。

以上卜辭我們可以依同版關係及同事類可以系聯的原理簡單的寫作：

R044555（乙 5582）－乙 5349（合 6577）－合 6580－合 6579－合

6581－丙 171（合 6572）－合 6570－合 6576－R044555－合 8444

－丙 302（合 6571）－合 6578－合 8445－合 6575

若我們將彭裕商所舉的戋囘卜辭和伐基方卜辭系聯，則可得以下：

丙 558（十二）－丙 1－丙 124（一）

　　-戋囘　　　　　　　　-戋囘、缶

　　　　　　　　　　└丙 1（三）－六中 91－合 6989－合 6577

　　　　　　　　-雀戋缶

－合 6570－合 6579－合 6581－丙 171（四）－合 6570－合 6576

　　-子商戋基方

－R044555（四）－合 8444－丙 302（五）－合 6578－合 8445－合 6575

關於賓組卜辭中戋囘及伐基方缶的戰役，劉學順是這樣排列的：

丙 558（十二）－丙 1－合 20530（十二）－丙 124

　戋囘　　　　　　　　　　-戋囘、缶

　　　　　　　　　　　└合 6863－合 6864－

丙 1－合 6867－丙 1－合 6867－丙 1－R044555（乙 5582）－合 6577（乙

5349）－丙 171－合 6570－丙 171－丙 302

其所列入的合 6573（乙 5582），前已說過可以綴入 R044555 中，劉學順所

多補的卜辭有合 20530、合 6863、合 6864、合 6867。

　　註：合 20530　辛卯卜王：臺尋受又。十二月。

　　　　合 6863　　丁卯卜㳂貞：王臺缶于旬。二月

　　　　合 6864　　庚辰卜㳂貞：王臺缶于旬。二月。

　　　　合 6867　　丁酉卜㳂貞：王叀臺缶戋。三月。

上面的「旬」字，當隸作「旬」，也就是後世的筍國。陳夢家在《綜述》中說到「此字孫詒讓以為是蜀字而省虫。我們以為此字從目從云，云即旬字，金文筍伯盨和伯筍父鼎的筍字從竹、從目、從云，其音符即卜辭的旬字。」又「《說文》『旬，目搖也』，義與瞬同；《說文》『蜎，側行蟲也』，今之蚯蚓，云象其形，加目為蜀。卜辭之蜀是後世之筍國，史籍作荀」。而其故城在今新絳縣西。〔註40〕

─────────────

〔註40〕陳夢家：《殷虛卜辭綜述》，頁 295。又裘錫圭在〈評《殷虛卜辭綜述》〉上說到「卜

而「臺（敦）缶」黃天樹以爲與「匡缶」同義，其辭例見「☑貞：叀王匡缶。辛丑卜，殼貞：勿唯王匡缶」（合 15949＋合 1598），「匡」當讀爲「攘」。〔註41〕

其中合 20530 爲自組小字類卜辭，其囘字作「囘」，與一般賓組卜辭的囘字不同。而這個字亦可見於歷組卜辭，裘錫圭就以爲賓組卜辭的問「臺（敦）囘」就是歷自間組的「臺（敦）囘」，「囘」和「囘」無疑是一字。〔註42〕

若將彭裕商和劉學順所排的譜合併，則可得：

丙 558（十二）－丙 1－合 20530（十二）－丙 124（一）

　　　　　　　　　　　　　　　　└合 6863（二）－合 6864－

丙 1（三）－合 6867（三）－六中 91－合 6989－合 6577－合 6570－合 6579－合 6579－合 6581－丙 171（四）－合 6570－合 6576－R044555（四）－合 8444－丙 302（五）－合 6578－合 8445－合 6575

上表說明舅囘和伐缶事件是發生於武丁某年的一月到五月，而從前一年的年底就已經開始了。對於這兩個事件，夏含夷是這樣排列的：

丙 558－合 33083－合 33082（十三）－丙 1－丙 124（一）

-舅囘　　　-舅獸　　　-舅獸、13 月　　　-舅囘　-舅囘、缶

　　　　　　　　　　　　　　　　└合 6863（2 月）－丙 1、

　　　　　　　　　　　　　　　　-臺缶　　　　-舅缶

人文 364－合 13514（四）－丙 302（五）

-王臺缶　　-舅基方缶　　-舅基方缶

其中人文 364 就是合 6867，所以夏含夷實際上只比彭、劉兩者多補上了歷組卜辭的合 33083 和 33082 而已。

註：合 33082（歷）　1. 辛酉卜王：翌壬戌舅獸。十二月。

　　　　　　　　　　2. 在尤十三月

　　合 33083　　　　1. 癸丑卜王：臺獸。十二月。

辭中屢見的『罒』字長期以來被視爲『蜀』的初文。陳氏根據卜辭中從勹從旬的一個字也可以寫成從勹從蜀的現象，釋此字爲旬（眴），並認爲這個字用作地名時相當於後世的荀。這個意見我認爲也是對的。」頁 240。

〔註41〕黃天樹：〈甲骨綴合四例及其考釋〉，《中國文字學報》第二輯（北京：商務印書館，2008 年），頁 3。

〔註42〕裘錫圭：〈論歷組卜辭的時代〉，《古文字論集》，頁 277。

於夏含夷在推算丙 124、合 6863、丙 1、人文 364（合 6867）、合 13514、丙 302 的一月所在參數量皆合於一個始於第 31（甲午）至第 35（戊戌）個干支的曆表，因而認爲丙 558 和丙 124 之間當有一個閏十三月。其後他又找到屬於歷組卜辭的合 33082，認爲合 33082 上的歷組卜辭所記載的伐猷之事，即是賓組的翦𠚕之事，而合 33082 上記載了十三月，故正好用來證明丙 558 和丙 124 所記載的翦𠚕事件中間當有一個十三月。最後作出整個翦𠚕的事件是主要是發生在一個正月一日始於甲午的年中，而這一年可能是公元前的 1215 年、1210 年或 1179 年。最後認爲商人攻擊𠚕、不、缶的這場戰役最可能是發生在公元前的 1211 至 1210 年間。換句話說是他認爲翦𠚕事件是發生在西元前 1210 年這一年，其原因是考慮到賓組卜辭四次月食的具體時間分別是發生於公元前 1201、1198、1192、1189 年，而其中紀錄公元前 1201 年的癸未月食（丙 59）和公元前 1198 年的甲午月食（丙 573）卜辭出土於一二七坑，而且這一坑又大量出土關於商人進攻𠚕、不、缶的卜辭。在刻有這些戰役的甲骨，其書法和形式特徵都早於記載這兩次月食的卜辭，因此略早一些公元 1215 或 1210 年是比較可能的年代。又因爲從一二七坑出土的卜辭僅成於相對有限的一段時間內，所以選擇了與公元前 1201 年較爲接近的一年，即 1210 年。〔註 43〕

夏含夷是在肯定丙 558 所記載的十二月「甲子翦𠚕」辭和丙 1 的「甲子翦𠚕」辭爲同一件事，且又和丙 124 所載一月「乎𠂤缶𢦏」及和丙 1 同版卜辭所載的三月「余伐不」、「我史𢦏缶」卜辭爲時間連續的一件事的前提下算出在十二月和一月之間當有一個十三月。而其援以爲證的就是合 33082 上的「十二月」及「十三月」字樣。合 33082 上的卜辭爲「辛酉卜：王翌壬戌𢦏䄧。十二月。□令𠆢先以侯步。十三月。□在尤。十三月」他先認定這裏的「𢦏䄧」就是丙 558 等中的「𢦏𠚕」。然而「䄧」是否就是「𠚕」，其實是有問題的，上面就說過裘錫圭以爲賓組卜辭中寫作「𠚕」的方國，和自歷間組中作「𠚕」的方國是同一個方國。而彭裕商也認爲「自歷間組及歷組一類有𤞞、猶、䄧而無獖，我們認爲這是同一方國的不同寫法，因爲從有關內容來看，參與戰爭的人物，賓

〔註 43〕夏含夷：〈殷墟卜辭的微細斷代法〉。而其各版的正月一日參數量分別是：丙 124（27-56），丙 1（29-58），合 6863（06-35），人文 364（06-35），合 13514（31-60），丙 302（11-40）。

組除王而外，主要是㐭及沚，自歷間組及歷組一類除王外也是㐭和沚戓，可見㐭和這個方國最接近，其次沚也較接近。如果這幾個寫法略異的字不是指同一方國，那參與戰爭的人很難不發生變化。」〔註 44〕

然在知道「⿰礻由」不是「⿱冖田」的情形下，是否夏含夷所補入的十三月便是錯的？若我們從和同樣載有雀和翦⿱冖田的賓組卜辭上的記月剛好可以補足一月、二月的記事以及其可以和四月、五月間發生的獲缶卜辭作時間連貫的排譜這一點，和加上肯定丙 1 上刻的「甲子𢦏⿱冖田」和丙 558 的十二月「甲子𢦏⿱冖田」是同一件事來看，丙 1 上記載的三月庚申干支和丙 558 上的十二月壬子干支之間就必須要放入一個十三月，這是無可懷疑的。

而關於彭、劉、夏所補的卜辭，我們可以再補入 R038133 一辭。其內容爲：

1. （庚申）隻☐

2. （丁巳）雀弗其⿱亼𠙴（缶）　R038133

以上有關翦⿱冖田伐缶的卜辭中，載有月份的除了夏含夷所列舉的之外，還有合 6570 的四月「乙酉」、合 20530 的十二月「辛卯」、合 6863 的二月「丁卯」、合 6864 的二月「庚辰」、合 6867 的三月「丁酉」及 R044555 的四月「辛卯」。其中，合 6570 的正月一日參數量爲 25-54；合 20530 爲 59-28；合 6863 爲 06-35；合 6864 爲 19-48；合 6867 爲 06-41，R044555 爲 31-60，除了合 20530 的十二月辛卯外，都合於前面所說的正月一日始於一個第 31 個干支（甲午）的條件。所以在此我們對合 20530 上所載翦甾之事是否與丙 558 等所記載是同一年之事，還要愼重的考慮。若依我們前面說的在十二月之後當有一個十三月，這個辛卯應該是要排入十三月中的，或許也有可能是書手把十一月誤刻成十二月。〔註 45〕

〔註 44〕裘錫圭：《古文字論集》，頁 302；彭裕商：《殷墟甲骨分期研究》，頁 101。而早期李學勤也誤將「⿰礻由」視爲「⿱冖田」，其曾言「甾或寫作甾、猫、貓、⿰礻由，在武丁卜辭中作⿱冖田」。《殷代地理簡論》，頁 89。

〔註 45〕這個無法排入的十二月辛卯（28），其和甲午年的十二月（乙未 32 到癸亥 60）下差 4 個干支，或許也有可能是殷曆在這個十二月到五月的中間（包括十三月）曾出現了一個小月超過 29 天，大月超過 30 天的月份，所以使得我們這樣以固定天數來算的情形下少算了四天。殷曆有一月超過 30 天的根據可見常玉芝：《殷商歷法研究》，頁 277，其認爲「合 16751（賓組卜辭）上記載著癸卯在十一月，癸酉

綜合以上的卜辭，我們可以將𩵋□和伐缶的卜辭依發生的時間順序排列為：

	12月	壬子49	□	我□□王□曰吉□旬业三日甲子允□	丙 558
	（12月）	壬子49	爭	自今五日我□□	丙 1
	（12月）	癸丑50	爭	自今至于丁巳我□□王□曰丁丁巳我毋其□□于來甲子□旬业一日癸亥□弗□之夕□（嚮）甲子允□	丙 1
	13月				
甲午年	（1月）	戊午55	王	我其乎□□□	丙 124
	1月	己未56	□	缶其□我□（旅）	丙 124
	（1月）	己未56	□	缶其來見王	丙 124
	2月	丁卯04	□	王臺缶于□	合 6863
	2月	庚辰17	□	王臺缶于□	合 6864
	3月	丁酉34	□	王重臺缶□	合 6867
	（3月）	丁巳54	王	雀弗其缶	R038133
	3月	庚申57	王	余伐□	丙 1
	（3月）	庚申57	王	雀隻缶	丙 1
	（4月）	癸亥60	□	我□□缶	丙 1
	（4月）	癸亥60	□	翌乙丑多臣□缶	丙 1
	（4月）	丙寅03	爭	乎□□□□□□□[註46]	丙 1
	（4月）	甲戌11	□	雀隹子商□基方克□	R044555

也在十一月，那麼卜辭未記的在這兩日之間的癸丑日和癸亥日也當在十一月，則該版卜辭反映十一月是個有癸卯、癸丑、癸亥、癸酉，四個癸日的大月，該大月至少有三十一天。」當然賓組卜辭中也有少於廿九日的小月，同樣可參見《殷商曆法研究》，頁291，其就以為乙5329（合10976）上的八月是個小於廿九日的小月。

〔註46〕杜正勝以為□即□，武丁時□國的統治者為「子□」（丙3）或子□（合20045），商王曾占問其疾病情況。又伐□的□，在卜辭中曾見問□獲羌事（合188），卻也見問臺□事（合7041）；而祇在卜辭中亦見被伐之事（粹1121），知這些城邦和商王之間的關係不穩定。故以為種商人是「封建城邦」。見氏著：〈卜辭所見的城邦型態〉，《盡心集》，頁28。然也有學者主張商人是「部落聯合」，見葦英會：〈殷墟卜辭所見王族及相關問題〉，《紀念北大考古專業三十周年論文集》（北京：文物出版社，1990年）。早期還有林澐和晁福林主張的「方國聯盟說」，見〈甲骨文中的商代方國聯盟〉，《古文字研究》第六輯（北京：中華書局，1981年）。及〈從方國聯盟的發展看殷都屢遷的原因〉，《北京師範大學學報》1985年第1期。

（4月）	乙亥 12	𡧊	雀又乍囝	合 6577
（4月）	乙亥 12	內	今乙子商𡩲基方弗其𢦏	合 6577
（4月）	乙亥 12	𡧊	子商弗屮（戎）𢦏基方	合 6580
（4月）	己卯 16		子商其𢦏基方	合 6579
（4月）	己卯 16	𡧊	基其屮	合 6581
（4月）	癸未 20	內	子商𢦏基方缶	丙 171
4月	癸未 20	內	子商屮𡥉	丙 171
4月	乙酉 22	內	子商𢦏基方	合 6570
（4月）	丙戌 23	內	我乍基方𦥑囗	合 6570
（4月）	丙戌 23	𡧊	我囗基方𦥑弗囗𢦏	合 6576
（4月）	辛卯 28	𡧊	基方缶乍𦥑其㞢	R044555
（4月）	辛卯 28	𡧊	勿𥮊基方缶乍𡩲子商入	R044555
4月	辛卯 28	𡧊	勿𥮊基方缶作𡩲子商𢦏	R044555
（5月）	壬辰 29	𡧊	王先雀翌甲午步于𡊄	R044555
（5月）	壬辰 29	爭	𢾃屮取〔註47〕	R044555
（5月）	癸巳 30		翌甲勿先雀步于朱	R044555
（5月）	戊戌 35	內	乎雀𤔲一牛	丙 171
（5月）	戊戌 35	內	乎雀𤔲于出日于入日窣	丙 171
5月	辛丑 38	𡧊	今日子商其𡩲基方缶𢦏	丙 302
5月	壬寅 39	𡧊	𢦏雀叀合𡩲基方	丙 302
5月	壬寅 39	𡧊	至今至于甲辰子商𢦏基方	丙 302
5月	壬寅 39		日子商𡙇癸𡩲（日𡙇甲，日子商于乙𡩲）	丙 302
			日子商至于屮丁乍𡉜𢦏	丙 302
（5月）	甲辰 41	𡧊	翌乙巳日子商𡩲至于丁未𢦏	丙 302
（5月）	丙午 43	內	翌丁未子商𢦏基方	合 6578

註：11月從乙丑到甲午；12月從乙未到癸亥；13月從甲子到癸巳；1月從甲午到癸亥；
2月從甲子到壬辰；3月從癸巳到壬戌；4月從癸亥到辛卯；5月從壬辰到辛酉。
括號內的月份為作者所補。

關於上面將丙 171 戊戌日的「乎雀𤔲于出日于入日窣」放在五月之間，宋鎮豪曾提出不同的看法，其在〈甲骨文『出日』『入日』考〉中排譜了四月甲戌

〔註47〕這個「𢾃」像手持鼓棒（桴）形，或是「鼓」省，鼓見下段「伐夷及伐巴卜辭」
中的丙 249。

到五月甲辰子商和雀𢦏基方的日程表，如下：

四月　甲戌　雀□子商正基方克☒　　　合 6573

　　　己卯　基方其屮　　　拾 4.17

　　　辛巳　基方其屮　　　合 6572

　　　癸未　子商𢦏基方缶　　合 6572

　　　癸未　子商屮保　　　合 6572

　　　乙酉　子商𢦏基方　　合 6570

　　　丙戌　我乍基方　　合 6570

五月　辛卯　今日子商其𢦏基方　　　合 6571 正

　　　壬寅　自今至于甲辰子商𢦏基方　　合 6571 正

　　　壬寅　奠雀重𢦖𢦏基方　　　合 6571 正

　　　甲辰　翌乙巳日子商敦至于丁未𢦏　　合 6571 正

並言「由此可見，四、五月之交是在辛卯後一日的壬辰日至辛丑前一日的庚子這九天之間，戊戌卜祭『出日』『入日』正好落在這九天裏，它的月份就有兩種可能，要麼就在四、五月之交，即戰爭期間，也就是前述同版刻辭癸未一辭之後；要麼是在二、三月之月交，即戰爭尚未發生，也就是前述同版刻辭癸未一辭之前。于於戊戌日是占卜呼命雀個人祭出日入日，而雀在四、五月正好外出，與子商一起征伐基方，因此殷王呼命他祭出日入日，必然在他外出打仗之前，即二、三月之交」。〔註48〕

宋鎮豪的行程表基本上是正確的，和前譜都可以相合。至於他所說的要放在二三月之交的「戊戌日呼雀祭出日入日」一條卜辭則仍有可議，首先，如果戊戌要由五月往前排六十個干支的話，應該是在三月之中，而不在二三月之交。其次，此時雀仍然與缶（基方）作戰中，也並非是「外出打戰之前」，又如果單把丙 171 上的「戊戌乎雀戠于出日于入日㝬」提前二個月的話，那同版的辛巳和癸未𢦖基方一事是否也要提前，如此就與四月子商伐基方缶的史實不合。

而將「戊戌乎雀戠于出日于入日㝬」排在五月，這樣會不會和宋鎮豪說的殷人祭出入日是在春秋或春分、秋分之間的說法不合？首先是認為殷人祭出入

〔註48〕宋鎮豪：〈甲骨文『出日』『入日』考〉，《出土文獻研究》（北京：文物出版社，1985年），頁 39。

日在春分或秋分是從《尚書・堯典》中的話所推想出來的，不必然就是殷人之俗。其次，在卜辭中很多後世認爲當在某季所行之事，從卜辭內容來看也非必然，如「大令眾人曰劦田其受年。十一月」（合 1）。殷曆十一月，正爲孟冬，此時命眾田，與《國語・周語上》載「先時五日，瞽告有協風至，王即齋宮，百官御事」後乃行的藉田之禮，在時間上就不合。還有命[illegible]（敖）侯於十二月間去壅田者（合 3307），這有些很難用後世的曆法觀念去解釋。

二、伐夷及伐巴有關卜辭

下面先將載有雀的伐巴及伐夷的卜甲列於下，並依時間排列。

（一）五　月

<table>
<tr><td>丙 510</td><td>争</td><td>[illegible]</td><td>侯告</td><td></td><td>C1</td></tr>
<tr><td></td><td colspan="5">1.（甲申）王㞢不若　2.[illegible]（鼓）以[illegible]（孩）　3.貞乎不⧄　4.王⧄侯告比　5.[illegible]乎取羌以⧄　6.貞于[illegible]（龔）　7.㞢于咸卅伐　8.十⧄㞢⧄窜　9.⧄㞢于且丁　10.[illegible]其來</td></tr>
<tr><td>丙 510 反</td><td colspan="5">1.以[illegible]⧄　2.壬寅卜余𠬝㞢往田于不比[illegible][illegible]　3.勿乎比[illegible]于[illegible]　4.壬子卜　5.王征出不又　6.王勿征出　D9E9</td></tr>
</table>

<table>
<tr><td>丙 276</td><td>㝊</td><td>[illegible]</td><td>沚戛</td><td></td><td>C7C8　1-30</td></tr>
<tr><td></td><td colspan="5">1.乎比㑴（尋）[illegible]　2.戛在茲示若　3.（庚寅）今[illegible]王其步伐[illegible]（夷）　4.（辛卯）沚戛[illegible]（啓）[illegible]（巴）王叀之比五月</td></tr>
<tr><td>丙 276 反</td><td colspan="5">1.甲子卜㝊　2.甲子卜㝊戛在茲示若　3.王固曰吉沚戛　4.王固曰吉叀己其伐其弗伐不吉　A1</td></tr>
</table>

<table>
<tr><td rowspan="2">丙 26</td><td></td><td>[illegible]、二告</td><td>沚戛</td><td></td><td></td></tr>
<tr><td colspan="5">1.王比沚戛伐巴　2.降　3.翌乙巳㞢且乙　4.王往出</td></tr>
<tr><td>丙 26 反</td><td colspan="5">1.貞㞢于且辛伐卯三窜　2.㞢母己十[illegible]㞢卯窜　3.疾身不[illegible]　4.王叀夷征　4.王固曰㞢戠</td></tr>
</table>

（二）六　月

<table>
<tr><td>丙 55</td><td>㱿</td><td>[illegible]、[illegible]、[illegible]</td><td>易伯㮚、侯告</td><td>賓一、典賓</td><td>E2E8
52-21</td></tr>
<tr><td colspan="6">1.（辛亥）王叀[illegible]伯[illegible]比　2.王叀侯告比[illegible][illegible]（夷）六月　3.（己巳）我[illegible]（受）年〔我不其[illegible]（受）年〕</td></tr>
<tr><td>丙 55 反</td><td colspan="5">1.乎雀往于帛　2.唐來十</td></tr>
</table>

丙275	爭、方	□、□	□、諸□、沚戛、□、侯告		F3A0
	1.（丙辰）隹□令比□□　2.令□比□□　3.沚戛□（啓）（巴）王比〔王勿□比〕　4.王重□比　5.王重侯告比　6.（癸丑）重令□（為）　7.我□邑				

丙311	殼、亘	□、□	望乘、子求		A9E0
	1.（壬申）我立中（勿立中）　2.（癸丑）王比□伐□方　3.（癸丑）王重□□乘比伐下□　4.且辛又　5.王其□□告父正　6.（乙巳）父乙卯□（媚）　7.今己巳燎（一、二、三牛）　8.□□（复）又子王于之□若　9.子□（求）□凡〔子□弗其凡〕　10.子□□凡□疾〔子□弗其凡〕　11.貞多□　12.勿□用　13.□（呂）其受年〔呂不其受年〕				
丙311反	1.黃尹　2.翌甲戌酚勺伐　3.于生七月勿□酚五伐（壬□□王□）　4.王□曰吉其隹庚□□丁　5.王勿比□（望乘）伐　6.上甲（黃尹）求王　7.貞隹且丁　8.勿立中　9.勿卒□于下乙　10.勿□冊　11.乎子往　12.□亡其　13.弗其□鹿　14.燎五牛于河　15.壬子卜爭　16.受年　17.□ B1				

丙159	亘		望乘、奚		E0F3
	1.（癸丑）王比□（奚）伐□　2.（癸丑）王重望乘比伐下□　3.（丙辰）卸□身□南庚　4.□于咸　5.王往于□（朱）□（京）〔王勿步于□（□）□〕　6.乎逐比□（萬）隻，王□曰其乎逐隻　7.王□取若　8.隹咎　9.□子□□□				
丙159反	1.其□令　2.乎子晝涉　3.翌乙酉王往途　4.王勿比□（奚）伐下□　5.令子□（衛）涉　6.登伐燎　7.□王祖庚十 C2				

丙22	殼	□、□、□	望乘、沚戛	典賓	F2F4F7
	1.（乙卯）王□望乘伐下□受□又　2.王比沚戛伐□（巴）方　3.（丁巳）王學眾□于□（荒）方受□又〔勿學眾□方弗其受□又〕　4.王重出徂　5.（庚申）乍方（成套卜辭第四卜）				
丙22反	我				

丙603			侯告、沚戛		F4
	1.侯告□（征）夷2.勿比侯告3.王重沚戛□（啓）比〔王勿比沚□〕4.丁巳卜□其				
丙603反	1.王□曰比侯告　2.唐□　3.爭				

殷	🔶、酉	望乘、泚㝅	典賓	F8
丙12	1.（辛酉）今🔶（者）王比🔶（望乘）伐下🔶受㞢又　2.王比泚㝅　3.🔶（祝）以之疾齒鼎🔶　4.㞢犬于父庚卯羊（成套卜辭一卜）			F8
丙12反	1.🔶曰入二在🔶　2.隹父甲　3.隹父庚　4.隹父辛　5.隹父乙			

丙24+京津1266	爭		望乘、泚㝅		
	1.王比望乘伐下🔶　2.王隹泚㝅比🔶　3.王重🔶（夷）征　4.王隹🔶（龍）方伐成套卜辭第一卜（乙3797爲第成套卜辭第五卜）				

乙3797	1.貞王比望乘伐〔王勿比望乘〕　2.自咸告至于父曰〔勿至咸告〕　3.王重泚㝅〔勿隹泚㝅〕　4.告于上甲暨咸〔勿告〕　5.王重夷🔶〔勿隹夷🔶〕　6.王重🔶方伐〔勿隹🔶方伐〕

以上的丙276一版，饒宗頤以爲「辛卯爲庚寅之翌。伐夷與伐巴，見於同版，夷當指西夷，非所謂人方，㣇啓巴，又稱『示若』。其相關人物之🔶，當是🔶之省寫，指易伯🔶，與他辭丙55、311之大龜，其事完全吻合」。又「辛亥、壬子、癸丑（丙311）三日相連，此一戰役爲武丁親伐夷方，又比奚伐巴方。」〔註49〕

關於與雀有關的伐夷及伐巴方卜辭，依《丙編》及《乙編》中所錄主要有丙24（加京津1266）、丙26、丙55（丙625）、丙275、丙276、丙510、丙603、乙3797。而其中丙276有五月辛卯、丙55上有六月及同版的兩個干支辛亥、己巳。而丙24加京津和乙3797分別是成套卜中的第一卜各第五卜。

這個五月辛卯的干支並不能放入伐🔶之甲午年的五月之中，而且從卜辭內容來考慮，若這次的五月伐夷和伐巴事件和上述的伐基方缶事件在時間上是連續的話，何以不見兩者有共版現象，所以把它們視爲是發生在兩個不同的年份比較恰當。其次，這一類卜辭中出現泚㝅和望乘，這二人是時代上比雀還晚的人物，所以把這類卜辭當成是發生在雀🔶卜辭之後是比較合理的。又如果我們

〔註49〕饒宗頤：〈說泚與㝅及泚㝅〉，《故宮博物院院刊》2000年第6期。然其「夷當指西夷，非所謂人方」說誤。李學勤提出夷方就是周初的東夷。其更以征夷方路線中的地名索（山東兗州）、杞（山東新泰）爲證，說明其即東夷。見氏著：〈重論夷方〉，《當代學者自選文庫：李學勤卷》（合肥：安徽教育出版社，1999年），頁91。

把甲午年六月之後一年每月的干支範圍寫出則是：六月（59-27）；七月（28-57）；八月（58-26）；九月（27-56）；十月（57-25）；十一月（26-55）；十二月（56-24）；一月（25-54）；二月（55-23）；三月（24-53）；四月（54-22）；五月（23-52）；六月（53-21）；七月（22-51）。這樣的範圍丙 276 上的五月辛卯和丙 625 上的六月己巳干支也都可排入。所以把與雀有關的伐夷伐巴卜辭列於甲午年的下一年戊子年的五月。所以可以寫作：

丙 510－丙 276（五月）－丙 26－丙 55（六月）－丙 275－丙 603
－丙 24－丙 55－乙 3797－丙 275

丙 12 到丙 20 有一套五卜的成套龜甲，上面記載著「今𣆪（早）王比望乘伐下𠂤（黎）受屮又」及「王比沚馘」，干支為「辛酉」，正好也可以排入此年的六月之中。

在此有一點必需說明一下，上文中提到的武丁「甲午年」、「戊子年」並不是說我們主張商代已經用干支來紀年，事實上今日我們能證明以干支紀年最早的起源，見馬王堆漢墓帛書的干支紀年表。而進一步來說，十二生肖的產生和以干支紀年有關，然今日所可見的最早十二生肖記載，見於睡虎地秦簡日書，因此干支紀年的方法大概形成於戰國之際。〔註 50〕而在此用干支紀年乃是為了配合《中國先秦史曆表》一書的體例，以及在未能確定以某一干支日為第一天的那一年，到底是武丁五十九年中的那一年的權宜之法。

以下試作譜。

戊子年	（四月）	甲申 21	爭	王屮不若	丙 510
				王☐侯告比	丙 510
				𥌓以𢆶	丙 510
	（五月）	庚寅 27	㕚	庚寅今𣆪王其步伐夷	丙 276
	五月	辛卯 28	㕚	沚馘啓巴王叀之比	丙 276
				王比沚馘伐巴	丙 26
				王隹夷征	丙 26 反
		丙申 33	㸚	馘冓冊乎比伐𠂤方	丙 315
	（五月）	辛亥 48	𢦏	王叀𠭰伯燹比	丙 55

〔註 50〕李學勤：〈干支紀年與十二生肖起源新證〉，《失落的文明》（上海：上海文藝出版社，1997 年），頁 149。

（五月）	癸丑 50	亘	王比🔣（🔣）伐🔣方	丙 311 丙 159
	癸丑 50	亘	🔣乇重🔣🔣乘比伐下🔣	丙 311 丙 159
	乙卯 52	🔣	又出望乘伐下🔣受出又	丙 22
			王比沚䣊伐🔣方	丙 22
（六月）	丙辰 53		隹🔣令比🔣🔣	丙 275
	丙辰 53		钔🔣□南庚	丙 159
			沚䣊啓巴王比	丙 275
			王重囚比	丙 275
			王重侯告比	丙 275
六月			王重侯告比🔣夷	丙 55
（六月）	丁巳 54		丁巳卜其☑	丙 603
			比侯告征夷	丙 603
			王重沚䣊啓比	丙 603
	丁巳 54	🔣	王學眾🔣（伐）于🔣方受出又〔註51〕	丙 22
	戊午 55	方	乎取牛	丙 398
			王從沚䣊伐巴方	丙 398 反
（六月）	辛酉 58	爭、殼	王比望乘伐下🔣	丙 24 丙 12
			王隹沚䣊比☑	丙 24 丙 12
			王重夷征	丙 24
			王重🔣方伐	丙 24
（六月）	己巳 06	🔣	我受年	丙 55
			王比望乘伐（王勿比望乘）	乙 3797
			王沚䣊（勿隹沚䣊）	乙 3797
			王重夷奠（勿重夷奠）	乙 3797
			王重🔣方伐（勿重🔣方伐）	乙 3797
（六月）	癸酉 10		重方🔣	丙 275

　　這上面說到的望乘伐下🔣（黎）一事，董作賓在《殷曆譜》中將之排在武

丁廿九年的三月到十二月之間。對於他所排的「伐下𡆥（危）」譜，饒宗頤就說曾到「事實上尚有極多有關伐下危之資料未曾列入，其系伐下危事於武丁廿九年，尚欠充分內證。」而他所說的未列入的資料，主要是指興方和奚伐下危（𡆥）一事。〔註 52〕

又其中發生於六月丙 275「王重𡆥比」中的人物「𡆥」，裘錫圭主張要讀作「肩」，其言「𡆥與咼或骨決非一字。徐寶貴在〈石鼓文研究與考釋〉中指出，《說文》說肩字從肉象形，石鼓文『猏』字『肩』旁象形部分的寫法，與甲骨文中象牛肩胛骨的寫作𡆥𡆥等形的字相似，應即由此字訛變而成，所以甲骨文中此字（引者按：即我們所說的𡆥字）有可能就是『肩』字的象形文。」〔註 53〕

三、與𢦏⼕及征𢦏有關的卜辭

（一）五　月

丙 197	殼	𢦏、𢦏、𢦏			E4C1D4D8E2F2F8
	1.我用𢦏𢦏（俘）　2.（丁未）酚𢦏（勺）伐十宰　**3.（乙卯）來乙亥酚下乙十伐𢦏五卯十宰二旬𢦏一日乙亥不酚雨五月**　4.來甲申𢦏于大甲　5.翌丁酉𢦏于且丁　6.翌辛丑𢦏祖辛　7.翌乙巳𢦏且乙　8.翌辛酉𢦏且宰用　9.卻父乙　10.父乙隹伐𢦏　11.今日夕用𢦏　12.𢦏（魯）甲（父庚、父辛）卺王				
丙 197 反	1.癸卯卜殼　2.于來乙卯𢦏且乙　3.𢦏羊　4.乙卯卜　5.三旬來甲申　6.重乙亥酚　7.𢦏犬于咸戊（學𢦏戊）〔註 54〕　8.于𢦏卻𢦏　9.翌丁勿于且丁　10.𢦏人于姒己廿𢦏（孼）　11.重白豕二牛　12.𢦏下乙　13.庚申卜殼　14.子商				B2C1D0F2F7

〔註 52〕饒宗頤：〈卜辭中之危方與興方〉，《徐中舒先生百年誕辰紀念文集》（成都：巴蜀書社，1998 年），頁 22。

〔註 53〕裘錫圭：〈說「𡆥凡有疾」〉，《故宮博物院院刊》2000 年第 1 期。徐寶貴說法見《石鼓文整理研究》（北京：中華書局，2008 年 1 月），頁 831。

〔註 54〕關於這裏的咸戊和學戊，一般人都以為「咸戊」即《尚書》中「巫咸」。陳夢家提出「戊」可能是「巫」，所以卜辭中的「某戊」或「戊某」可能都具有巫祝的身份。而李學勤在〈評陳夢家《殷虛卜辭綜述》〉（頁 123）中卻認為「『戊』是日名，而不是『巫』，他們都是武丁的先世。但今日似乎還沒有證據可證明咸戊、學戊、盡戊等都是武丁的先世，故暫從陳說。

（二）六月、七月

丙 307	爭、王	♉	子商		C1C3 25-54
	1.帝令隹♉（楓） 2.叀子⿰令⿰（西）〔叀子商令〕 3.叀王自往西 4.（甲申）余正⿰（獋）六月 5.（丙戌）王⿰♡正 6.乙酉⿰（疊）旬癸巳⿰（嚮）甲午雨				
丙 307 反	1.庚申卜爭 2.雀入三十				F7

丙 211 丙 306	1.（丁未）余不盖隻⿰（獋）六月 2.（壬申）⿰⿰（戎）其戈我七月 3.戛弗其取 4.⿰（由）⿰ 5.（癸酉）令多奠⿰（庇）⿰（爾）⿰（墉） 6.（甲戌）我馬及⿰（戎） 7.乎囷（葬）⿰（蔡）侯 8.（辛亥）今來乙卯⿰于咸十牛 9.于下乙⿰ 10.（辛酉）自今至于乙丑其雨，壬戌雨乙丑不陰不雨 11.乙丑其雨隹我⿰ 12.⿰亡在亘

（三）八月

丙 177	殼.爭	⿰、⿰	亘	賓一、典賓	B9B0D9E2 24-53
	1.（壬午）⿰允其戈⿰（鼓）八月 2.兄丁⿰王 3.兄丁⿰⿰ 4.（癸未）燎⿰⿰（黃尹）一豕一羊卯二羊⿰五十牛 5.乎我人先于⿰（總） 6.不隹丁☐⿰（誖） 7.壬寅卜爭☐				

（四）九月

丙 261	殼、方、爭	⿰、♉、⿰、不⿰	雀		F5F6F7A1A4 39-8
	1.（戊午）乎雀往于⿰ 2.（己未）黃尹⿰王 3.（庚申）乎王族征比⿰ 4.（甲子）雀弗其乎王族來 5.乎雀征（目） 6.乎王往☐ 7.犬追⿰（亘）⿰及 8.（丁卯）乎雀⿰⿰（楓）九月				
丙 261 反	1.自⿰ 2.丁巳卜殼				F4

（五）十月

丙 119	殼	⿰、⿰	雀	賓一、典賓	B8D2
1.乎雀⿰⿰（桑） 2.乎雀⿰（臺）⿰ 3.雀⿰曰（亘）我（辛巳）乎雀伐⿰（翼） 4.（乙未）⿰戈（成套二卜）					

R044637	爭	⿰、⿰			
1.（甲申）沚⿰其⿰雀 2.（辛卯）⿰隻 3.☐我 4.翌壬辰其征雨 5.（壬辰）⿰往沚亡⿰ 6.（乙未）翌庚子王步 7.（乙未）翌丁酉王步 8.（乙未）⿰不隹⿰ 9.（丙申）⿰（嚮）丁酉大取鳳十月					
					39-8

乙 4693	1.己□卜爭貞令隻□□ 2.辛丑卜賓貞□不其隻 3.貞雀□□□ 4.乙巳卜爭貞雀隻□ 5.貞□□若□雀 6.貞雀以□（係） 7.丙午卜□翌丁未王步 8.丁未□□ 9.辛□卜辛□雀隻□ 10.□來

（六）十二月

丙 485	㱿、爭	□、㪔、□、□	雀		D9E2
	1.□于且辛 2.今日□牛于且辛 3.于翌辛□牛且辛 4.（壬寅）翌丁未勿步 5.王重翌乙巳步 6.我□隹□□ 7.雀亡□ 8.乎雀□伐□ 9.今十二月我步〔貞于生一月步〕 10.乎□豕隻				
丙 485 反	1.壬寅 2.翌丁未				D9E4

丙 249	㱿	□、□	帚好		D8D9D0E4E8 13:41-10
	1.（辛丑）王夢□（擴）隹又 2.（壬寅）帚好□�壬辰□（嚮）癸巳□隹女 3.帚好□不其� 4.（癸卯）乎雀□（衛）伐□（亘）□十二月 5.翌丁未王步 6.（丁未）□日□于且乙 7.于妣庚□ 8.（辛亥）□（鼓）以 9.（辛亥）先 10.雀□于				
丙 249 反	甲辰卜方				E1

（七）一　月

丙 259	㱿、內	□	雀		A6E8E0F1F5
	1.（戊午）□（戎）及□〔弗其及□〕 2.（戊午）乎射弗羌 3.□（亘）隻 4.（己巳）□（畫）乎來 5.□來自□（南）以□（龜） 6.不其以 7.今辛□□于上甲 8.其先□ 9.其先□ 10.其先雀□ 11.雀克入□（各）邑〔雀弗其克入〕 12.雀□□ 13.雀□□ 14.曰雀勿伐 15.貞我□□（枏） 16.貞我弗其□ 17.□其□ 18.貞允不其□□（妖） 19.（癸丑）□□（蝠）□其隻□隹□（執） 20.（甲寅）曰雀來□（復） 21.雀□（尋）□（壹）				
丙 259 反	1.甲子卜㱿 2.翌甲申其雨 3.我□ 4.令□（喜）□ 5.□不其□ 6.今壬勿□□ 5.癸丑□				A1C1E0

丙 309	爭、㱿、方	□、□、□、□	子汰		E0F1A8A9
	1.（癸丑）□缶于大子 2.（甲寅）乎子□（汰）酒缶于□ 3.于□酒缶 4.（辛未）我□□（獲）在□（寧） 5.翌乙亥子汰其來 6.子□其隹甲戌來 7.我其□（征）□ 8.勿乎□夕□（敦）				
丙 309 反	1.癸丑卜㱿隹□ 2.缶隻用				E0

<table>
<tr><td>丙 304</td><td>爭、殼</td><td>□、□、□</td><td>雀、沚戛</td><td></td><td>E8F2F5F6F7A7</td></tr>
<tr><td colspan="6">1.（辛亥）翌乙卯雨乙卯允雨 2.戛□囚　3.（戊午）乎雀□戛　4.（戊午）雀追□㞢隻　5.□（啚）𢦏□（獋）　6.（乙未）令□往沚　7.亘其□（果）隹□（執）〔□不□隹□〕　8.（辛酉）今日㞢于下乙一牛𠕋十宰□　9.雀以咸　10.□（妥）以羊〔□以□〕11.桒于上甲咸大丁大甲下乙　12.（庚午）□□</td></tr>
</table>

<table>
<tr><td>丙 117</td><td>殼</td><td>□、□、□</td><td>賈、雀、子汏、子□、斫</td><td></td><td>D1D2D4D0E1E2E8</td></tr>
<tr><td colspan="6">1.（甲午）□其㞢囚　2.（甲午）酌于河□　3.乎雀酌于河五十　4.酌河卅牛以我女　5.翌乙未酌咸　6.（乙未）酌□　7.貞□　8.（乙未）其㞢來□　9.翌酉㞢于大丁　10.翌癸卯帝其令鳳（風）夕陰　11.（癸卯）甲辰酌大甲　12.桒年于大甲十宰且乙十宰　13.桒雨于上甲宰　14.㞢于上甲牛　15.（乙巳）勿衣　16.酌王亥　17.翌辛□㞢于王□四十牛　18.翌卯酌子□　19.乎子□□（祝）一牛乎父甲　20.翌乙酉酌子□□　21.叀王嚮　22.彡夕二羊二豖宜　23.三羊二豖五十牛于王　□ 24.㞢于河女　25.酌五十牛于河　26.□祀今□　27.彡其酌□自咸告　28.㞢于咸大丁大甲大庚大戊中丁且乙且丁一牛卯（□）羊□　29.□□</td></tr>
</table>

<table>
<tr><td>丙 531</td><td>內</td><td>□</td><td></td><td></td><td>D6D8D9E1E2</td></tr>
<tr><td colspan="6">1.（己亥）翌辛丑乎雀酌河卅酌　2.貞□　3.（壬寅）王翌乙巳㞢于且乙　4.翌甲辰于上甲一牛　5.貞宰于上甲　6.我舞　7.不其雨</td></tr>
</table>

<table>
<tr><td>丙 431</td><td>㝑、殼</td><td>□、□、□</td><td>雀</td><td></td><td>E4E5E9F1</td></tr>
<tr><td colspan="6">1.（丁未）燎于□　2.（戊申）方□燎于□□（社稷）□卯上甲　3.（壬子）㞢于示壬正　4.乎雀酌于河五十牛　5.旨河燎于□㞢雨　6.乎舞于□（蚰）　7.來甲寅㞢于上甲十牛</td></tr>
<tr><td>反</td><td colspan="4">壬子卜□</td><td>E9</td></tr>
</table>

接著對與雀有關的𢓊亘及征□卜辭排譜。𢓊亘和征□兩類卜辭所記載的是發生於同一時段的戰爭，丙 259、丙 261、丙 304，都同樣記載了這兩件事。關於這一類的卜辭劉學順曾爲之譜「婦好娩與征亘方」譜，認爲是發生在武丁某年的五月到次年三月間的一次戰役，而其中記有月份及干支的卜辭有：丙 307 的「六月甲申」、丙 306（丙 211）的「六月丁未」及「七月壬申」、丙 177 的「八月壬午」、丙 261 的「九月丁卯」、丙 370 的「三月辛卯」。〔註 55〕其次，我們還

〔註 55〕見《YH127 坑賓組卜辭研究》，頁 44。其譜可簡單寫作合 6926－合 6929－合 6934

可以再補入 R044637 的「十月丙申」、丙 249 的「十二月癸卯」。

劉學順的排譜是這樣的：

> 合 6926 五月－合 6929－合 6934－丙 307 六月－合 6931－丙 307－
> 丙 211－丙 307－丙 306 七月－丙 307－丙 306－丙 177 八月－丙 261
> 九月－乙 4693－丙 249－丙 304－丙 249 十二月－乙 4693－丙 249
> －丙 370

以上卜辭中註明月份干支的有：丙 307（六月甲申）、丙 306（六月丁未）、（七月壬申）、丙 177（八月壬午）、丙 261（九月丁卯）、丙 370（三月辛卯），其餘月份皆劉學順所補。〔註56〕

對於本類卜辭的干支我們可以從丙 307 上「六月」和丙 306 上「六月」及「七月」兩個干支來推算，丙 307 上有「甲申：余征𢍌。六月」，丙 306 上有「丁未卜，王貞：余不盖獲𢍌。六月」和「壬申：亘戎其翦我。七月」。若把一整個六月加一整個七月，當有 59 天，而甲申到壬申一共是 49 天，差 59 天 10 天，所以六月的第一天最多可以是在甲戌（11）天，即甲戌到壬申爲 59 天；而如果甲申爲六月的第一天則七月的最後一天可以是壬午（19），我們以之爲範圍來推算，則可以得出以下幾種六月和七月的可能干支，即是：

(1) 六月（甲戌 11－壬寅 39），七月（癸卯 40－壬申 09）；

(2) 六月（乙亥 12－癸卯 40），七月（甲辰 41－癸酉 10）；

(3) 六月（丙子 13－甲辰 41），七月（乙巳 42－甲戌 11）；

(4) 六月（丁丑 14－乙巳 42），七月（丙午 43－乙亥 12）；

－合 6928（六月）－合 6931－合 6928－丙 211－合 6928－丙 211－合 6928－丙 211－合 6945（八月）－丙 261（九月）－合 6952－丙 249－合 6947－丙 249－合 6952－丙 249－合 10184（三月）。

〔註56〕劉學順的排譜若從一個月的天數來推算的話，有幾處錯誤的地方，一是八月的天數太長。其以丙 177 和丙 261 皆屬八月，只有丙 261 上的丁卯爲九月，如此八月便有壬午（19）到甲子（01）日，遠超過一月可能的天數。又九月和十二月之間宜再分出十和十一月，不然九月的天數亦太長。其次以丙 249 的癸卯爲十二月的定點，而又將同版壬辰列於一月，其間已超出 40 天，故這個壬辰的干支當列入二月，而如此則丙 370 的辛卯和壬寅及同版的三月無法排入此年三月中，也就是說丙 370 的「亘有田」不當排入此譜中。

（5）六月（戊寅 15－丙午 43），七月（丁未 44－丙子 13）；

（6）六月（己卯 16－丁未 44），七月（戊申 45－丁丑 14）；

（7）六月（庚辰 17－戊申 45），七月（己酉 46－戊寅 15）；

（8）六月（辛巳 18－己酉 46），七月（庚戌 47－己卯 16）；

（9）六月（壬午 19－庚戌 47），七月（辛亥 48－庚辰 17）；

（10）六月（癸未 20－辛亥 48），七月（壬子 49－辛巳 18）；

（11）六月（甲申 21－壬子 49），七月（癸丑 50－壬午 19）。

又考慮到丙 306 上「丁未」屬六月，所以只有以上（6）到（11）項的假設才可能。

如此我們可以假設六月的干支爲月首干支（己卯 16－甲申 21）到月末干支（丁未 44－壬子 49），即第一日爲己卯日或是之後的五日內皆可，而最後一日爲丁未日或往後算的五日內皆可，因此六月以後的月份就可寫成：

七月爲（戊申 45+5－丁丑 14+5）；

八月爲（戊寅 15+5－丙午 43+5）；

九月爲（丁未 44+5－丙子 13+5）；

十月爲（丁丑 14+5－乙巳 42+5）；

十一月（丙午 43+5－乙亥 12+5）；

十二月（丙子 13+5－甲辰 41+5）；

一月（乙巳 42+5－甲戌 11+5）。

而這個以乙巳到庚戌爲正月一日的年，若我們查《中國先秦史歷表》中甲午年附近合於此一限制的年分則是以 1207BC 的丁未年最恰當，也就是在甲午的後三年。〔註57〕而依這個假設則這個六七月間發生的衛亘伐𢆶戰爭可能是始於西元前 1208 年的壬子年。

在排譜之前先將這一類卜辭中明顯是記載同一件事而分記在不同版上的卜

〔註57〕關於丁未這一年的選定若根據張表，則是放在 1207BC 二月第一天，但我們知道一個殷陽曆相結合的曆表每五年要加入兩個閏月，所以我們把可以張表 1207BC 年的第一個月看成是前一年的十二月，而把張表 1208BC 的二月壬子，看成是這一年的年首。正如夏含夷把張表的 1210BC 的第一個月甲子看成前一年的十三月。但是這樣在計算天數時，對照張表便會有一天的誤差，使得這一年的月首干支由丁未，而變作丙午，然在此仍用丁未之名，爲以張表爲標準之故。

辭加以說明。丙 485 上有「翌丁未王步」，丙 249 上也有，且丙 485 上有「今十二月我步」及「乎雀衛伐亘」辭，丙 249 上亦有「乎雀衛伐亘戈，十二月」辭，這說明這是針對同一事件的命辭。

其次關於雀與望族的戰事，裘錫圭曾引乎雀伐望戈的卜辭，如合 6983「癸巳卜，㱿貞：呼雀伐望戈」（合 6983）、「甲午卜，爭貞：惠雀呼比望韋伐戈」（天理 156）、「己亥卜，爭貞：雀☒其戈望☒十月」（合 6984），認為這三條卜辭所記載的是同一件事。而且內容說明了這是一件記載望族曾經與商人為敵的卜辭。其中望戈和望韋可能都是望族的一個分支或首領之名，商王更曾派望韋為先導讓他和雀一起去伐望戈。〔註 58〕這個比望韋伐望戈事件的干支可以排入此年，知當是同年發生的事。

而和這個事件有關的卜辭又可見乙 4693（合 6952），其上有「貞：望韋若啓雀。辛丑卜，㱿貞：戈不其獲。貞：雀戈戈☒。」這裏所載的和上面十月伐望戈事件當是指同一件。對照可知乙 4693 中的「戈」就是指「望戈」。其次丙 145 上也有「令望韋歸」此或是指同一件事。

從丙 261「雀弗其乎王族來」知雀在當時可以統率王族，故其當是王族的首領，也就是「多生」。「王族」乃指由王的近親所組成的族眾，包括王的伯叔、兄弟和子侄等。

又在李棪的《北美所見甲骨選粹考釋》的第 16、17 片中亦出現有「學」字，其分別作「乙亥卜，貞：今日乙亥王臺（敦）學卜」（北美 16）；「丙子卜：于丁丑卜」、「丙子卜：于戊寅卜」、「丁丑卜：戊寅卜學」、「丁丑卜：今日卜學」（北美 17）。其中北美 16 的「學」當即是北美 17 的「學」字，李棪的考釋亦說「第十六片之學與第十七片之學，疑是一字而異體，乃地名也。其與第十六片同文者有粹編所收之殘辭『乙亥☒王臺學旬一日乙☒』（粹 1181）字作學，故知學、學通用，猶羋之異體作羣也。」〔註 59〕這個乙亥、丁丑、戊寅的干支正好可以排在丙 119 於辛巳日「乎雀伐學」事件的前面，可能也是指同一件事。

所以事件的順序可以作：

〔註 58〕裘錫圭：〈說殷卜辭的奠〉，《中研院史語所集刊》第六十四本三分（1993 年），頁 665。
〔註 59〕李棪：《北美所見甲骨選粹考釋》（香港中文大學：中國文化研究所學報第三卷第二期，1970 年），頁 285。按羣非羋之異體，前一字可釋為「離」，後一字則要釋「擒」。

丙 197（五月）－丙 307（六月）－丙 306（七月）－丙 177（八月）

－丙 261（九月）－丙 119（十月）－R044637－合 6983－天理 156

－R044637－合 6984－乙 4693（十一月）－丙 485（十二月）－丙

249－丙 485－丙 249（一月）－丙 259－丙 309－丙 304－丙 259－

丙 309－丙 304－丙 117（二月）－丙 531－丙 117－丙 431（三月）

以下試排譜。

壬子	（四月）	丁未（44）	𩁢	酚勺伐十宰	丙 197
	五月	乙卯（02）	𩁢	來乙亥酚下乙十伐㞢五卯十宰二旬㞢一日乙亥不酚雨五月	丙 197
				我用𡠨俘	丙 197
	六月	甲申（21）	王	余☐𩫽	丙 307
				帝令隹枞	丙 307
				叀子𠬝令西（叀子商令）	丙 307
	（六月）	乙酉（22）		☐旬癸巳㞢（嚮）甲午雨	丙 307
	（六月）	丙戌（23）	爭	王㞢♡☐	丙 307
	六月	丁未（44）	王	余不盖隻𩫽	丙 306
	（六月）	己酉（46）	𤔲	乎葬㐱（蔡）侯	丙 306
	七月	壬申（09）	𩁢	亘虫其戋我	丙 306
				㞠弗其取	丙 306
	（七月）	癸酉（10）	𩁢	令多奠㳂爾墉	丙 306
	（七月）	癸酉（10）	𩁢	🐚亡在亘	丙 306
	（七月）	甲戌（11）	𩁢	我馬及𠦜	丙 306
	八月	壬午（19）	𩁢	亘允其戋🐚	丙 177
				兒丁卷亘	丙 177
				乎我人先于🐚	丙 177
	（九月）	戊午（55）	🐚	乎雀往于𣛷	丙 261
	（九月）	庚申（57）	𩁢	乎王族征比🐚	丙 261
	（九月）	甲子（01）	爭	雀弗其乎王族來	丙 261
				乎雀征目	丙 261
				犬追亘㞢及	丙 261
	九月	丁卯（04）	爭	乎雀🐚𠦜枞	丙 261
	（九月）	乙亥（12）		今日乙亥王臺𡠨卜	北美 16

（十月）	丁丑（14）		戊寅卜🀥	北美 17
（十月）	辛巳（18）	🀥	乎雀伐🀥	丙 119
（十月）	辛巳（18）	🀥	乎雀🀥🀥（乎雀🀥🀥）	丙 119
（十月）	辛巳（18）	🀥	雀得亘我	丙 119
（十月）	甲申（21）	爭	沚戛啓雀	R044637
（十月）	壬辰（29）	爭	🀥往沚亡囚	R044637
（十月）	癸巳（30）	🀥	呼雀伐望戉	合 6983
（十月）	甲午（31）	爭	惠雀呼比望🀥伐戉	天理 156
（十月）	乙未（32）	爭	翌丁酉王步（翌庚子王步）	R044637
十月	丙申（33）		🀥丁酉大取鳳	R044637
十月	己亥（36）	爭	雀☐其🀥望	合 6984
（十月）	己亥（36）	爭	令隻🀥亘	乙 4693
			望🀥若啓雀	乙 4693
（十月）	辛丑（38）	🀥	⼘不其隻	乙 4693
		🀥	雀🀥⼘🀥	乙 4693
（十月）	乙巳（42）	爭	雀隻亘	乙 4693
			雀以石係	乙 4693
	乙巳（42）		王乍邑	丙 145
			令望🀥歸	丙 145
（十月）	丙午（43）	🀥	翌丁未王步	乙 4693
（十一月）	辛亥（48）	🀥	雀隻亘	乙 4693
（十二月）	己亥（36）	🀥	我☐隹🀥亘	丙 485
（十二月）	壬寅（39）	🀥	帚好娩妫壬辰🀥（嚮）癸巳娩隹女	丙 249
（十二月）	壬寅（39）	爭	翌丁未王步	丙 485
（十二月）	壬寅（39）	爭	王重翌乙巳步	丙 485
（十二月）	壬寅（39）	🀥	乎雀衛伐亘	丙 485
十二月			今十二月我步（于生一月步）	丙 485
			乎🀥豕隻	丙 485
十二月	癸卯（40）	🀥	乎雀衛伐亘🀥十二月	丙 249
（十二月）			翌丁未王步	丙 249
（一月）	辛亥（48）	🀥	🀥以	丙 249
（一月）	甲寅（51）	爭	曰雀來🀥	丙 259
（一月）	甲寅（51）	🀥	乎子汏酚缶于🀥（于🀥酚缶）	丙 309
一月	戊午（55）	爭	乎雀弜戛	丙 304

	戊午（55）	🔣	雀追亘屮隻	丙304
	戊午（55）	爭	🔣🔣🔣	丙304
			亘其🔣佳🔣	丙304
			雀以咸	丙304
			妟以羊（妟以🔣）	丙304
（一月）	戊午（55）	🔣	中及🔣	丙259
（一月）	戊午（55）	內	乎射弗羌	丙259
			亘隻	丙259
（一月）	己巳（06）	🔣	🔣乎來	丙259
			其先🔣（其先雀🔣）	丙259
			雀克入各邑	丙259
			雀🔣🔣	丙259
			貞我🔣🔣其柄	丙259
（一月）	辛未（08）	爭	我🔣🔣在🔣	丙309
	壬申（09）	🔣	翌乙亥子汏其來	丙309
			子汏其佳甲戌來	丙309
（一月）	庚午（09）	爭	亘🔣（亘不其🔣）	丙304
二月	甲午（31）	爭	🔣其屮囚	丙117
			乎雀酚于河五十	丙117
二月	己亥（36）	內	翌辛丑乎雀酚河卅酚	丙531
（二月）	癸卯（40）	🔣	甲辰酚大甲	丙117
			翌卯酚子汏	丙117
			乎子汏祝一牛乎父甲	丙117
			翌乙酉酚子🔣弜	丙117
			翌辛亥屮于王亥四十牛	丙117
三月	壬子（49）	🔣	屮于示壬正	丙431
			乎雀酚于河五十牛	丙431

　　以上的丙249（合6948）和丙485（合6949）（圖1）分別是一塊大龜版的
上半和下半，而兩版卜辭所載之事正好是在同一個月內所發生的事，因此就有
學者誤以爲這兩版甲骨可以加以綴合。〔註60〕

〔註60〕鄭慧生在〈甲骨綴合八法〉中以爲合6948（丙249）可以加上合6949（丙485），並
　　　　將之列於第十六組。見氏著：《甲骨卜辭研究》（開封：河南大學出版社，1998年），

　　而除了上述所排譜的事件外，還有一些記載與雀有關的零星卜辭無法排入以上四年內，如乙 4718 上的二個十二月干支，「癸亥卜王：屮大甲。十二月」、「戊辰卜：雀不其以❀（象）。十二月」、「己巳卜：雀以❀（猱）。十二月」及同版未有干支的「☒卜❀以馬自❀。十二月」，〔註61〕丙 120 反的「乎人入于雀」其正面上兩個七月乙未和九月丁丑的干支，以及乙 5347「己巳卜，❀貞：雀其凶（殯），貞：雀不殯二月」，這其中可以肯定的是乙 5347 二月己巳問雀殯的卜辭當是時間最晚的卜辭外，餘兩者的所屬年份還有待考慮。

　　張培瑜在〈甲骨文日月食與商王武丁的年代〉中認爲殷武丁的大致年代範圍在西元前 1250-1192 年間，而李學勤在〈讀「甲骨文日月食研究與武丁、殷商的可能年代」〉中也由歷組庚辰日食上有父丁的稱謂來證明張說是恰當的。〔註62〕故若我們以 1250BC 爲武丁元年的話，伐❀的甲午年應該是武丁的四十一年，伐夷爲四十二年，衒亘、征❀則爲四十三年五月到四十四年的三月間的事。

　　如果從以上這些卜辭的貞人來看，可以發現這些卜辭的貞人主要以殼爲主，爭次之。而殼字可作「❀」與「❀」兩種字體，在伐❀和伐夷卜辭中以作「❀」體爲常，衒亘卜辭中則大半作「❀」，推知殼字的寫法由早期的作「❀」慢慢變成以作「❀」爲主。其它的貞人還有內和方，但其充當貞人的次數遠不及殼和爭。此外，王親自貞問的形式也隨著時間往後而減少。

　　下面簡單地綜述這段其間所發生的史事。

　　在武丁的四十年的十二月發生了商朝和❀的戰事，後來經由占卜，決定於甲子那一天去攻❀，同時間內王還曾親征❀。到了次年（甲午年）缶來寇邊，王除了派雀去迎擊外，亦曾親征攘缶於荀地，然而與缶的戰事不斷擴大，到了

　　頁 252。然對於此版的綴合，據蔡哲茂所言，當年他看到了這個綴合後，曾經去找當時管理史語所庫房的劉淵臨並加以核對，而劉先生以爲下半（合 6949）龜身太小，不似同一龜之甲。而其中合 6949 正可以再加綴乙補 954，爲林宏明所綴合。

〔註61〕這裏的「❀以馬自❀（孽）」中的「❀」當爲人名或族名，孽地當是後節命正化譜中旨所❀的❀，而以馬自某地（人）之辭例和中觶銘文「王錫中馬自鄁侯」可通。而上面的雀「以猱」、「以象」及這裏的「以馬」，都可看成是王族（雀、❀？）必須向商王室納貢的例子。

〔註62〕張培瑜：〈甲骨文日食與商王武丁的年代〉，《文物》，1999 年 3 期。李學勤：《夏商周年代學札記》，頁 197。

後來我使、多臣及子商都加入戰事，而整個四月可以說是子商和缶的激戰時期，基方（缶）甚至還一度作起城郭來防止子商攻入。

　　隔了一年的五月，由於夷和巴方的為亂，商王屢次貞問是否以沚戛為先導去伐巴方還是要派侯告伐夷，其間還曾考慮旲伯𤼈、𡆥（肩）、♀這些人選。後來𢀛方、下𘟷（黎）接著也起來作亂，不過夷方的叛亂終於平定了，商王還曾為此事卜問是否要將夷人改奠至其它的地方。

　　第三年的六月間發生了商王朝與亘和𦥑的戰事，在這段期間，𡚅（蔡）侯死去，而亘與𦥑對商的侵擾卻日益嚴重，為了避免戰事波及便命令奠民到城郭中避難。之後亘侵略了鼓地，目也起來為亂，商王便先派雀去征討目。之後，由於戰事加劇，犬官也加入討亘的行列，而雀此時轉而攻打被亘侵占的鼓地和桑地。不久雀又受命去攻𤔲，在這次戰爭中沚戛還一度當起雀的先導。不久後，望族叛變了，商王採以夷制夷的方式，以望𦥑為先行部隊，雀為主帥，大舉攻下叛變的望戉。正值此年的十二月時婦好分娩了，結果是個女的。這個月雀擊中火力攻打亘，一直到一月才將亘平定，然而此時𦥑的為亂仍未定，王便派𢀛為大將去攻討，還曾經一度在寧這個地方打了場勝仗。

第四節　賓組卜辭中與子商有關的事件排譜

　　上一節我們排的是和雀有關的譜，這一節我們來看卜辭中子商的活動記載。雀和子商在身份上的不同，主要是雀是「多生」，即王族的中的族長，而子商是「多子」，為多子族的首腦。多子族通常被分封出去，如子奠又被稱「侯奠」，子𩵋又被稱「𩵋侯」，子兒又被稱「伯兒」。而不管是多生或多子，從卜辭來看其都擁有自己的族眾和屬地，也都可以參與祭祀，出兵征討，有時還得要負擔商王朝的經濟需求。

　　關於子商生存的年代，可以從和他同版中的人名來推測。前面我們說到過雀是賓組卜辭早期出現的人物，其活動時間約為武丁中晚期。而和雀有關的事件可分為三部分，分別是𦥑𡆥和𦥑基方缶事件、伐夷伐巴方事件和衛亘征𦥑事件。其中子商參加了𦥑𡆥、伐基方缶及衛亘事件，並且在武丁四十一年四、五月間的𦥑基方缶事件中，子商更是作戰的主力。所以可以推知子商的活動時間有一段和雀重疊。

林小安在〈武丁早期卜辭考證〉中也說「武丁卜辭中雀、弜、豪、子商等有較多的同版關係，他們也應是同輩人。」

以下先將出現附記子商名的一二七坑卜辭列出。

丙 1	爭、㱿	[illegible]、[illegible]	雀、子商、龍敖、侯專、扶	賓一	E9E0F7F8F0A2 A3 29-58
	1.（壬子）自今五日我𢦏[illegible]（宙） **2.（癸丑）自今至于丁巳我𢦏[illegible]王固曰丁巳我毋其𢦏于來甲子𢦏旬㞢一日癸亥[illegible]弗𢦏之夕[illegible]（嚮）甲子允𢦏** 3.（庚申）王貞余伐[illegible]（不）三月 4.（庚申）王貞雀隻缶 5.（辛酉）翌壬戌不至 6.（癸亥）我[illegible]𢦏缶 7.（癸亥）翌乙丑多臣𢦏缶 8.子商隻先 9.（丙寅）乎[illegible]（龍敖）[illegible]（侯專）咎[illegible]（㕚） 10.[illegible]（扶）[illegible]王事				
丙 1 反	1.辛酉卜㱿貞我亡[illegible] 2.㱿				

丙 3	㱿、爭	[illegible]、[illegible]、[illegible]	子商、子不	賓一、典賓	F6
	1.（己未）王亥（[illegible]）求我（宜） 2.叀子[illegible]（不）乎[illegible]（陷麋）〔叀子商乎〕 3.叀王往 4.王于[illegible]（龔）自 5.貞我其㞢囚 6.今夕雨 7.[illegible]（斲） 8.（己未）我于[illegible]（雉）[illegible]（次） 9.[illegible]弗其☐				
丙 3 反	1.翌辛酉其㞢 2.其啓 3.于妣己𢀛 4.奠 F8				

丙 32	爭、㱿	[illegible]、[illegible]、[illegible]	食、亞、在北史、戛	賓一、典賓	F0B2
	1.[illegible]（食）來〔亞以來〕 2.在北史有隻羌 3.戛往來亡囚王固曰亡囚 4.父乙[illegible]王 5.王入 6.不[illegible]（蝠）冊十且乙				
丙 32 反			子商、呵		
	1.臣大入一 2.乎子商爵㞢且 3.[illegible]（呵）來 4.征[illegible] 5.不隹[illegible]				

丙 86	㱿	[illegible]	[illegible]、子商、雀	賓一	D5E0F1
	1.戊戌卜[illegible]☐ 2.（癸丑）隹兄丁 3.王隻鹿允隻 4.[illegible]（擒）麋 5.王其隻[illegible]（兕） 6.（甲寅）燎于㞢[illegible]（土） 7.㞢宰㞢一人 8.㞢叀犬㞢羊㞢一人[illegible]				
丙 86 反	1.丁亥卜牛[illegible] 2.今日其雨 3.丁亥㞢 4.子商亡囚 5.雀亡囚 6.允隻麋四百五十 7.辛卯卜㱿貞王入于商				

丙 171	內		子商	賓一	B8B0D5 23-52
	1.（癸未）子商𢦏基方缶 2.（癸未）子[illegible]㞢[illegible]（保）四月 3.（戊戌）[illegible]三牛 4.（戊戌）乎雀[illegible]一牛 5.乎雀[illegible]于出日于入日宰				

丙197	殼	𩁹、𠂤、§			E4C1D4D8E2F 2F8

1.我用𤔔𢀛（俘）　2.（丁未）酚𠂤（勺）伐十宰　3.（乙卯）來乙亥酚下乙十伐屮五卯十宰二旬屮一日乙亥不酚雨五月　4.來甲申屮于大甲 5.翌丁酉屮于且丁　6.翌辛丑屮祖辛 7.翌乙巳屮且乙 8.翌辛酉屮且宰用 9.卯父乙　10.父乙隹伐𢀛　11.今日夕用𠧢　12.𩁹（魯）甲（父庚、父辛）𡆥王

丙197反					

1.癸卯卜殼　2.于來乙卯屮且乙　3.𢀛羊　4.乙卯卜　5.三旬來甲申　6.重乙亥酚　7.屮犬于咸戊（𢀛戊）　8.于𦰩卯𢀛　9.翌丁勿于且丁　10.𩁹人于妣己廿𩰋（孼）　11.重白豕二牛　12.屮下乙　13.庚申卜殼　14.子商　B2C1D0F2F7

丙264	殼、爭、內	𩁹、日	子商、子𤔣	C8D7D8 11-41

1.（辛卯）乎取奠女子　2.（辛卯）甲酚燎　3.（辛卯）王屮𠂤𡆥　4.（庚子）令子商先涉羌于河七月　5.（辛丑）取子𤔣（𤔣）

丙302	殼	𩁹		賓一	D8D9E1 51-40 12-41

1.（辛丑）今日子商其𢀛屮方𠭥𢦏屮五月　2.（壬寅）𢦏雀重𠬝（𡁀）爭屮方〔子商不盖𢦏屮方〕　3.（壬寅）至今至于甲辰子商𢦏屮方五月　4.（壬寅）日子商𦥑癸𢀛　5.日𦥑甲𢀛　6.日子商于乙𢀛　7.日子商至于屮丁乍𢚄（火）𢦏　8.（甲辰）翌己巳日子商𢀛（敦）至于丁未𢦏（成套卜辭三卜）

丙302反		

1.我來　2.𤔣𡆥

丙307	爭、王	§		C1C3 25-54

1.帝令隹𢀛（梪）　2.重子𠬝令𢀛（西）〔重子商令〕　3.重王自往西　4.（甲申）余𠧢（正）𤢫（獋）六月　5.（丙戌）王屮𢙉正　6.乙酉𡆥（量）旬癸巳屮（饗）甲午雨

丙307反		F7

1.庚申卜爭　2.雀入三十

丙429	𠂤、殼	𡆥、𩁹		

1.（丙寅）且丁弗𢀛　2.子商隻鹿　3.不𢀛　4.（丁卯）𤑣𣏕（妌）屮子 4.貞受

丙429反		B1

1.王𡆥曰隻　2.甲戌卜爭　3.𡆥入

丙 552	內、爭	𠂤、[illegible]			C3C4C8
	1.（丙戌）父乙[illegible]多子 2.（丁亥）子商㞢[illegible]在[illegible]〔子商亡[illegible]在[illegible]〕 3.翌辛卯燎三牛 4.貞勿▨				

R044555	㱿、爭	[illegible]			31-60
	1.（甲戌）雀隹子商[illegible]基方[illegible]（克）▨ 2.（辛卯）基方缶作[illegible]（墉）其[illegible]（不[illegible]弗[illegible]）四月 3.（辛卯）勿[illegible]（[illegible]）基方缶乍[illegible]子商入 4.（辛卯）勿[illegible]基方缶作[illegible]子商𢦏四月 5.（壬辰）王先雀翌甲午步于[illegible]（朱） 6.（癸巳）翌甲勿先雀步于[illegible] 7.（壬辰）[illegible]㞢取（弗其以㞢取）				
反	[illegible]				

R038114					
	1.子商其隻在[illegible]（萬）鹿 2.▨人不其冓				

R028593					
	1.[illegible][illegible]示岳 2.▨[illegible][illegible] 3.比[illegible] 4.勿乎般 5.（甲申）以馬 6.子商隻隹				
反	1.來乙酉酻登且乙 2.勿隻				

R044574	爭	𠂤			
	1.取[illegible] 2.取[illegible] 3.子商[illegible]（[illegible]）㞢[illegible] 4.今日㞢于成三牛 5.今日夕酻 6.[illegible]王[illegible]且辛 7.且丁〔且辛〕 8.[illegible]酻夕羊[illegible]犬 9.▨方[illegible]□[illegible] 10.于且辛[illegible] 11.（乙亥）[illegible][illegible] 12.㞢于上甲十伐卯十[illegible]				
反	1.翌丁巳酻且丁 2.丙寅易日 3.乙丑 3.[illegible]于[illegible][illegible] 4.癸酉卜 5.辛酉				

乙 4516	1.庚午卜[illegible]貞[illegible] 2.八犬八羊 3.子商隻 4.子商亡[illegible] 5.三羌 6.五羌 7.父乙[illegible]王 8.父辛[illegible]王 9.降 10.貞[illegible] 11.[illegible]于且丁 12.乎[illegible]凡[illegible][illegible]
反	1.勿乎般比[illegible][illegible]〔乎般比[illegible][illegible]〕 2.[illegible]入三

乙 5349	1.乙亥卜[illegible]貞雀㞢乍[illegible]〔雀亡乍[illegible]〕 2.乙𠂤卜內貞今乙𠂤子商[illegible][illegible]方其𢦏

乙 5395	1.辛酉卜內貞往[illegible]多[illegible]其以王伐〔往[illegible]多[illegible]不其以伐〕 2.貞且乙[illegible]王〔且乙弗其[illegible]王〕3 .乙卯爭貞[illegible]𢦏[illegible]〔貞[illegible]弗其𢦏[illegible]〕 4.翌乙[illegible][illegible] 5.乎子商 6.貞[illegible]
反	1.王[illegible]曰吉𢦏 2.勿[illegible] 3 [illegible][illegible]

| 乙 7422 | （合 2190）1.貞來乙㇇虫旨于父乙用　2.貞☐㇇☐商☐于父⿱ |

| 乙 7750 | 1.貞重多子乎往　2.于㇆子　3.壬戌卜爭重王自往⿰　4.貞勿盍用　5.貞虫于妣甲⿱艮卯宰　6.癸㇇卜爭貞我⿱受虫年一月〔貞勿盍⿱受虫年〕7.弗其受虫年　8.貞⿰（祝）于且辛 |

上舉載有子商名的卜辭中記有月份干支的有丙 1、丙 171、丙 264、丙 302、丙 307、R044555。前一節說過丙 1 所載為武丁四十年十二月及四十一年三、四月的⿰⿰⿰基方缶事，乙 5349、R044555、丙 171、丙 302 為該年四、五月間的翦基方缶事件。而丙 197 和丙 307 則主要記載武丁四十三年五、六月間的征⿰事。剩下的丙 264 上的七月庚子這個干支可以排入武丁四十年以及四十一年的七月中。所以載有子商的骨版其所記內容的時間順序應該是：

武丁四十一年：丙 1（三月）－乙 5349（四月）－R044555－丙 171

　　　　　　　（五月）－丙 302

武丁四十一年？　　　　　　－丙 264（七月）－

武丁四十三年：丙 197（五月）－丙 307（六月）

與子商共版的人物有：子不（丙 3）、戛（丙 32）、⿰（丙 86）、犾（197 反）子⿰（丙 264）、⿱（合 302）、子效（丙 307）、⿰姐（丙 429）、般（R028593）。同時期發生的事件除了上舉的之外，還有「王于⿰（冀）」、「⿰姐虫子」、「往西多綝其以王伐」事。

丙 510 上有地名「⿱」，這個「⿱」應該就是丙 3「王于⿰」的「⿰」，前面一節將丙 510 排在武丁四十二年四月的伐夷伐巴事件中，所以丙 3 所載大概也是同時之事。丙 3 上所記的田獵事和丙 86 上所載的田獵卜辭干支接近，或可以聯係，而丙 86 反上載「丁亥卜牛⿱」及「獲麋」事，與 R028593 載「䅈⿱示岳」及「子商獲」事，也可能有關連。丙 32 上有「在北史有獲羌」及「父乙㔻王」、「乎子商爵虫祖」辭，乙 4516 上亦有「子商獲」、「三羌五羌」、「父乙㔻王」事，兩者干支接近，可能也是同時之卜，且乙 4516 上也現了地名「⿱」。

乙 5395 的「辛酉卜，內貞：往西多綝其以王伐」和發生於武丁四十三年六月的丙 307 上的「重子效令西」、「重子商令西」、「重王自往西」都同樣說明當

時商人的主要外犯在於西邊。而考慮到所載的「旨𢦏𦙜」事件，這裏的旨（旨）可能就是西使旨。

關於這類卜辭有卜問多子與商王一起田獵之事，包括乙 7750 的「（壬戌）叀王自往𥧯（陷麋）」「叀多子呼往」，丙 3 的「叀王往」「叀子不乎陷麋」「叀子商乎」，及丙 417 的「乎多子逐鹿」、丙 605「叀王往陷麋擒」、丙 606「（癸酉）子汰逐鹿」、丙 429「子商隻鹿」，其占卜時間接近，故朱鳳瀚以爲是同一件事。〔註 63〕這當中說到的「多子」就包括了「子不」、「子商」和「子汰」三人，可見在商代多子還會被王呼去參與田獵。

丙 429 上有問「㷖姞𤛈子」之事，「㷖姞」可能是姞地之女名「㷖」者。姞地爲商代重要的農業區，商王屢次卜問姞地是否有好收成，如丙 332 問「𤲶」（𤲶）、「姞」、「乙」這三個地方是否會受年，丙 340 卜問姞地是否有足夠雨量（「在姞田𤛈正雨」）。商王還曾一度叫甫（甫）種秜於姞（乙 3212「丁酉卜，爭貞：乎甫秜于姞，受又年」）。〔註 64〕

汰夒在上一節的伐夷伐巴事件中就已出現，這可能是其比較早期的活動記錄。𠂤在前一節中的伐夷伐巴事件中亦見，其辭爲「令♢比𠂤𣥠」（丙 275），這裏的「𠂤𣥠」《丙編》釋文作「諸𠂤」，張秉權以爲「從『諸𠂤』『眾𠂤』等

<hr>

〔註 63〕朱鳳瀚：《商周家族型態研究》（天津：天津古籍出版社，1990 年），頁 61。

〔註 64〕「𥝊」（秜）爲野生旱稻，見于省吾：《甲骨文字釋林》（北京：中華書局，1979 年），頁 252。又乙 3212「乎甫秜于姞」的「秜」在此當動詞，意即種秜。見裘錫圭：〈甲骨文中所見的商代農業〉，《古文字論集》，頁 161。又鄭杰祥以姞地爲商代南土之地，並據饒宗頤《殷代貞卜人物通考》中所言，認爲其地即《說文》「郎，汝南邵陵里」之郎，並提出「古召陵城當在今郾城縣東廿餘公里處，古郎地當在古召陵城附近，此地北距卜辭甫族所在的甫地約 250 公里，它應當就是卜辭中的姞地」。氏著：《商代地理概論》（鄭州：中州古籍出版社，1994 年），頁 236。然丙 332 有同時卜問「西土受年」、「𤲶受年」、「姞受年」、「乙受年」者，其地可能是西土地區，又鄭氏將甫（甫）列爲商人西土之地（309 頁），似乎可作爲姞在西土之證。又鍾柏生亦將姞、𤲶、乙都列於西方的農業地名內，並以爲姞地也許在山西南部一帶。見氏著：《殷商卜辭地理論叢》（台北：藝文印書館，1989 年），頁 289。又上引「丁酉卜，爭貞：乎甫秜于姞受又年」（合 13505）一辭，黃天樹以爲其和𠂤組小字類卜辭「庚辰卜，王：甫往黍受年一月」（合 20649）所指爲時間相近的一件事。見〈論師組小字類卜辭的時代〉，《陝西師大學報》1990 年第 3 期。

辭語中可以看出ㄓ方之中還有許多較小的部落，這和後世之稱諸戎、諸華、諸夏是一樣的。」〔註65〕可備一說。

般也是這個時期中常見的人物，其時代上可能比子商還晚一些，R028593和乙4516都提到了「乎般」這件事。

丙171有「乎雀戠于出日于入日宰」的卜辭，其中的「戠」又可作「[字形]」（丙159）、「[字形]」（丙47）、「[字形]」（丙71）、「[字形]」（丙167）、「[字形]」（丙171）、「[字形]」（丙203）形。而對於戠祭與出入日的關係，宋鎮豪以爲「殷人祭『出日』『入日』，通常采用牛牲，或一牛二牛三牛以至多牛，有時用宰。祭儀有戠、用、又、裸、歲、酒、卯，早期多戠祭，晚期以又（侑）祭爲多。」〔註66〕

而丙552上貞問「子商出[字形]在田」與「子商亡[字形]在田」，這裏面的「出[字形]在田」、「亡[字形]在田」的意思可能同於晚期卜辭中常見的「亡壱在欮」（合36359）「亡壱自欮」（合37836），是占問是不是在卜兆中顯示出將有壱的兆象。〔註67〕

子商這一類多子族族長，在卜辭中出現的地方，主要是以參與祭祀爲多，這些從王室分封出去的多子族族長和居於王室之中的王族族長，同樣享有祭祀商先王的權利和義務，除了證明其皆是同宗所出外，這也是宗法制度上統宗與收族的一種手段，多子是分封出去且有屬地的小宗，商王爲達控制的目的，所以必須要求其有出兵和納貢的義務。而在另一方面，爲確保其在宗族中的地位，也讓他享有祭祀先祖的權利，而我們從卜辭中出現有祭「父乙多介子」及「父辛多介子」（丙293）來看，推測多子中有些可能是小乙之子而有些可能是小辛之子，即武丁的同父或同祖的族人。

第五節　賓組卜辭中與婦好及[字形]化有關的事件排譜

下面接著對賓組卜辭中載有婦好的卜辭作討論。

前面說到王宇信將婦好列爲武丁朝前期征伐的人物，林小安將婦好列爲「婦好組武丁中期卜辭」，所以學者們基本上仍認爲婦好活動的時間在武丁早中期。

〔註65〕張秉權：〈卜辭ㄓ各化說〉，《中研院史語所集刊》第廿九本，1958年。

〔註66〕宋鎮豪：〈甲骨文『出日』『入日』考〉，頁35。

〔註67〕魏慈德：〈說甲文骨字及與骨有關的幾個字〉，第九屆中國文字學全國學術研討會，台灣師範大學，1998年3月。

還有一點就是在晚商的周祭卜辭中婦好（妣辛）必早於武丁的另二位配偶妣癸、妣戊受祭。〔註 68〕而從這裏也可看出婦好的地位及活動時間在武丁諸妃中是比較高且早的。

以下先將刻有婦好之名的卜辭列出。

丙 139 （丙 317）	殼	[illegible]	帚好、侜正化	典賓	D1D2F8
	1.（甲午）王𠦪茲[illegible]（玉）咸右〔王𠦪茲玉成弗右〕 2.（乙未）其㞢𤰔帚好[illegible]（簪） 3.王㞢報于[illegible]（蔑）隹之㞢[illegible] 4.（辛酉）[illegible] 5.令[illegible]（戎）[illegible]（沚）卯 6.翌庚子㞢伐 7.翌乙巳㞢且乙宰㞢牝叀牡 8.且丁若小子[illegible]（溫）				
丙 139 反	1.王固曰叀既 2.丙子卜殼 3.甲辰卜殼 B3				

丙 182	殼	[illegible]		典賓	C9D2E2
R044344	1.（壬辰）乎子[illegible]㞢母于父乙[illegible]小宰冊𠬝三[illegible]五宰 2.上甲叀王匚用五伐十小宰用 3 翌乙未乎子[illegible]（祝）父[illegible]小宰冊𠬝三[illegible]五宰[illegible] 4.上甲叀宰用 5.（乙巳）乎子[illegible]㞢于㞢且宰 6.貞乎帚[illegible]于父乙宰冊三宰㞢𠬝 7.（壬辰）帚[illegible]（良）㞢子 8.㞢[illegible]（奭）羌于多妣 9.（丁亥）帚好[illegible]㞢[illegible]（勺）于父乙王				
丙 182 反	1.[illegible]帚于妣癸𠬝[illegible]卯宰 2.王其㞢用入[illegible]（王勿用） 3.王冊[illegible]子隹☐其不[illegible]㞢☐				

丙 190	爭	[illegible]	帚好、帚妌		F7
	1.（庚申）帚好不征㞢疾〔其征㞢疾〕 2.（癸未）帚妌[illegible]（毋）其㞢子				

丙 205+ 乙 1881+ 乙補 1771		[illegible]、[illegible]	蔡臣、[illegible]		B2
	1.黃[illegible]（孽）隹㞢𡆥七月 2.（甲寅）㞢宰于父乙 3.翌乙亥㞢于唐三伐三宰 4.告于且乙 5.㞢于示壬[illegible]（妻）妣庚宰叀勿牛七十 6.[illegible]（[illegible]）不[illegible]（殙）十月 7.乎取[illegible]（蔡）臣廿				
丙 205 反	1.戊申卜㱿冊𠬝妣庚用于☐ 2.在☐彭☐ 3.不其出 4.王固曰㞢求 2.叀豕羊 3.三[illegible] 4.勿[illegible]㞢于[illegible] 5.壬申卜㱿 6.癸酉卜 7.乎逐不其隻 9.帚好示（置）五 10.[illegible]（良）子[illegible]入五 A9A0				

〔註 68〕見許進雄：〈第五期五種祭祀祀譜的復原〉，《大陸雜誌》第七十三卷第三期。

丙 245	㱿	[illegible]	帚好		A5 48-17
	1.（戊辰）帚好娩妨丙子夕𠂤（嚮）丁丑娩妨五月 2.湄 3.[illegible]（妥）以 4.大丁壱我				
丙 245 反	1.王固曰其隹庚娩 2.壬申卜 3.畫來廿				

丙 247	㱿	[illegible]	帚好		C1
	1.（甲申）帚好娩妨王固曰其隹丁娩妨其隹庚娩引吉三旬㞢一日甲寅娩不妨隹女 2.（甲申）帚好娩不其妨三旬又一日甲寅娩不妨隹女				
丙 247 反	1.貞[illegible]（勿）[illegible]（見）不其帚不若 2.其㞢不若 3.甲申卜㱿 4.母庚[illegible]（㚔）臣十 5.王固曰其隹丁娩妨其庚引吉其隹壬戌不吉 C1				

丙 249	㱿	[illegible]、[illegible]	帚好		D8D9D0E4E8 13:41-10
	1.（辛丑）王夢疒隹又 2.（壬寅）帚好娩妨壬辰𠂤（嚮）癸巳娩隹女 3.帚好娩不其妨 4.（癸卯）乎雀[illegible]（衔）伐亘（亘）[illegible]十二月 5.翌丁未王步 6.（丁未）▨日𡆥于且乙 7.于妣庚㞢 8.（辛亥）[illegible]（鼓）以 9.（辛亥）先 10.雀▨于				
丙 249 反	甲辰卜穷 E1				

丙 251 丙 334	亘		帚好		E7
	1.㞢疾[illegible]（身）隹㞢壱 2.（庚戌）王其疾[illegible]（王固曰勿疾） 3.帚好[illegible]凡㞢疾 4.帚[illegible] 5.乎子[illegible][illegible]父乙[illegible]𠬝[illegible]卯宰 6.于妣己 7.十𠬝于且辛 8.㞢于且辛 9.于羌甲卸				
丙 251 反 丙 334 反	1.三宰燎 2.之卸亡▨ 3.帚好[illegible] 4.于且辛 5.屯卸于妣庚一羌 6.王[illegible] 7.勿帚入于父乙 8.于父卸 9.王固曰吉迄卸一羌[illegible] 10.貞今月雨其彗 11.翌丁求彗 12.王囚曰吉囚凡 13.㞢于且丁 14.爭 15.▨入二在[illegible]				

丙 253			帚好		
	1.帚好▨比之[illegible] 2.乎帚[illegible]其㞢得				
丙 253 反	1.帚往 2.妻				

丙 255	㱿	[illegible]			D5D9
R044375	1.（戊戌）自今至于壬寅雨 2.令[illegible]允子[illegible]（荷） 3.卸帚好于[illegible]（母）[illegible]（鳳） 4.貞今丁				
丙 255 反	王固曰庚雨				

丙 340	爭、殼	𡥹、𓎣、𓎤			D3D6D9
	1.在姤田屮🐚雨　2.☒屮于姤己☒🐚卯牝　3.(丙申)帚好🐚以帚婚〔帚🐚其以帚婚〕　4.(壬寅)屮于父乙宰曰🐚卯鼎　5.屮于父乙宰子🐚🐚				
丙 340 反	𡥹入四				

丙 383					
	1.其屮來🐚自沚 2.史人于🐚(畫)　3.王🐚(肘)🐚　4.且丁🐚(盥)父乙☒　5.🐚帚🐚父乙🐚王〔🐚帚弗🐚父乙🐚王〕　5.允🐚(舌)王				
丙 383 反	1.戊辰卜爭　2.屮于且丁　3.乎帚好🐚(食)				A5

丙 415	方	🐚			D3
	1.隹父乙🐚王　2.帚好夢不隹父乙　3.王🐚父乙　4.王🐚隹🐚　5.(丙申)🐚隻四羌其至🐚(鬲)				
丙 415 反	1.貞南　2.曰隹父乙　3.以自我廿　4.壬☒卜　5.夢隹				

丙 508	方	🐚			E4
	1.帚好其征屮疾　2.貞雨 3.貞不☒　4.(丁未)乎上　5.屮疾🐚(身)卲于且丁　6.☒姤☒卲　7.且丁弗其🐚(專)　8.疾止　9.勿屮于🐚🐚　10.🐚☒🐚弗其🐚🐚				
丙 508 反	1.癸卯卜殼　2.癸丑卜屮　3.示丁隹🐚　4.翌辛亥屮且辛　5.辛☒卜　6.☒入廿				D0E8E0

丙 513	殼	🐚			A8B9
	1.(辛未)我奴人汔在黍不受🐚屮年〔我弗其受黍年〕　2.(壬午)帚曰凡　3.于🐚甲卲帚　4.🐚(既)🐚🐚甲🐚　5.貞帚好🐚　6.🐚甲其🐚帚　7.🐚甲其🐚帚 8.貞其🐚麋〔貞麋不其🐚〕　9.貞王屮🐚(圉)若〔王屮🐚不若〕　10.貞羊🐚舟　11.勿盖用🐚舞于父乙				
丙 513 反	1.王🐚曰吉　2.貞🐚　3.于🐚甲☒好卲　4.貞隹🐚🐚🐚婦好　5.隹用　6.不其🐚　7.貞卲妊于🐚甲　8.勿盖于🐚甲　9.王🐚曰吉其用　10.王🐚曰吉🐚　11.乙卯卜亘　12.其☒🐚　13.酚🐚　14.王夢北比🐚隹　15.☒貞不隹🐚　16.王🐚曰吉勿隹🐚　17.我來十　18.🐚				

丙 548					B2
	1.☒🐚宰屮十宰🐚十　2.(乙亥)酚伐不🐚　3.卲帚好于父乙🐚宰屮🐚🐚十宰十伇青十				
丙 548 反	1.貞帚好其🐚凡屮疾　2.爭				

R044785				
	1.𡆥不婚（其婚）　2.戊辰卜爭			
反	1.王固曰吉　2.帚好入五十			

R044592	吉			
	1.屮疾齒不隹父乙𡔷　2.（癸卯）茲云其雨　3.勿于大甲𡱩（告）　4.勿于大戊𡱩　5.勿𡱩于中丁　6.乍㞢帚好𡆥　7.兄戊亡𡆥于王			
反	1.𠂤（芒）入二在日　2.屮于屮且　3.乎子𡆥　4.貞□茲勿福于𣪊　5.勿屯㞢于妣庚　6.勿冊于父乙　7.母己不𡔷王　8.爭			

R044557	𣪘	𡆥		
	1.（己卯）㞢帚好于父乙𡔷羊屮豕𡚸五（十）宰（勿𡚸父乙五牢）　2.弗其𡆥隹　3.㞢　𡙇𡚸㞢卯小宰　5.隹帝𡴄王疾			
反	1.貞不雨　2.王固曰用自上甲　3.勿隹□至于下乙　3.貞允于方以羌自上甲　6.王用至于　7.若于下乙　8.貞不隹子于丁　9.丁卯卜方　10.福于母庚			

乙2948 （合6480）	1.辛未卜爭貞帚好其比沚戛伐𡆥方王自東𠂤（深）伐𢀛𡉚（陷鹿）于帚好位　2.貞王重沚白𡆥比伐□方　3.貞王令帚好比侯告伐□			

丙313		𠂤、𠂤		B2F7
	1.來乙亥屮于且乙　2.翌庚申𡆥　3.屮于且辛　4.令比沚戛伐𡆥方受屮又　5.王隹婦好比沚戛伐巴方受屮又			
丙313反	1.翌卯屮　2.辛未卜方　3.般入十　4.爭			

乙3321	1.乙丑卜爭貞于且丁㞢　2.貞且丁隹𡚸若于王　3.戊辰卜內貞帚好㘰　4.□父乙			

乙3401	1.甲戌卜𡧊貞翌乙𡆥王𡴄首亡𡆥　2.貞㞢子于𣦰父乙　3.隹父乙咎帚好			
反	1.隹多妣𡔷　2.貞疾隹□　3.王固曰隹父乙𡆥　4.爭			

乙4729	1.壬寅卜𡧊貞帚好娩㘰王固曰其隹𡆥娩吉㘰其隹甲寅娩不吉𡚇隹女　2.壬寅卜𡧊貞帚好娩不其㘰王固曰𡆥不其㘰其㘰不吉于𡴄若茲𡆥𡆥（婚）			

乙 4930	1.貞子〓妣弗〓子〓　2.貞今日不⧄
反	〓帚好

乙 5086	1.丙寅卜韋貞〓爵犬〓　2.貞乎帚好㞢□
反	王𡆥曰吉〓

乙 6273	1.翌庚寅〓大庚　2.貞帚好娩妿　3.于且丁　4.止〓〓 5.于〓〓　6.子〓囚凡　7.乎〓〓　8.〓㞢鹿　9.隹妣壬　10.勿〓弗〓隹又　11.勿出〓　12.乎〓

乙 7040	1.壬寅〓貞〓〓〓　2.⧄卜〓貞〓帚好于〓甲十小宰㞢〓
反	1.〓帚于〓甲　2.弗其⧄　3.勿〓　4.帚〓示十　5.隻入　6.〓

乙 7781	1.丁巳卜〓貞黍田年魯四月　2.貞乙〓〓年〔乙弗〓〓年〕　3.〓王〓于妣癸 57-26
反	1.王𡆥曰吉魯 2.王𡆥曰吉〓　2.甲寅〓　3.帚好入五十

上列卜辭中出現月份干支的有：丙 205（圖 2）的七月和十月；丙 245 的五月；丙 249 的十二月及乙 7781 的四月。其中丙 245 的正月一日參數量爲 48-17，乙 7781 爲 57-26，丙 249 的所屬年代我們在上一節雀卜辭中曾提及，推測是發生在一個始於壬子日（49/60）的年。

這其中可作爲我們判定一二七坑中婦好類卜辭記錄歷時多久的依據是有關婦好〓（娩）妿的卜辭。〔註 69〕《丙編》中有三次這類卜辭的記載，分別是丙 245 的五月「丙子夕嚮丁丑娩妿」、丙 247 的「甲寅娩妿」、丙 249 的「壬辰嚮癸巳娩妿隹女」及乙 4729「甲寅娩不吉〓隹女」。其中乙 4729 的「甲寅娩」當與丙 247 所記是同一件事，乙 3321 的「戊辰卜，內貞：帚好妿」與丙 245 所載

〔註 69〕關於「〓妿」的意思，高明在〈武丁時代貞〓卜辭之研究〉中以爲卜辭中出現一些關於男人的貞〓卜辭，所以釋「〓」爲「娩」，謂爲女人生子娩身的成說不能不令人懷疑，而主張「〓」可能是當時人所患的某種病症。《古文字研究》第九輯。羅琨則提出解釋，以爲諸子中有些是女性，如告媧地遭侵略的子〓，而名號以女字爲偏旁者也可能是女性。生育卜辭中偶見以子某爲占卜對象者，如子目、子媚，其當爲取得妃嬪身份的女官，它可能意味著商代某些女性也可以子爲爵稱。〈試析登婦好三千〉，《盡心集》，頁 39。

也當是同一件事。從以上三次娩妫的記載可推知一二七坑賓組卜辭中的婦好卜辭至少歷時二年。而其中以丙 249 的壬辰娩妫最早，因爲此次和雀𢓊亘的記載共版，而依前一節所討論，這是一件發生於武丁四十三年十二月間的事，而前此數年內都不曾卜問過帚好娩妫之事。

劉學順曾提出賓組卜辭中記載婦好娩妫的卜辭計有五次，分別是：

1	一月	己丑卜㱿貞翌庚寅帚好冥	合 154（續 4-29-2）
2	五月	戊辰卜㱿貞婦好冥妫，丙子夕嚮丁丑冥妫	丙 245
3	十月	丁巳卜爭貞婦好冥不其妫	合 14005（明 2361）
4		甲申卜㱿貞婦好冥不其妫，三旬㞢一日甲寅冥妫，不妫隹女	丙 247
		壬寅卜㱿貞帚[好]冥妫王固曰其隹[戊]申冥吉妫其隹甲寅冥不吉亞隹女	乙 4729
5.	十二月	壬寅卜㱿貞婦好冥妫，壬辰嚮癸巳冥隹女	丙 249

這五次婦好娩妫卜辭中有一次沒有月份記載，而且「甲寅娩妫」和「壬辰嚮癸巳娩妫」的結果都是「不妫隹女」。對於這五次娩妫的時間先後順序不明，劉學順說「上述五次生育中三次見於 YH127 的賓組卜辭，它們的具體時間及孰早孰晚，現在還不清楚，但是可以推論他們的時代很早，因爲，第五次生育與征亘方有同版關係。在征服亘方後，其首領來王朝供職，爲武丁朝的重要貞人」。〔註 70〕貞人亘是不是亘方的首領還需要有證據來說明，不過伐亘和婦好娩妫共版，倒是可以作爲我們推測其所在年份的根據。若我們把十二月壬辰嚮癸巳娩妫的時間放在最前面，則一二七坑中這三次娩妫的順序當是丙 249（十二月）－丙 247（？月）－丙 245（五月）。

在排譜婦好類卜辭的同時，我們發現記載婦好的卜辭和記載𠂤正化的卜辭有同版的情形，如「𠂤正化𢦏𢀛」這件事便與占問婦好之事同版，故以下先將載有𠂤正化的卜辭列出，然後一併討論。

一、𠂤正化相關卜辭排譜

〔註 70〕劉學順：《YH127 坑賓組卜辭研究》，頁 39。

丙69	方	🔣	帚正化	賓一	F8
	🔣🔣🔣🔣🔣				
丙69反	奠來十				

丙76	爭		帚正化、叩、我史、多紳		E4
	1.（丁未）🔣🔣🔣受又　2.方其🔣我🔣　3.我🔣其🔣方　4.🔣（叩）其□ 5.往西多🔣（紳）□王伐（成套卜辭二卜）				
丙76反	1.王固曰隹戉🔣　2.王固曰吉隹其亡工🔣重其🔣				

丙78	殼	🔣、🔣	帚正化、我史、尹、多紳		E4
丙386	1.（丁未）🔣🔣🔣受又　2.帚正化亡□　3.方其🔣我🔣　4.我🔣其🔣方　5.往西多紳其以伐　6.我🔣古（工）〔我🔣亡其古〕　7.令尹乍大田（成套卜辭第三卜）				

丙83	爭、殼	🔣、🔣	帚正化、旨、多馬		C7D0E0
	1.（癸卯）王令三百射弗告□示王□隹之　2.王□🔣〔王□不其🔣〕　3.🔣來自🔣（南）以龜　4.至于庚寅改🔣（酒）既若　5.（癸丑）旨🔣🔣🔣　5.🔣🔣🔣🔣　6.乎多馬逐鹿隻　7.🔣（醬）🔣鹿				
丙83反	1.戊子卜貞己丑雨　2.王固曰🔣隹庚不隹庚隹丙　3.畫來　4.帚🔣（妓）				

丙134	殼、吏	🔣	旨、帚正化	賓一	A2C7
	1.（乙丑）旨其🔣　2.（庚寅）🔣🔣🔣🔣　3.王亡🔣　4.王固曰重既三日戊子允既🔣🔣方				
丙134反	1.🔣來廿　2.王固曰重既　3.我🔣（妓）來　4.勿🔣人				

丙136	爭	🔣	帚正化		E4
	（丁未）🔣🔣🔣亡□				

丙137	方	🔣	帚正化	賓一	
	（□未）曰🔣🔣🔣				
丙137反	重來				

丙 139 （丙 317）	殻	𭪌	帚好、𭥅正化	典賓	D1D2F8
	1.（甲午）王牽茲𭪌（玉）咸右〔王牽茲玉成弗右〕 2.（乙未）其㞢冊帚好𬸚（賫） 3.王㞢報于𬜬（蔑）隹之㞢♡ 4.（辛酉）𭪌囗𬼀戈𬀚 5.令中（戎）𬜬（沚）卯 6.翌庚子㞢伐 7.翌乙巳㞢且乙宰㞢牝重牡 8.且丁若小子𬹽（溫）				
丙 139 反	1.王固曰重既 2.丙子卜殻 3.甲辰卜殻				B3

丙 141	争	𭧢	旨	賓一	C6D5F7
	1.（己丑）王其𬸚 2.屮于妣庚 3.其乎𬀚（麥）豕從北 4.王歸牽𭪌（玉）其伐 5.其㞢𬸚𬹽 6.（庚申）旨其伐㞢𬸚𬸚 7.𭩸（雍）𬸚于𬀚				
丙 141 反	1.𭪌入十 2.貞目不𭥅疾 3.王固曰吉其伐隹丁				

丙 269 R044384	争、殻	𭪌、𭧢、𭥅、𭨪	𭥅正化		F0A1 07-36
	1.（癸亥）𬼀囗𬀚（𭨪）𬼀亡𭥅㞢王𬸚十月 2.王入亡𭥅 3.（甲子）今十月𭨪至 4.王往于𬀚 5.今㞢于羌甲 6.㞢于𬀚（南）庚 7.于𬀚（黃）				
丙 269 反	奠來四在𬀚				

丙 271 丙 396					
	1.𭨪𬸚于𬀚〔𭨪𬸚勿于𬀚〕 2.𭨪𬸚于𬀚 3.𭨪𬸚于𬀚 4.𭨪𬸚于𬀚 5.𬼀囗𬼀㞢王𬸚 7.其入㞢𭥅示若				
丙 271 反 丙 397	1.辛卯卜殻 2.王固曰隹其句史隹其往𬀚（𬸚） 3.貞㞢且乙 4.奠來一在囗				C8

丙 273	方	𭨪			F8
	1.𬼀囗𬼀戈𬀚（𬀚）暨𬸚（𬀚） 2.王固曰吉戈之日允戈𬀚方十三月 3.我不其受年 4.辛酉卜𭨪囗				
丙 273 反	1.王固曰重既隹乙𬀚丁丁矢 2.冊（周）入 3.疾𬀚不隹婭 4.貞伐				

丙 354	方	𭨪、𭥅			E8
	（辛亥）𬼀囗𬼀以王𭨪（係）				
丙 354 反	1.王固曰吉以 2.雀入二百五十				

丙 508	方	𭨪	帚好、𭥅正化		E4
	1.帚好其征㞢疾 2.貞雨 3.貞不囗 4.（丁未）乎上 5.㞢疾𬀚（身）屮于且丁 6.囗妣囗屮 7.且丁弗其𬀚（專） 8.疾止 9.勿㞢于𬀚𬀚 10.𬼀囗𬼀弗其戈𬀚				

丙 508 反	1.癸卯卜㱿 2.癸丑卜㱿 3.示丁隹𩁹 4.翌辛亥㞢且辛 5.辛□卜 6.□入廿				D0E8E0
R044581	㱿	𩰬、囧			
	1.乎目于水㞢來 2.乎伐𩰬 3.王夢不隹囚 4.貞父乙鬯 5.（庚辰）乎𩰬 6.貞弗其𢦔 7.貞𩰬 8.叀弋				
反	1.王固曰吉 2.帚娩 3.王固曰至隹不 4.我來卅 5.𢢂𩰬來				

R044568	㞢	囚			
	1.（丙辰）㞢囚火受㞢又三旬㞢二日戊子𩰬𢦔𠦪（戋）方 2.（丙辰）㞢囚火弗其受又 3.㞢囚火其㞢囚				

R044713	爭				
	1.王曰𢑁囚火來𩰬（復）（王勿曰𢑁正化來𩰬）				
反	王固曰囚				

乙 3422	1.丁未卜爭貞𢑁囚火亡囚十一月 2.貞方其㞢𩰬中 3.王乎卸𩰬 4.𢑁囚火𢦔方 5.貞𢆶鬯于𩰬 6.且丁若小子𩰬 7.貞小子㞢𩰬〔貞小子亡𩰬〕 20-49				
	1.王固曰叀𩰬 2.王固曰其隹中 3.隹庚 4.子𢆶 5.奠入二				

乙 4051	1.貞多子隻𩰬 2.貞乎火日 3.勿卸南庚				
反	1.卸于父辛 2.𩰬囚				

乙 5395	1.辛酉卜內貞往㞢多𩰬其以王伐〔往㞢多𩰬不其以伐〕 2.貞且乙𩰬王〔且乙弗其𩰬王〕 3.乙卯爭貞𢆶𢦔𩰬〔貞𢆶弗其𢦔𩰬〕 4.翌乙㞢𩰬 5.乎子商 6.貞𩰬				
反	1.王固曰吉𢦔 2.勿𢑁 3 帚𩰬				

乙 5585 （合 13695）	1.□㞢且乙 2.貞㞢疾□隹父乙𣬍 3.甲寅卜內貞𢑁囚火𢦔𩰬〔□囚火弗其𢦔𩰬〕				

乙 7150	1.□丑卜方貞𩰬其𢦔𢑁囚火〔𩰬弗𢦔𢑁囚火〕 2.庚午卜㱿貞王夢隹𩰬〔王夢不隹𩰬〕 3.貞𢑁囚火來				
反	1.王固曰其𩰬 2.帚𩰬來				

乙 7204	1.庚子卜󰀀貞󰀀󰀀󰀀󰀀王󰀀曰隹乙其隹甲󰀀󰀀	
反	唐入十	

乙 7288	1.辛󰀀卜內貞今一月󰀀󰀀󰀀其出至〔貞󰀀󰀀󰀀其于生二月出至〕　2.令󰀀田于󰀀	17-48
反	1.王󰀀曰今月出至　2.至隹󰀀其于生二月日允　3.辛󰀀卜爭　4.󰀀以	

乙 7846	（合 6651）󰀀󰀀󰀀󰀀󰀀暨󰀀	

乙 8209	乙󰀀（巳）卜󰀀貞󰀀󰀀󰀀出王󰀀七月	6-45

　　以上󰀀正化卜辭中有干支月份的有丙 269 的「十月癸亥」和「十月甲子」、乙 3422「十一月丁未」、乙 7288 的「一月辛亥」及乙 8209「七月乙巳」，其正月一日參數量分別是 7-35、20-49、19-48、16-45。

　　彭裕商和劉學順都曾對󰀀正化卜辭排譜，彭裕商提出「這組卜辭字體介於賓組一 A 和一 B 類之間，是兩者之間的連鎖」而且認為賓組中的󰀀正化卜辭「應為數月之內的卜辭」，而後將這一類卜辭排在某年的十月至隔年的七月間，其中並插入一個閏十三月。〔註71〕劉學順將󰀀正化󰀀（󰀀）󰀀卜辭排在武丁某年的 10 月到隔年的 1 月間，也認為該年是一個年終置閏的年。基於這一點，我們可以把丙 269 和乙 3422 的正月一日參數量作交集，因為兩者是發生於同一年的十月和十一月間，交集後得這一年的正月一日參數量在 20-35 之間。既然󰀀正化卜辭在整個婦好卜辭中歷時比較短，所以下面先將有關󰀀正化卜辭的時間排定後，再放入婦好卜辭中。

　　以下先將彭裕商的排譜順序列出：

　　丙 269（十月）－丙 413－丙 291－丙 88－丙 291－丙 76－丙 413－
乙 3422－丙 41－丙 76、丙 386（丙 78）－乙 3422（十二月）－丙
136－丙 386－合 6650－乙 3422－丙 76、丙 386－乙 5395－合 6650
－乙 5395－丙 76－丙 386－丙 41－丙 413－丙 41－乙 5395－丙 134
－丙 273－丙 141－丙 134－丙 273（十三月）－乙 7846－丙 273－

〔註71〕彭裕商：《殷墟甲骨分期研究》，頁 388。

丙 317（丙 139）－丙 508－丙 317－乙 3422－丙 141－丙 83－合 10171
（丙 627、丙 67 一月）－乙 7204－丙 83－合 13695－丙 508－丙 627
－丙 141－丙 396（丙 271）－丙 317（圖 3）－丙 69－乙 7150－乙
8209（七月）－合 5441

劉學順以「征角」為名來排譜，並以為「征角與對 方及 （「右蠱羅」，依作者隸定）的戰爭同時」，他所排的順序是：[註72]

丙 269－丙 317（丙 139）－丙 141－丙 508－丙 317（以上十月）－
乙 3422－丙 386（丙 78）－丙 508－乙 5395－丙 141－乙 5395－丙
317－丙 69、丙 273－丙 134（以上十一月）－丙 134、丙 273（以
上十三月）－乙 7288（一月）

其中合 10171 為丙 627 加上北圖 5213+北圖 5214+北圖 5215+北圖 5221+北圖 5225+北圖 5227+北圖 5235+北圖 5239+北圖 5245+北圖 5248。加綴後多出「甲辰卜， 貞：我 茲玉黃尹若」的卜辭。丙 134 又可加上乙補 2089 及乙補 5853，為林宏明所綴合。關於 正化 方事件，還可加上 R044568，其與丙 134 所記 方事為異版同文。

從以上兩譜知彭譜所用的材料遠多於劉譜，如丙 413、丙 291、丙 88、丙 76、丙 41（圖 4）、丙 136、丙 83、丙 627（丙 67）、丙 396（丙 271）、乙 7150、乙 7204、乙 7846、乙 8209、合 6650、合 13695 皆為劉譜所無，而劉譜的乙 7288 則不見於彭譜。若我們以該版中有「 正化」名者為直接材料，該版無「 正化」名者為間接材料，可知彭裕商排譜中所用的間接材料有：丙 413、丙 291、丙 88、丙 41、丙 141、乙 5395，而劉學順譜中的間接材料則有丙 141、乙 5395。若從兩者所排的時間上來看，彭譜和劉譜的差異還有：（一）丙 317、丙 141、丙 508 卜辭的排定時間劉譜以為在十月，彭譜則排在十二月到閏十三月之間。（二）兩譜對排入十一月的卜辭看法不同，如劉譜幾乎把和 正化有關的卜辭排入此月，而彭譜則多排入十二月到一月之間，如丙 508、乙 5395、丙 141、丙 317、丙 69、丙 273、丙 134，彭譜皆將其排在十二月後甚有至一月者。

直接材料只要依卜辭中的月份和干支來排列即可排譜，而間接材料由於缺

[註72] 劉學順：《YH127 坑賓組卜辭研究》，頁 63。

少相同的人物（𡧊正化）來作爲聯係的依據，所以通常會依同版同事及異版同事的原理來聯係，如丙413和乙3422都同樣說到「弓𫝹于諪」，故雖然丙413是間接材料，也可以和𡧊正化卜辭聯係起來。此外，又可依因果關係來將兩個看似無關的卜辭作係聯，如彭裕商將丙317（丙139）的「乙未卜，㱿貞：其业𣪊帚好𠱾」和丙508的「帚好其延业疾」兩件事排在一起，就是基於這兩者之間有因與果的關係。

以下將彭譜中據以聯係不同兩版卜辭的事件及所聯係的骨版列出。

（一）「王逐麑」：丙291、丙88；

（二）「𡧊其困」：丙291、丙76；

（三）「弓𫝹于諪」：丙413、乙3422、丙41；

（四）「𡧊正化受又」：丙76、丙386；

（五）「𡧊正化其业困」：乙3422、丙136、丙386、合6650；

（六）「𡧊正化（我史）戈方」：乙3422、丙386、丙76；

（七）「多紳其以王伐」：乙5395、丙386、丙76；

（八）「且乙孽王」：丙41、乙5395；

（九）「戈𠦛方」：丙134、丙273；

（十）「𡧊正化戈𡢖暨𡚸（䰧）」：丙134、丙273、乙7846；

（十一）「且丁若小子𫠣」：丙317、乙3422；

（十二）「旨戈业𩂣𠭯」：丙83、丙413、丙141；

（十三）「𡧊正化戈𡢖」：合13695、丙508、丙627、丙317、丙69、乙7150；

（十四）「王疾止」：合13695、丙508；

（十五）「雍𫝹于䰧」：丙141、丙396；

（十六）「𡧊正化屮王史」：乙8209、合5541。

而劉譜則認爲丙269上的「𡧊正化亡困屮王史十月」和乙3422上的「𡧊正化亡困十一月」可係聯。丙386的「往西多紳其以伐」和乙5395上的「往西多紳其以王伐」爲針對同事而卜，乙5395上的「旨戈𠭯」事件同於丙141的「屮𩂣𠭯」，所以丙386、乙5395、丙141可以聯係。又丙317（丙139）上的「且丁若小子𫠣」同樣見於乙3422，也可係聯。丙317的「辛酉卜，㱿貞：𡧊正化戈𡢖」同日之卜又見丙69「辛酉卜，方貞：𡧊正化戈𡢖」，也可係聯。「戈戈方」

同見於丙 273 與丙 134，亦可係聯。關於「﹅﹅方」一詞，張政烺首先依字形將兩字隸成從「屮」的﹅與從「在」的﹅，管燮初更從語法的角度提出兩者用法不同，並根據三體石經「捷」字寫法將「﹅」釋為「捷」。但由於﹅、﹅都可作吉凶用語，故李學勤以為「﹅﹅方是書寫者故意於同一字采用不同的寫法，以免被誤會為重刻。這三字仍可讀為『捷戴方』。吳振武則主張「﹅」字為殺字的初文，﹅字的異體作「﹅」形，「﹅」為形沙之沙的象形初文，在卜辭假借作﹅（殺）用。而後來陳劍主張將「﹅」視為芟除草木之「芟」的表意初文，戈上（或戈口下）所從的部分即為「草木頂端的枝莖」之形。還指出其形同於卜辭中常見的時間詞「今﹅」的「﹅」字上半部分，並將之讀為「早」。〔註73〕

　　除了上面彭裕商和劉學順所舉的同版或異版同事卜辭外，旨伐﹅事件的相關卜辭也可作為我們排譜的材料。而在替﹅正化卜辭排譜之前，須先找出可確定時間定點的事件，以下的幾組卜辭即是我們後面排譜的時間定點。

（一）十月定點（丙 269）

可作為十月定點的事件為丙 269 上所載發生於十月間的事件。丙 269 即R044384，又加綴乙 2349、乙 2472、乙 3461、乙 7475、乙 7540、乙補 1845、乙補 2090、乙補 6258。綴合後多了「貞：今﹅于羌甲」、「﹅于南庚」、「貞于黃」、「貞往于﹅」、「甲子卜，﹅貞：今十月﹅至」卜辭。這其中「十月﹅至」及「﹅正化亡囚﹅王史十月」這兩件事可作為十月事件的定點。

丙 269	爭、殻	﹅、﹅、﹅、﹅	﹅正化		F0A1　7-36
R044384	1.（癸亥）﹅囚（﹅）﹅亡囚﹅王﹅十月　2.王入亡囚　3.（甲子）今十月凡至 4.王往于﹅　5.今﹅于羌甲〔于南庚〕　6.于﹅				
丙 269 反	奠來四在﹅				

（二）十一月定點（乙 3422）

可作為十一月定點的事件為乙 3422 上所載發生於十一月間的事件。乙 3422

〔註73〕 李學勤：〈甲骨文同辭同字異構例〉，《江漢考古》2000 年第 1 期。吳振武：〈﹅字的形音義〉，《甲骨文發現一百周年學術研討會論文集》（台北：中研院史語所，1998年）。及吳振武：〈合 33208 號卜辭的文字學解釋〉，《史學集刊》2000 年 1 期。陳劍：〈甲骨金文「﹅」字補釋〉，及〈釋造〉，《甲骨金文考釋論集》（北京：線裝書局，2007 年），頁 104、137。

其上有「丁未卜，爭貞：㠱正化亡囚。十一月」，知問「㠱正化亡囚」發生在十一月間。而同版有「方其大即戎」、「王乎劸史」、「㠱正化戋方」、「弓舄于諆」、「且丁若小子□」，其都同樣可作爲發生在十一月（或十一月附近）事件的定點。

基於這一個原則，我們可以再聯係以下卜辭：

1.「弓舄于諆」：丙 41、丙 413。

2.「且丁若小子□」〔註74〕：丙 317（丙 139）。

而這其間比較重要的事件是「旨伐舄」和「旨戋夋」事件，知這二件事都發生於十一月附近。其中「舄」字又可作「舄」。因「且丁若小子□」而聯係的丙 317 上出現了「㠱正化戋夋」的記載，知道戋（舄）夋事件在十一月已發生，而乙 3422 上「㠱正化戋方」之「方」或是指夋而言。

而「弓舄于諆」的「于」爲動詞，是到、去的意思。這句話的意思是派弓舄到諆地去。〔註75〕

乙 3422	1.丁未卜爭貞□囚义亡囚十一月　2.貞方其火組中　3.王乎劸𠂤　4.□囚义戋方　5.貞𢎥舄于𠃲　6.且丁若小子□　7.貞小子㞢𡆥〔貞小子亡□〕　　　　　　　　　　　　　　　　　　　　　　　　　20-49
	1.王固曰重組　2.王固曰其隹中　3.隹庚　4.子矢　5.奠入二

	殻、爭、㞢 𢼊	旨	典賓	F9B3B5C2
丙 41	1.弓舄于𠃲（諆）　2.奴人乎伐舄　3.（壬戌）旨伐舄戋　4.（丙子）今來羌率用　5.（戊寅）我㯱（永）　6.且乙舄（孽）王　7.成允右王　8.翌乙酉㞢伐自成若　9.翌乙酉㞢伐于五示（上甲、成、大丁、大甲、且乙）　10.㞢于妣乙			

〔註74〕「□」裘錫圭以爲是「昏」異體，可釋「溫」。見〈殷墟甲骨文考釋（七篇）〉，《湖北大學學報》1990 年 1 期。其字在甲文中有當地名者，如合 137 正（菁 5）有「逸舄自□十人又二」，在此則義不明。

〔註75〕關於「弓舄于諆」的解釋，《甲骨學一百年》上以爲是「派弓去諆地管理舄事」（頁 555）。若我們比較「方女于章」「方女勿于章」（丙 201）、「夋于𠃲」「夋勿于𠃲」（丙 120）和「弓舄于諆」「弓舄勿于諆」這三組正反對貞句來看，知「弓舄」是「于諆」或「勿于諆」的主語，而卜辭中多某地之舄者，如「雍舄」、「𦥑舄」、「肩舄」（見《類纂》頁 348），知這句話的解釋應該是讓弓地之舄到諆地去。同樣的，「雍舄于𠃲」（丙 141）從其對貞句作「雍舄勿于𠃲」來看，也要解釋成「派雍舄到𠃲地去」。雍舄曾有逃跑的紀錄，所以乙 5224 有「𡩟雍舄」的紀載。參魏慈德：〈說卜辭「某舄于某」的句式〉，《東華漢學》第一期（花蓮：東華大學中文系，2003 年）。

丙 41 反	1.王固曰吉　2.勿取　3.我來卅　4.我允其來　5.屮于母庚　6.王固曰吉戋隹甲不重丁

丙 413	屮、方	分			A8C7E2
	1.王求牛于大（夫）　2.屮□□　3.夕屮羌甲〔勿夕屮羌甲〕　4.我□□ 5.妣癸老王　6.妣癸□　7.卯于妣庚□　8.（辛未）□（旨）戋□　9.□ 弗其戋□　10.屮于卜丙一伐　10.（庚寅）□（注）及　11.允至屮于三 示　12.勿衣屮□　13.（乙巳）弓努于詩　冊冊				
丙 413 反	1.壬申卜爭　2.屮允來　3.乎　4.于□　5.重□人乎比　6.屮隹　7.屮伐 于卜丙屮宰　8.王固曰伐　9.王固曰弗其及凵　10.□入二在□				

丙 139 （丙 317）	殼	□	帚好、卜正化	典賓	D1D2F8
	1.（甲午）王□兹□（玉）成左　2.（乙未）其屮□帚好□（替）　3. 王屮報于□（蔑）隹之屮□　4.（辛酉）□□□戋□　5.令□（戎）□ （泜）卯　6.翌庚子屮伐　7.翌乙巳屮且乙宰屮牝重牡　8.且丁若小子 □（溫）				
丙 139 反	1.王固曰重既　2.丙子卜殼　3.甲辰卜殼				B3

（三）十三月定點（丙 273）

可作爲十三月定點的事件爲丙 273 上的「戋□方」事件，因同版出現有「□（卜）正化戋□（饑）暨□」，故其同樣可視爲在十三月或其附近發生的事件。蔑戋方事件又可見丙 134 和 R044568，在丙 134 和 R044568 中則說明了蔑戋方的日子是戊子。卜正化蔑□暨□的事件又可見丙 134 及乙 7846，其中「□」又可作「□」或「□」（丙 134）或「□」（乙 7846）。由此可知卜正化蔑□事件發生於十三月，而此月蔑□的戰事仍在進行著。

又丙 317 上的「□」字，有學者提出當釋爲「圭」，然商代的「圭」字近已被識出，出現在殷代玉璋上的「□」，就是「圭」字，而字所從的「土」就是圭的本字。[註76]

丙 273	方	分			F8
	1.□□□戋□（饑）暨□（□）　2.王固曰吉戋之日允戋□方十三月　3. 我不其受年　4.辛酉卜分□				

〔註76〕王輝：〈殷墟玉璋朱書「□」字解〉，《于省吾教授百年誕辰紀念文集》（長春：吉
林大學出版社，1996 年）。

丙273反	1.王固曰重既隹乙🔶丁丁矢　2.冊（周）入　3.疾🔶不隹婕　4.貞伐

丙134	殼、𠭃	🔶	旨、𰯠正化	賓一	A2C7
	1.（乙丑）旨其🔶🔶　2.（庚寅）🔶🔶🔶🔶🔶🔶　3.王亡🔶　4.王固曰重既三日戊子允既🔶🔶方				
丙134反	1.🔶來廿　2.王固曰重既　3.我🔶（妝）來　4.勿🔶人				

R044568	𠭃	🔶	𰯠正化		
	1.（丙辰）🔶🔶🔶受🔶又三旬🔶二日戊子🔶🔶🔶（🔶）方　2.（丙辰）🔶🔶（正）化弗其受又　3.🔶（𰯠）正化其🔶🔶				

乙7846 （合6651）	🔶🔶🔶🔶🔶🔶暨🔶

（四）一月定點（合10171）

可作爲一月定點的事件是合 10171（丙 627）上的「戊申卜，爭貞：帝其降我🔶（暵）」事件，同版的「重佣乎凡丘」、「乎尋冊」、「𰯠正化🔶🔶」、「乎般」事都可當作發生於一月或及附近的事件。

丙67 丙627 合10171 正	方、爭、殼	🔶、🔶、🔶	佣、𰯠正化、般	賓一、典賓	E1E5F3 16-45
	1.（甲辰）我🔶茲🔶🔶🔶若〔我🔶茲🔶黃尹弗若〕　2.（甲辰）重🔶（佣）乎🔶🔶（凡丘）　3.乎🔶（尋）冊〔勿🔶乎🔶冊〕　4（丙辰）🔶🔶🔶🔶🔶　5.（戊申）帝其降我🔶（暵）一月〔帝不我降🔶〕　6.貞乎般				
丙67反	1.帚🔶　2.王固曰重既　3.☑入　4.癸卯卜內				D0

乙6684	1.己酉卜🔶貞🔶方🔶亡🔶五月　2.己酉卜🔶貞乎🔶🔶〔己酉卜🔶貞勿🔶乎🔶🔶〕

合 10171 上的「乎尋冊」是指𰯠正化🔶冊一事，李學勤以爲「尋」有「重」的意思，所以這裏的「乎尋冊」是指卜問是否要對𰯠正化伐🔶一事再行🔶冊。〔註76〕「🔶冊」即出征前的軍事儀式，卜辭中常見🔶冊之後征伐某方，如「沚🔶🔶冊土方」等。

<hr>

〔註76〕李學勤：〈續釋「尋」字〉，《故宮博物院院刊》2000 年 6 期。齊文心：〈釋讀沚🔶再冊相關卜辭〉，《2004 年安陽殷商文明國際學術研討會論文集》（北京：社會科學文獻出版社，2004 年），頁 251。

　　因為丙 269 和乙 3422 為記載同一年內十月和十一月間所發生的事情，所以我們可將兩者的十一月一日參數量作交集，以求得此年十一月一日干支的可能範圍。又乙 7288 為記載次年一月之事，因之我們又可以將前所得之十一月一日參數量推算至次年的一月，並和乙 7288 的參數量作交集，如此便可縮小干支的範圍，有利於我們的排譜。丙 269 和乙 3422 的十一月一日參數量為 2-30 與 15-44，其交集即 15-30。若十一月一日的參數量為 15-30，十二月則為 45-60，十三月為 14-29，一月為 44-59。再將其和乙 7288 的正月一日參數量 19-48 作交集的話，可以得到正月一日參數是 44-48 的結果。

　　如此我們可以再往上推算到前一年（也就是丙 269 和乙 3422 的所在年）的十月到隔年的三月每個月的干支範圍為下：

　　　　十　　月：46-14（己酉－丁丑）到 50-18（癸丑－辛巳）的範圍
　　　　十一月：15-44（戊寅－丁未）到 19-48（壬午－辛亥）的範圍
　　　　十二月：45-13（戊申－丙子）到 49-17（壬子－庚辰）的範圍
　　　　十三月：14-43（丁丑－丙午）到 18-47（辛巳－庚戌）的範圍
　　　　一　　月：44-13（丁未－丙子）或 48-17（辛亥－庚辰）的範圍
　　　　二　　月：14-42（丁丑－乙巳）或 18-46（辛巳－己酉）的範圍
　　　　三　　月：43-12（丙午－乙亥）或 47-16（庚戌－己卯）的範圍

我們以可能干支中的最早範圍來排譜，試譜如下。（對於沒有干支的卜辭，則將其發生時間暫擬同於該版中最早的干支，而其實際發生時間則可以上下移動）

45 年	10 月	癸亥 60	爭	〔圖形文字〕亡田㞢王㞢十月	R044384 丙 269
	10 月	甲子 01	〔圖形文字〕	今十月㞢至	R044384
				貞今㞢于羌甲，㞢于南庚，于黃	R044384
				貞王入亡田	R044384
				貞往于〔圖形文字〕	R044384
		己丑 26	爭	王其〔圖形文字〕	丙 141
		辛卯 28	〔圖形文字〕		丙 397
				王固曰隹其匄史隹其往〔圖形文字〕	丙 397
		甲午 31	〔圖形文字〕	王卒茲玉咸右	丙 317
		乙未 32	爭	其㞢再帚好〔圖形文字〕（瞀）	丙 317
		戊戌 35	爭	王歸卒玉其伐	丙 141

	癸卯 40		王令三百射弗告□示王囚隹之	丙 83
			王囚✦	丙 83
11月	乙巳 42	✦	✦鈞于✦	丙 413
			帝好其征✦疾	丙 508
			貞雨	丙 508
	丁未 44	✦	乎上	丙 508
11月	丁未 44	爭	✦囚✦亡囚十一月	乙 3422
	丁未 44	爭	✦囚✦亡囚	丙 136
			✦鈞于✦	乙 3422
			✦鈞于✦	丙 41
			方其大即戎	乙 3422
			王乎卲✦	乙 3422
			✦（師）正化✦方	乙 3422
			叹人乎伐✦	丙 41
	丁未 44	爭	✦囚✦受又	丙 76
			✦囚✦亡囚	丙 386
			方其✦我史，我史其✦方	丙 76、386
			卬其囚	丙 76
			往西多紳以王伐	丙 76、386
			我史古	丙 386
			令尹乍大田	丙 386
			且丁若小子✦（溫）	乙 3422
			且丁若小子✦（溫）	丙 317
			✦疾身卲于且丁	丙 508
			且丁弗其✦	丙 508
			疾止	丙 508
			✦囚✦弗其✦✦	丙 508
	癸丑 50	✦	旨✦✦囚✦	丙 83
			師正化✦	丙 83
			乎多馬逐鹿隻	丙 83
			✦✦鹿	丙 83
	乙卯 52	爭	旨✦✦	乙 5395
12月	丙辰 53	古	✦囚✦受✦又三旬✦二日戊子✦✦方	R044568
12月	丙辰 53	古	✦囚✦弗其受又	R044568

	戊午 55		若屮〔屮不若〕	丙 498
	庚申 57	爭	旨其伐屮🔣🔣	丙 141
			🔣（雍）⿱🔣于🔣	丙 141
			🔣⿱🔣于🔣，🔣⿱🔣于🔣，🔣⿱🔣于🔣，🔣⿱🔣于🔣	丙 396
			🔣🔣🔣屮王🔣	丙 396
	辛酉 58	內	往西多🔣其以王伐	乙 5395
			且乙🔣王	乙 5395
			乎子商	乙 5395
	辛酉 58	🔣	🔣🔣🔣🔣🔣	丙 69
	辛酉 58	🔣	🔣🔣🔣🔣🔣	丙 317
	壬戌 59	爭	旨伐🔣🔣	丙 498
12月	壬戌 59	爭	旨伐🔣🔣	丙 41
12月	乙丑 02	🔣	旨其🔣▢	丙 134
	乙丑 02	方	🔣其🔣🔣🔣🔣	乙 7150
12月	辛未 08	🔣	旨🔣🔣	丙 413
			旨弗其🔣🔣	丙 413
	辛未 08	🔣	日🔣🔣🔣來	丙 137
	庚午 09	🔣	王夢隹	乙 7150
			🔣🔣🔣來	乙 7150
			帚🔣來	乙 7150、R044581
12月	丙子 13	🔣	今來羌率用	丙 41
12月	戊寅 15		我🔣	丙 41
13月	戊子 25		王囚曰重既三日戊子允🔣🔣方	丙 134
13月	戊子 25		王囚曰吉，🔣之日允🔣🔣方十三月	丙 273
13月	庚寅 27	🔣	🔣及	丙 413
			🔣🔣🔣🔣🔣暨🔣（🔣）	丙 273
			🔣🔣🔣🔣🔣暨🔣	乙 7846
	庚寅 27	🔣	🔣🔣🔣🔣🔣🔣	丙 134
	庚子 37	🔣	🔣🔣🔣🔣🔣王囚曰隹乙其隹甲🔣🔣	乙 7204
	甲辰 41	🔣	我奉茲玉黃尹若	合 10171
	甲辰 41	🔣	重🔣乎日🔣	合 10171
			乎尋冊	合 10171

				乎般	合 10171
46 年	1 月	戊申 45	爭	帝其降我🔥	合 10171
		辛亥	內	今一月🔥🔥其🔥至〔🔥🔥其于生二月至〕	乙 7288
				令🔥田于🔥	乙 7288
		丙辰 53	㲋	🔥🔥🔥🔥	合 10171

　　從上表所排的譜可知商王在十月中曾到🔥地去，不久後又命使者再度到該地，並在甲午那天以玉向大乙🔥祭以祈求保佑。商人以玉為寶，並時以玉為祭，相關記載可見《書·盤庚中》有「茲予有亂政同位，具乃貝玉」及《逸周書·世俘》有「商王紂取天智玉琰，環身厚以自焚。凡厥有庶告焚玉四千。五日，武王乃裸於千人求之，四千庶則銷，天智玉五在火中不銷。凡天智玉，武王則寶與同。凡武王俘商舊玉億有百萬。」〔註77〕之後不久，婦好有了災害（有替），王並親自為她祭祀禳災。己丑這一天王以人牲（其🔥、其伐）及玉來祭祀，而癸卯那天王更占問最近的🔥痛是否是因為令三百射弗告所致。

　　對於丙141上的戊戌日貞問「王歸🔥玉其伐」一辭，王宇信有不同的解釋，他認為「此『伐』字當即羅振玉《殷虛書契考釋》（下卷）第12頁謂『湯以武功得天下，故以伐旌武功，伐當是武舞。』商王武丁歸來，奏祭玉質樂器，其聲悠揚，並以節『伐』舞，場面頗為可觀。可奏之玉質樂器，或當磬類。」又言「甲骨文用玉所祭的先王主要為成唐大乙、大甲和祖乙等，其中必有文章！或殷人用玉專祭上述名王時，可能有的祭祀是向他們賄之以寶玉厚禮，以利用他們能『賓于帝』，即在帝之左右的特殊地位，要他們轉請天上的至上神－帝對時王的擁佑。這應是西周以後，特別是漢代儒家祭天禮制的濫觴。」可以參見。〔註79〕

　　而丙 317「王🔥茲玉咸右」的「咸」字「從戌從口」指成湯，在卜辭中成湯之成作「從戌從口」，因此咸可能是成湯名，如《尚書·酒誥》「自成湯咸至于帝乙，成王畏相」，以「咸」為成湯之名。〔註80〕同版卜辭中的「王🔥報于🔥

〔註77〕黃懷信、張懋鎔、田旭東：《逸周書彙校集注》（上海：上海古籍出版社，1995 年）。

〔註79〕王宇信：〈殷人寶玉、用玉及對玉文化研究的幾點啟示〉，《中國史研究》2000 年 1 月。

〔註80〕蔡哲茂：〈說殷卜辭的「成」字〉，第九屆中國文字學全國學術研討會，台灣師範

（蔑）隹之凵♡」的「蔑」字，在卜辭中又可加女旁，其常受到商人的祭祀，也有合祭的例子，如「己亥卜，彀貞：屮伐于黃伊，亦屮于🐾」（合 970），就是和黃尹一起祭祀的例子，這個「🐾（蔑）」的身份，就是和伊尹比而亡夏的「妹喜」。〔註81〕

十一月間王曾多次占問是否派弓𢎚到詩地去，這時方從西方來侵犯，王派𠂤正化去迎擊，即及多𦁇都加入了戰場。🐍也起來為亂，王徵人準備伐之。不久王生病了，曾多次向祖丁𢟍疾，並向他祈求能「若小子溫」。「小子」當是與殷王室有血緣關係的王室子弟。而不久🐾也謀反，商王便派旨去攻伐。

進入十二月後戰事不斷，一方面旨和🐾的戰爭持續著，另一方面，還有對🐍和🐉的戰事。其中𠂤正化對🐉的戰爭十分激烈，商王便多次占問🐉是否會彈𠂤正化。在這個月裏商王多次占卜是否要派雍𢎚到🐚地去，或是讓他們去🐾地抑是🐚地。

十三月的戊子這天，王決定要彈𢦏方，而此時𠂤正化仍與🐉作戰著，而且還必須與🐍對抗。一月的辛亥這天商王還曾占問𠂤正化是否在這個月回來，還是要到下一個月。〔註82〕

關於這一類卜辭字形和內容的特點有以下：

（一）關於不同的字體方面

這類卜辭中，某些方國和人名的寫法不固定，其中𠂤正化就是一個顯著的例子。「𠂤正化」一名又有作「𠂤化正」者（丙 134），且𠂤字有「屮」和「屮」兩形，但由於𠂤正化卜辭所涵蓋的時間較短，故無法認定兩者之間的正俗或先後關係，從這兩者被使用的次數來看，可能是當時並存的兩體。而丙 134 上的對貞卜辭正面作「屮火凵」反面作「屮火凵」更可證兩者是同時並存的。此外，

大學國文系，1998 年。

〔註81〕 蔡哲茂：〈伊尹傳說的研究〉，《中國神話與傳說學術研討會論文集》（台北：漢學中心，1996 年）。

〔註82〕 乙 7288（合 10964 正）的釋文當是「辛亥卜內貞今一月𠂤正化其屮至；貞𠂤正化其于生二月屮至」。而《殷墟甲骨刻辭摹釋總集》將「生二月」錯作「生一月」。又丙 134（合 6648）的釋文當是「庚寅卜𡧊貞屮火凵𢦏🐉𠂤」而《摹釋總集》把刻在頭甲的上方一辭「王固曰重既三日戊子允既𢦏𠱾方」中的「𢦏」又屬下讀一次，誤成「庚寅卜𡧊貞屮火凵𢦏𢦏🐉𠂤」，使得辭中出現二個「𢦏」字。

尚有一體作「〔字〕」（合 32873）。正字也有「〔字〕」、「〔字〕」（丙 269）、和〔字〕（乙 7846）三體，丙 269 中前二體互相對貞，可證其也是一字異體。而作「〔字〕」者見乙 2031 和乙 7846（合 6651），可能是異體也可能是誤刻。陳劍主張將「〔字〕正化」讀為「〔字〕定化」，以為一直以來被釋為「各」（按：指「正」）的字，可能當分析為從止，從「冂」聲，釋作「定」，而非「各」字倒書。〔註83〕

關於〔字〕正化一名，張秉權以為「其在用法上，也可以看出他是一個名詞，而不是三個相連的名詞，譬如〔字〕各化與〔字〕是常鬧糾紛的，所以卜辭常問〔字〕各化〔字〕〔字〕與否，無論怎樣問法，〔字〕各化三字的次序，從不顛倒，也不分散，如果是三個不同的名詞，其次序的排列，決不會永遠保持著那樣的一種形式的。」又言「〔字〕大概是殷代西方的一個部落或民族，這個部落或民族的所在地，也叫〔字〕或〔字〕方，而〔字〕方的領袖亦常常以〔字〕為名。所以〔字〕字在卜辭中，有時是一個人的名字，有時是一群人的名字，有時是一個地方的名字。」又「我們可以知道〔字〕各化和旨一樣，是西方的『史』，替殷王防守西陲，所以殷王時常關心他的災禍福祐以及他是否在勤勞王事等等。」〔註84〕從上可知〔字〕正化當如望乘、沚戛之名一般，都是由一個族氏和一個私名所構成。

而「〔字〕」字的讀法，李學勤以為當讀如「震」。其從中山王鼎銘中的震字上半從〔字〕得到啟發，認為殷墟卜辭和同時的青銅器銘文中常見〔字〕字，也可能讀為震。而更進一步提出了《周易》所載武丁時受命伐鬼方的震，有可能即武丁卜辭的〔字〕。〔註85〕「〔字〕」、「〔字〕」當是從下半的「〔字〕」字得聲（〔字〕為朕的聲符），而「〔字〕」字像兩手奉物之形，所奉之物「丨」又兼為聲符，聲符「丨」乃「針」字初文，上古音「朕」為定母侵部字，「震」為章母文部，上古聲母中端系字和章系字相通的例子很多，如楚簡中的「借者（章母）為圖（定母）」、「借主（章

〔註83〕陳劍：〈金文字詞零釋（四則）〉，《古文字學論稿》（合肥：安徽大學出版社，2008年），頁 135。

〔註84〕張秉權：〈卜辭〔字〕各化說〉。又其以為「〔字〕」字的結構是「象兩手捧著一錐狀物體，向上鑽鑿，尖端兩旁的兩撇，是象分開之意。其實這個字的意思當以分剌為本。」又以為「〔字〕、〔字〕、〔字〕其義為止息，與出行相反。」而〔字〕、〔字〕下所從之雙手形，林小安將之釋為《說文》臼（臾）字的初文。〈殷墟卜辭収字考辨〉，《盡心集》，頁 101。

〔註85〕李學勤：〈平山三器與中山國史的若干問題〉，《新出青銅器研究》（北京：文物出版社，1990年），頁 185。

母）爲濁（定母）」、「借主（章母）爲重（定母）」。而「叏」在出土文獻中也常讀爲文部字，如信陽楚墓簡借「叏」爲「寸」，郭店楚簡〈尊德義〉中借從酉叏聲的字爲「尊」，〔註 86〕因此「□」可讀爲「震」。

此外，「□」、「□」及「□」、「□」這四個方國也都有不同的寫法，「□」又可作「□」（丙 413）；□又可作「□」（丙 413）；「□」又可作「□」（丙 273）及「□」（乙 7846）；而□則可作「□」、「□」形（乙 5585）。

其中有關□國的地望，王恩田從山東滕縣出土的薛國銅器來看，證明其地在周代薛國故城左近，在今山東滕縣狄莊一帶。〔註 87〕

（二）關於「㞢□」一詞

這一類卜辭講到「㞢□」的有以下：

丙 83「癸亥卜，㱿貞：旨乎𢦏㞢□□」、「旨弗其𢦏㞢□□」。

丙 141「庚申卜，爭貞：旨其伐㞢□□」、「旨弗其伐㞢□□」。

乙 5395「乙卯卜，爭貞：旨𢦏□」、「貞：旨弗其𢦏□」。

從第三例「㞢□」也可以省略來看，這個「㞢□」不當是國名，「㞢□□」可能是問旨在𢦏□的過程中會不會有災禍的意思。「□」和「□」可能是同一字的異構，也即後世的「蠱」。

這個伐□的「旨」，當就是西史旨，西使旨在卜辭中也可省稱爲「旨」，見丙 5（「庚子卜，爭貞：西史旨亡𡆥）。而商王常問其是否亡𡆥，並且任命其去「甾王事」。這個「甾王事」指的是受商王命去執行任務，而大半是去征伐某些方國，〔註 88〕如前面說到的「伐□」，這裏的「𢦏□」，還有去「征□」（合 6828）等等。

〔註 86〕裘錫圭：〈釋郭店《緇衣》「出言有丨，黎民所訁」－兼說「丨」爲「針」之初文〉，《中國出土古文獻十講》（上海：復旦大學出版社，2004 年），頁 297。魏慈德：〈上博楚簡一字通讀爲多字例探析〉，《第二十屆中國文字學國際學術研討會論文集》（高雄：中山大學中文系，2009 年）頁 170。

〔註 87〕可參見高樹瀛：〈山東滕縣出土杞薛銅器〉，《文物》1978 年 4 期及王恩田：〈陝西岐山新出薛器考釋〉，《古文字論集（一）》考古與文物叢刊第二號，考古與文物編輯部，1983 年 11 月。

〔註 88〕「甾王事」的「甾」字有讀作「古」、「𠙹」、「叶」、「由」者，近來蔡哲茂主張要讀作「贊王事」，〈釋卜辭的□（贊）字〉，《東華人文學報》第十期（2007 年）。而陳劍則讀爲「堪王事」，〈釋「甾」〉，《出土文獻與古文字研究》第三輯（上海：復

二、婦好相關卜辭排譜

關於婦好卜辭的排譜，前面說過可以作爲時間定點的有賓組卜辭的五次娩妞記錄，其中見於一二七坑的丙 249 十二月「壬辰嚮癸巳娩」、丙 247 的「甲寅娩妞」及丙 245 五月的「丙子夕嚮丁丑娩妞」，且推測其可能是時間上連續的三次娩妞記錄。關於婦好何時見載於卜辭中，一般來說並無定論，但對於婦好何時死去，學者們都認爲記有「賓婦好」的祭祀婦好卜辭即表示婦好已死。可見合 2638「□寅卜，韋貞：𧆑婦好」「貞：弗其𧆑婦好」、合 2672「☑司婦好」、屯南 917「乙酉卜：卯服旋于帚好十犬」。〔註89〕及合 6153 的「庚子卜，殼貞：勾𠂤方于好𠇛」。此外，甲 668（合 32757）的「己亥卜：辛丑　帚好祀」，其中「𨡔」字，裘錫圭以爲是「歆」，象張口吸取食物的氣味，爲「歆」的表意初文，表示問鬼神是否接受婦好的祭祀。金祥恆釋「鄉」，意同「饗」。〔註90〕李學勤則釋「歔」，以爲是「獻」，即以辛日祭祀婦好義。〔註91〕從其字體的時代上來看，可能是指祭祀婦好之事。所以這一辭也可以當作婦好已死的證據。

丙 317 的「乙未卜，殼貞：其虫冓帚好𠊱」，曹定雲以爲「冓」是祭名，並認爲是婦好確死並被祭祀的明證，〔註92〕然「冓𠊱」又可作「俪皆」，可見《類纂》「皆字條」（1238 頁）。「其虫冓帚好𠊱」的對貞句作「亡冓帚好𠊱」，正同於「亡皆」-「虫皆」（丙 591）、「亡囧」-「虫囧」（丙 370）、「亡𡆥」-「虫𡆥」（丙 552），故知其和「虫囧」、「虫咎」一類的意思相當，而「𠊱」爲後世的「僭」字。〔註93〕

對於婦好的身份，早期張政烺以爲是累世相承入宮供奉王職的子姓之女，因此世代都會有婦好，所以卜辭中「唐取婦好」（合 2637）就是「從多婦中選取一個婦好」，而其目的爲「所以守宗廟、奉祭祀」。然而也有學者認爲

旦大學出版社，2010 年）。

〔註89〕見張政烺：〈婦好略説〉及〈婦好略説補記〉，《考古學報》1983 年 6 期、8 期。

〔註90〕金祥恆：〈釋鄉〉，《中國文字》五十期（台北：台灣大學中國文學系，1973 年）。

〔註91〕李學勤：〈安陽殷墟五號墓座談紀要〉，《考古》1977 年第 4 期。合 32757 上相關的歲祭卜辭探討可參氏著：〈論清華所藏的一版歷組歲祭卜辭〉，《文物中的古文明》，頁 156。

〔註92〕曹定雲：《殷墟婦好墓銘文研究》（台北：文津出版社，1993 年），頁 87。

〔註93〕饒宗頤：《殷代貞卜人物通考》（香港：香港大學出版社，1959 年），頁 284。

「好」不是姓而是名，如李學勤就主張婦好的「好」是名，「𫭹母」是婦好的字。〔註94〕而「取帚好」一詞，嚴一萍則以爲「君取於臣曰取」，是指先祖向婦好有所索取也。〔註95〕對於婦好的身份，曹定雲以爲婦好後來又被稱作「司母辛」、「司辛」，知婦好不僅是婦（宮中女官），而且還是宮中司掌祭祀之婦，故又被稱爲「司」，而可能由於職務的關係，常在商王左右，因而成爲商王之配。〔註96〕

推測婦好存在的時間時，學者們常以不見婦好參加的，發生於武丁晚年的伐舌方卜辭爲例，來說明婦好死於舌方平定之前。如楊升南、王宇信、曹定雲和羅琨等都持這樣的看法。而李學勤卻曾將一片殘了方名的卜辭補爲舌方，使得卜辭中也有可能出現婦好伐舌方的記載，即合 39902（庫 310；英 150）這一片骨，該版卜辭爲「辛巳卜貞：登帚好三千，登旅一萬，呼伐□，受 出又」。早期將所缺字補爲「羌」，以爲登旅萬所伐的對象是「羌」。而李學勤以爲是「舌方」，〔註97〕羅琨則認爲殘字爲「方」，乃指「土方」而言。〔註98〕

下面我們來看《丙編》中與婦好有關的卜辭。而從「帚好入五十」（R044785）的記事刻辭來看，知當時婦好也須進貢卜甲，其或許和其它多子族一樣有著領地和封邑。故對於「帚好示」或「帚好入」的刻辭在此也一併看成是能反應映婦好時代的材料。

婦好卜辭中，已有年代可參的有記婦好娩妌的丙 249（十二月）和丙 245（五月），以及和𠦪正化同版的丙 317（十月）和丙 508（十一月）。還有丙 205 的七月和十月。

〔註94〕 李學勤：〈論婦好墓的年代及有關問題〉，《文物》1977 年 11 期。關於「𫭹母」鄭振香就不同意其爲婦好的字，她以爲「司𫭹母癸」當是武丁的另一法定配偶「母癸」的字或名。〈婦好墓出土司𫭹母銘文銅器的探討〉，《考古》1983 年第 8 期。

〔註95〕 嚴一萍：〈婦好列傳〉，《中國文字》第三期（台北：藝文印書館，1981 年）。

〔註96〕 曹定雲：《殷墟婦好墓銘文研究》（台北：文津出版社，1993 年），頁 94。

〔註97〕 其言「其中的方字剩下左端，因而在摹本上有些像『羌』字的羊角。猜測『方』字上所缺一字應爲『舌』，字形甚狹，所以折斷後沒有向左伸出的殘筆。」〈記英國收藏的殷墟甲骨〉，《甲骨文與殷商史》第三輯。復收入《四海尋珍》（北京：清華大學出版社，1998 年），頁 222。

〔註98〕 楊升南、王宇信說見〈安陽殷墟五號墓座談紀要〉，《考古》1977 年 4 期。羅琨說見〈試析「登婦好三千」〉，《盡心集》（北京：中國社會科學出版社，1996 年）。

　　前面說到丙249的十二月「壬辰嚮癸巳娩妫」爲發生在一個壬子年（見崔卜辭中的「與￼及征￼有關的卜辭」。前定爲武丁四十三年）的十二月，而這個十二月後並不接閏十三月，所以這次娩妫記錄和卜辭中￼正化主要活動期間（十月到次年一月）並不同時，因此在丙249（十二月）－丙247－丙245（五月）的時間序列中，￼正化活動時間當在丙249後的十月（武丁四十四年），或是丙245五月之後的那個十月（武丁四十五年）。

　　在比較￼正化和婦好卜辭的同時，可以發現卜辭所載￼正化事幾乎是完全針對戰爭而發，而占問婦好事時則又完全以攘疾、娩妫和祭祀爲主，是否意味著殷人在書辭時，有意識的將祭祀和戰爭占問刻於不同的甲骨上；或是￼正化所參與的戰事，其都發生在主要以問婦好疾病及娩妫的卜辭之後，所以兩者同版者少。然而這樣的看法又不完全成立，因爲在￼正化卜辭中仍可見同版有問「其￼￼帚好￼」（丙317）及「帚好征￼疾」（丙508）者，所以我們認爲記載著￼正化活動的卜辭，在時間上是在記載婦好事之後。

　　再者，我們前面說過丙249這一年（武丁四十三年）正是子商活動的時期，但我們在卜辭中卻不見其和婦好及￼正化有同版關係，唯一可能的解釋就是婦好此時剛進入歷史的舞台，而￼正化則更在其後。所以下面把主要記載婦好的卜辭都排在丙249的十二月之後，甚至是第二次娩妫的丙247之後，而記￼正化和婦好共版的丙317、丙508的十月則放在丙245五月之後的那個十月。

　　下面我們再就以下幾個事類來將婦好類卜辭聯係。

（一）子￼卜辭

　　在丙182、丙334（丙251）、R044592、乙4930中都提到子￼，其分別作「子￼」、「子￼」、「子￼」、「子￼」，這些人物都和帚好同版，無異是指同一人，知￼這個字可加水、加口或加止。又可見丙257、丙405、丙407，其活動時間和丙257上的「帚￼」可能差不多。而丙189上有「￼（￼）侯」一名，或許這個「子￼」就是「￼侯」。

　　丙182祭祀了「￼且」、「多妣」、「上甲」、「父乙」、「妣癸」。丙334祭祀了「且辛」、「羌甲」、「且丁」、「父乙」、「妣己」、「妣庚」。R044592告祭了「￼且」、「大甲」、「大戊」、「中丁」、「父乙」、「妣庚」、「母己」。如果將這三版上的祖名合在一起，除了大庚和且乙二位先王外，幾乎包括了從大甲到父乙的所有先王

名。而告祭且乙之事見丙 205，所以可以把這幾件事看作是時間上相近占問（不限定在一個月內）。丙 205 是「良子弘（強）」所入龜，[註99] 而在丙 182 上記載占問「帚良虫子」，兩者在時間上可能相差不遠。卜辭中多子族族長「子某」的「某」通常被看成是方國名或氏族名，在卜辭中有良地，所以這個「良子弘」，可能是良地的多子族族長而名弘者，在卜辭中稱「子弘」，也可省稱作「弘」，在丙 510 反上就見有問是否「咎弘」的卜辭。如此看來，則帚良和子弘為同一族人。此外，在丙 205 上可見「七月」和「十月」的記月。[註100]

上面丙 182 的妣癸或是中丁配，丙 334 的妣己為且丁配，妣庚則為父乙配，而 R044592 的妣庚、母己皆指父乙之配。其次，R044592 上還提到了「兄戊」，其又可見於自組大字類卜辭（合 19908），其可能在武丁早期就已死去。

而丙 205 上有「子𢆶」，其又可見丙 340、丙 197 反及丙 557 中。而丙 557 作「𢆶」形。丙 197 的內容我們曾排入武丁四十三年的五月中。這一年也是丙 249 的所在年，其上占問了「于娥卯𢆶」，這個「娥」朱鳳瀚以為是武丁配偶，其言「其不僅能作祟於王，亦能作祟或施佑於子某之類貴族，知其顯然不能躋身於先公之列，而應屬於王的配偶，過去我們已曾證明，娥即是自組卜辭中生稱的『后娥』（21067、21068），屬於武丁的配偶。正因此，所以她死後，多作祟或授佑於作為王子的子某及王室諸帚。」[註101] 又丙 340 上問「虫于父乙宰子𢆶巳」知商王極關心子𢆶這個人，而他的活動時間大約在雀晚期到婦好之間，帚正化出現之前。

丙 340 提到的「𡥠（姪）田」，我們在前面子商卜辭中曾提到過，又可見丙 122、丙 332、丙 381、丙 390，知其為這個時期中重要的農產地。

（二）婦好卜辭

1. 娩妫類

丙 245 和乙 6273 上都記有「子𢆶」，且乙 6273 也提到娩妫事，知乙 6273

[註99] 這個弘字在卜辭中作「𢎛」或「弓」，其可釋為弘，但釋為強的可能性也不能排除，因在甲骨文中弘和強兩字同形。見裘錫圭：〈釋「弘」「強」〉，《古文字論集》，頁 53。

[註100] 關於丙 205 這一版其可和乙 1881 綴合，為米凱樂（Stanly michel）所綴，後張秉權又加上乙補 1771。

[註101] 朱鳳瀚：〈商人諸神之權能與其類型〉，《盡心集》，頁 66。

上所言的娩妨事是指丙 245 的五月「丙子夕嚮丁丑娩妨」之事。而「子妾囚凡」之問又見 R044561，同版上見有問「子臣娩妨」者，故乙 6273 上的「勿出臣」或者和「子臣娩妨」之事有關。而子組附屬的☒體類（合 21890）和☒體類（合 21948+乙 1108+乙 1124+乙 1521）都有「子妾不死」卜辭，並且屯南 4514 上有「子妾不葬」，推測當時子妾已死，屯南 4514 出於 T53（4A）地層中，在前面討論自組卜辭的章節中我們說過這一層中共出土七片自組卜甲，其中的屯南 4516、4517 都是接近自歷間組的卜辭，所以屯南 4514 及兩片子組附屬卜辭上的記事，當晚於以上記子妾的卜辭。

2. 御疾類

丙 508 上的「帚好其征出疾」和丙 190 的「帚好不征出疾」是針對同一件事的占問，丙 508 同版上說到了「出疾身钌于且丁」，同樣的丙 334 上也說到了「王出疾凸（肩）」事。而丙 190 反面問句「貞帚好不征出疾」的帚字作「☒」，爲一個倒寫的字。其上也問到了帚妌是否出子。

又問帚好囚凡出疾的卜辭有丙 334、丙 513、丙 548。若依裘錫圭的說法，丙 334 之卜問囚凡出疾，是爲了問卜商王「疾凸（肩）」是否有起色，而丙 513、丙 548 則不詳。其中丙 334 上面列於子宓類卜辭。而丙 513 反有「冀司耂帚好」，這個「冀司」又可作「冀钌」。「司」是王宮中的女官，通常掌管祭祀，從這個司會耂帚好看來，想必當時地位很高。裘錫圭以爲當讀爲「冀钌」當讀爲「冀似」，「似」爲對女性的尊稱。〔註102〕

其中丙 513 上有問「ㄅ甲其咎帚」及「于ㄅ甲钌帚」與「貞帚好ㄅ」者，其與乙 7040「钌帚于ㄅ甲」當是針對同一事而問，兩者可以聯係。「貞帚好ㄅ」即問婦好的病情是否好轉，而「ㄅ甲」爲商人祭祀對象，王蘊智以爲是「陽甲」的別名「和甲」。〔註103〕

〔註102〕裘錫圭：〈説「妸」〉，第二屆古文字與古代史國際學術研討會，台北中研院史語所，2008 年 12 月。

〔註103〕「ㄅ」字，蔡哲茂釋爲「肙（蜎）」；王蘊智釋爲「蠃」，前者以爲是蚊子的幼蟲「肙」形，出現在卜問疾愈的卜辭中通讀作「蠲」。後者以爲是「蟁」省形，即蟠螭之形。而在卜辭中作動詞時，指病情好轉義，而「蠃甲」爲陽甲別名。見〈釋肙（蜎）〉，周鳳五、林素清編：《古文字學論文集》（台北：國立編譯館，1999 年），頁 15。及王蘊智：〈出土資料中所見的「蠃」和「龍」〉，《字學論集》（鄭州：河南美術出

向父乙御疾的卜辭有 R044557、丙 548。而在「帚好入」的 R044785 上有「⚊不婚」，「⚊」這個人又可見丙 159、丙 311、丙 438 中，前二版為武丁四十二年伐⚊方的主將，後一版中其和「⚊」這個人共版。其主要活動的時間和子⚊及⚊大致相同。

其次由於「七」和「十」兩字字形接近，因之有些地方有可能是誤刻，如在帚正譜中的乙 8209，其上有「七月」字樣，但由於其它帚正化卜辭的時間都集中在十月到次年一月間，所以這個「七月」可能是「十月」之誤刻。而婦好譜的丙 205+乙 1881 上出現了「七月」和「十月」兩個干支，其中這個「十月」可能是「七月」之缺刻，因為該版上出現了兩次「七月」的字樣。

以下試譜

42 年	（六月）	辛未（08）	爭	帚好比沚𢀛伐⚊方王自東深伐戎陷于帚好位	乙 2948
				王令帚好比侯告伐☒	乙 2948
		乙亥（12）		來乙亥㞢于且乙	丙 313
				令比沚𢀛伐⚊方受㞢又	丙 313
				王隹帚好比沚𢀛伐巴方受㞢又	丙 313
43 年	（十二月）	壬寅（39）	⚊	帚好娩妦壬辰㞢（嚮）癸巳娩隹女	丙 249
44 年	七月			黃孽隹㞢吿	丙 205
		甲辰 41	⚊	㞢宰于父乙	丙 205
	七月？			⚊不婚	丙 205
				翌乙亥㞢于唐三伐三宰	丙 205
				㞢于示壬妣庚宰重勿牛七十	丙 205
				良子⚊入五	丙 205
44 年		甲申 21		帚好娩妦王固曰其隹丁娩其隹庚引吉三旬㞢一日甲寅娩不妦隹女	丙 247
		丁亥 24	宁	帚好毓□㞢勹于父乙王	丙 182
		壬辰 29		乎子⚊卯㞢母于父乙㞢小宰曹𠬝三⚊五宰	丙 182

版社，2004 年），頁 263。

		壬辰 29	𩁹	帚呂（良）出子	丙 182
				翌乙未乎子𩁹祝父出小宰曹及三五宰求𩁹呂	丙 182
		乙巳 42	𩁹	乎子𩁹出于出且宰	丙 182
		庚戌 47		王其疾凸	丙 334
				帚好因凡有疾	丙 334
				帚𩁹	丙 334
				乎子𩁹𩁹父乙曹及𩁹卯宰	丙 334
				十及于且辛	丙 334
				于羌甲𦥑	丙 334
				出疾齒不隹父乙𡭔	R044592
		癸丑 50		茲雲其雨	R044592
				勿于大甲（大戊、中丁）告	R044592
				乍𦥑帚好𩁹	R044592
				乎子𩁹	R044592
				勿屯𦥑于妣庚	R044592
				勿曹于父乙	R044592
		辛未 08		我𠬝人迄在黍不受曹出年	丙 513
		壬午 19		帚因凡	丙 513
				貞帚好𩁹	丙 513
				𩁹甲其咎帚	丙 513
				貞王出圉王不若	丙 513
				隹𩁹𡭔𡭔婦好	丙 513
				不其𩁹	丙 513
				王夢北比𩁹惟	丙 513
			𩁹	𦥑帚好于𩁹甲十小宰出𩁹	乙 7040
44 年				在𩁹田出𩁹雨	丙 340
				出于妣己	丙 340
		丙申 33		帚好𩁹以帚因	丙 340
		壬寅 39		出于父乙宰曰𩁹卯鼎	丙 340
				出于父乙牢子𩁹𩁹	丙 340
45 年	五月	戊辰 05		帚好𩁹妣丙子夕𩁹丁丑妣五月	丙 245

				妛（妥）以	丙 245
				大丁卋我	丙 245
		（己丑 26）		翌庚寅酚大庚	乙 6273
				子妛田凡	乙 6273
				貞子妛妌弗妛子妛	乙 4930
		乙亥 12		酚伐不妛	丙 548
				钔帚好于父乙妛（饗）宰妛冎十宰十及青十	丙 548
		己卯 16		钔帚好于父乙妛（饗）羊妛豕冎五宰	R044557
				弗其得妛	R044557
				貞允于方以羌自上甲	R044557 反
	十月	乙未 32	爭	其妛妛帚好瞽	丙 317
		（丁未 44）		帚好其征妛疾	丙 508
				帍正化弗其妛妛	丙 508
		庚申 57		帚好不征妛疾	丙 190
		癸未 20		帚妌其妛子	丙 190

　　帚好早年和沚戛一起去伐妛方，曾經一度由於王自東邊深入進攻妛方，迫使敵人陷入婦好所在的埋伏中，而大獲全勝。而在武丁四十三年的十二月間帚好娩妌，結果是隹女。武丁四十四年帚好再度娩妌，這次也是「不妌隹女」。同年帚良妛子，且王曾多次生病，包括了「疾妛」、「疾齒」，而帚好也數度「田凡妛疾」，因之這段期間內曾多次呼子窟祭祀於先王們。

　　次年五月帚好再度娩妌，同年十月間帚好「妛瞽」，而該月末正好發生了妛來犯之事，故派帍正化討伐之。

小　結

　　排譜主要利用同版異事和異版同事的關係來作聯係，而排譜所得的結果可以分兩個層次來看，如前面以爲武丁四十一年發生了妛妛戰爭，而武丁四十三

年發生了商王朝和𢀛及亘的戰事，此為第一層訊息。而戰爭期間參與的人物有雀、龍敖、侯專、子商、㑹，相關方國有缶、不、夷、𢀛方、下𠂤（黎）等，此為第二層訊息。第一層訊息給我們一個絕對的商紀年及當時所發生的事件，第二層訊息則給我們一個相對的人物活動表，這二層訊息由於所根據的條件不同而與史實有程度上的差別，就第一層訊息而言，受限於今日我們對商人曆法的認知，因之所得的結果必是一個假設前題下的結果，這也是本文在第一部分雀卜辭的排譜之後，不再過度利用每個月的天數來推算不同的干支是否可能存在同一年的原因。而第二層訊息則只要能對大量的同版異版同事類及時間上可聯係的同版異版異事類排比，即可得到正確的結果。所以縱使排譜所得的絕對商紀年在將來會有錯誤的可能（因目前的材料僅能做到此），也無須否定排譜的成果，畢竟從排譜所得的卜辭人物相對活動時間概念，同樣對我們理解商朝歷史有很大的幫助。

而一二七坑賓組卜辭究竟跨時有多久？若我們以𦔻亩的武丁四十年底（1210BC）來作為最早的記事記錄，而一直計算到武丁末年的話，那麼這一坑卜辭所記載的時間約有廿年。若我們保守一點來估計，以一二七坑賓組卜辭中的「甲午月食」（1198BC）為下限的話，那麼大約就只有十三年。

圖 1　丙 485

乙補 954

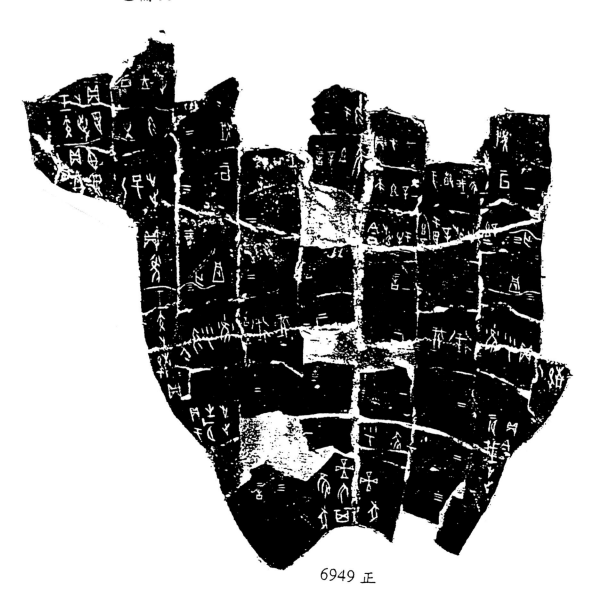

6949 正

圖 2 丙 205

767 正

乙補 1771

938 正

圖 3　丙 317

乙 2311

6653 正

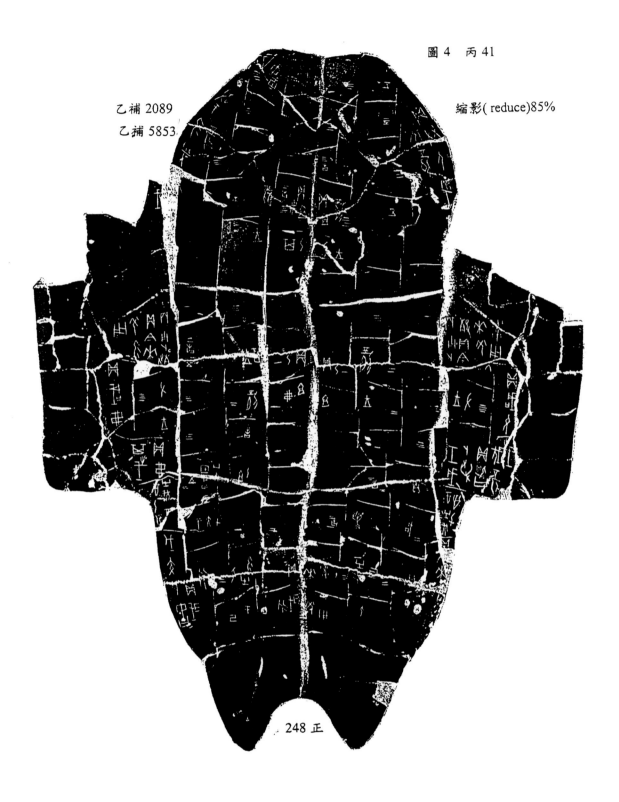

圖4　丙41

乙補 2089
乙補 5853

縮影(reduce)85%

248 正

第八章　一二七坑賓組卜辭的排譜（下）

　　上一章我們已經排了雀、子商、婦好和龜正化的譜，這一節我們試著再針對一二七坑卜辭中數量較少，且記事不多的人物排譜。這些人物相關的事類通常缺少能直接判定時間的要項，所以基本上只能依其人名或同版上出現的事類將之聯係。除此之外，對於從字體和形製上可以劃歸爲一類的卜辭也試著加以排譜，最後則論及賓組卜辭在用句及用字上面的特性。

第一節　多方與多婦卜辭的排譜

一、興方卜辭

　　對於興方活動的時間，王宇信認爲其在武丁前葉，並提出「商王朝征伐下危（ ）時，興方曾來服役」及「興方前來助戰，可能它在武丁前葉較早階段即被商王朝臣服」。其次，他又引了「興再冊乎歸」（丙 143）來當作興方命稱臣的證明。〔註1〕而饒宗頤也主張興方出現的時間與伐下危（ ）同時。〔註2〕

　　以下先將一二七坑中載有「興方」的卜辭列出。

〔註1〕 王宇信：〈武丁期戰爭卜辭分期的嘗試〉，《甲骨文與殷商史》第三輯，頁 153
〔註2〕 饒宗頤：〈卜辭中之危方與興方〉，《徐中舒先生百年誕辰紀念文集》，頁 22。

丙 45	㱿	〔字〕、〔字〕	興方	典賓	D9
	1.壬寅卜〔字〕貞〔字〕（興）方以羌用自上甲至于下乙　2.☑不〔字〕				
丙 45 反	1.〔字〕（逆）入十　2.王〔占〕曰吉勿酒				

丙 143			〔字〕		
	1.〔字〕〔字〕（爯）〔字〕乎歸				
丙 143 反	1.王屮〔字〕不若　2.隹之乎犬茲于〔字〕　3.乎及以　4.貞王以之　5.門品 6.允〔字〕				

丙 319		〔字〕、〔字〕、〔字〕、〔字〕	興方	典賓	A9
	1.（壬申）〔字〕（興）方來隹囚余在囚　2.王比〔字〕方伐下〔字〕				
丙 319 反	1.王〔占〕曰吉其☑　2.〔字〕其隹☑　3.癸酉卜亙　4.爭　5.☑入廿				

乙 1462	貞王〔字〕（興）方伐☑

　　以上卜辭記載了商王先卜問是否要命興方來，其後興方帶來羌人，商王便以之用於對上甲到下乙的祭祀。接著對興方行爯冊禮，命其伐下黎（〔字〕），而這段期間商王便占問是否要同興方一齊去征伐下黎（〔字〕）。若這一次的伐下黎事件與雀卜辭中的伐下黎事件同屬一事，則可係於武丁的四十二年。

　　其中丙 319 可再加上乙補的 4256，綴合後出現「壬申」這個干支，張秉權在《丙編》的釋文中曾將這個干支誤補爲「甲申」，今可依此正之（圖1）。[註3]

二、婦妌卜辭

　　關於婦妌的時代，在前一節的婦好卜辭中因見有與婦好同版（丙190），故可證明兩者曾經同時。屯南4023 上有「王其又姒戊妌〔字〕（盥），王受又」及「重姒戊妌小宰，王受又」卜辭，知婦妌的廟號爲「姒戊」。[註4] 在卜辭中有婦妌出現的卜辭大都與農業有關，根據鍾柏生所言，婦妌的事蹟爲「其在武丁時期

[註3]　此版綴合爲林宏明所綴，見〈殷虛甲骨文字綴合四十例〉第十四組，政治大學八十九學年度研究生研究成果發表會論文（2001 年）。

[註4]　金祥恆：〈后母戊大方鼎之后母戊爲武丁后考〉，《金祥恆先生全集》第一冊（台北：藝文印書館，1990 年）。及李學勤：〈《中日歐美澳紐所見所拓所摹金文彙編》選釋〉，《新出青銅器研究》（北京：文物出版社，1990 年），頁 298。

曾經掌管許多事務，如：農耕，採集各地龜甲牛骨以供王室占卜之用及王室祭祀等。他曾生育男孩。他過世於武丁時期，死後爲王室所祭祀。」[註5]而肖楠在〈再論武乙文丁卜辭〉中也說到「武丁卜辭中有關帚妌的材料達 100 多條，此時之帚妌曾參與對龍方的戰爭，也曾主持過祭祀，也有不少關於她生育的卜辭，其地位僅次婦好。」[註6]

下面將一二七坑中與帚妌有關的卜辭列出。

	殻、爭、亘	𠬝、乇、不𡆥龜	弜、𢦏	典賓	A8D9D0E8
丙 155	1.（辛未）𣏁告于且乙　2.弜㞢王𢦏　3.（壬寅）自今至于丙午雨　4.（癸卯）乎𣏁（弜）往于𢦏比𢦏〔乎𣏁往比𢦏于𢦏〕　5.（辛亥）卲帚于屮𢆶				

丙 155 反	1.乎比卲取屯于𢦏　2.王其比取　3.王往于　4.𡆥凡有疾　5.令𡈼𢦏（湔）𤔔又𤔔　6.王𠂤曰隹今夕癸𢦏丁　7.帚井來𢦏　8.屮（詩）來五　9.王𣥐〔勿𣥐〕　10.𠬝				

	爭、殻	𠬝、勺、𢆶	帚好、帚妌	賓一、典賓	F7
丙 190＋北圖 5241	1.（庚申）𡆥（帚）好不征㞢疾〔其征㞢疾〕　2.（癸未）帚妌㞢子〔帚妌𢆶（毋）其㞢子〕				

	𠁶（永）	不、不𡆥龜		典賓	F2
丙 267	1.（乙卯）隹𢆶（𢆶）𡆥（母丙）屮　2.𢆶𡆥允㞢𢆶				
丙 267 反	1.王𠂤曰𢆶𡆥㞢于囗　2.帚井示（置）百　3.我以千　4.𠬝				

	爭				A5
丙 360	1.（戊辰）𢦏（飲）羌自妌庚〔𢦏羌自高妌己〕　2.曹于妌庚　3.𡆥㞢𢆶〔弗𡆥㞢𢆶〕　4.㞢勺（勺）于父庚宰				
丙 360 反	1.王𠂤曰其自高妌己　2.勿卲　3.勿𢦏羌　4.帚示三　5.屮（詩）來四十　6.方				

〔註5〕　鍾柏生：〈帚妌卜辭及其相關問題的探討〉，《中研院史語所集刊》第 56 本 1 分（1985年）。

〔註6〕　肖楠：〈再論文乙、文丁卜辭〉，《古文字研究》第九輯（北京：中華書局，1984 年），頁 165。

	彀、爭	𣪊、𡨄、㚔		典賓	B0C1D1F8
丙 392+乙 3367	1.（癸未）翌甲申王𡨄上甲日王𡆥曰吉𡨄允𡨄　2.（癸未）告于妣己暨妣庚　3.不雨　**4.（甲午）王𡨄咸日**　5.乎取𡚸卜（任）于𣪊　6.𥙵（裸）于父甲日𡖇不鼎　7.父甲弗其用王𡚵　8.今日𡚸（汝）不其𡆥　9.𡚸𡘭（㚔）　10.（辛酉）子𡆥（𥄂）其疾				
丙 392 反	1.隹𡆥　2.𡨄上甲日　3.乙未王𡨄𡘭　4.今夕其雨　5.勿盖告　6.屮于父乙　7.王夢其𡚵　8.告屮既一羊　9.其𡘭（㚔）　10帚井示十　11.𣪊				

| 乙 1052 | 1.辛丑卜𡨄貞今五月𡆥（其于六月𡆥）　2.乎取㞢𡘭于𡚵 | | | | 11-40 |
| 反 | 1.王𡆥曰吉　2.帚井示卅　3.𡚵　4.我以千　5.爭 | | | | |

| 乙 3431 | 1.己丑卜𣪊貞𡚵屮子〔貞𡚵亡其子〕　2.貞乎逐在𡚵鹿隻〔貞弗其隻〕 | | | | |
| 反 | 1.帚井示冊　2.我以千 | | | | |

| 乙 6966 | 1.甲寅卜爭貞𡚵以𡘭（𡘭）于𡚵〔貞𡚵弗其以〕　2.丙寅卜爭貞燎三牛 | | | | |
| 反 | 1.我以千　2.帚井示卅　3.方 | | | | |

| 乙 7310 | 1.甲子卜𣪊貞疾𡚵不征〔貞疾𡚵其征〕　2.屮于奴𡚵　3.甲子卜𣪊貞乍屮于妣甲𡚵　4.屮疾𡆥隹𡚵𡘭〔不隹𡚵〕 | | | | |
| 反 | 1.王𡆥曰余𡚵𡘭若茲卜不其隹小宰屮𡘭□　2.帚井𡚵　3.行取□五 | | | | |

　　以上卜辭中，我們可以發現和帚妌共版的人物有：𡨄（丙 155）、𡘭（丙 156、丙 392）、𡚸（丙 392）、子𡆥（丙 392）、𡚵（乙 3431）。

　　婦妌在一二七坑甲骨中常以「示（置）者」的身分出現，經常對我地和諄地所貢入的龜甲作整治的工作。〔註7〕其次帚妌也曾「來女」，知其必是個有封地的貴婦。

　　又丙 155 中先於壬寅日卜問「𡨄屮王事」，接著於次日癸寅問「乎𡨄往于

〔註7〕　示當讀爲「置」，林澐以爲「記事刻辭中常見的『某人示若干屯』，是應該讀『置』。」
　　　　〈古文字轉注舉例〉，《林澐學術文集》（北京：中國大百科全書出版社，1998 年），
　　　　頁 39。嚴一萍以爲「示」即《周禮・太卜》的「眡高作龜」，鄭注「視高，以龜骨高
　　　　者可灼處，示宗伯也」。《甲骨學》（台北：藝文印書館，1991 年），頁 693。卜辭中有
　　　　「乎帚井以燕先於諄」的卜辭（合 6344、合 6347、合 8023、合 8991 等）可能和卜
　　　　辭中帚井多示諄入之龜有關。方稚松則以爲記事刻辭中的「示」當釋爲交付、給予之
　　　　義。《殷墟甲骨文五種記事刻辭研究》，首都師範大學博士學位論文（2007 年），頁 31。

比⊗」知道「弖」又可作「⊕」，所從的「口」可放在弓字之上亦可放在弓字之內。〔註8〕而這裡「屮王事」的內容則指要弖（弘）和⊗一起去⊗地。

子弘卜辭

丙510	爭	⊗、⊗	鼓、侯告、⊗	賓一	C1
	1.（甲申）王屮不若 2.⊗（鼓）以⊗（孭） 3.貞乎不☐ 4.王☐侯告比 5.⊗乎取羌以☐ 6.貞于⊗（襄） 7.屮于咸卅伐 8.十☐屮☐宰 9.☐屮于且丁 10.⊗其來					
丙510反	1.以⊗☐ 2.壬寅卜余⊗屮往田于不比⊗⊕ 3.勿乎比⊗于⊗ 4.壬子卜 5.王征出不又 6.王勿征出				D9E9

丙205+乙1881+乙補1771		⊗、⊗、⊗	⊗	典賓	B2
	1.黃⊗（孽）隹屮⊗七月 2.（甲寅）屮宰于父乙 3.翌乙亥屮于唐三伐三宰 4.告于且乙 5.屮于示壬⊗（妻）妣庚宰重勿牛七十 6.⊗（⊗）不⊗（婚）十月 7.乎取⊗（蔡）臣廿					
丙205反	1.戊申卜方⊗⊗妣庚用于☐ 2.在☐⊗☐ 3.不其出 4.王固曰屮求 5.重豕羊 6.三牡 7.勿盖屮于⊗ 8.壬申卜方 9.癸酉卜 10.乎逐不其隻 11.帚好示（置）五 12.⊗（良）子⊕入五				A9A0

丙235	殻	⊗、⊗、⊗	⊗、龍、弖	賓一、典賓	B6B7E8F1 48-17
	1.（己卯）不其雨〔雨王固其雨隹壬壬午允雨〕 2.王固允隹屮⊗一月 3.王不雨在⊗（瀧）〔其言雨在⊗〕 4.（庚辰）黃尹☐我年 5.（辛亥）令⊗（⊗）比弖 6.屮于上甲 7.屮于大甲伐十屮五 8.翌甲寅屮伐于大甲 9.王比弖 10.王比⊗（龍）東 11.于下乙伐 12.屮于且丁					
丙235反	1.不隹帝咎王 2.⊗入十 3.上甲				

丙450		⊗	弖		
	1.⊗亡其⊗來自南允亡⊗ 2.☐⊗☐ 3.勿燎 4.隹⊗（婪）⊗王 5.令弖比⊗屮王事〔重邑令比⊗〕 7.⊗其屮疾					
丙450反	1.☐申 2.己丑卜方 3.壬申方				A9C6

丙108			弘		
	1.令⊕取以 2.帝⊗（疾）唐邑					

〔註8〕 裘錫圭以爲，在較早的古文字裏，「弖」可能既是「弘」字，又是強弱之「強」的本字；但是並不是由於「弘」、「強」音近而而同用一形，而是由於這個字形恰好同時適用於「弘」、「強」這兩個詞。〈釋「弘」「強」〉，《古文字論集》，頁56。

丙 108 反	⊗ 迄卅

乙 4695	1.貞其⊔𡆥〔貞亡其𡆥〕　2.貞⊗亡𡆥　3.貞叀⊗令比⊗克
反	⊗入冊

上面的子弘卜辭中提及的相關人物有：⊗（搴）（丙 235）、⊗（丙 235）、⊗（丙 450）、⊗（丙 205）、⊗（乙 4695）。而在丙 108 中的地名「唐」，李學勤曾以爲其地即「唐社」，也就是《史記・秦本紀》寧公二年「遣兵伐蕩社」的「蕩社」，和近年西安東郊發現的老牛坡商代遺址有關。〔註9〕

其中丙 510 在上一章中曾列於和雀有關的「伐夷伐巴」卜辭中，丙 205 則列於婦好卜辭中。因此子弘活動的時間，相當於雀的晚期到婦好這一段時間。

三、婦⊗卜辭

以下先將婦⊗卜辭列出。〔註10〕

	殼、吉	⊗、⊗、⊗、⊗、⊗、⊗	牧石麋、帚⊗、般、並、⊗	賓一、典賓	A1A2B2D2D7E2F7　34-3
丙 96	1.乙丑卜⊗貞甲子⊔（嚮）乙丑王夢⊗⊗⊗（牧石⊗）不隹𡆥隹又三月 2.王夢叀乎余卸𡆥〔王⊔夢不隹乎余𡆥〕　3.王其疾𡆥　4.王隹⊔不若〔王不隹⊔不若〕　5.今般取于⊗王用若　6.我受⊗（黍）年〔不其受⊗年〕 7.王又三羌于⊗（宜）不又若　8.翌乙亥⊗（啓）　9.來乙未⊗　10.（庚子）帚⊗⊗幼　11.于來乙巳⊗　12.（乙巳）⊔疾⊗（身）其⊗　13.王⊗曰⊗其⊗⊗隹辛令　14.乎⊗⊔〔勿乎⊗⊔〕　15.王⊗曰吉若　16.庚申卜吉貞王使人于⊗（陝）若　17.乎⊗⊗（知）入人				

〔註9〕　李學勤：〈蕩社、唐土與老牛坡遺址〉，《周秦文化研究》（西安：陝西人民出版社，1998 年），頁 107。

〔註10〕關於「婦⊗」人名，有學者隸作「婦媒」也有隸作「婦媒」者。然金文中的「葉」字，木上作三短劃，與此形異。而金文的「果」字亦與此字形形遠，故在此暫依甲文字形作「⊗」。王蘊智在〈說葉〉中以爲「⊗」要釋成「葉」，其言「賓組卜辭的商王諸婦名中，習見有婦葉之稱，婦葉之葉爲姓氏名。婦葉必爲出自葉地宗族之女而許配於王室者。」又「商王武丁時期專門爲婦葉占卜的卜辭今見有四十餘例，數量可觀。在商王諸婦中，婦媒是僅次於好、妌等婦而位寵於其他王婦的一位女性。……婦媒的幾次生育前後曾經過數位貞人精意貞卜，以祈保吉利。武丁之時的王婦卜辭中見有數十位，能得以受前世先人神靈之御的很少，婦媒則爲其中之一。婦媒的這種尊貴地位，除了她個人的能力條件外，大概亦藉助了一定的家族基礎。」《吉林大學古籍整理研究所建所十五週年紀念文集》（長春：吉林大學出版社，1998 年），頁 149。

丙 96 反	1.勿于 2.王夢示並立 3.不人 4.爭 5.翌庚子（辛丑）燎 6.于祖辛 7.王夢不隹又 8.我囲 9.王固曰不隹囚 10.王固曰其隹甲圖 11.蜀庚其隹丁引吉 12.于翌辛丑燎囲 13.卯于且辛 14.王固曰吉余亡不若不于屮（薪） 15.今乙未亡屯 16.令報卯大虁 17.爭 18.圖入二在圇 D2D7D8

丙 241		圖、圖	婦圖		F7F8B7
丙 623	1.（庚申）翌辛酉屮于且辛 2.王圖（聖）隹屮屯 3.屮于父乙 4.帚圖不其妣 5.卯帚圖 6.翌庚辰仑（卒）亦屮羌甲				
丙 241 反	1.貞圖 2.翌辛酉屮于且辛 3.重小宰 4.圖（尋）卯帚于圖甲 5.甲子卜貞 6.勿盖屮于蔑 7.乙酉卜燎于河				F8A1A2

丙 243	亘、殼、吉	圖、圖、圖	帚圖	賓一、典賓	A3A5A0B2 13:11-40
	1.（丙寅）今來屮（歲）我不其受年 2.（戊辰）來甲戌其雨 3.（癸酉）臣圖（得），王固曰其圖隹甲乙甲戌臣涉圖（舟）徙圖弗告旬屮五日丁亥圖（奉）十二月 4.疾 5.于羌甲卯克圖疾 6.（乙亥）帚圖圖妣				
丙 243 反	1.王固曰圖（陰） 2.屮母庚 3.王固曰其隹囗其隹囗引吉妣 4.王固曰其卯囗其隹易日 5.圖 6.爭				

丙 467 R028116	殼	圖、圖、圖		賓一	E5F7 59-28
	1.帚圖圖妣二月庚申圖不妣 2.卯于妣己屮辰 3.酚辰卯宰一牛 4 王囗唐隹囗 5.翌戊申王狩 6.圖 7.往 8.卯于妣庚十圖 9.子圖囗凡屮疾				
丙 467 反	1.丁丑卜 2.今日酚 3.翌戊其鳳（風）				B4

丙 506	方、吉	圖		典賓	A0B7
	1.（癸酉）圖酚伐 2.帚圖圖不其妣 3.翌庚辰王亡屯				
丙 506 反	1.令圖 2.乙重 3.圖				

丙 515	爭	圖、圖、圖			B0C3D3
	1.（癸未）屮（生）一月帝其圖（昌）令圖 2.（丙戌）婦圖妣 3.貞乎圖（自）比圇（圇） 4.翌丙申酚王圖允酚 5.貞不隹囚 6.貞其卯 7.貞不其雨				
丙 515 反	1.貞燎豕屮圖（青） 2.王囗其圖甲 3.帚圖 4.丙申令 5.庚子卜圖 6.示圖不 7.人來 8.王夢吉其隹庚吉 9.王夢圖其戊申吉 10.王固曰其往囗 11.圖（豆）入一 12.爭				D3D7

R028876	1.☑帚🌿🐟（老）隹㞢🐚〔不㞢🐚〕
反	妣庚

R044554	亘				B6F1
	1.（己卯）乎🐟于🐚（耤）于🝔舍酒 2.🐂大羊🐟　3.（甲寅）隹🝭　4.帚🌿🐟恩隹🐚（卒）				
反	🐟（般）入十				

乙 3251	1.丙子卜🐟貞勿🝔帚🌿于庚宰　2.貞王其🐟　3.貞🐟何　4.兄丁🐟王

關於婦🌿卜辭，劉學順曾譜「婦娸娩」譜，其時間順序為：

　　第一次娩妫：丙 96（三月）－丙 98（四月）－丙 623

　　第二次娩妫：丙 243（十二月）（圖 2）〔註11〕－丙 515

　　第三次娩妫：丙 467（二月）

　　第四次娩妫：合 7854－合 14019

　　其言「對於這四次分娩的具體時間及各次的先後早晚關係，現在也不能確定，但是，它們總是武丁早年卜辭，時間相距應該較接近。與婦好生育卜辭相比，即使有時間交差，第二次、第四次也晚於婦好生育卜辭及征亘方卜辭，因為占卜的貞人有亘。」〔註12〕

　　若我們從上面所錄的一二七坑中有關婦🌿的卜辭來看，幾乎全都跟卜問娩妫之事有關，可見商王非常重視帚🌿的生育。而這些卜辭可大致分為「三月庚子娩妫」（丙 96）、「十二月乙亥娩妫」（丙 243）、「二月庚申娩妫」（丙 467）。其中丙 515 的「丙戌娩妫」和丙 243 的「十二月乙亥娩妫」可能是同一件事，因丙 243 的十二月的牵臣之事記日為「丁亥」和丙 515 婦🌿娩妫的「丙戌」只差一天，而且二者都在十二月。其它沒有月份記載的有丙 623 的「帚🌿不其妫」、丙 506 的「帚🌿娩不其妫」及 R044554 的「帚🌿娩隹卒」。

　　由於這三次娩妫卜辭都沒有驗辭，所以時間比較接近的二月庚申和三月庚子所記內容，也無法認定絕對不會是同一次，因之婦🌿卜辭在一二七坑卜辭中

〔註11〕此版又可加綴乙 7681、乙補 1447、乙補 1557，為林宏明所綴。

〔註12〕劉學順：《YH127 坑賓組卜辭研究》，頁 51。

的時間最短不會短於十個月（三月到十二月）。

在丙 96（三月庚子娩妫）中同版的人物有般、並和「使人于陝」這件事。「般」在一二七坑卜辭中與子商（R028593、乙 4516）、䖵（丙 128）、闑（丙 496）、龒（丙 132）以及發生於一月的「𡨦正化翦飤」（丙 627）這件事同版，知其活動的時間在「子商獲」到「𡨦正化翦飤」事件之間，所以這次的娩妫也當在此間。其還曾入龜，見乙 3405 的甲橋刻辭。而陝則曾於某年的五月至商（丙 98），這件事可能即是丙 96 上問「王使人于陝」後的「陝至」之事，因此丙 96 和丙 98 可看成占卜時間相近的二版。

丙 467 的「二月庚申娩不妫」，同版上有「子狀𠔼凡𡆥疾」，「𠔼凡𡆥疾」讀爲「肩興有疾」即問「疾病有起色」事，〔註13〕知其時間在丙 205 的「狀不婚」之前（武丁四十四年）。又和丙 243 同樣記載婦妌「十二月娩妫」的丙 515，同版人物有𨑃（卣）和㔾。其中㔾曾出現在武丁四十一年五月的子商翦缶卜辭中。此外，商王曾多次問㔾是否受年（乙 7672）。知㔾地也是個重要的農業生產區。

此外，上引卜辭中丙 243 有「癸酉卜，亘貞：臣得，王𡆥曰吉，其得隹甲乙，甲戌臣涉舟征𢔤弗告，旬𡆥五日丁亥ㄓ，十二月」辭，其中的「得臣」即是指捕抓逃走的臣。高明以爲「臣得」、「臣不得」即「臣執」、「臣不執」之意。〔註14〕

<hr>

〔註13〕「𠔼凡𡆥疾」裘錫圭讀爲「肩同有疾」，「肩」訓爲「克」，意即能分擔王疾。〈說「𠔼凡有疾」〉，《故宮博物院院刊》2000 年 1 期。蔡哲茂讀爲「肩興有疾」，〈殷卜辭「肩凡有疾」解〉，三星堆與長江國際文明研討會論文，四川德陽，2003 年 10 月。復刊於《屈萬里先生百歲誕辰國際學術研討會論文集》（台北：國家圖書館，2006 年）。

〔註14〕高明：〈論商周時代的臣〉，《容庚先生百年誕辰紀念文集》（廣州：廣東人民出版社，1998 年），頁 101。又劉桓在〈說「我其巳𡧍乍帝降若」〉中以爲「（丙 243）辭中涉是涉渡，舟是地名，征爲語詞。𢔤乃人名，蓋舟地之官。此辭大意是說：癸酉這天占問，卜人亘問卦：臣能得到嗎？王的占辭說，會得到的，就在甲乙兩日之內。驗辭載，甲戌日，臣涉渡舟地，𢔤不來報告。十五天後的丁亥日逃臣才被逮住。」見氏著：《殷契存稿》（哈爾濱：黑龍江教育出版社，1992 年）。又黃天樹曾再〈殷墟甲骨文所見夜間時間考〉提出卜辭中有「卮」這個時稱，其又可作「卮人」，即後世的「人定」，約當今 21-23 時。《第二屆中國古典文學研討會——紀念聞一多先生百週年誕辰論文》，台灣清華大學，1999 年 10 月。此外，張玉金在〈釋

又丙 96 反有「[illegible]（見）庚其隹丁引吉」，這裡的「見加干支」辭例，皆刻於龜版的反面，又可見「王固曰隹今夕癸見丁」（丙 155 反）、「王固曰叀既，隹乙見丁」（丙 273 反）、「□固曰吉其隹庚娩見丁」（丙 311 反）、「王[illegible]其見甲[illegible]」（丙 515 反）、「雨隹甲丁見辛巳」（R038904）。從目從跪跽人形的「[illegible]」字是「見」，〔註 15〕「見」字在此似乎是兩個干支之間的介詞，用法非常罕見。蔡哲茂、林宏明、沈培都曾對這種用法加以討論，可以參見。〔註 16〕

除了前面提過的婦好、婦良、婦姘、婦[illegible]外，較常見諸婦的還有「帚[illegible]」（丙 627）、「帚[illegible]」（丙 83）、「帚丙」（丙 94）、「帚羊」（丙 126）、「帚[illegible]」（丙 347）和「帚[illegible]」（乙 5286）。其中「帚[illegible]」的「[illegible]」也可以作「[illegible]」形（丙 212），「帚丙」的「丙」也可作「[illegible]」形（丙 377）、「帚羊」的「羊」也可從女作「[illegible]」（丙 349）。此外卜辭中也曾見問「帚[illegible]娩妫」（丙 347）和「帚[illegible]娩妫」（丙 349）之事，「帚丙」則多以示者的身分出現。

第二節　一二七坑的改製背甲及早期賓組卜辭的問題

一、改製背甲

一二七坑甲骨中有一些改製過的背甲，最早董作賓在《乙編·序》上就說到：

> 殷代貞卜也用龜背甲，背甲從中間剖開，分爲左右兩半，灼兆刻辭，一如牛骨的分別左右，對稱爲之，這是各期都有的，在這一

甲骨文中的「[illegible]」和「[illegible]」〉中提出這個字要釋爲「[illegible]」，在卜辭中要讀爲「[illegible]」，訓爲切割，可用做祭祀動詞或征伐動詞。新世紀中國古文字學國際學術討論會論文，安徽大學中文系，2000 年。然若從此辭來看，以黃說爲長，因把「[illegible]」當夜間時稱時，全辭解釋起來比較恰當。但其所說的「[illegible]」即後世的「人定」這一時稱，則還有待考慮。

〔註 15〕裘錫圭：〈甲骨文中見與視〉，《甲骨文發現一百週年學術研討會論文集》（台北：中研院史語所，1998 年）。

〔註 16〕沈培以爲讀爲「現」，見氏著：〈殷卜辭中跟卜兆有關的「見」和「告」〉，《古文字研究》廿七輯（北京：中華書局，2008 年），頁 71。蔡哲茂以爲其義同「至於」，或可讀爲「延」：〈釋殷卜辭的「見」字〉，《古文字研究》廿四輯（北京：中華書局，2002 年），頁 96。林宏明以爲其義近於「若」，見氏著：〈說殷卜辭見字的一種特殊用法〉，《古文字研究》廿七輯，頁 78。

坑裡，發現一種改製過的背甲，卻是新例。石璋如君也曾注意到這種特別的現象，他記述 YH127 坑出土的情況說：

又有背甲製成如石刀的樣子，中間穿孔，上面刻辭的。但是其上的卜兆是一個方向的。這些樣子，均爲前所未有。

其實所謂「石刀的樣子」，只是一種長而兩端橢圓不甚規則的形狀，這都是較小的背甲，由中間鋸開，又去其近脊甲處凸凹更甚之部分，削成兩端，使略呈圓形，這是爲的易於平放，中間有孔可以貫穿。所謂「卜兆是一個方向」，也正和普通的較大的背甲一樣，凡是右邊一半，卜兆一律向左，左邊一半向右。

這一類改製背甲的特點，胡厚宣在〈殷墟一二七坑甲骨文的發現和特點〉中也說「改造的背甲，又從左半背甲或右半背甲的外邊部分，去其兩端，修其左右，使成長圓形。長約 15 厘米左右，寬一般都在六七厘米之間。中間皆有圓孔，以備穿聯。以其不頂端，知其並非以爲懸掛之用。」以及「這種改製背甲，皆先作好，然後卜用，並非卜用之後，再作成此種長圓形。」他更統計出這類背甲在一二七坑中所見有乙 4679（正）－乙 4680（反）、乙 4681、乙 4682（圖 3）、乙 4683（圖 4）、乙 4747、乙 4750、乙 5241（正）－乙 5242（反）、乙 5267、乙 5271、乙 5301（正）－乙 5302（反）、乙 6382、乙 6684 等，而除乙 4681 爲大半個，乙 5267 爲小半個，餘皆完整，有三片正反面都有卜辭，共計十二片。[註17] 其中 5267 可加上乙 5014 和乙補 3675，分別爲劉淵臨和林宏明所綴。（圖 5）[註18]

這一種改製背甲僅出現於一二七坑中，至今尚未在其它地方出土。而同坑中其他的背甲則都是從中間剖開，分爲左右兩半，對稱爲之的背甲。然嚴一萍曾以爲出土甲骨中有未經鋸開的背甲，並舉甲 959＋甲 962＋甲 963＋甲 964＋甲 2042 與乙 3453＋乙 8369 而版爲證，[註19] 前者又可加綴甲 1880 和乙 5379。然

〔註17〕胡厚宣：〈殷墟 127 坑甲骨文的發現和特點〉，《中國歷史博物館館刊》13、14 期（1989 年）。

〔註18〕林宏明：〈殷虛文字乙編綴合補遺〉，第一屆古文字與出土文獻學術研討會，中研院史語所，2000 年 11 月。

〔註19〕嚴一萍：《甲骨學》（台北：藝文印書館，1978 年），頁 43。

而乙 5379 一片乃由甲 1880 上所脫落，[註20] 故該版不屬於一二七坑甲骨。後者又可加綴乙 5574。而近來宋雅萍曾對一二七坑的背甲作過全面的研究，指出了一二七坑中未鋸開的背甲目前所見有是（1）合 17494（乙 3330）+乙補 4936（2）合 1829（乙 3453+乙 8369）+合 1784（乙 5574）（3）乙補 77。[註21]

李學勤曾對這類改製背甲上的卜辭加以排譜，其以為「十二版的卜辭中除去乙 4679 不記干支外，其餘 11 版都可邊排成表」，而乙 4679 的反面（乙 4680）有「癸巳」干支可以據補。[註22] 其還補上了同文的甲 3343，其譜如下：

乙 5301（左，壬辰今五月）－乙 4681（右）－乙 5241（右）－乙 4780（右）－乙 6382（右）－乙 6684（右，己酉五月）－乙 4747（左）－乙 4683（右，庚戌五月）－乙 5271（右）－乙 5267（右）－乙 4682（右，丁巳六月）－甲 3343（合 8592）。

而我們又發現了合 10125（京津 648）上面的字體和這批改製背甲的字體一致，貞人㫃的㫃字作「㿸」，殼作「𣪊」，又有同文例「㞢于上甲五牛」，[註23]因之我們認為這也是時間接近的占問，以下排譜。

5 月	壬辰 29	內	今五月㞢㞢至	乙 5302（反）
			六月㞢來㞢㞢疾	乙 5301（正）
	壬辰 29	爭	自今五日至于丙申不其雨	乙 4681
	癸巳 30	爭	自今五日雨	乙 5242（反）
	癸巳 30	爭	東㲱受年	乙 5242（反）
	癸巳 30	㫃	帝㽞（毋）其㙙（既）入邑㡀	乙 5241（正）
	癸巳 30	𣪊	☑	乙 5267+
			上甲弗害王	乙 5267+
	癸巳 30	㫃	狩以	乙 4680
		㫃	狩不其以	乙 4680
		㫃	㞢于上甲五牛	京津 648

[註20] 關於乙 5379 錯誤編號的原委可參見石璋如：〈兩片迷途歸宗的字甲〉，《大陸雜誌》第七十二卷六期。又該版綴合號為合 21332+合 22400+甲釋 48。可參見蔡哲茂《甲骨綴合集》第 97 組。已於第二章第二節中說明。

[註21] 宋雅萍：《殷墟 YH127 坑背甲刻辭研究》，頁 30。

[註22] 宋雅萍：《殷墟 YH127 坑背甲刻辭研究》，頁 28。

[註23] 此版為胡厚宣〈戰後殷墟出土的新大龜七版〉中的第四版，見本書第二章第二節。

		絲	年屮害五月	京津 648
			貞雀屮王史	京津 648
			令雀西征𝍤	京津 648
	戊申 45	俞	叟奴𝍤𝍤	乙 4748
5 月	己酉 46	絲	𝍤方亡其𝍤五月	乙 6382
5 月	己酉 46	俞	𝍤方𝍤亡𝍤五月	乙 6684
	庚戌 47	俞	乎比𝍤𝍤〔己酉卜俞貞勿𝍤乎比𝍤𝍤〕	乙 6684
	庚戌 47	俞	來甲寅屮于上甲五牛	乙 4747
5 月	庚戌 47	絲	𝍤老我五月	乙 4683
	庚戌 47	爭	岳老我	乙 5271
6 月	丁巳 54	內	屮于黃尹三牛六月	乙 4682
	丁巳 54	俞	屮于大戊	乙 4682

　　這當中提到了雀，前一章中我們曾主張雀是賓組卜辭中時代比較早的人物，在這裡又得到了一次證明。而𝍤、丘俑、鬼方易都是時代比較早的人物。其次，乙 6382 上曾占問「𝍤（黎）方其屮𝍤五月」，這個黎方就是後來的下黎，裘錫圭提出在這一類的改製背甲中，商王卜問黎方是否有𝍤，說明這時黎方是臣服於商朝的，不過後來由於黎方和商朝的關係惡化，以致兵戎相向，因此在賓組卜辭中多見征伐下黎的記載。而黎人戰敗後，並且有一部分人被奠於某地，為商王所役使。〔註 24〕這說明改製背甲中的黎方乃商的屬地，和在武丁四十二年中商王派望乘要大舉滅之的情形不同。

二、「臺（敦）𝍤」類卜辭

　　黃天樹在〈賓組卜辭的分類與斷代〉中曾舉出字體上屬於賓組一類卜辭的甲骨有四類，一是上面所說的一二七坑改製背甲；二是「告麥」類卜辭，見於合 9620＋合 9625、合 9622、合 9621、合 9623、合 9624、合 9626；三是關於征伐𝍤的卜辭，見合 6682、英 613、合 6894、合 6890、合 6895、合 6897、合 6892、合 6881、合 6893、英 614、合 6891、合 6889、合 6887、合 1202、合 6883、英 612 和合 6896；四為有關「臺𝍤」的卜辭，可見懷 407、合 7032、合 7033、合 7034、合 7035、合 7036。而其中的「臺𝍤」類卜辭，他所舉的合 7034 即原乙 4406，這片碎甲今已被張秉權拼綴成一版大龜，該版卜辭有下：

〔註 24〕裘錫圭：〈說殷墟卜辭的「奠」〉，《中研院史語研集刊》第六十四本三分，頁 663。

（1）乙卯卜，內：曹⬚大⬚庚七宰伐廿十一月一二⬚

（2）乙卯卜，內：曹⬚大⬚庚⬚勿⬚七⬚宰⬚伐廿一

（3）乙卯卜，內：曹大庚七⬚宰⬚伐廿二

（4）乙卯⬚卜內⬚曹大庚勿七宰伐廿二

（5）丙辰卜，爭：刜⬚亡不若十一月一

（6）丙辰卜，洺：刜⬚⬚亡⬚⬚田⬚一二

（7）丙辰卜，洺：刜⬚其屮田二⬚

（8）丙辰卜，洺貞：日雀來一二三四五六七八

（9）丙辰⬚卜⬚洺貞日雀勿來一二⬚三⬚四二⬚五六七八

（10）丙辰卜，洺：燎其河十⬚田⬚一二

（11）⬚田⬚卜⬚田勿隹⬚田臺⬚田一二三

（12）勿隹沝臺

（13）丁巳卜，洺貞：重臺四五六七

（14）丁巳卜，洺貞：勿隹臺⬚田四五六七

（15）甲子卜，洺貞：罷弗其以酉一二

（16）甲子卜，洺：罷以酉允以十一月

此版綴合最早見於殷合 467 組（乙 4776+乙 4777），後來《合集》又加綴，見於 895 甲（乙 6307+乙 6459）－合 895 乙（乙 5762+乙 6208），以及合 9086（乙 4776+乙 4777）。今張秉權又多加綴了《乙編》的 23 片碎甲和《乙編補遺》的 11 片碎甲。而我們從張綴也可知合 895 乙（乙 5762+乙 6208）的綴合是錯誤的，當改爲遙綴。

這一版卜辭同樣提到了「雀」，同時還有「刜」（刺）和「罷」（罷），以及方國「沝」，和「十一月甲子」的干支。「罷」這個人又可見於乙 3881、丙 352、丙 415，當地名的「罷」，則可見丙 110 和 R044570。其中 R044570 的「罷」又可作「𡆥」形。我們從乙 3381 罷能「以卅馬」及「夲羌」來看，知其也是個有封地的貴族。又在丙 415 上罷和帚好共版，知其活動時間，大概可下至婦好時期。

其次，這一版的字體和雀卜辭部分字體不同，一二七坑雀卜辭中有一類是字體較小稍方折的字體，以丙 124、丙 249、丙 485 爲代表，而「沝臺」這一類

則是屬字體較大，且較圓轉的一類。在上一章雀卜辭的排譜中我們提到當時無法排入「𩇕囧」、「伐夷」和「𩇕亘」的乙4718，其上的字體和這版「𣊟𡥈」卜辭接近，故其時間也可能接近。

而以上這二類卜辭的貞人「殼」，字都作「𣪊」，是個可注意的現象。

三、𡥈體類卜辭

前一章我們討論賓組卜辭的排譜時，曾說到黃天樹依字體的不同將賓組卜辭分為四類，分別是賓組一類、賓組𡥈類、典賓類和賓組三類。其中的𡥈類屬於武丁中期，這一類卜辭注意到的人不多，以下先依其所言，敘述這類卜辭特點：〔註25〕

> 一、主要出土於 127 坑，前辭作干支貞或干支卜某貞，數量約有 30 多片。
>
> 二、貞人有內（合 11898）和韋（合 11892）等，書體風格式稍肥的筆道圓而拙笨，字形奇詭，內容主要為卜雨之辭。
>
> 三、有兆語「二告」，行款不規則，有時旋讀。
>
> 四、有和𠂤賓類及賓組一類卜辭同版的現象。

若就黃天樹所言的這 30 多片字體特殊的刻辭，從數量上來看的話，實在不足以劃分為一類，因此在彭裕商的《殷墟甲骨分期研究》中，就沒有把這一類卜辭給區別出來。但是當他在說到賓組一 A 類卜辭內容時，曾提及「（本組卜辭）除王親卜而外，卜人主要有殼、賓、爭、內四人，其中殼的卜辭較多見。此外，還有少數卜辭是者、韋、永所卜，後三人除者的一例外（合 6578），都是卜雨之辭（合 11892、合 11893、合 12436 等）」。〔註26〕似乎表示彭裕商也注意到了這類在一二七坑賓組卜辭中比較特殊的一類。

這類卜辭的數量依黃天樹說有 30 多片，如果蒐羅其書中所舉，我們可以得到他明確指出是這類卜辭的只有 9 版，分別是合 423（乙 1045 等）、合 1633（乙 4194）、合 3695 正反（乙 5090）、合 11892 正反（丙 527）、合 11898（乙 8038）、合 11923（乙 5530 等）、合 12446 甲乙（乙 3912 等）、合 12447 甲乙（乙 1152

〔註25〕黃天樹：《殷墟王卜辭的分類與斷代》，頁 47。

〔註26〕彭裕商：《殷墟甲骨分期研究》，頁 109。然而若我們就其所舉的例子來看，只有 11892 這片是黃天樹所說的𡥈類卜辭。

等）（圖 6）、合 12448 甲乙（乙 2519 等）。〔註27〕這九版卜辭全部都是出自於一二七坑，其中合 3695 正有貞人名，正面爲貞人「韋」，反面爲貞人「賓」，合 11892 正有貞人「韋」。而且除了合 3695 這版辭殘不明外，餘皆是卜雨之辭。然黃天樹所提到的有貞人內（合 11898）的卜辭，該版從兆序的走向來看或者讀爲「☐內☐雨。☐其雨。己酉卜☐」，「內」尚無法絕對確定是貞人名，且該版被認定是𠂤類卜辭的根據在於「酉」的特殊寫法，「內」如果是貞人名，也不能肯定全版是屬同一書手所書之辭。〔註28〕更何況在𠂤組卜辭中「內」字經常寫的如同賓組卜辭的「丙」字一般，所以把「內」看作是干支「丙」來讀，也是可能的。而合 3695 的貞人韋和賓中，反面貞人賓卜辭的字體和正面貞人韋的字體不同，不似前者圓轉，所以我們在探討這類特殊卜辭時，在貞人方面就只以貞人韋爲代表。

如果就這一類字體的特點來篩選，我們還可以再補進合 11850（乙 1117）、合 12366（乙 6977+乙 3454）、合 12449 甲乙（乙 3009+乙 2611－乙 6937+乙 6828+乙 6925）和乙 5136 四版。其中 11850 也是貞人韋的卜雨之辭。

在討論貞人韋和本類卜辭的關係之前，先來看看這類卜雨之辭在占卜時間上的關係。

我們可以將這十三版卜辭中有完整干支的卜辭歸爲三大類，因若我們對每一版的干支做排序的話，可以發現每一版的干支卜問時間的間隔都在三天以內，除了合 1633 上的「乙未」和「丙午」兩個干支間隔不在三天以內，以及合 11892 正上的兩套干支「己酉、庚戌、辛亥、壬子」與「乙未、丁酉、戊戌」相距不在三天內外，餘皆在三天之內，所以似乎可以拿三天作一個標準，只要是卜問時間超過三天以上者就視爲是另一次的占卜，故可將這類卜辭的占卜干

〔註27〕其中合 423 可再加綴《乙補》的 470，合 12446 乙可再加綴《乙補》的 3113，合 12247 乙可再加綴《乙補》956、《乙補》1333、《乙補》2101，合 12449 乙可再加綴《乙補》5924。

〔註28〕該「內」字也可能當是「丙」字，𠂤組卜辭中的「丙」字常寫的像是賓組卜辭的「內」字，如謝濟在〈武丁時另種類型卜辭分期研究〉中以爲甲 234 卜人內和卜人扶同版，而證明𠂤組卜辭和賓組卜辭同屬於丁時期卜辭。這種說法林澐提出反證，以爲甲 234 上所謂的卜人內，實際上是「出卜丙乎」的殘辭。林澐：〈小屯南地發掘與殷墟甲骨斷代〉，《古文字研究》第九輯，頁 114。

支劃分爲三類，表示這是三階段不同的占問。

合 1633 上的兩個干支，不在三天之內的原因是因爲這版上同時存在兩套不同的字體，乙未卜的卜辭黃天樹依據「隹」字作「🐦」，而論定其屬自賓間類，[註29] 而丙午卜的卜辭才是𠂤組卜辭（圖 7）。所以我們可以將「乙未」的這一個干支給捨棄掉；合 11892 正雖同是貞人韋卜辭，但「己酉、庚戌、辛亥、壬子」辭與「乙未、丁酉、戊戌」這套刻辭字體顯然不同，前者黃天樹以爲是賓組一類卜辭，後者才是我們要討論的這類卜辭，故前者也可不論。如此可以將這類卜辭的干支區別爲以下三類：[註30]

　　一、乙亥－丙子－丁丑－庚辰（合 12447、合 11850）

　　二、庚寅－辛卯－癸巳－乙未－丙申－丁酉－戊戌－己亥－庚子－辛丑
　　　　－壬寅－癸卯（合 12449、合 12446 甲乙、合 12448、合 11892 正反、
　　　　合 11923、合 423）

　　三、丙午－己酉（合 1633、合 11898）

這三次不同的占問分別用了三塊、六塊、二塊龜版，而這些卜辭所貞問的時間全部在三十五天以內，如果再配合這類卜辭僅出現於一二七坑且其數量極少的這幾點來看，我們似乎可以推測這一類貞人韋刻辭只存在某一段很短的時期，且只針對卜雨這一項占問作刻辭，這當與𠂤類卜辭書手的供職時間有很密切的關係。

上述這類卜辭中可注意的是合 11892 正這版卜辭，其上共有二套不同的貞人韋刻辭，一套是從己酉－庚戌－辛亥－壬子的占辭，一套是由乙未－丁酉－戊戌的占辭，兩套字體不同，且占卜時間自成系統，說明了這版卜辭雖同由貞人韋來占問，但分別是在兩段時間內，且由兩位不同的書手來刻辭，所以會有字體和干支分爲兩套的現象。

這種現象若我們大量的來處理貞人韋刻辭時也可以看到，貞人韋的刻辭中字體有筆劃方折的粗體大字，如合 12914；也有類似殼、賓刻辭那種方折的字，

〔註29〕黃天樹：《殷墟王卜辭的分類與斷代》，頁 49。

〔註30〕以下將本組 13 版中有完整干支的甲骨著錄號列於後：合 423（乙未－戊戌－己亥－庚子－辛丑－壬寅－癸卯）、合 1633（丙午）、合 11850（庚辰）、合 11892（正：乙未－丁酉－戊戌；反：丙申）、合 11898（己酉）、合 11923（丁酉）、合 12446（庚寅－辛卯－癸巳）、合 12447（乙亥－丙子－丁丑－庚辰）、合 12448（癸巳）、合 12449（庚寅）。

如合 586，而且其上的殼、韋、賓三組刻辭顯然是同一書手所為。又有雖方折但筆劃特殊的字體，如合 14129 是一版龜背甲，其「止」形皆作「ᶜ」（韋「◌」、之「ᶜ」、往「◌」）；也有略圓的字，如合 7329、合 9743，其中合 9743 與合 9735、合 9745、合 9788 四版為同一書手所為，皆是貞問四方土受年之事，卻分別由𣥠（合 9735）、韋（合 9743）、亙（合 9738）、𠂤（合 9745）四位貞人來問卜。〔註31〕

這些字體中又以「韋」字的變化最大，其上下兩止形縱劃有作向上者，如「◌」（合 12628）；又有作一上一下者，如「◌」（合 3847）；或作一下一上者，如「◌」（合 3860）；甚有放在兩側者，如「◌」（合 3861）、「◌」（合 7121），或是從三止者「◌」（合 10026 正）。〔註32〕然而在韋字不同的刻辭裏，其它的字形並不容易看出有較特別且成體系的差異，所以上面所說到的方折、略圓、粗體的字形基本上還只能看作是書手刻意的變化字體或受限於背甲的堅硬而改變字形，甚而假設或許可能是出自於不同的書手，不足以當作分類的依據，除了◌類這種很明顯不同的字體之外。

◌類卜辭的時代我們也可由與韋共版的人物及其所占卜的事類來推測，與韋共貞的貞人有古（丙 65）、殼（丙 394、丙 527）、亙（丙 328）、方（R039312），而和貞人為共版的人物，見於丙 328 上的有「◌」（罷）及「◌」（俤）。丙 110 上說到了「令◌往于◌（罷）」，說明在一二七坑中貞人韋和罷的時代比較接近。上一部份我們討論到賓組早期「◌臺」卜辭時，就已出現「罷」這個人，因此貞人韋的時代也不致太晚才對。

其次非一二七坑卜辭和貞人韋同版人物有「子不」（合 3226）、「子◌」（合 3226）、「◌」（合 3857）、「◌」（合 4006）、「自殼」（合 8837）、「婦妍」（合 9969），

〔註31〕饒宗頤：《殷代貞卜人物通考》，頁 542 說「此版（9743）與征卜東土受年，𠂤卜北土受年，蓋同為甲午日事，分卜東西南北土受年，其東土（南土？）為何人所卜，惜原片尚未覓到。又◌卜亞受年亦在甲午日；此四龜者，其貞卜之時間同，字體同，直行分刻於甲心之款式亦同，左右分記『◌』字亦同，此實為成套之龜版，其文字契刻應同出一人之手，乃由不同之卜官分貞其事。」

〔註32〕從三止的韋字陳夢家《殷墟卜辭綜述》隸為「◌」，以為是與為不同的另一貞人，後來李學勤在〈評陳夢家殷墟卜辭綜述〉中指出，其字是「韋」的誤讀。《李學勤早期文集》，頁 63。

其大約都是賓組中期至晚期卜辭裏常見的人物，而有二條內容卜問婦好和婦姘的卜辭，可以較準確的提供我們貞人韋的時代，其爲合 2638 的「□寅卜，韋貞：🐛婦好」和合 14008「丁未卜，韋貞：婦姘娩妫」。由此可知貞人韋活動的時間範圍內歷經祭祀死去的婦好和占問婦姘娩妫之事，因之再配合🐛這個人物出現的時間來看，韋的時代可上至🐛活動的時間（或說近「沫🐛」時），下則可晚於婦好死後，在一二七坑中未見載有婦好死去的刻辭，因之貞人韋活動的時間可晚於一二七坑封坑的時間。

　　韋開始任職貞人的時間很早，除了上面說到的和🐛同版的證據外，於甲午這一天卜問四土及🐛受年的這一套卜辭也可以說明（即乙 3287、丙 278、北圖 5220 等、乙 3925、丙 10），這一套卜辭的字體「稍肥的筆道圓而笨拙」正與🐛體類卜辭相同，而卜東土的貞人「𣃚」，推測其可能就是自組小字一類中的貞人「𣃚」。

　　如此，我們可以把貞人韋卜辭的上限提早到自賓之交，上面說到合 1633 上有自賓間類卜辭存在，也可說明這種現象。其次，關於韋這個人，不僅在子卜辭中曾出現（合 21640＝甲零 128），在圓體類卜辭中也出現過（合 21902＝彔 641），前者爲卜問「貞：韋歸」，後者卜「貞：韋不☒」。從此不但可說明這二類卜辭的存在時間約在賓組中期，也可以推測韋這個人可能和子卜辭這個宗族有密切的關係，否則子組占卜主體不會關心其歸否。

　　🐛類卜辭當是韋組卜辭中比較早期的，由合 1633 有自賓間類字體知其可以早到自組末期，而其行款不規則，時有旋讀的現象，正是自組卜辭的特色。林澐說「自組大字卜辭行款不規則，有旁行者……有下行而又折向上者……有旁行而折向上者……有下行而第二行之末字錯向第一行之下者……自組小字卜辭行款趨於規整，賓組卜辭最整齊。」〔註33〕所以🐛類卜辭除了時代上接近自組外，還保留了自組卜辭中已漸漸消失的特色。

　　黃天樹論及自組小字類卜辭的時代時，說「我認爲自組卜辭很可能自自組小字類開始，一部分沿著自組小字類－師賓間類－典賓類－賓出類的途徑而逐漸演變下去；一部分自組小字類繼續存在，並一直延伸到武丁晚期，與自賓間

〔註33〕林澐：〈小屯南地發掘與殷墟甲骨斷代〉，《古文字研究》第九輯，頁 120。

類、典賓類、賓出類同時並存。」〔註34〕而我們推測卜辭的書手可能就是受
到自賓間類、賓一類同時的自組小字類書手的影響，所以雖然是屬賓組集團貞
人書手，但卻表現出自組字體的特點。然其替貞人韋書辭的時間很短暫，所以
才造成了在賓組中一種極不協調的字體。而我們由一二七坑中自組和賓組卜辭
同出，也可以知道自組和賓組兩組貞人之間密切的關係，所以書手的相互影響
是有可能的，而其供職時間短暫的原因推測說不定其本來就是為自組貞人集團
刻字的書手，而在很短一段時間內替賓組貞人服務。

第三節　關於賓組卜辭中的用字用語問題

一、以字體來分期問題的探討

　　黃天樹和彭裕商都認為藉由同一個字字體刻法的不同，可以將賓組卜辭作
更進一步的分期，其認為可以區分賓組一類（賓組一 A 類）和典賓類（賓組一
B 類）的字體計有「翌」、「方」、「殼」、「亥」、「囧」、「丑」、「不」、「辛」、「申」，
「隹」和兆語「不﨑」及「不﨑龜」。其在賓一類和典賓類中不同的字體分別作：

	翌	方	殼	亥	囧	丑	不	辛	申	隹	
賓一	𠃊	𠂤	𣲕	𠂆	𠀱	𠃟	𠂇	𠅂	𡿧	𢩵	不﨑
典賓	𠃌	𠂦	𣲕	𠂆	𠀱	𠃟	𠂇	𠅂	𡿧	𢩵	不﨑龜

　　其中「亥」字（包括方字所從）在賓一類中作兩短劃，與典賓類中作一短
橫不同。彭裕商進一步認為「方字作𠂤。方字所從與本類卜辭的亥字無別，而
在一 B 類卜辭（典賓類）中，方字所從也同於一 B 類的亥字，故頗疑此字或應
寫作『亥』」。〔註35〕其次「不」在賓一類中，沒有上面的短橫，典賓類有。「隹」
字在賓一類中多作平頭與典賓類的斜筆不同。

　　我們在前文曾經討論過，殼字作「𣲕」形的，通常是時間上比較早的卜辭，
所以在下面的討論中，就以「𣲕」形為標準，從貞人「殼」作「𣲕」形的同版
卜辭裏，把有以上可分期的字形列出，看是否上面諸字形在早期卜辭中都是作

〔註34〕黃天樹：〈論自組小字類卜辭的時代〉，《陝西師大學報》1990 年第 3 期。

〔註35〕彭裕商：《殷墟甲骨分期研究》，頁 109。

賓一類的字形。

丙 1	殼 － ƒ － ヲ	丙 71	殼 － ƒ － 尺
丙 86	殼 － ◎ － 尺	丙 98	殼 － 僉
丙 116	殼 － ◎ － ◎ － 凡	丙 117	殼 － 曰 － 凡 － ₹
丙 119	殼 － 釘	丙 124	殼 － 多 － 凡 － 曰
丙 134	殼 － 尺	丙 151	殼 － ƒ － 矛
丙 167	殼 － 釘 － 凡	丙 203	殼 － 多、尺 － ヲ、◎ － 凡 － 曰
丙 247	殼 － 矛 － 尺 － 凡	丙 263	殼 － 凡
丙 284	殼 － 尺	丙 302	殼 － ◎ － 凡
丙 304	殼 － 釘 － 凡、凡 － 尺 － ₹ － ▽	丙 309	殼 － ƒ － ₹ － 僉 － ◎
丙 370	殼 － 凡 － 曰	丙 438	殼 － 凡
丙 467	殼 － ƒ － 凡	丙 485	殼 － 釘 － 曰 － ₹
丙 529	殼 － ₹ － 凡 － ƒ	丙 625	殼 － ヲ

在以上「殼」作「殼」形的卜辭中，其內容大都是和雀及子商有關的卜辭，其中也有記載「帚好娩妫」（丙 247）、「帚娩娩妫」（丙 467）以及「命正化覉覉」的卜辭（丙 134）。

首先，先來看「辛」、「翌」和「不」這三個字體。

辛字作「▽」體者，在一二七坑中未見，故無法用「▽」、「▽」兩體來分期。「翌」字則可從丙 34 到丙 38 這一套成套卜辭的用字來分析，丙 34 第一卜上的對貞卜辭，「翌」字分別作「❂」和「❂」，丙 35 第二卜的「翌」字作「❂」，丙 36 第三卜的「翌」字作「❂」，丙 37 第四卜以「❂」和「❂」對貞，丙 38 第五卜以「❂」和「❂」對貞，而丙 433 上的兩個「翌」又分別作「❂」、「❂」兩體。如此看來，在這一坑卜辭中，「翌」字並無一個比較固定的寫法，所以也無法用「翌」的寫法來分期。

而在「不」字部份，在一二七坑卜辭中「不」字幾乎全作無上橫的「凡」、「凡」形，僅有極少數的「不」字作有上橫的「不」。作有上橫的例子有四例，分別是：丙 3 的人名「子不」，丙 221 的「貞：其不多凡覉（覉）」（其對貞卜辭為「勿又多凡覉」）以及丙 267 的「不（不）隹（尺）母丙卷」和同版的「不悟鼈」和丙 392 的三條卜辭，「貞：今日娥不（不）其娩」、「不（不）鼎」和「貞不（不）雨」。

　　丙 3 的「子不」為人名，丙 221 的「不多㬥（烈）」從其對貞卜辭看來也是個名詞詞組，在這一坑卜辭中許多專有的人名，都有比較固定的寫法，不會變換字形，如「王亥」和「南庚」這兩個人名，「王亥」全都作「王彑」而不作「王彑」，「南庚」全都作「𡆜庚」而不作「𡴆庚」。〔註36〕較明顯的辭例為丙 117 上有一條卜辭為「翌辛彑屮于王彑四十牛」，前一個干支「辛亥」的「亥」作「彑」，而「王亥」的「亥」則作「彑」。所以「子不」的「不」作「𣎴」，也可看成是一個人名的專屬寫法，不會因為時代的早晚而改變。因此在一二七坑卜辭中真正把否定詞「不」寫成「𣎴」的，只有丙 267 和丙 392 這二版。因其數量太少，故無法用來分期。因此「辛」、「翌」、「不」這三個字的字體，在一二七坑卜辭中是無法用來分期的。

　　接下來我們來看「㝵」及「亥」字。

　　關於這兩個字是不是作「㝥」、「彑」體的是較早的卜辭，作「㝵」、「彑」體的是較晚的卜辭，而且若二字同版時是不是如彭裕商所說的一定是「㝥」－「彑」和「㝵」－「彑」的對應關係。首先，我們先看後者。在丙 345 上有一條卜辭作「癸彑卜，㝥貞：不其疾」，干支的亥作「彑」，而貞人㝵卻作「㝥」，丙 165 同版上有「丙午卜，㝵貞：𡆜」及「貞：翌辛彑王入」兩條卜辭，貞人㝵作「㝵」，而干支亥卻作「彑」，皆可看成是彭說的例外。而符合這個條件的有丙 120 和丙 309。其次，貞人「㝵」作「㝥」的卜辭中，在與雀相關卜辭共版的有丙 120、丙 261、丙 309、丙 431、丙 491、R044560，而改製背甲的乙 4682、乙 4748、乙 6684 也都屬於這一類，說明「㝵」作「㝥」者，從事類上來看，其所占問的事件都是比較早的。而「亥」字作「彑」者，由於數量比較多，在這一坑卜辭中比較沒有這種特色。正如干支「彑」和貞人「㝵」同版的例子，在卜辭中就非常多。

　　其次㝥體的卜辭，多次見其上有「不啎」的兆語，如丙 172、丙 261 和丙 491，也間接說明兆語「不啎」的時代是比較早的。

　　又「丑」和「申」這二個干支，有作「𠃊」、「𠃊」及「𠂤」、「𠂤」、「𠂤」

<hr>

〔註36〕R044384（即丙 269 的加綴版）中有一辭「屮于南庚」，其南字作「𡴆」，乍看之下似作「𡴆」，但只要看乙 7475 的拓片，即可知這個字當是「𡆜」字的兩側筆未刻出頭所致。

者。這些字體能否用來分期可以從數量上來看。黃、彭二人以爲「丑」作「ᘓ」形是比較早的，而作「ᕁ」形是比較晚的。「申」作「ᖬ」、「ᕽ」形是比較早的，作「ᕁ」形是比較晚的。但在一二七坑卜辭中「丑」幾乎都作「ᘓ」形，而「申」則以作「ᖬ」體爲常，而且「ᕁ」和「ᕽ」的差別有時很小，因此並不易判定，如丙151，其上的貞人「殼」作「ᔾ」，而干支「申」卻有作「ᖬ」、「ᕽ」及「ᕁ」者。所以這二體在這一坑卜辭中也無法用來分期。

總體而言，在這一坑的早期卜辭中有二類截然不同的字體，一類是前面說到的ᓷ體類卜辭和甲午日卜四土受年卜辭的字體，這類卜辭圓轉而笨拙，可能是受到自組貞人的影響。另一類則是字體比較小且方折的字，如改製背甲和丙114、116、124、259、261、304、485、529、621 等片上的字體。前一類字體在賓組卜辭中是比較特殊的字體，而且使用的時間不長，其字形特色並無延續下來，與第二類字體不同。故我們可以把後一類卜辭看成是賓組早期的標準字體，而這一類字體朝稍大，稍圓的方向走，正爲後來字體發展的途徑，如此就比較好掌握較早和較晚字體的不同，當然這也並非絕對。譬如刻兆塡褐大龜卜辭上的字體就一律都比較粗大且圓滑，完全不見上面說的特性，這可能和它的神聖性有關。然若我們在判斷卜辭時代早晚時，除注意某些可分期的字體外，又能從事類上來作判斷，所得的結論才會比較可靠。〔註37〕

二、一二七坑賓組卜辭的否定對貞句式和廟號稱謂

（一）否定對貞句式

由於這一坑卜辭有大量的成套卜辭和豐富的對貞卜辭，所以透過正反對貞卜辭的分析，可以幫我們了解一些罕見字詞的詞性及意義，故以下就針對這一坑卜辭的否定對貞句式來分析。

〔註37〕高島謙一曾提出賓組卜辭的書法風格可分爲兩派，一派以《菁華》1（合6057）和丙1爲代表（其稱之爲型A），一派以丙381爲代表（其上的「丁酉卜殼貞我受甫籍在ᔾ年」辭除外，其稱之爲型 B），並以爲兩者是正體和俗體之別。然若我們仔細比較兩類字體來看，只能說丙381的刻字不如丙1謹慎，省刻筆劃的字較多而已，這種情形在一二七坑卜辭中非常多，並無法看成是正體和俗體之別。又丙1爲刻兆塡褐的大龜，所以其中沒有省體的情形，和丙381不同。而且菁1和丙1版的時代也有早晚的差別。不可遽然歸爲一類。見氏著：〈有關甲骨文的時代區分和筆跡〉，《胡厚宣先生紀念文集》（北京：科學出版社，1998年），頁79。

這一坑卜辭的否定對貞句，計有弗字式、勿字式、不字式、亡字式、和毋字式五種。

（一）弗字式。這種句式通常在否定對貞的動詞前面加上「弗其」，有時也可只加「弗」。還有一種「勿……弗其」（「勿隹……弗其」）的雙重否定。

例：1.「正唐」－「弗其正唐」（丙 57）

2.「殲以㒸芻」－「殲弗其以㒸芻」（丙 185）

3.「雀克入各邑」－「雀弗其克入各邑」（丙 259）

不加「其」字如：

4.「王乍邑帝若」－「王乍邑帝弗若」（丙 321）

5.「㞢桒値上下若」－「㞢桒値上下弗若」（乙 4065）

通常不加「其」的用法，都用在問先公、先王及上帝的「若」時。而如果正面問句已有「其」字，反面對貞句也可省去，如「帚好㞢弗以帚殙」－「帚㞢其以帚殙」（丙 340）。

「弗」的雙重否定句則有「王學眾㞢（伐）于𢀛方受㞢又」－「勿學眾𢀛方弗其受㞢又」（丙 22），這種雙重否定句亦可見卜望乘伐下黎的成套卜辭中，如丙 12 到丙 20 這一套成套卜辭，其中「王比望乘伐下黎受㞢又」的對貞句都作「王勿比望乘伐下黎弗其受㞢又」。〔註 38〕其次也可在「勿」後加「隹」，形成「勿隹……弗其」的句式，如「王勿隹帚好比沚戛伐巴方弗其受㞢又」（丙 313）。

而丙 25 的「貞：王比戛伐巴帝受又」句，若比較丙 114「我伐馬方帝受我又」來看，知這個「帝受又」為「帝受我又」的省略。而「帝受我又」一句，若我們再從丙 409 的對貞句「沚戛啓王比，帝若受我又」－「沚戛啓王勿比，帝弗若不我其受又」來看，知「帝受我又」即是表示「帝若受我又」。

〔註 38〕對於「今㞢（早）王比望乘伐下黎，受有佑」的對貞句「今㞢（早）王勿比望乘伐下黎，弗其受有佑」的解釋，裘錫圭在〈關於殷墟卜辭的命辭是否問句的考察〉中以為這種命辭只能理解為陳述句，如果把它當問句來理解的話，只能翻譯為「今㞢王不跟望乘一起去伐下危，不能受到保佑嗎？」這跟正面命辭的意思－王跟望乘一起去伐下危，能受到保佑，實際上不是正反相對的，而是一致的。因此只能理解為陳述句，也即是將之譯為「今㞢王不要跟望乘一起去伐下危，（如果跟望乘一起去伐下危）將不能得到保佑」。這種在否定形式的陳述句之後，隱含一個意義相反的假設句。《古文字論集》，頁 270。

丙360有「⿰好⿱山値」辭，我們從其對貞句「弗⿰⿱山値」來看，這個「好」應該是動詞。而「不求弗⿱」（R044555）這種特殊用語，似乎也是一種雙重否定句。

（二）勿字式。其也是在否定對貞句的動詞前加「勿」字，「勿」、「勿隹」、「勿盍」及「重……勿隹」的句式。通常「勿」後不加「其」。

例：1.「于羌甲⿰卯⿱」－「勿于羌甲⿰卯」。（丙47）

2.「⿱山于學戊」－「勿盍⿱山于學戊」。（丙328）

3.「今夕用羌」－「勿隹今日用羌」。（丙257）

4.「重黍」－「勿隹黍」。（丙402）

丙47的「⿰卯⿱南庚」－「勿于南庚」，比較上面例1，知前一句是把「⿰卯⿱」提前，而後一句則省略「⿰卯⿱」二字。丙90「王余⿱⿱」，從其對貞句「王余勿⿱⿱」來看，知「王余」爲一個詞組，指商王。又丙595有「⿱⿱（禾）」，從其對貞句作「勿⿱⿱」來看，知「⿱」是動詞。

「勿隹」和「勿盍」在這一類卜辭中的用法並無太大區別，因此就有學者提出這裡的「盍」字是和「惟」字十分相近的一個語助詞。〔註39〕

（三）不字式。

不字式也是在否定對貞句的動詞前加「不」字，有「不其」、「其－不其」、「其－不」、「（允）隹－不隹」、「不盍」，還有「其果隹－不果隹」的句型。

例：1.「我受年」－「我不其受年」。（丙55）

2.「河⿱（⿱）⿱」－「河⿱不其⿱」。（丙288）

3.「⿱其受年」－「⿱不其受年」。（丙311）

4.「缶其⿱（稽）我旅」－「缶不其⿱我旅」。（丙124）

5.「⿱不殂」－「⿱其殂」。（丙438）

6.「王隹⿱不若」－「王不隹⿱不若」。（丙96）

7.「允隹⿱至」－「不隹⿱至」。（丙589）

8.「子商不盍⿱基方」。（丙302）

<hr>

〔註39〕周本良：〈殷墟卜辭盍字用法續析〉，《古文字研究》第廿輯，頁194。其言「卜辭的『盍』字實在應該是用法跟『惟』十分相近的一個語助詞。據此，我們認爲卜辭中的『盍』，盍當讀爲『越』。」

9.「亘其果隹執」－「亘不果隹執」。（丙 304）

不字式和勿字式不同的是勿字式以「叀－勿隹」對貞，而不字式則是用「隹－不隹」來對貞。乙 3090 有「王固曰：丁雨，不，叀辛」辭，從辭例上來看，「不」字的後面當是省略了「雨」字，全辭爲「王固曰丁雨，不（雨），叀辛」。這種用法和我們所說的「叀－不」不同。而常見的「其亩」、「不亩」對貞式也可劃入這一類。

此外，不字式有將受詞提前的現象，如「帝其降我嘆」與「帝不我降嘆」（丙 67），「其卩（孚）麃」與「麃不其卩（孚）」（丙 513）。

（四）亡字式。這種句式也是在反面對貞句動詞之前加「亡其」，有「屮－亡」、「屮－亡其」、「亡－其屮」、「隹其屮－亡其」句式。

例：1.「我史工」－「我史亡其工」。（丙 78）

2.「屮替」－「亡替」。（丙 591）

3.「屮來自西」－「亡其來自西」。（丙 94）

4.「用𡥎（周弗）亡囚」－「用𡥎其屮囚」。（丙 172）

5.「圉隹其屮出自之」－「亡其出自止」。（丙 436）

通常「亡－其屮」的句式都是用在問是否有囚上，「其屮」在此是表示不希望發生的事。

（五）毋字式。有「毋其」、「隹－毋隹」的句式。

例：1.「我翦囿」－「我毋其翦囿」。（丙 1）

2.「隹終」－「毋隹終」。（丙 555）

毋（𠬝）字因和母字形似，故有將「母」誤爲否定詞「毋」者，如丙 326「☑𠬝于臺」「☑勿于臺」，張秉權就錯將前一辭中的「母」釋成「毋」。只要我們以之和同版的「方𠬝乎于臺」及丙 201「方𠬝于臺」（「方𠬝勿于臺」）二辭來比較的話，即可知「方𠬝」是一個詞組。

而有一組卜辭可以說明「亡其」和「毋其」的差別，丙 190 上有「帝妌屮子」和「帝妌毋其屮子」的對貞句，而在乙 3431 上作「𡚁屮子」和「𡚁亡其屮子」。兩相比較知當用「毋」爲否定詞時，還必須保留原來的動詞「屮」，一旦改成「亡其」的否定式時，就可省略動詞「屮」，說明這個「亡」包含「沒有」的意思，而「毋」便沒有這層意思。這個理解可以幫我們補上一個缺字，在乙

2510（合 10408）上有一組對貞卜辭，正面爲問「壬辰卜，𣪊貞：帚良㞢子」反面爲「貞：帚良☒其子」，我們從「其」下不加「㞢」字，也可知這個缺字當補上「亡」。

（二）廟號稱謂

關於這一坑卜辭的集合廟主，我們共發現了以下幾組。

「五示（主）」（丙 41）、「自上甲至于下乙」（丙 45、328）、「羌甲至于父辛」（丙 227）、「三父」（455 反）、「多父」（丙 473）。

1.「五示」：「五示」之名，在丙 41 上有「翌乙酉㞢伐于五示：上甲、咸、大丁、大甲、且乙」，說明「五示」即指從上甲到且乙這五位神主。而丙 304 中也有「𠦪于上甲、咸、大丁、大甲、下乙」五示，比較得知「且乙」又可稱爲「下乙」，可證胡厚宣所說的「下乙」即「祖乙」說之正確。〔註 40〕而另一集合廟主名「自上甲至于下乙」正好是五示的頭尾兩個先王，所以「自上甲至于下乙」的內涵可能就是「五示」。然在不同組的卜辭中對於集合廟主的內涵有時會有所不同，如屯南 2342 上的「五示」便是「武丁、且乙、且丁、羌甲、且辛」。〔註 41〕

2.「九示」：R044311（合補 100+乙 713+乙 2462+乙 2826）有卜問從咸到且丁的卜辭，爲「㞢于咸、大丁、大甲、大庚、大戊、中丁、且乙、且辛、且丁一牛卯羊」，其中咸到且丁這九位先王，可將之看成是「九示」。

3.「十示」：丙 83 有「王令三百射弗告□示王𡆥隹之」辭，其中的缺字張秉權補爲「十」，認爲卜辭中有「十示」。「十示」之名在合 32385 加合 35277 上亦見，爲「上甲、大乙、大丁、大甲、大庚、大戊、中丁、且乙、且辛、且丁」，〔註 42〕也就是八示再加上「上甲」和「且辛」。

4.「三父」：丙 455 反上有「三父」之名，「三父」的內容若從丙 553 上載分別卜問「父辛求（咎）王」、「父庚咎王」、「父甲咎王」卜辭來看，知「三父」是指陽甲、盤庚、小辛。又丙 197 問「魯甲𡆥王、父庚𡆥王、父辛𡆥王」亦可

〔註 40〕胡厚宣：〈卜辭下乙說〉，《甲骨學商史論叢》初集（下）（台灣：大通書局，1972 年）。

〔註 41〕姚孝遂、肖丁：《小屯南地甲骨考釋》（北京：中華書局，1985 年），頁 29。

〔註 42〕合 32385 加合 35277 爲裘錫圭綴，見〈甲骨綴合拾遺〉第 1 組。《古文字論集》，頁 238。

證。而「多父」指的可能也是「三父」。

　　5.「自羌甲至于父辛」：丙 227 有「羌甲至于父辛」的集合廟主名（圖 8），其具體內容可能包括常和羌甲互貞的南庚和三父（父甲、父庚、父辛）這些旁系先王，或許還可再加上且丁這個直系先王也未知。

　　在先妣方面，最常被祭祀的爲「妣己」、「妣庚」和「高妣己」三人。「妣己」和「妣庚」又可稱爲「母己」和「母庚」，其二人皆是小乙之配。而「高妣己」則可能是「且丁」也可能是「且乙」（下乙）之配，若我們從這一坑卜辭中「且乙」受祭次數爲僅次於「父乙」這一點來推測的話，這個「高妣己」看成「且乙」之配可能性較大。

　　我們從以上集合廟主的內容來看，發現小乙（父乙）並沒有被包括入任何集合廟主中，但在卜辭中父乙被占問的次數卻遠遠超過其他先王。其理由可能是在這段期間內，小乙的祭祀是獨立於其他先王之外的，所以我們可以看到有「父乙𩫖南庚、父乙𩫖羌甲、父乙𩫖且乙」（丙 629）、「父乙之𥍉自羌甲至于父辛俞父乙」（丙 227）、「且丁𢍰父乙耂王、南庚𢍰父乙耂王」（丙 383），把「父乙」當祭祀主角的情形出現。

　　其次，丙 562 的刻兆塡褐卜辭有「下乙其凷鼎。王固曰凷鼎隹大示，王亥亦𢍰。酚，明雨，伐既雨，咸伐亦雨，施卯鳥大啓易」語，[註43] 其中說到了「大示」，「大示」之名亦可見丙 161 反、丙 93 反，知殷人已有「大示」觀念。而在丙 546 中有「合𦎫大卸于父乙」辭，這個「大卸」之祭根據羅琨的說法爲一種大型隆重的祭禮，主要用於自上甲大示的合祭，其餘僅是對王亥、大甲、且乙等少數先公先王。[註44] 從此也可知殷人已經區分出大示（直系）和非大示（非直系）的祖先，而且對大示的祭祀比較隆重。

三、一二七坑賓組卜辭的異體字及省體字

[註43] 李學勤以爲卜辭中的「鳥」要讀爲「倏」，「鳥」古音端母幽部，從「攸」聲的字多在透母、喻母、定母幽部，讀音至近，「倏」字之在書母覺部當爲較遲之事。「倏」訓疾速，「鳥星」就是「倏晴」。〈續說「鳥星」〉，《夏商周年代學札記》，頁 65。

[註44] 羅琨：〈殷卜辭中高祖王亥史跡尋繹〉，《胡厚宣先生紀念文集》（北京：科學出版社，1998 年），頁 57。又卜辭中𦎫參與祭祀之事多見，如合 102「□戌卜貞：𦎫獻百牛鹽用自上示」、合 4047 反「貞叀𦎫呼凷上甲」、合 4049 正「丙申卜貞：翌丁酉𦎫其凷于丁」。

在這一小節中，將所見一二七坑賓組卜辭中的異體字和省體字舉例如下。所謂的異體字和省體乃針對常見字體而言，異體和省體並不容易區別，有時省體字也可以看成是一種異體字，而異體字更多半是省體字。故下面區分的方法是簡單的把從字體上看不出是由於筆劃簡省而構成的異構看成是異體字，餘則看成是省體字。其中省體字裏也包含了增筆字，在此乃舉其大略而說，不再加細分。而各部內的分類僅是便於歸類而已。

（一）異體字

1. 增減部件的異體

(1) 鳳字。鳳字主要有「　」和「　」兩形，當人名的鳳字作「　」形（丙 30）也有省刻作「　」者。而當「風」的「鳳」字，則有「　」（丙 538）形、「　」（乙 7126）形，也有繁加雨形作「　」者（R039133）。

(2) 黎字。卜辭中的方國名「下黎」，又被稱為「黎方」。「黎」字在卜辭中可有「　」（丙 159）、「　」（丙 319）、「　」（丙 12）三種異構。

(3) 黍字。黍字通常作「　」形（丙 96、乙 5307），亦可省穗形而作「　」（丙 34）、「　」（丙 35）、「　」（丙 96）。其又可加水形作「　」（乙 5307），甚而加水旁作「　」（丙 81）或「　」（乙 4055）。

(4) 求字。「求」字作「　」（丙 525）、「　」（丙 63）或作「　」（丙 347）形。

(5) 　字。從手從「　」的「　」字，也可將「　」寫成人形，作「　」（丙 155）。

(6) 地名「　」字（丙 159）〔註45〕又可作「　」（丙 159）及「　」（R044555）。又有一以此為偏旁之字作「　」（乙 3401）。

(7)「疾」字又可繁加手形作「　」（丙 572），其在卜辭中有時也當人名。亦可作「　」（乙 4119）形。而從疾的異體字有「　」（丙 525）、「　」

〔註45〕關於丙 159 上以「王往于　京」和「王勿步于　京」對貞，李旼姈提出這是「將往誤刻成步的例子」。《甲骨文例研究》，政大中文系碩士論文 1999 年 6 月，頁72。但在卜辭中往和步有可通用的例子，如黃組的田獵卜辭中就有王往于某地和步于某地的辭例，因此似乎也不一定要將之看成誤刻，或者當成二字因義近而通用也可。

（丙 295）。

（8）「龜」字象龜之形，亦有作「🐢」（丙 621）及「🐢」（乙 5269），像其側視之形。又有一異體作「🐢」（乙 2948）形，像以雙手抓龜之形，在卜辭中爲人名。

（9）「奚」字作「🔶」（丙 157）又作「🔶」（R028448）、「🔶」（乙 3405），也可作「🔶」（丙 159）或加手作「🔶」（丙 311）。

（10）「雨」。雨字又可作「🌧」（丙 431）及「🌧」（丙 537）形。

（11）「乍」字作「🔶」形（丙 349），也可作「🔶」形（丙 147）。

（12）甲橋刻辭的貢者「🔶」（丙 119 反），又可作「🔶」（丙 381 反）、「🔶」（R044573 反）、「🔶」（丙 345 反）。

（13）甲橋刻辭的貢者「🔶」（丙 525 反）又可作「🔶」（乙 511）。

其次，「帚井」、「帚羊」、「帚良」又作「帚妍」、「帚婞」、「帚娘」也可看成是這一類的異體字。

2. 位置或義項改變的異構

（1）乘字。丙 12 中「望乘」的「乘」作「🔶」（「🔶」）形，像人單腳跨立於木上之形。其也可作「🔶」（丙 14）、「🔶」（丙 16）像人站立於木上之形。而「望」字通常作「🔶」形，但也有加「土」形作「🔶」者（乙 4934）。

（2）「陷」有作「🔶」（乙 7750）、「🔶」（丙 3）、「🔶」（乙 2948）者，因其所陷之物而分別要讀成「陷兕」、「陷麋」、「陷鹿」。

（3）「🔶」字又可將止形倒轉，作「🔶」形，見 R044574 上的對貞卜辭。

（4）「戎」字作「🔶」（丙 317），又有見作「🔶」（丙 263）者。

（5）「狀」（舶）字作人持戈形「🔶」（丙 467），或人持戈跽坐形「🔶」（丙 271 反）、「🔶」（丙 557）、「🔶」（丙 557），以及雙手持戈形「🔶」（乙 657）。

（6）「幸」字象桎梏之形，作「🔶」（丙 304），或可從手作「🔶」（乙 5224），亦見從止表逃逸的「逸」作「🔶」（丙 132），而「🔶」（丙 132）爲其省體。又有圍字，作從口從幸形的「🔶」（乙 1935）及從口從執之形的「🔶」（丙 513）。

（7）「各」作「⊔」又可作「⊓」（丙 269），還有一異體作「⊠」（乙 7288）。
〔註46〕

（8）「肇」字作「⿰」（R044741）或「⿰」（乙 1540），也可作「⿰」（丙
621）形。

（9）誖。「誖」字作「⿰」（丙 41）及「⿰」（丙 390），又可省成「⿰」
（丙 155 反）。

（10）妥字作「⿰」（丙 245）或「⿰」形（丙 342）。

（11）武字作「⿰」（丙 617），又見作「⿰」（乙 7746）者。

（12）易字作「⿰」（丙 597）或「⿰」（丙 32）形。

其次，人名「⿰」又可把口形置於弓形之內，作「⿰」和「帚⿰」又可寫
作「帚⿰」，都是這一類的例子。

3. 形近而產生的異構

（1）比字。甲骨文中「比」字作「⿰」，从字作「⿰」。但「比」也有作
「⿰」者，如丙 22 為成套卜辭的第四卜，同版有貞問是否同望乘一
起征伐下黎的卜辭，一作「王⿰望乘伐下黎受⿰又」，其重覆問句則
作「貞：王⿰望乘」，及一作「王勿⿰沚⿰伐⿰」及其重覆問句作「勿
隹⿰⿰」者，說明在卜辭中「⿰」與「⿰」可通用。〔註47〕

（2）「⿰」字。卜辭中常見旨所伐的方國「⿰」，其又可作「⿰」（R044581）、
「⿰」（乙 5253）形，甚而省作「⿰」（丙 413）。

（3）「孽」字。孽作「⿰」（丙 544）或「⿰」（R044566）形，也可作「⿰」
（乙 4604）、「⿰」（乙 5347），甚而作「⿰」（R044580）、「⿰」

〔註46〕「⊠」有學者認為要讀為「退」，如此則「退雨」一辭無法解釋。李宗焜的《甲骨
文字表》中舉卜辭中「各雨」有作「⊠雨」者，主張「⊠」亦為各，頁78。然「⊠
雨」一辭亦有學者認為其與「各雨」並不同。故若「⊠」非「⊓」的異體，則要
將之視為誤刻。

〔註47〕關於卜辭中常見的「王比某人征（伐）某方」的辭例，林澐以為這類的「比」要
當作動詞來看，即是表「親密聯合」之義。而且在這一類卜辭中王和某人的地位
是相對等的，沒有主從之別。〈甲骨文中的商代方國聯盟〉，《林澐學術文集》，頁
73。認為「比」有「結合、親近」的意思，還可見張覺〈「比」字古義通解糾繆〉，
《西南師範大學學報》，1991 年 4 期。

（R026867）。

（4）𦥑正化的「𦥑」可作「𦥑」、「𦥑」（丙134）及「𦥑」（合32873）形。

（5）方國「𦥑」，其又可作「𦥑」（丙273）及「𦥑」（乙7846）形。

（6）「𦥑」字。表示疾癒之「𦥑」，可作「𦥑」（R044344）、「𦥑」（丙83）、
「𦥑」（丙251）、「𦥑」（丙383）形。

（7）「良」字作「𦥑」（丙182）或「𦥑」（丙205反）。

（8）「聞」字作「𦥑」（丙186）或「𦥑」（乙6273）形。

（9）龍字。「龍」字可作「𦥑」（丙235）、「𦥑」（丙1）、「𦥑」（丙24）、
「𦥑」（丙114）、「𦥑」（丙132）、「𦥑」（乙4516），還有一從丙的
「𦥑」（丙304）字。

（10）「卒」作「𦥑」（丙342）又可省作「𦥑」（丙349）、「𦥑」（丙385）
形，或將尾部上勾作「𦥑」（丙385）形。

（11）「年」字作从禾在人上形，又可作「𦥑」（R044570）或「𦥑」（R044562）。
這二體裘錫圭以爲要讀作「黍年」。〔註48〕

（二）省體字

1. 與人體部件有關的省體字

（1）「肘」字作「𦥑」（丙383）又可省成「𦥑」（丙394）。

（2）齒。「齒」字以作「𦥑」體爲常見（丙100），也有作「𦥑」（乙7310）、
「𦥑」（丙494）者，甚者作「𦥑」（乙2203）。還見有加子聲的「𦥑」
（丙114），〔註49〕及表齲齒的「𦥑」（乙3661）和「𦥑」（乙6073）。

（3）舌字作「𦥑」（丙383）、「𦥑」（丙502反）或加點作「𦥑」（乙3299）。
也有從兩橫作「𦥑」（丙555）、「𦥑」（乙7122）或「𦥑」（丙387）、
「𦥑」（R028640）者。〔註50〕

〔註48〕 裘錫圭：〈甲骨文所見的商代農業〉，《古文字論叢》，頁158。

〔註49〕 張惟捷以爲從「子」聲的「齒」要讀爲「災」，見〈試論卜辭中用作憂患義之「齒」
字〉，2009年全國博士生學術論壇，重慶西南大學。

〔註50〕 此字或釋作「告」。伍仕謙以爲「舌、言、告、音等字爲同源之字，都是從舌之字。」
〈甲骨文字考釋六則〉，《古文字研究論文集》，四川大學學報叢刊第十輯，1982年，
頁91。

（4）母作「□」（「母丙」丙 267），又可省作「□」，甚者作「□」（「母癸」，R042434）。

（5）丙 615 所卜問娩妫的「子□」，在乙 2813 作「子□」。

（6）人名「□」作「□」（丙 438），又可作「□」（乙 3405）形。

（7）祝字作「□」（丙 12）、「□」（丙 546 反）也可省示旁作「□」（丙 117）。

（8）温字作「□」（乙 3422）形，也可省止作「□」（丙 317）。

（9）□字作「□」（丙 523）或「□」（丙 141），也可省作「□」（R044623）。

（10）嘆字作「□」（丙 371），也可省口作「□」（丙 370）。

（11）鬚字。「鬚」字作「□」（丙 1），而疑似鬚的有「□」（而，乙 2948）和「□」（乙 7746）。

（12）人名「□」（丙 134 反）又可省手形作「□」（乙 755 反）。

（13）異字作「□」（丙 356）、「□」（乙 1493）或省作「□」（乙 7661），像人頭上頂一器形。

（14）□作「□」（丙 273），又可省手形作「□」（乙 5585）或「□」（乙 5585），而其與「□以□女」的「□」（丙 366）或許是同一地。

（15）地名洮作「□」（丙 496）又可作「□」（丙 172），或將人形倒轉作「□」（R038421）形。〔註 51〕

（16）妾字作「□」（丙 400）或「□」（丙 330），還有疑爲妾作人名的「□」（丙 342）、「□」（丙 342）。

（17.）「爯冊」的「爯」，又可將手形省成二劃，作「□」（丙 143）。

2. 專有名詞的省體

（1）人名「□」（丙 189）又可作「□」（丙 201）、「□」（丙 189）、「□」（丙 257）、「□」（丙 334）。

（2）人名「子安」的「安」作「□」（乙 4930），又作「□」（丙 546）。

（3）□。方國名「□」作「□」形，也可省手形作「□」（丙 1）。

（4）「□」。卜辭中「□方」又可作「□方」（R029405）。

〔註 51〕關於「兆」字的流變可參沈培：〈從西周金文「姚」字的寫法看楚文字「兆」字的來源〉，復旦大學出土文獻與古文字研究中心網站，2007 年。

（5）冀。地名「冀」字作「🐾」（丙3），亦可作「🐾」（丙513反）。

（6）方國「🔲」（丙302）又可作「🔲」（丙304）、「🔲」（丙306），而作
地名的「🔲」（丙455）則又可作「🔲」（丙605），或從禾作「🔲」
（丙83）、「🔲」（乙3431）。

（7）地名「🔲」又可作「🔲」（乙6966）。

（8）當地名或人名的「陕」字作「🔲」（丙96），又作「🔲」（丙298）、
「🔲」（乙5288）。卜辭中多見阜旁簡省的例子，如「隓」字作「🔲」
（丙126）、「🔲」（乙5034）。

（9）人名或地名的「毘」，其字作「🔲」（丙110），又作「🔲」（丙517）、
「🔲」（丙328）、「🔲」（乙6819）形。

（10）人名「侯告」的「告」作「🔲」（丙625），而「告」字作「🔲」（R044592）
或「🔲」（乙3426），也有將上部寫的像「屮」形的「🔲」（丙155）。

（11）地名的「秋」作「🔲」（丙141），而秋季的「秋」作「🔲」（丙117）。

（12）地名「桑」作「🔲」（R038031）或省口作「🔲」（丙119）。

（13）方國「🔲」（丙141）又可省作「🔲」（丙413）。

（14）周作「🔲」（丙273反）或「🔲」（乙5451），也可省作「🔲」（丙
172）。

（15）國名「🔲」（丙450）可省作「🔲」（丙450），又可作「🔲」（R026889）。

（16）甲橋刻辭的貢龜者「逆」作「🔲」（丙45反），又作「🔲」（R044574）。

（17）甲橋刻辭的貢龜者「賈」作「🔲」（丙153反），又作「🔲」（乙7767）。

3. 其他類

（1）「宄」可作「🔲」（丙180）或「🔲」（丙392）及「🔲」（丙385）。

（2）「蠱」可作從二虫的「🔲」（丙124）或從一虫的「🔲」（丙141）。

（3）「伐」有省略「戈」旁的例子，如「乎取🔲（伐）」（丙502）、「余
🔲（伐）🔲」（丙1）。

（4）「史」的寫法以作「🔲」為正體，也有作省略上部的「🔲」形（丙
32），及缺刻橫畫的「🔲」形（丙589），和省手形的「🔲」（乙7797）。

（5）「翌」。翌字可作「🔲」（丙34）、「🔲」（丙34）、「🔲」（丙38）、「🔲」
（丙38）、「🔲」（丙433）、「🔲」（丙433）、「🔲」（乙6751）。其中

丙 34 到丙 38 為一組成套卜辭。甲文曲框內的橫劃常不固定，如西又可作「囲」（丙 5、乙 3471）、「田」（乙 3471）、「田」（丙 5）。

(6)「㦸」。「㦸」字從束從戌作「㦸」（丙 71），或從東從戌作「㦸」（丙 159），也可省作「㦸」（丙 159）、「㦸」（丙 203）、甚至是「㦸」（丙 167）、「㦸」（丙 171）。

(7)「明」。明字作「明」（丙 47）或「明」（丙 153 反），而地名「明京」的「明」作「明」（丙 492）或「明」（乙 3290）。

(8)「受」。受以作「受」（丙 55）為正體，亦見將舟省成一劃者，如「受」（乙 4677）。也有將舟形豎立如「受」者（丙 259），或將手形寫於同一側，如「受」（丙 373）、「受」（丙 55），還可省手形作「受」（R039312）。

(9)「紳」。紳字作「紳」（丙 76），亦見糸旁減省者，如作「紳」（R044623）或「紳」（丙 90）。

(10)「車」。「車」作「車」（丙 1）形，但也可省作「車」形（丙 599）。

(11)「登」。「登」作「登」（丙 34）或「登」形（乙 751），亦有省作「登」（丙 38）及缺刻橫劃作「登」（R044574）者。

(12)「皿」（嚮）。字作「皿」（丙 455）或缺刻下劃的「皿」（丙 167）。還有一體作「皿」（R044557）。

(13)「專」。「專」字可作「專」（丙 126）、「專」（丙 1），也可將手形提高作「專」（乙 5395）。

(14)「㦰」。[註52]「㦰」字作「㦰」（丙 504）、「㦰」（丙 207），還有一意思不明的形近字作「㦰」（丙 415）。

(15)「盅」。字又可省作「盅」（乙 3174 反）。

(16)「冓」。「冓」其字作「冓」（丙 167）又可省略中間一橫作「冓」（丙 546）。

(17)「啓」。「啓」字作「啓」（丙 276），也省口形作「啓」（丙 347）、「啓」（丙 275），甚至省手形作「啓」（丙 603）。

〔註52〕陳劍：《殷墟卜辭的分期分類對甲骨文考釋的重要性》，收錄於氏著：《甲骨金文釋論集》，頁 423。

（18）「瞽」。「瞽」字作「瞽」（丙349），也可省口作「𣅳」（丙317）。

（19）「狩」。「狩」字作「狩」（丙407），單形可減省作「狩」（丙98）或「狩」（丙423），前者從豕，後者從犬。

（20）「祼」。「祼」字作「祼」（丙217），或省作「祼」（丙98），甚者作「𥄃」（丙217）。〔註53〕

（21）「攉」。「攉」字作「攉」（乙811）或「攉」（丙496）。還有作爲人名的「攉」作「𣁽」、「𣁽」形（乙6966）。

（22）「萬」。「萬」字作「萬」（丙597），又省作「萬」（丙159）。

（23）「復」。「復」字作「復」（丙259），又可省止形作「復」（丙311）。

（24）「秅」（刈）。「秅」作「秅」（乙2813），又可減省作「秅」（乙5915）形。

（25）「蓳」。「蓳」字作「蓳」（丙120），也可省作「蓳」（R026859）。

（26）「𦭒」。字像手持兩草形，又可省一草形作「𦭒」（丙398）。

（27）「衛」。「衛」字作「衛」（乙6394），或「衛」（乙6394），亦可省「止」形作「衛」（乙5288）。

（28）「𩵋」。字作「𩵋」（丙300），也可將蛇頭筆劃減省，作「𩵋」（丙485）形，或省略血滴之形作「𩵋」（丙492）。

（29）「畀」。「畀」字作「畀」（乙7746），又可作「畀」（丙513）。

（30）「盡」。「盡」字作「盡」（丙525）或「盡」（丙525）。

（31）禝（禱）。「禝」字作從手從示從倒隹的「禝」（丙349），或省示之筆劃作「禝」（丙57），或將手形置於外作「禝」（丙178）。

（32）「𡥈」。字亦可將所從之「草」省成「屮」，作「𡥈」（丙174）。

四、關於《丙編》及《丙編》釋文的一些校正

以下將所見《丙編》中的一些缺刻或誤刻字例略舉如下：

（一）《丙編》部分

1. 缺刻例。

（1）「我」字缺刻。丙73爲一成套卜辭的第四版，其中有一條卜辭作「貞：

〔註53〕參賈連敏：〈古文字中的「祼」和「瓚」及相關問題〉，《華夏考古》1998年第3期。

戊舞雨」，比較第二版的丙 71 知這個「屮」為「屮」的缺刻。但卜辭中多見將「我」刻作「戔」者，也有將「我」刻成「戔」者（合 34157），將「戔」刻成「戌」（合 1403），將「戔」刻成「戔」（合 2169），將「戔」刻成「歲」（合 31198），及將「歲」刻成「戔」（合 38665）者，這些可能都是由於字的構形原理相同，而造成通用的現象。〔註 54〕

（2）「弗」字缺刻。丙 81「王立黍弗其受年」的「弗」字作「茻」，缺刻左右兩橫劃。

（3）「舍」字缺刻。丙 126 上有「貞：乎舍歸田」，其中「舍」字下半的「口」缺刻上下兩橫。

（4）「酚」字缺刻。丙 344「貞：重乙酉酚」的「酚」作「阝」，缺刻「酉」內的橫劃。

（5）「匸」字缺刻。丙 517「𢀖（罷）屮匸弗其正」的「匸」字作「丨」，缺刻橫劃。

（6）「殼」字缺刻。丙 529「丁卯卜，殼：翌戊辰帝其令 雨 戊☐」中的「殼」作「𣪊」，缺刻二橫。而類似的例子有：乙 3445、乙 4761、乙 6668 上的「𣪊」皆作「𣪊」，缺刻橫劃。

（7）黃字缺刻。黃尹的「黃」作「𡕘」形，又有缺刻橫劃作「𡕘」者（丙 104）。

（8）史字缺刻。史字有缺刻橫劃者，作「𠂤」（丙 589）形。

（9）登字缺刻。登字有缺刻橫劃者，作「𤯔」（R044574）形。

（10）般字作「𣢲」，而丙 132 般字缺刻豎劃作「𠂤」。

（11）京字缺刻。丙 159「王往于𩫝舍」中的「京」字缺刻豎劃。

（12）「徝」字作「𢁕」（丙 249），而丙 485 作「𢁕」，缺刻豎劃。

以上例 1 到例 9 皆是缺刻橫劃，例 10 到例 12 為缺刻豎劃者。關於卜辭中多見缺刻橫劃的現象，彭邦炯以為「缺刻橫的大量出現，是甲骨契刻時先直後橫的反映，先直後橫是常例；少量缺直，只是考慮到皆字主體結構和地位以及契刻之便的一種變例。」〔註 55〕其或許可作缺刻橫劃現象的解釋。

〔註 54〕見李旼姈《甲骨文例研究》中的「誤刻例」。

〔註 55〕彭邦炯：〈甲骨文字缺刻例再研究——關於甲骨文書法的新探索〉，《胡厚宣先生紀

2. 誤刻例。

（1）「子」字誤刻。丙 112 上的「翌戊子焚于西」辭，「子」字被誤刻成「㞢」。因此張秉權在釋文中便把這條卜辭隸作「羽戊宁焚于西」，而且在其〈甲骨文中所見人地同名〉中更誤將「㞢」列爲卜辭中「宁」當人名的例子。〔註56〕

（2）「冊」作「曹」。丙 143「興再曹乎歸」，這個「曹」字當爲「冊」之誤刻。〔註57〕

（3）「㚘」作「卜」。張秉權在丙 172 的考證中提到「第（2）辭的『卜』字，疑是『㚘』字誤契。」然在這一版上左右兩條卜辭分別是「戊申卜，㫊貞：㚘亡囚」和「戊申卜，㫊貞：卜亡囚」，並非正反對貞的卜辭，也有可能是指兩個不同的人。

（二）《丙編・釋文》部份

以下略舉《丙編・釋文》中錯誤的部份如下：

（1）丙 39 釋文的第（19）辭「我于㙡入自」，其中的「入」字當是「㙡」字的「矢」旁，釋文誤。

（2）丙 477 釋文的第（1）辭末，張秉權補作「☑（庚）〔子〕〔昜〕日？〔庚〕〔子〕啓。勿（昜）」，然此版經綴上乙 4169 後，知「日」下爲「王固」二字，原釋文補作「（庚）〔子〕」誤。當更正爲「庚子☐日，王固☑啓☑勿」（圖 9）。

（3）丙 319 釋文第（1）辭，張秉權作「甲申（卜），☐貞：興方來隹囵余戈囚」，其中干支「甲申」經綴合上乙補 4256 後知其當爲「壬申」之誤。

念文集》，頁 179。

〔註56〕張秉權：〈甲骨文中所見人地同名考〉，《慶祝李濟先生七十歲論文集》，頁 700。又誤「子」爲「宁」的例子還可見合 423「翌庚宁其雨」「☑宁不雨」。李旼姈：《甲骨文例研究》，頁 69。

〔註57〕李旼姈：《甲骨文研究例》，頁 73。李學勤以爲卜辭中有兩個從冊的字，分別是「䛙」與「曹」，前者像雙手持冊之形，通常用於「再冊」，故卜辭中也作「再䛙」；而「曹」即「曹」某方，指宣告敵方罪責而言。故卜辭內「曹」下總爲敵方之名。〈論新出現的一片征夷方卜辭〉，《文物中的古文明》（北京：商務印書館，2008 年），頁 136。

（4）丙 98 釋文第（7）辭，張秉權作「貞：之五月陟至？」其中「之五月」爲「生五月」的誤釋。

（5）丙 145 釋文第（5）（6）辭，張秉權將「⚇𦥑」釋作「望乘」，其當正爲「望𦥑」。

（6）丙 270 的甲橋刻辭作「奠來四，在襄」與丙 105 作「奠來五，在襄」同，然作者將前者隸定成「隻」，而將後者依形畫出，今皆當隸爲「襄」。〔註 58〕

（7）丙 317 釋文第（13）辭，張秉權作「王屮報于蔑隹之屮祭」，然「屮祭」甲文作「屮♡」，故當正爲「屮心」。

（8）丙 555 釋文第（2）辭，張秉權作「己丑卜，㱿貞：王途首若」，然審刻辭當作「王途（達）首卷」。

（9）丙 580 的甲橋爲「⿱亠凶入二百五十」，同於丙 178 反，而釋文誤作「⿱亠凶入二百五十」。「⿱亠凶」字方稚松以爲是「慮」字所從的「盧」，可參。〔註 59〕

（10）丙 302 釋文第（3）辭「奠雀叀⿱吉弓基方？五月」，「叀」字張秉權以爲是「甫人」，「叀」在此當視爲一個把賓語提前的語氣詞。

第四節　一二七坑賓組卜辭存在的時間

　　一二七坑賓組卜辭存在的時間究竟歷時多久，以下先依前面各章節所排譜的年月依序列於下：

武丁四十年	十二月	㝵𣈍事件
	十三月	㝵𣈍事件
武丁四十一年	一月	缶其⿰舌攵我旅、缶來見王事件
	二月	王㲋缶于旬事件
	三月	雀㲋缶、伐⿰夕㠯事件
	四月	龍敖、侯專咎⿰亻㳚及子⿰宀𠂤基方事件

〔註 58〕此字釋「襄」，見于省吾：《甲骨文字釋林》，頁 132。

〔註 59〕方稚松：〈甲骨文字考釋四則〉，《紀念王懿榮發現甲骨文 110 周年國際學術研討會論文集》，（北京：社會科學文獻出版社，2009 年），頁 138。

	五月	子商䄃基方缶事件
武丁四十二年	五月	王比沚蒅及🔸伐🔸方、王比望乘伐下黎事件
	六月	王比望乘伐下黎、王重侯告比征夷事件
武丁四十三年	六月	征🔸事件
	七月	亘䄃我事件
	八月	亘䄃🔸事件
	九月	雀征目、犬追亘、王𡊄🔸事件
	十月	雀伐🔸、雀𡊄🔸（🔸）、雀比望𡊄伐戉事件
	十一月	雀隻亘事件
	十二月	帚好娩妁壬辰嚮癸巳娩佳女、丁未王步、雀𧗐伐亘事件
武丁四十四年	一月	雀追亘、合䄃🔸、雀䄃🔸、我䄃🔸在寧、子汏其來事件
	二月	乎雀酚于河事件
	三月	乎雀酚于河事件
		帚好甲寅娩妁佳女事件
		帚良屮子事件
武丁四十五年	五月	帚好丙子夕嚮丁丑🔸妁事件
		钔帚好于父乙事件
	十月	𠂤正化屮王史、其屮再帚好䁋事件
	十一月	弓𣀠于詩、收人乎伐🔸、𠂤正化䄃🔸、旨䄃屮🔸🔸事件
	十二月	𠂤正化䄃🔸方、旨伐屮🔸🔸、雍𣀠于🔸、旨伐🔸䄃事件
	十三月	戊子䄃🔸方、𠂤正化䄃🔸暨🔸事件
武丁四十六年	一月	帝其降我嘆、𠂤正化其屮至、令🔸田于🔸事件
武丁五十年	七月	癸未夕月食
武丁五十三年	十一月	甲午夕月食

　　以上列了從武丁四十年十二月的「䄃🔸事件」到武丁五十三年十一月的「甲午夕月食」現象，這期間約計包含了武丁在位十三年間的事情。而上譜中許多空白的月份甚至年份，乃因受限於卜辭記年月的不完整及缺少更多的人物和事件線索來聯係，因此留下空白，這並不表示這些缺空的年月在這一坑中卜辭裡皆無記載。其次，武丁五十三年十一月的「甲午夕月食」，只是目前這一坑中比較晚期卜辭裡可以確定紀年的事情，並非說這武丁五十三年十一月一定是這一坑卜辭的時間底限。

　　在這一坑的早期賓組卜辭中我們舉例了改製背甲、「𡊄🔸」卜辭和🔸體類

卜辭三類。改製背甲的存在時間在一個月內，即武丁某年的五月到六月間；「鼄
洓」卜辭所記爲武丁某年十一月間發生的事；體類卜辭所記的時間，依前文
所論在卅五天之內。因此我們可以假定這三類卜辭是發生在幾年之內事情，且
其皆發生在武丁四十年十二月的「田事件」之前。前面說過一二七坑賓組卜
辭可以排譜的事件大概有十三年，若把這些卜辭看成是在二年間的記事，則這
一坑的賓組卜辭大概記載了武丁期間長達十五年的史事，當然這個十五年的結
論，絕對是比事實還要少的，因爲有很多卜辭我們沒有辦法排入譜中，因此我
們可以說這一坑卜辭所記的史事至少包括了武丁在位十五年間的事件。

其次，這一坑卜辭的下限，到底要算到何時？若我們從這一坑卜辭並未載
及武丁晚年的事件來看，就不當把下限算到武丁末年。武丁晚年比較重要的事
情有婦好和婦妌的死去，以及對舌方和土方的戰爭，這些事情都未見記載於這
一坑的卜辭中。而關於武丁晚年伐土方和舌方的戰爭，據范毓周所言「其持續
時間至少橫跨三個年頭」。〔註60〕還有前面說到過的蕭良瓊在〈卜辭文例與卜辭
整理和研究〉中所排譜的武丁某年一月至十一月的大事記，也非在這一坑卜辭
所涵蓋的範圍內。因此，我們若光從這幾點來看，就不能把這一坑卜辭的時間
往下算到武丁的第五十九年。

小　結

在這一章中我們試著對興方、婦妌、婦的相關事件來排譜。這些方國、
人物因爲可以聯係的事件不多，因此無法大量的排譜。興方活動的時間可能很
早，其經歷過武丁四十二年的伐下黎事件。婦妌死後的廟號爲妣戊，在卜辭中
多以示者的身分出現，婦則見載了三次娩妼的紀錄，主要活動時間在子商活
動時間到正化窮這一段。

在早期賓組卜辭方面，舉了改製背甲、「鼄洓」辭和體卜辭，這三類記
事的時間都很短，改製背甲大概是記載了一個月間的史事，體卜辭則約爲卅
五天左右。前二類卜辭中都出現了「雀」這個人，且貞人「殼」都寫作「」，

〔註60〕范毓周以爲三年的時間正是《易・既濟・九三》爻辭所言「高宗伐鬼方，三年克
之」及〈未濟・九四〉爻辭「震用伐鬼方，三年有賞于大國」這件事。〈殷代武丁
時期的戰爭〉，《甲骨文與殷商史》第三輯，頁224。

因此可以肯定其為早期卜辭。而❀體卜辭則全是卜雨之辭，據推測其乃是受到自組小字類書手的影響。

而以字體來斷代部份，比較確定可行的有❀（❀）和❀（介）以及兆語「不悟」（「不悟龜」）。在這一坑的集合廟主稱謂則舉了五示、九示、十示和三父，並提出「自上甲至于下乙」可能就是指「五示」。

在異體和省體字方面，將異體類型分為增減部件的異體、位置義項改變的異體和形近而產生的異體。前一類的字通常依其意義而繁加偏旁，如表風的「鳳」字加上雨旁，「黍」字加上水旁。第二類的異構則有全形和部分的區別，如「中」又作「❀」，「❀」或作「❀」等。第三類的異構則因形近而通，如「❀」與「❀」，孽的從月與從自。省體方面則見人形的部件與全體的減省，如「❀」與「❀」、「❀」與「❀」、「❀」與「❀」等，還有省略偏旁的例子，如「❀」與「❀」、「伐」與「戈」、「❀」與「❀」等。

圖 1　丙 319

縮影（ reduce)80%

乙補 4256

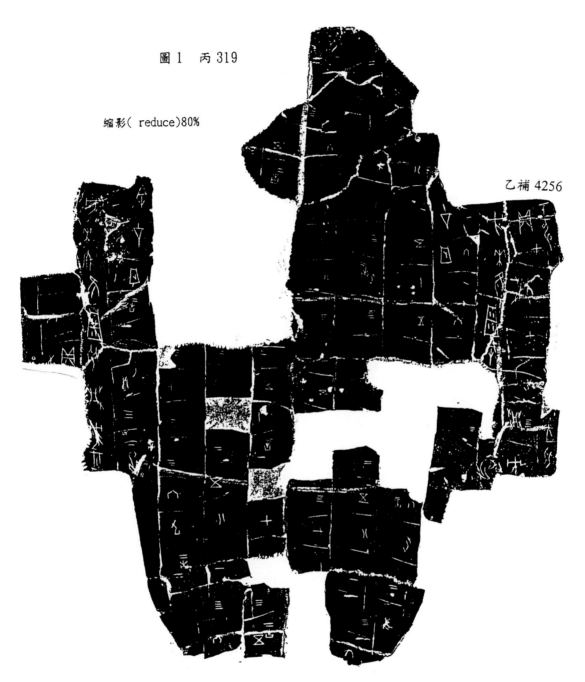

6530 正

641 正

圖 2　丙 243

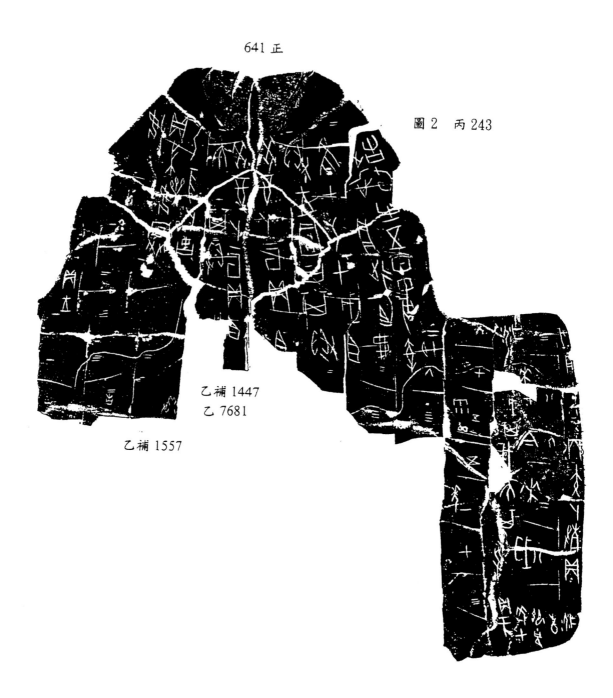

乙補 1447
乙 7681

乙補 1557

圖 3　乙 4682　　　　　　　　　　圖 4　乙 4683

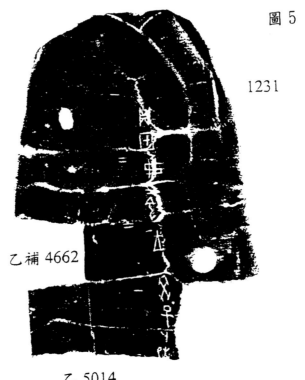

圖 5

1231

乙補 4662

乙 5014
合補 682

圖 6

乙補 956

乙補 2101

乙補 1333

12447 甲

12447 乙

圖 7　合 1633

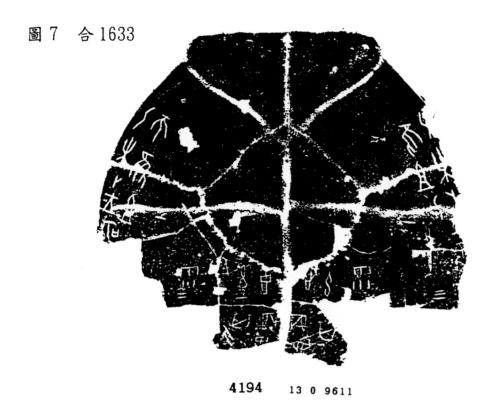

4194　13 0 9611

圖 9　丙 477

13283

乙 4169

圖 8　丙 277

13579 正
合補 276 正

226 正

第九章　結　語

　　一二七坑甲骨自民國廿五年六月發掘以來，至今已有七十多個年頭，這七十多年來關於這一坑材料的基本整理工作還有些尚未作完。舉例來說，《乙編》中有很多錯誤的拓片至今未加以更正，如當爲《甲編》甲骨而誤編入《乙編》的乙 5379，經過折疊而變形的乙 6587，還有《乙編》著錄當初誤綴的乙 8322，非一二七坑甲骨而誤入一二七坑甲骨中的乙 8468-乙 8495 等。再者，七十多年來並未將這一坑甲骨綴合的工作作完，至今仍有甲骨有待被拼合，還有一些無字或字少的碎甲，若沒有把他們著錄出來，就很難讓甲骨重圓，而這些碎甲的拼兌則需要花更多的時間與耐心。其次，關於這一整坑甲骨的基本概念有些一直到今天還不爲人所知，舉例來說，有人認爲可以從這一坑甲骨的發掘號推測其在地層內的相對位置，進而以爲綴合的根據，還有人認爲這一坑所出的甲骨本來就可以和坑外出土的甲骨綴合，理由是其未能囊括武丁年間全部甲骨。關於這兩件事，其實都是不清楚這一坑甲骨從發掘到著錄的過程所致。在第一章中我們討論過這一坑甲骨的編號過程一波三折，本來在南京時期，就已按出土順序編好號，並寫在紙條上放入盒中，後來由於遷徙及受潮的原因，使得原先編號的紙條腐爛且混成一堆，無法辨識，以致於三年後又再重新編號時，才將號碼寫於甲骨上。而這其間便曾出現了許多編號錯誤的例子。再者，當初一二七坑的甲骨柱裝入木箱時，是將箱底翻上，然後釘底運回南京，所以原先在坑

層底的甲骨，在室內發掘時反而先被清洗出來並編號，因此有些號碼在前的甲骨反而是在地下層，加以一半是在室外編號，一半是在室內編號，所以其號碼所顯示出的地層關係便大大的減弱。

而這一坑甲骨到底能不能和坑外的甲骨綴合，答案是否定的。這一點只要我們把到今日為止所可知的一二七坑甲骨和坑外甲骨綴合的例子，依我在第二章所討論的一共是十三例，綜合來看，其不僅在數量上不成比例，而且大半是大龜版上的一小片甲，殷人斷不可能在甲骨入土前特別把大龜上的一小片摘下，再加上這些甲骨都是在一二七坑發掘後才著錄的龜甲，如見載於《京津》、《雙劍誃古器物圖錄》、《殷墟文字外編》和《甲骨續存》中的龜甲。而且時至今日我們有更多的證據來說明這些龜甲的來源不尋常，因為它們大半今天被著錄在北圖的 5200-5272 中，來源是私家的舊藏，無任何發掘記錄可言。

而在這一坑甲骨的綴合方面，張秉權和《合集》的編輯者無疑是最有貢獻者，張秉權窮四十年之力綴合了《丙編》上的三二二版，還有《丙編》完成後的新綴一百多版，《合集》則是作了三三六版的綴合，而今蔡哲茂、林宏明、蔣玉斌等諸位先生都還繼續在為這項工作努力著。

在這一坑卜辭的內容方面，今日我們大致可以將它們分為五類，包括數量最多的賓組卜辭，以及子組、午組、子組附屬（包括 ⿰ 體和 ⿰ 體類）和極少的自組卜辭。若就時代先後而言，為自組卜辭早於午組、子組、子組附屬，最後才是賓組卜辭。在地層方面，子組、子組附屬類集中出土於坑內 1.7-2.2 公尺的地方，午組卜辭分布較廣，但仍以此層為多，賓組卜辭則散布於坑中各處。

子組卜辭的特色是貞字作「⿰」形，以及其特有的子、余、我、衍、⿰五個貞人。在一二七坑中這一類卜辭占卜主體的身份是和商王有血緣關係的貴族。因其時常要負擔商王所派給的力役，所以在卜辭中常常占問是否「今月有事」還是「于生月有事」。而其卜辭的占問時間主要在武丁某年的四月到八月間。又在這一類卜辭中有「小王⿰」者，有學者認為其即「小王孝己」，而「⿰」為孝己之名，對於這一點我們提出懷疑，並認為「小王孝己」在子組卜辭中已成祭祀對象。

午組卜辭方面，根據文中的討論，認為這類卜辭可區分為兩段時間的占卜，分別是三到五月的一組占卜和六月到次年二月的一組占卜，推測其所載事件時

間至少歷時二年。在貞人方面，由於將合 22129 綴上合 22101，確定了「龙」
非貞人名，從此肯定這一組卜辭中完全沒有貞人。而更進一步利用這個「圓卪」
的辭例，讀通許多卜辭，如「戊子卜：至子卪父丁白豕」即是「戊子卜：卪（子
自圖圓）至父丁白豕」的省略。而且對下乙和內乙是一人的說法提出反例，並
認爲這組卜辭占卜主體的世系爲祖庚、祖戊、父戊、子庚。最後，還提出這一
組卜辭占卜形式上的特色，如不記貞人、不記兆序和沒有刻兆的習慣等。

　　在子組附屬類卜辭方面，首先將圓、圖兩類卜辭作適當的歸類，舉出不少
合集歸錯類的例子，包括將圓體類誤入子組（乙 1488 等）和將圓體類誤入自組
（乙 756 等）以及將圓體類誤入亞組卜辭的例子（乙 1573）。而提出這兩小類
卜辭的共同特性爲多見用歧祭，及出現「子妥」、「雀」等人。其中圖體類多刻
於背甲，和它類有顯著的不同。其次，否定早期認爲一二七坑甲骨可以劃出一
類「亞卜辭」的說法，認爲亞卜辭的劃出在於 E16 坑中有一類以刀和亞爲主的
貞人，以及和子卜辭有相同的用字習慣。然 E16 這一坑卜辭，今人皆將之歸入
自組小字和自賓、自歷類卜辭中，所以這一類的卜辭今天應把它看成自組卜辭
的一類。其次，一二七坑中以亞爲貞人者，僅乙 4677 一片，而對於疑似以亞爲
貞人的 E16 坑卜辭，《合集》就已經無法對其作出明確的分類而散置於各處，
更何況根據這僅有的一片來歸類，因此反對一二七坑中可以再區分出一類亞組
卜辭來。

　　在賓組卜辭部分主要以排譜爲主，依人物出現的先後，分別排了雀、子商、
婦好和圖化的譜。在雀的譜中，把和雀相關的事項分爲三類，分別爲「翦圖、
伐基方缶」事件、「伐圖方、下黎」事件和「翦亘、征圖」事件，進一步認爲「翦
圖、伐基方缶」事件發生於武丁四十年年底到四十一年的五月，「伐圖方、下危」
事件發生於武丁四十二年的五、六月間，「翦亘、征圖」事件則在武丁四十三年
六月到隔年三月。

　　接著考慮到子商曾參與「翦圖、伐基方缶」事件而將之排在武丁四十一到
四十三年間。其後更將婦好三次娩妳記錄分別排在武丁四十三年十二月、四十
四年間和四十五年五月。婦好之後緊接著出現的是圓正化，其活動時間藉由十、
十一、十三、一月的四次定點，將其活動時間定在武丁四十五年十月到四十六
年的一月間。

　　其次，關於早期賓組卜辭的部分，將「改製背甲」、「叀沝卜辭」、「𠂤體卜辭」分別排譜，認爲「改製背甲」的記事時間在武丁某年的五月到六月之間，「叀沝卜辭」則記載了一件發生在十一月的事件。「𠂤體卜辭」則爲一群經過三階段占卜的卜辭，其發生時間約在卅五天以內。而進一步從賓組卜辭和早期賓組卜辭所歷時來作估算，預估一二七坑中的賓組卜辭至少記載了武丁朝十五年間的事情。這個數目是以武丁四十年的「嬪𠙴、伐基方缶」事件算起，到五十三年十一月的「甲午夕月食」止，然後再加上早期賓組卜辭的年數。但如果我們再把子組、午組和子組附屬類卜辭都算進來的話，考慮到前文討論這三類非王卜辭時，發現這三類卜辭中都同時提到了「雀」，以及有與賓組卜辭疑似同人的情形出現，如子組的「𠂤」，午組的「內𡆥」，所以認爲縱使子、午組卜辭就整體來看，存在的時間要早於賓組，但這一坑的子、午組卜辭可能在時間上和早期賓組卜辭並不會相差太久，而且很可能是連續的，因之認爲這一整坑甲骨所記載的年代不會超過十五年太多。

　　最後還討論到這一坑賓組卜辭用字用語方面的特色，首先對以字體來分期的方法作出歸納，認爲比較確定可行的有𤇾（𤇾）和𠂤（𠂤）以及兆語「不𡆥」（不𡆥龜）。而在這一坑的集合廟主稱謂方面，則舉了五示、八示、十示和三父，並認爲「自上甲至于下乙」可能就是指「五示」。而且從此可知當時已有了直系和非直系的觀念。

附表一 《合集》對《乙編》一二七坑甲骨所作綴合號碼表

本表據蔡哲茂《甲骨綴合續集》之「《甲骨文合集》綴合號碼表」、「《甲骨文合集》誤綴號碼表」及宋雅萍《殷墟 YH 127 坑背甲刻辭研究》等加以修正。若史語所已加以綴合，則補上史語所典藏號（「R」號）。

組號	合集號碼	乙 編 號 碼	備 註	正 誤可加綴
1	合 97 正	乙 7929+乙 7955（R042766）		
2	合 119	乙 2111+乙 2635（R029348）	+乙補 2084	可加綴
3	合 135 正甲	乙 6491+乙 6679（R039833）	+乙 6492+乙 6493	可加綴
4	合 232 正	乙 6410（R044588）	+乙 3331+乙 5701	可加綴
5	合 271 正	乙 1033+乙 2759+乙 2999+乙 3007+乙 3383+乙 7350+乙 7578+乙 7655	+乙 2802+乙 3494+乙 7304+乙 7913+乙補 412+乙補 1094+乙補 2022+乙補 3118+乙補 3121+乙補 6559	可加綴
6	合 423	乙 1045+乙 2637+乙 3711+乙 4049+乙 4141+乙 4144+乙 7577+乙 8190（R026905）	+乙補 470	可加綴

7	合 505 正	乙 710+乙 673+乙 686 （R026748）	不可加乙 686	誤
8	合 643	甲（乙 5826）-乙（乙 524）-丙（乙 2093）	不可加乙 2093	誤
9	合 672 正	丙 117+北圖 5246+北圖 5207（R044311）	+合 1403+合 7176+合 15453+乙 2462	可加綴
10	合 773	甲（乙 3164）+乙（乙 3979）（R032349）		
11	合 777 正	乙 8139+乙 7806+乙 1320 （R028503）	+合 9274 正+乙 2473+乙補 91 正面+乙補 6493	可加綴
12	合 778 正	乙 3101+乙 7448	+合 774+乙補 2213	可加綴
13	合 808 正	乙 4119+乙 4125 （R044618）		
14	合 848	甲（乙 2271）-乙（乙 6710）（R029450）	+乙補 1851	可加綴
15	合 860	正甲（乙 1715）-正乙（乙 1730）（R044699）	+乙 1728+乙補 1462	可加綴
16	合 895	甲（乙 6307+乙 6549）-乙（乙 5762+乙 6208）-丙（乙 4331）	乙（乙 5762-乙 6208）當改爲遙綴。可再加合 3568 甲乙+合 4814+合 7034+合 9068+合 9128+合 14566+合 16545+合補 5781+合補 5968+乙 3052+乙 4349+乙 4797+乙 4804+乙 4843+乙 4871+乙 5170+乙 5496+乙 5537+乙 5680+乙 5718+乙 5745+乙 6160+乙補 2396+乙補 4379+乙補 4480+乙補 4568+乙補 4598+乙補 4636+乙補 4659+乙補 4718+乙補 4904+乙補 4944+乙補 5074	誤 可加綴
17	合 897	乙 1985+乙 3339+乙 8109		
18	合 892	乙 6408+乙 721 （R044666）		
19	合 898	乙 4482+乙 4485 （R038211）		
20	合 963	乙 976+乙 1752 （R044694）		
21	合 965	乙 6546+乙 5794 （R044803）		

22	合 1004	甲（乙 4228）-乙（乙 4236）（R033819）	+合 261+合 16075+乙補 2093+乙補 6878+無號甲	可加綴
23	合 1006	乙 7404+乙 7406+乙 7407（R042430）	+合 13167 正+乙 7567+乙補 2009+乙補 6333	可加綴
24	合 1106	乙 6011+乙 6027+乙 6046+乙 6052+乙 6054+乙 6479+乙 6550+乙 6555	乙 6749 位置錯誤。可加綴合 12063 正+乙補 5337+乙補 5719	誤 可加綴
25	合 1115 正	乙 775+乙 965		
26	合 1130	甲（乙 6319）-乙（乙 1228）（R028400）		
27	合 1166	甲（乙 8642+乙 8643）-乙（乙 8645）（R043666）	甲（乙 8642+乙 8643）改爲爲實綴	誤
28	合 1324	乙 3098+乙 3708（R032311）	+乙補 3391+乙補 3274	可加綴
29	合 1351	正甲（乙 1904）-正乙（乙 7267）	+合 1668+合 11500+合 13484+合 15637+乙 1387+乙 2808 +乙 8155+乙補 1872+乙補 3033	可加綴
30	合 1364	乙 2471+乙 2539	+合 1410 正+合 5381+乙 3604+乙 7189+乙補 870+乙補 875+乙補 805+乙補 1128+乙補 1154+乙補 6503	可加綴
31	合 1390	乙 7562（R042502）+乙 1988（R029246）〔註1〕	當改爲遙綴	誤
32	合 1430	甲（乙 1214+乙 8330）-乙 7257（R028381）	+乙 887+乙 2025+乙補 1695 倒+乙補 1696 倒	可加綴
33	合 1580	甲（乙 690+乙 1098）-乙（乙 1099+乙 1244）	左右對換。可加綴乙補 851	誤 可加綴
34	合 1584	甲（乙 3145）-乙（乙 8134）（R032335）		
35	合 1670	乙 872+乙 6614		
36	合 1735	甲（乙 7928）-乙（乙 902）（R028062）		

〔註 1〕 嚴一萍在〈評甲骨文合集〉中指出「合 1390 是十三次發掘所得的兩塊腹甲，左邊的著錄在乙編裏，編爲 7562 號。那右邊的一半在乙編中未能找查到。也許是十三次發掘所散失的資料。」然《甲骨文合集材料來源表》出版後，知右邊的一半爲乙 1988。

37	合 1829	乙 3453+乙 8369（R032534）	+合 1784	可加綴
38	合 1855	乙 2329+乙 7589（R044570）	+合 2073+合 17390 甲乙+合 17438+乙 1963+乙 2304+2590+3314+乙補 1767	可加綴
39	合 2123	乙 2739+乙 8068（R29815）	+合 12887	可加綴
40	合 2149	乙 2239+乙 7477（R029422）		
41	合 2163	乙 5814+乙 5797		
42	合 2190	乙 7498（R042471）+乙 7422（R042438）		
43	合 2202	乙 1418+乙 1419+乙 1422		
44	合 2221	乙 680+乙 554（R026562）	+乙 528+乙補 179 倒+乙補 254	可加綴
45	合 2235	甲（乙 2892+乙 4393+乙 2895）-乙（乙 7183）（R042326）		
46	合 2236	乙 5741+乙 5148）（R038079）	+合 3800 正+合 10040+合 15237 正+合 16331 正+合 18935+乙 5054+乙 5055+乙 5372+乙 5773+乙 5832+乙 6080+乙補 4661+乙補 4665+乙補 5500+乙補 5504+乙補 5552+乙補 5590 倒+無號甲	可加綴
47	合 2356	甲（乙 1269）-乙（乙 1495+乙 1499）（R028426）	+合 16327 正	可加綴
48	合 2388	甲（乙 6960）-乙（乙 7059）（R044818）		
49	合 2389	乙 4957+乙 4282（R029321）	+合 2775+合 13992+乙補 3675	可加綴
50	合 2429	乙 2493+乙 2752	+乙 7786+乙補 1590	可加綴
51	合 2456	乙 5996+乙 4918（R038517）	+乙補 4678+乙補 4699	可加綴
52	合 2484 正	乙 1556+乙 1757		

53	合 2502	乙 2382+乙 2435+乙 8191（R044567）	+合 978+合 11980+合 12651+合 14485+合 14492+合 14616+合 14648+合 16965+合 16971+合 16984+乙 2223+乙 2272+乙 2301+乙 2370+乙 2612+乙 2620+乙 2807+乙 6832+乙 6874+乙 7278+乙補 0552+乙補 0554+乙補 0910+乙補 1705+乙補 1804+乙補 2166+乙補 2201+乙補 2208+乙補 3269+乙補 4889+乙補 5632+乙補 5895+乙補 6004+乙補 6216+乙補 6923+乙補 6959+乙補 7080	可加綴
54	合 2521	甲（乙 6524）-乙（乙 2843）（R032013）	+合 13702+合 14222 正甲+合補 4703+乙補 5656	可加綴
55	合 2579	乙 7415+乙 7420		
56	合 2832	甲（乙 7156）-乙（乙 900）-丙（乙 7169）（R044364）	丙（乙 7169）不能綴合	誤
57	合 2891	乙 7371+乙 6761+乙 7353（R029407）	實物不合	誤
58	合 2953	乙 2307+乙 3036（R044574）	+合 906+合 917 正+合 7338+合 11188+合 13166+合 15457+乙補 1759+乙補 1800+乙補 2684+乙補 2866+乙補 3255+乙補 6340	可加綴
59	合 3171	甲（乙 1971）-乙（乙 2247）（R044696）	左右不對。可加綴合 14987+合 17255 正＋乙補 6052	誤 可加綴
60	合 3183	甲（乙 5451）-乙（乙 5633）-丙（乙 6120）（R029762）		
61	合 3195	甲（乙 8416+乙 8417）-乙（乙 8035）	+合 7877+乙 4580+乙 7502 +乙補 1436+乙補 6718	可加綴
62	合 3438	甲（乙 3522）-乙（乙 7467+乙 7468+乙 7469）（R044719）	7469 誤綴。可加綴乙 3246+乙補 2219+乙補 2221。	誤 可加綴
63	合 3484	乙 6938+乙 6849+乙 6842（R042115）		
64	合 3568	甲（乙 4425）-乙（乙 6169）（R039537）		
65	合 3895	乙 5990+乙 5777（R039211）		

66	合 4174	甲（乙 3053＋乙 4337＋乙 4490＋乙 5069＋乙 7118＋乙 8252＋乙 8268）-乙（乙 2470）（R044713）	乙 7118、乙 2470 不可綴。可加綴乙 6064＋乙 6099＋乙補 4291＋乙補 4499＋乙補 4580＋乙補 6726	誤可加綴
67	合 4197	甲（乙 637）-乙（乙 860＋乙 1084）（R026702）	＋合 9945＋合 9946 正甲乙丙＋乙 774＋乙補 245＋乙補 251	可加綴
68	合 4349	甲（乙 4617＋乙 4426）-乙（乙 4714）（R038167）	乙 4426 不可綴。可加綴合 7584 正部分＋合 18321＋乙 4498＋乙 4712＋乙 4881＋乙補 4305＋乙補 4660	誤可加綴
69	合 4477	甲（乙 5449）-乙（乙 5598）（R044422）		
70	合 4499	甲（乙 8227）-乙（乙 3767）（R033131）	＋合 5449＋乙 3808＋乙補 2250	可加綴
71	合 4510	乙 3726＋乙 3201（R044717）	合 4509＋合 4510 部分（乙 3201）＋合 4511＋合 10463－合 4510 部分（乙 3726）－乙 4048＋乙補 2295	可加綴
72	合 4530	乙 677＋乙 656（R026731）		
73	合 4550	甲（乙 4445）-乙（乙 6216＋乙 6228）（R044623）	＋合 9232＋合 14239＋合 17691＋乙 6216	可加綴
74	合 4691	乙 5341＋乙 6358＋乙 5749（R044781）	＋乙補 4197、乙補 4288	可加綴
75	合 4891	乙 4899＋乙 4904＋乙 4946＋乙 6089	＋合 789	可加綴
76	合 5057	甲（乙 8083＋乙 7894）-乙（乙 2253＋乙 3639）（R029433）	可能同版，但不能直接綴	誤
77	合 5125	乙 8439＋乙 6894（R042147）	＋乙 8187	可加綴
78	合 5157	甲（乙 1284）-乙（乙 761＋乙 1719）（R026859）	合 5157 甲乙＋乙 1740＋乙補 1458＋乙補 1463＋乙補 1465＋乙補 1468＋乙補 1473＋乙補 1479＋乙補 1482＋乙補 1485＋乙補 1489＋乙補 1494	可加綴
79	合 5198	乙 3015＋乙 3965		
80	合 5381	乙 1197＋乙 2394＋乙 6968（R028233）	乙 6968 不可綴。可加綴合 1364 正＋合 1410 正＋乙 3604＋乙 7189＋乙補 870＋乙補 875＋乙補 805＋乙補 1128＋乙補 1154＋乙補 6503	誤

81	合 5447	甲（乙 8169）-乙（乙 2882）-丙（乙 980）-丁（乙 2885+乙 2889）（R044556）	+乙 1279+乙 2558+乙 3193+乙 8183+乙 8554+乙補 1067+乙補 1068+乙補 2502+乙補 2504+乙補 2506+乙補 2509+乙補 2510+乙補 2511+乙補 2512+乙補 2513+乙補 2514+乙補 2518+乙補 2519+乙補 2520+乙補 2522+乙補 2524+乙補 2526+乙補 2529+乙補 2530+乙補 2531	可加綴
82	合 5471	甲（乙 5722+乙 6348）-乙（乙 6518）（R039156）	+合補 3014	可加綴
83	合 5474	乙 4434+乙 4430（R029735）	+乙 2621+乙補 4300	可加綴
84	合 5475	乙 7582（R042515）+乙 7580+乙 3099+乙 3225（R032312）		
85	合 5483	乙 5356+乙 5359（R038838）	+合 9249+乙 3898+乙 4007+乙 4015+乙 4021+乙補 3756+乙補 3793	可加綴
86	合 5484	乙 4413+乙 4772（R038157）	+乙補 4549	可加綴
87	合 5516	乙 6696+乙 7000（R044807）	+合 3675	可加綴
88	合 5530	甲（乙 1355）（R042509）-乙（乙 7575）	+乙補 6339	可加綴
89	合 5531	甲（乙 542+乙 547）-乙（乙 544）（R026589）		
90	合 5635	甲（乙 3730）-乙（乙 3950）（R033416）	非遙綴可直接拼	誤
91	合 5654	乙 7933（R042780）+乙 7801（R042677）	+乙補 6477 倒+乙補 6478 倒	
92	合 5770	甲（乙 4088）-乙（乙 2898+乙 2901+乙（2899）-丙（乙 3003）-丁（乙 2949）-戊（乙 2900）（R032078）	+乙補 2544	可加綴
93	合 5771	甲（乙 2803）-乙（乙 7214+乙 7079+乙 6846）-丙（乙 3952）-丁（乙 3528）（R029953）		

94	合 5776	乙 4473+乙 4475+雙下 32.1	+乙補 4143+乙補 4161+乙補 4180+乙補 4191+乙補 4192+乙補 4232	可加綴
95	合 5802	乙 4210+乙 4213+乙 4547（R044740）	+乙 4201+乙 4213+乙補 3955	可加綴
96	合 5908	乙 3359+乙 3251（R029407）		
97	合 6471	乙 2464+乙 2537+乙 2820+乙 3147+乙 3627+乙 8306	+乙 3624+乙補 1729+乙補 2065+乙補 6865+乙補 6935	可加綴
98	合 6472	乙 4387+乙 5614（R038124）		
99	合 6476	丙 24（R043993）+京津 1266		
100	合 6480	乙 2950（R032127）+乙 2948（R044577）		
101	合 6617	甲（乙 2439）-乙（乙 7475）（R044384）	+合 5439（丙 269）+乙 2472+乙 3461+乙 7540+乙補 1845+乙補 2090+乙補 6258	可加綴
102	合 6619	乙 4598+乙 7867+乙 3176		
103	合 6650	乙 2031+乙 2268+乙 2503（R044582）	+乙 7155+乙補 1700+乙補 2244+乙補 6211+乙補 6254	可加綴
104	合 6945	乙 4684+乙 6111+北圖 5238（考文 39）（R044341）		
105	合 6987	乙 2211+乙 2127+乙 2156+乙 2212（R029356）		
106	合 7309	乙 6031+乙 5651（R039076）		
107	合 7407	甲（乙 1399）-乙（乙 1710）	合 7407 正甲+合 15065+乙 1713+乙 1720+乙 1722+乙 1727+乙補 1174+乙補 1177+乙補 1178+乙補 1181 倒+乙補 1460+乙補 1469 倒+乙補 1470+乙補 1471+乙補 1477+乙補 1481+乙補 1484+乙補 1488+乙補 1491	可加綴
108	合 7441	乙 5067+乙 5116+乙 6360+乙 6317		
109	合 7571	丙 481+乙 7479（R043941）	+合 7890（乙 7424）	可加綴

110	合 7584	乙 3202+乙 6005 （R029925）	乙 6005 不可綴。合 7584 正部分（乙 3202）+合 9053 正+合 18695+乙補 3808+乙補 3811	誤 可加綴
111	合 7604	乙 7685（R042595）+乙 7085（R042288）+乙 7115（R042112）	乙 7085 改爲遙綴	誤
112	合 7605	甲（乙 3080）-乙（乙 3079）（R032298）		
113	合 7996	甲（乙 5350）-乙（乙 5913）（R044637）	+合 13360（乙 7390）	可加綴
114	合 8005	乙 5859+乙 6220 （R039267）	乙 6220 不可綴	誤
115	合 8115	乙 6015+乙 6109+乙 6110 （R039400）		
116	合 8167	乙 4779+乙 6532 （R038400）	+乙補 4856	可加綴
117	合 8219	甲（乙 718）-乙（乙 636）	甲乙位置互換	誤
118	合 8300	乙 1057+乙 1420 （R028226）	+乙 7037+乙補 2586+乙補 6746	可加綴
119	合 8332	乙 1417+乙 7621 （R028587）	+乙 1271+乙 1382+乙補 1222+乙補 2168+乙補 6018+乙補 6183+乙補 6184	可加綴
120	合 8411	乙 2213+乙 8171	+乙 6903	可加綴
121	合 8437	乙 4643+乙 4704		
122	合 8472	甲（乙 3536）乙（乙 2170+乙 6764）丙（乙 1195）（R029378　）	+乙補 5510	可加綴
123	合 8648 反	乙 3421+乙 6706+乙 3181+乙 2361+乙 2647 （R029525）	乙 6706 位置錯誤	誤
124	合 8656	乙 948+乙 986（R044693）		
125	合 8895	乙 5000+乙 5166 （R038044）	+乙 5167+乙 6474+乙補 4163	可加綴
126	合 8938	甲（乙 4973）-乙（乙 2424+乙 2566）（R044575）	+合 11783+合 11838+合 13056+合 13164+乙 4240 +乙補 3634+乙補 3892+乙補 6632	可加綴
127	合 8961	甲（乙 7676）-乙（乙 7647）（R028593）	+合 1646 正（乙 1384）+合 15858（乙 2417）+合 18693（乙 4227）+乙 2431+乙 7028+乙 7665+乙補 1994	可加綴

128	合 9067	乙 2418+乙 2393（R029544）	+合 4773 正（乙 7367）+合 17304+合 17695 正+合 18165 正面+乙補 6104+乙補 6252	可加綴
129	合 9068	乙 4943+乙 4776+乙 4777（R044572）	+合 895 甲（乙 6307+乙 6459）+合 895 乙（乙 5762－乙 6208）+合 895 丙（乙 4331）+合 3568 甲乙（乙 4425+乙 6196）+合 4814（乙 2262）+合 7034（乙 4406）+合 9128（乙 4690）+合 14566（乙 4780）+合 16545（乙 8329）+合補 5781（乙 4559）+合補 5968（乙 5865）+乙 3052+乙 4349+乙 4797+乙 4804+乙 4843+乙 4871+乙 5170+乙 5496+乙 5537+乙 5680+乙 5718+乙 5745+乙 6160+乙補 2396+乙補 4379+乙補 4480+乙補 4568+乙補 4598+乙補 4636+乙補 4659+乙補 4718+乙補 4904+乙補 4944+乙補 5074	可加綴
130	合 9069	乙 1153+乙 1655+乙 1992（R044555）	+合 6573+合 8066+合 9070+合 9071+合 9072+合 9073+合 9136+合 13514 甲+合 13514 乙+合 14956+合 16341+乙 1119+乙 1999+乙 3514+乙 8163+乙補 862+乙補 1683+乙補 2054+乙補 3228	可加綴
131	合 9070	乙 1871+乙 1892（R044555）	同合 9069	可加綴
132	合 9072	乙 1958+乙 8093（R044555）	同合 9069	可加綴
133	合 9074	乙 8387+乙 4488（R038151）	+合 15150+乙 6520+乙補 4281+乙補 4297+乙補 4399	可加綴
134	合 9131	甲（乙 5098）-乙（乙 6056）（R044770）		
135	合 9178	甲（乙 1490+乙 1090）-乙（乙 1687+乙 1283）	甲的乙 1090 不能綴	誤
136	合 9179	乙 4204+乙 4205（R033781）		

137	合 9233	乙 972+乙 977+乙 1467+乙 1583+乙 1616（R028712）		
138	合 9502	甲（乙 2461）-乙（乙 6816）（R029629）	+乙補 6071	可加綴
139	合 9507	乙 2331+乙 7720+乙 7726+乙 7960（R044560）	+合 2347+合 4154+合 5025+合 7590+合 9514+乙 7592+乙 7728+乙 7865+乙補 6728	可加綴
140	合 9526	乙 2407+乙 6978（R029561）		
141	合 9613	甲（乙 2913+乙 5834）-乙（乙 5535）（R032097）	+乙補 5412	可加綴
142	合 9654	乙 6275+乙 5986+乙 8366（R039377）		
143	合 9655	乙 993+乙 979（R028125）		
144	合 9675	乙 7011+乙 6994（R042237）		
145	合 9724	乙 6427+乙 6586（R038996）	+乙 5554+乙 6796	可加綴
146	合 9750	甲（乙 5584）-乙（乙 6241+乙 6183）（R039099）	+合 9802+乙補 5075	可加綴
147	合 9751	甲（乙 294）-乙（乙 4977）（R038565）	+乙補 4734	可加綴
148	合 9810	乙 2956+乙 7672（R044711）	+乙補 5324	可加綴
149	合 9811	乙 1966+乙 6781+乙 7205（R044562）	+乙 2027+乙補 854+乙補 5952	可加綴
150	合 9820	乙 1899+乙 2080（R029205）		
151	合 9946	甲（乙 639+乙 640）-正乙（乙 771+乙 773+乙 1044+乙 1209+乙 1723）（R026703）	+合 4197 正甲乙+合 9945 +乙 774+乙補 245+乙補 251	可加綴
152	合 10022	甲（乙 6519）-乙（乙 6513）-丙（乙 4638）-丁（乙 3652）（R044667）	+乙 6621	可加綴
153	合 10023	乙 5579+乙 5639（R039023）	+乙 2349	可加綴
154	合 10026	乙 2118+乙 8170	+合 10034+乙補 2884	可加綴

155	合 10034	乙 2853+乙 3231	+合 10026+乙補 2884	可加綴
156	合 10040	乙 4389+乙 4567+乙 4891（R038126）	+合 2236+合 3800 正+合 15237 正+合 16331 正+合 18935+乙 5054+乙 5055+乙 5372+乙 5773+乙 5832+乙 6080+乙補 4661+乙補 4665+乙補 5500+乙補 5504+乙補 5552+乙補 5590 倒+無號甲	可加綴
157	合 10171	丙 627+考文（14+15+16+22+26+28+36+40+46+49）		
158	合 10173	乙 953+乙 1274+乙 1949（R026729）	+合 4557+合 10192+乙補 964+乙補 967+乙補 1440+乙補 3322	可加綴
159	合 10302	甲（乙 3334）-乙（乙 3974）-（乙 3347）（R044590）	+乙補 3751	可加綴
160	合 10356	乙 7494+乙 5297	不能綴合。合 1749+合 1821+合 10356 部分（乙 7494）+合 17257+ 合 19127+乙 4134+乙 7633+乙補 3880+乙補 6539	誤 可加綴
161	合 10463	乙 4044+乙 2872+乙 3726+乙 4139+乙 3201+乙 4048（R044717）	合 4509+合 4510 部分（乙 3201）+合 4511+合 10463（乙 4044）－合 4510 部分（乙 3726）－乙 4048+乙補 2295	可加綴
162	合 10539	乙 1886+乙 7251+乙 6886+乙 7076+乙 2514		
163	合 10606	乙 4789+乙 4840+乙 5714+乙 4838（R038428）	乙 4789、乙 5714 不能綴上	誤
164	合 10808	甲（乙 1383）-乙（乙 1381+乙 1349）（R028585）		
165	合 10833	乙 4589+乙 7669（R038295）		
166	合 10873	乙 5442+乙 5441（R038899）		
167	合 10948	乙 7734（R042633）+乙 8075（R042901）	不能實綴改爲遙綴。可加綴合 2967 正+合 10948 上（乙 8075）+合 10948 下（乙 7734）+合 13673+乙補 1601	誤 可加綴

168	合 10951	乙 3214+乙 7680+乙 3208+考文 7+考文 12+考文 17+文 18+考文 32	乙 3214 不能綴。乙 3214+無號甲	誤
169	合 11395	乙 2364+乙 3935（R025526）		
170	合 11460	乙 930+乙 1134（R028082）	+乙 824+乙補 711	可加綴
171	合 11498	丙 209+乙 7663（R042585）〔註 2〕		
172	合 11500 正	乙 2362+乙 7895+乙 7991（R028598）	+合 1351 甲乙+合 1668+合 13484+合 15637+乙 1387+乙 2808 +乙 8155+乙補 1872+乙補 3033	可加綴
173	合 11558 正	乙 2458+乙 3125（R029627）		
174	合 11593	乙 6506+乙 2009+乙 1059		
175	合 11602	乙 8608+乙 7788（R042662）		
176	合 11697 正	甲（乙 7723+乙 5182）-乙（乙 4913+乙 6147）（R038120）	乙 7723 不可綴。可加綴合 11697 正甲部分（乙 5182）+合 11697 正乙（乙 4913+乙 6147）+乙 5704+乙補 4251+乙補 4376+乙補 4396 +乙補 5526	誤 可加綴
177	合 11882 正	乙 2332+乙 2068（R029305）	+合 3869 正。反面+乙補 1942	可加綴
178	合 11923	乙 5530+乙 6361+乙 6051（R038969）	+乙 5528+乙補 5050	可加綴
179	合 11940	丙 532（R044499）	+乙補 6484	可加綴
180	合 12163	乙 7152+乙 3732（R044827）		
181	合 12312	甲（乙 4526）-乙（乙 3119+乙 8195）（R044580）	+合 12312 正甲乙+合 17311 正+乙補 2620+乙補 2629+乙補 2631+乙補 2746+乙補 3039+乙補 5106+乙補 6771+乙補 6774+乙補 6992	可加綴

〔註 2〕 此版出自殷合第 481 組，爲乙 5920 加上同 49，同爲〈卜辭同文例〉。該版又見於丙編 209，以及合 11498。殷合 481 組爲摹本，到了合集 11498 時變爲拓片，然而在丙篇的 209 組甲拓片中卻缺左下「貞王聽王隹囚」一角，嚴一萍在〈壬午月食考〉中說到「其可證明此一塊龜甲爲 YH127 坑物而遭遺遺失者」。然今知其爲乙 7663。

182	合 12348	乙 1908+乙 6699+乙 7370+乙 8319（R029208）	+乙補 1621	可加綴
183	合 12354 正	乙 2776+乙 2782（R29890）		
184	合 12366	乙 6977+乙 3454（R032536）		
185	合 12376	乙 4477+乙 4788+乙 5013+乙 6121（R033200）	+乙 4767+乙 4906+乙 8374+乙 8543+乙補 3501+乙補 4215	可加綴
186	合 12417	乙 820+乙 1414+乙 1638	+合 3898+合 12844 部分（乙 1236）+合 14620+乙補 299+乙補 694+乙補 976+乙補 977+乙補 978+乙補 1225	可加綴
187	合 12446	甲（乙 3912）-乙（乙 488+乙 3970）（R032758）	不可加乙 3970。可加綴合 12446 部分（乙 488+乙 3912）+合 20864+合補 3657+乙 490 倒+乙 491+乙 6336 倒+乙 6347+乙補 95+乙補 2597	誤 可加綴
188	合 12447	甲（乙 1152+乙 2021+乙 2020）-乙（乙 1085+乙 1199+乙 4165+乙 7918+）（R028253）	+乙 1082+乙 3562+乙補 840+乙補 956+乙補 1333+乙補 2101	可加綴
189	合 12448	甲（乙 2519）-乙（乙 3131）（R032330）		
190	合 12449	甲（乙 3009+乙 2611）-乙（乙 6937+乙 6828+乙 6935）（R029727）	甲的乙 3009 不能綴。可加綴合 12449 甲部分（乙 2611）+合 12449 乙（乙 6828+乙 6935+乙 6937）+乙補 5924	誤 可加綴
191	合 12466 正	乙 2704+乙 5453+乙 5567+乙 5789	+乙補 5359+乙補 5548	可加綴
192	合 12488	甲（乙 3807+乙 4287）-乙（乙 2763+乙 4100）		
193	合 12623	甲（乙 290+乙 460+乙 464+京 348）-乙（461）（R026468）-丙（乙 465）	甲的乙 290 不可綴	誤
194	合 12672 正	甲（乙 2814）-乙（乙 3701）（R029722）	+乙補 2179	可加綴
195	合 12817 正	乙 5697+乙 8375（R039133）		
196	合 12831	乙 2295+乙 2689	+乙補 6457	可加綴

197	合 12841	甲（乙 3712）-乙（乙 3716）（R033049）	+乙補 3376 +乙補 3387	可加綴
198	合 12844	乙 1416+乙 1236（R028643）	不可綴	誤
199	合 12869	甲（乙 2001）-乙（乙 2019）（R044701）	+乙補 1028+乙補 2143+乙補 2164+乙補 2165	可加綴
200	合 12973	乙 5278+乙 5987+乙 6001+乙 6014+京 396	+台灣某收藏家藏品+乙 621+乙補 5318+乙補 229	可加綴
201	合 12977	乙 3582+乙 5115+乙 5118（R032755）	+合 13026	可加綴
202	合 13056	乙 4155+乙 7501（R044575）	綴入合 8938	可加綴
203	合 13147	乙 1143+乙 1237（R028311）	+乙 1412	可加綴
204	合 13222	乙 4340+乙 6094（R038031）	+乙 5464+乙 5652+乙 6117+乙 6149+乙 6211+乙 8233	可加綴
205	合 13260	甲（乙 8091）-乙（乙 8214）（R043010）		
206	合 13281	甲（乙 2195+乙 1870+乙 1118）-乙（乙 3780）-丙（乙 4481）	+合 5380+合 11479 倒+合 13281 正甲+合 18674+乙 3455+乙補 855	可加綴
207	合 13347	甲（乙 1391）-乙（乙 1375）（R028574）	+合 3406 正+合 4907 正+乙補 1125+無號甲	可加綴
208	合 13391	甲（乙 3292）-乙（乙 3294）（R032458）		
209	合 13403	乙 3054+乙 3095	+合 18730 正+乙補 2702	可加綴
210	合 13484	乙 2183+乙 8060（R028598）	綴入合 11500	可加綴
211	合 13514	甲（乙 5760+乙 5765+乙 5593+乙 5591+乙 5790+乙 7981）-乙（乙 906）（R044555）	綴入合 9069	可加綴
212	合 13517	乙 5061+乙 5520+乙 5804+乙 4817（R038421）		
213	合 13584	甲（乙 1047+乙 1050+乙 4656）-乙（乙 3162）（R044558）	乙 4656 位置錯誤。可加綴合 13584 甲乙（乙 1047+乙 1050+乙 3162）+合 13584 乙+合 17847+乙 6079+乙 6284+乙補 1415+乙補 4360+乙補 4504+乙補 4909	誤 可加綴

214	合 13620	乙 2810+乙 3438		
215	合 13625 正	乙 770+乙 937+乙 960（R026889）	+乙 925+乙 939+乙 1249+乙 1501+乙補 475+乙補 680+乙補 688+乙補 690+乙補 693	可加綴
216	合 13656 正	乙 4009+乙 5944+乙 2655+乙 8223（R029279）	乙 8223 不可綴。合 2404+合 5324+合 13656 正部分（乙 2655+乙 4009+乙 5944）+合 14322+合 17698+乙 2609+乙補 1702	誤 可加綴
217	合 13663	甲（乙 3661）-乙（乙 3390）（R032523）		
218	合 13666	乙 2071+乙 2591+乙 2678+北圖 5219+乙 5240+乙 5247（R044476）		
219	合 13676 正	乙 3150（R032338）+乙 3145	+乙 8134（R032335）	可加綴
220	合 13695 正	甲（乙 5152+乙 5382）-乙（乙 2910+乙 5585+乙 6489）（R032096）		
221	合 13697 正	甲（乙 3583）-乙（乙 2298+乙 4468+乙 4725+乙 7617+乙 8304）（R044573）	+合 9259+乙補 3459+乙補 6353+乙補 6476	可加綴
222	合 13709 正	乙 3605+乙 4059		
223	合 13721	乙 4937+乙 4938（R038483）	+合 1717+乙補 4638+乙補 4717	可加綴
224	合 13728	乙 1974+乙 7436		
225	合 13743	乙 8260+乙 4992（R038584）		
226	合 13771 正	乙 7840（R029421）+乙 2141+乙 1353		
227	合 13793 正	丙 345+乙 3681（R044421）		
228	合 13874	甲（乙 777+乙 981+乙 1253+乙 1709+乙 2367+乙 2721+乙 6931）-乙（乙 2721）	綴合錯誤。合 13874 甲部分（乙 2367+乙 6931）+合 13874 乙（乙 2721）+乙 7637	誤
229	合 13881	甲（乙 4543）-乙（乙 5524）（R038161）	+合 2393+合 2399 正+乙 5748＋乙補 5245 倒	可加綴
230	合 13931	丙 190+北圖 5241		

231	合 13934 正	乙 5286+乙 5255 （R044779）		
232	合 14019	乙 4480（R038210）+乙 4630+雙下 32.2	+合 930+合 15127 正	可加綴
233	合 14032 正	甲（乙 6090+乙 6868）-乙（乙 5961+乙 2614）（R039358）		
234	合 14033 正	乙 3373+乙 3498+乙 3954	+合 14506+合 14507+合 19707+乙 3887+乙 3893+乙 4188+乙補 3924+乙補 3926	可加綴
235	合 14035	甲（乙 4463+乙 4562+乙 5878）-乙（乙 6156）-丙（乙 4623+乙 4764+乙 6481+乙 4633）（R038118）	甲可再加乙補 4248+乙補 4942+乙補 5286	可加綴
236	合 14109	乙 2414+乙 8073	+合 1760+合 3175+合 3200+合 13975+合 14798+合 18194+乙 1154+乙 1666+乙 2402+乙 2627+乙 4234+乙 7241+乙補 815+乙補 3763+乙補 6635	可加綴
237	合 14148	乙 3682+乙 5578（R039022）	+乙 5624	可加綴
238	合 14149	丙 521（R042381）	+乙補 529	可加綴
239	合 14222	甲（乙 8069+乙 7699）-乙（乙 7913）-丙（乙 7304）（R044557）	甲與（乙+丙）不可遙綴。合 2521 正+合 13702+合 14222 正甲（乙 7699+乙 8069）+合補 4703+乙補 5656	誤 可加綴
240	合 14235	乙 7719（R042624）+乙 6177（R038041）	不可綴合	誤
241	合 14238	乙 6718+乙 7558（R042018）	+乙補 5827	可加綴
242	合 14239	乙 4404+乙 4706（R044623）	綴入合 4550	可加綴
243	合 14295	京 428+乙 4548+乙 4794+乙 4872+乙 4876+乙 4883+乙 4924+乙 5161+乙 6533+北圖 5252	+合 3814+合 13034+合 13485+乙 5012	可加綴
244	合 14328 正	乙 2282+乙 2399+乙 2401（R029428）	+乙 2252+乙補 1859	可加綴
245	合 14333	乙 8161+乙 8162（R042974）		

246	合 14364	乙 4966+乙 5577		
247	合 14527	乙 650+乙 698+乙 4828+乙 5445（R026785）	合 14524+合 14527 正部分（乙 650+乙 698+乙 5445）+合 15582 正（乙 5905）；乙 4828+乙 6135+乙補 4514+乙補 5577	誤可加綴
248	合 14545	甲（乙 2769）-乙（乙 2768）（R029863）		
249	合 14558	乙 3035（R032239）+乙 3045（R032250）		
250	合 14576	甲（乙 2773）-乙（乙 2778+乙 2779+乙 2780）（R029889）	+乙 2781+乙 2783+乙補 2358+乙補 2359+乙補 2362	可加綴
251	合 14785	乙 3727（R033070）+乙 3724（R033069）		
252	合 14959	乙 4568+乙 4879（R033162）	實物不合	誤
253	合 15531	乙 3016+乙 3199（R044578）	+乙 3207+乙補 3747	可加綴
254	合 15639	甲（乙 2381）-乙（乙 7445）（R029538）	+合 7240	可加綴
255	合 15986	甲（乙 662）-乙（乙 663）（R026738）		
256	合 16117 正	甲（乙 8352）-乙（乙 8418）（R039746）	+乙補 5599	可加綴
257	合 16331	乙 4407+乙 5377（R044371）	+合 2236+合 3800 正+合 10040+合 15237 正+合 18935+乙 5054+乙 5055+乙 5372+乙 5773+乙 5832+乙 6080+乙補 4661+乙補 4665+乙補 5500+乙補 5504+乙補 5552+乙補 5590 倒+無號甲	可加綴
258	合 16458	甲（乙 2618）-乙（乙 6826）（R029731）	+乙 6871+乙補 6042	可加綴
259	合 16463	甲（乙 2465）-乙（乙 7303）（R029633）	+乙 5533+乙補 1786+乙補 2070+乙補 2197+乙補 6207	可加綴
260	合 16998 正	乙 3989+乙 1198+乙 7193（R028373）	+合 13333 正	可加綴
261	合 17083	甲（乙 1611+乙 1773）-乙（乙 1646）（R028746）	+乙 1482+乙 1491	可加綴
262	合 17084	乙 4697+乙 5477		

263	合 17105 正	甲（乙 5505+乙 6127+乙 6181）-乙（乙 6186）（R044667）	+合 17084+乙 6591+乙補 275+乙補 5512+乙補 5716+乙補 5737	可加綴
264	合 17231	乙 7911+乙 8130（R042754）	+合 2117 正+乙補 6595	可加綴
265	合 17373	甲（乙 8054）-乙（乙 8189+乙 8125）（R033492）	+乙 3987+乙 3991	可加綴
266	合 17390 正	甲（乙 2115）-乙（乙 3313+乙 3535+乙 7357+乙 7551）（R044570）	+合 1855+合 2073+合 17438+乙 1963+乙 2304+2590+3314+乙補 1767	可加綴
267	合 17460	乙 5134+乙 5137		
268	合 17705	乙 4122+乙 6534（R033653）	+乙補 3925	可加綴
269	合 17717	乙 6677+乙 5963（R044551）		
270	合 18013	乙 1793+乙 1801		
271	合 18198	乙 1328（R028510）+乙 2825（R029979）		
272	合 19139	甲（乙 1750）-乙（乙 1540）（R028819）	+乙 1689+乙補 1339	可加綴
273	合 19275	甲（乙 1016）-乙（乙 1595）（R0288872）		
274	合 19377 正	乙 5092+乙 5164（R044768）	+乙 5056+乙補 4894	可加綴
275	合 20947	乙 1826（R029112）+乙 1563（R028847）		
276	合 21306	甲（乙 124）-乙（乙 105+乙 225+乙 481）（R026107）		
277	合 21541	乙 788+乙 1319（R026908）		
278	合 21618	乙 3706+乙 4172（R033043）		
279	合 21626	乙 1208（R028378）+乙 1437+乙 1550（R028680）+乙 1555+乙 1004+乙 1786（R028162）	乙 1555 與乙 1004+乙 1786 不能綴。合 21572+合 21626 左、中（乙 1208+乙 1437+乙 1550+乙 1555）+合 21654（乙 1176）+合 21706（乙 1848）+乙 1763；乙 1004+乙 1786+乙 1302+乙 1001	誤 可加綴

280	合 21628	乙 1457（R028698）+乙 1653（R028948）	不可綴	誤
281	合 21629	乙 944+乙 796+乙 803（R026920）		
282	合 21667	乙 1014（R028175）+乙 1849（R029156）	+合 21666+合 21705	可加綴
283	合 21678	乙 1853（R029168）+乙 1778（R029056）	不可綴	誤
284	合 21728	乙 1474（R028719）+乙 1621（R028909）+1624（R028912）	+合 21823	可加綴
285	合 21729	乙 1049+乙 1650（R028223）		
286	合 21731	乙 941+乙 943（R028096）+乙 1010（R028170）+乙 1440（R028684）	乙 1010、乙 1440 不可綴	誤
287	合 21761	乙 1818+乙 1837（R029100）		
288	合 21786	乙 789+乙 617（R026672）		
289	合 21804	乙 4911+乙 5985（R038513）	+合 21653+乙 5203+乙 5725+乙補 4838	可加綴
290	合 21818	乙 1601+乙 1598（R028879）		
291	合 21839	乙 1608（R028891）+乙 1850（R029160）	不可綴。+乙 1850 可加綴合 21878+合 21952	誤 可加綴
292	合 21840	甲（乙 3689）-乙（乙 1948+乙 3686）（R029229）		
293	合 21873	乙 1451+乙 1121（R028290）		
294	合 21878	乙 1446+乙 1174（R028337）	+合 21839 左（乙 1850）+合 21952	可加綴
295	合 21881	乙 1813（R029093）+乙 1539（R028818）+乙 1747（R029025）	乙 1813 爲誤綴	誤
296	合 21891	乙 1003（R028161）+乙 634（R026693）	不可綴	誤
297	合 21892	乙 1545+乙 793（R026914）		
298	合 21900	甲（乙 1314）-乙（乙 8500）（R043355）	不可綴	誤

299	合 21914	乙 1002+乙 1297（R028160）		
300	合 21921	乙 1518（R028789）+乙 1454(R028697)+乙 1546（R028830）	乙 1454 不可綴。可加綴合 21921 部分（乙 1518 倒+乙 1546）+合 21932+乙 1179；乙 1454+乙補 511+乙補 595	誤 可加綴
301	合 21923	乙 1590（R028869）+乙 1553+乙 1692+乙 1323+乙 8251（R043041）	+乙補 1047	可加綴
302	合 21926	乙 1009（R028168）+乙 1019（R028179）	不可綴。合 21926 下（乙 1019）+乙補 1362	誤 可加綴
303	合 21928	乙 1109+乙 1549（R028276）	+合 22041+乙補 402+乙補 1034	可加綴
304	合 21929	乙 1784+乙 1529（R028824）		
305	合 21930	乙 1442+乙 1753（R028686）	上下顛倒	誤
306	合 21938	乙 1606（R028888）+乙 1581（R028866）	不可綴。合 21938 部分（乙 1581）+乙 1158；合 21938 部分（乙 1606）+合 21875+合 21973+合 21977+乙 1517+乙 1658+乙 1791 倒	誤 可加綴
307	合 21948	乙 1108+乙 1124+乙 1521（R028275）	+合 21877（乙 1318）+乙 1840	可加綴
308	合 21964	乙 1123+乙 1564（R028292）	上下顛倒。可加綴乙 1488	誤 可加綴
309	合 21965	乙 1177+乙 1325（R028341）		
310	合 21972	乙 1480+乙 1122（R028291）	+合 21934（乙 1798）	可加綴
311	合 21979	乙 1622+乙 1602（R028882）	+乙 622	可加綴
312	合 21980	乙 1547+乙 1321（R028502）		
313	合 21987	乙 1296+乙 1299（R028464）+乙 1519（R028790）	乙 1519 不可綴	誤
314	合 21994	乙 1554（R028837）+乙 1748（R028464）	+合 21990（乙 1018）	可加綴
315	合 22024	乙 1566（R026910）+乙 1806（R029087）		

316	合 22042	乙 834+乙 1250（R026980）		
317	合 22049	乙 4860+乙 5162+乙 5178+乙 5596（R044646）	+合 22081+無號甲	可加綴
318	合 22050	乙 4520+乙 4522+乙 4678（R044627）	+乙 6390	可加綴
319	合 22055	乙 1015+乙 1434+乙 1538+乙 1603+乙 1764（R028176）	+乙 1557+乙補 1534	可加綴
320	合 22063	乙 7512+乙 8413+乙 8407 （R044633）	乙 8407 不可綴。合 22063 左右（乙 7512+乙 8413）+合 22088+合 22113+合 22186+乙 4266+乙 8384+乙 8407+乙 8443+乙 8454+乙 8455+乙補 7125	誤 可加綴
321	合 22066	乙 2061+乙 2254+乙 6887+乙 7379	+乙 2112	可加綴
322	合 22070	甲（乙 5410）-乙（乙 1173）（R028334）	+乙補 217+乙補 890	可加綴
323	合 22074	乙 5328+乙 5455（R044297）		
324	合 22075	乙 6298+乙 4333+乙 4857（R044622）		
325	合 22076	乙 1430（R028679）+乙 2762（R044466）		
326	合 22078	乙 4745+乙 4763+乙 4811+乙 5113（R044541）		
327	合 22079	乙 1444（R028688）-乙 1464（R028710）	+合 22101 左（乙 983+乙 982）+合 22129+合 22437+合 22439+乙 975	可加綴
328	合 22083	甲（乙 7900）-乙（乙 1336）（R028516）		
329	合 22091	甲（乙 3259+乙 3803+乙 3065）-乙（乙 7318）（R042384）	+合 22124+合 22212+合 22309+合 22410+合 22418+合補 5638+乙補 3399+乙補 3400+乙補 6106	可加綴
330	合 22093	乙 4505+乙 4719+乙 8587（R044624）	+乙 4944	可加綴
331	合 22098	乙 5519+丙 613（R044540）		

332	合 22101	乙 983+乙 982+ 乙 2854	乙 2854 不可綴。合 22079 甲乙+合 22101 部分（乙 983+乙 982）+合 22129+合 22437+合 22439+乙 975	誤 可加綴
333	合 22104	乙 4581+乙 8113+ （R038291）	+合 18668+合 22121+合 22125+合 22126+合 22128+ 乙 3839+乙補 3579	可加綴
334	合 22119	甲（乙 5521）-乙（乙 5523）（R038959）		
335	合 22206 甲 乙	乙 804+乙 973+乙 1780+ 乙 1855-乙 1479+乙 1623 （R044547）	+乙 1428	可加綴
336	合 22441	乙 1956+乙 2130 （R044565）	+合 22094	可加綴

附表二 《丙編》、《合集》與史語所典藏號（R 號）對照表

丙編	合集	典藏號	丙編	合集	典藏號
丙 1	合 6834	R043986	丙 18	合 6485	R043991
丙 2	合 6834	R043986	丙 19	合 6485	R043991
丙 3	合 7352	R043987	丙 20	合 6486	R043992
丙 4	合 7352	R043987	丙 21	合 6486	R043992
丙 5	合 5637	R043988	丙 22	合 32	R044853
丙 6	合 5637	R043988	丙 23	合 32	R044853
丙 7	合 466	R044897	丙 24	合 6476	R043993
丙 8	合 9950	R044295	丙 25	合 6474	R043994
丙 9	合 9950	R044295	丙 26	合 6475	R043995
丙 10	合 9788	R044282	丙 27	合 6475	R043995
丙 11	合 9788	R044282	丙 28	合 3946	R041285
丙 12	合 6482	R043989	丙 29	合 3946	R041285
丙 13	合 6482	R043989	丙 30	合 3947	R041286
丙 14	合 6483	R043990	丙 31	合 3947	R041286
丙 15	合 6483	R043990	丙 32	合 914	R043996
丙 16	合 6484	R024978	丙 33	合 914	R043996
丙 17	合 6484	R024978	丙 34	合 9520	R043997

丙 35	合 9521	R043998	丙 70	合 6654	R044284
丙 36	合 9522	R043999	丙 71	合 14209	R044285
丙 37	合 9523	R044000	丙 72	合 14209	R044285
丙 38	合 9523	R044270	丙 73	合 14210	R024985
丙 39	合 1402	R044271	丙 74	合 14210	R024985
丙 40	合 1402	R044271	丙 75	合 575	R044286
丙 41	合 248	R044272	丙 76	合 6771	R044287
丙 42	合 248	R044272	丙 77	合 6771	R044287
丙 43	合 1822	R044279	丙 78		R044288
丙 44	合 1822	R044279	丙 79		R044288
丙 45	合 270	R044273	丙 80	合 10656	R044289
丙 46	合 270	R044273	丙 81	合 9525	R044290
丙 47	合 721	R044274	丙 82	合 9525	R044290
丙 48	合 721	R044274	丙 83	合 5775	R044291
丙 49		R044275	丙 84	合 5775	R044291
丙 50		R044275	丙 85	合 9002	R044292
丙 51	合 272	R044276	丙 86	合 10344	R044293
丙 52	合 272	R044276	丙 87	合 10344	R044293
丙 53	合 766	R044277	丙 88	合 10345	R044294
丙 54	合 766	R044277	丙 89	合 10345	R044294
丙 55	合 6460	R044544	丙 90		R044296
丙 56	合 6460	R044544	丙 91		R044296
丙 57	合 11484	R044278	丙 92	合 22074	
丙 58	合 11484	R044278	丙 93	合 14201	R044298
丙 59	合 11483	R044280	丙 94	合 7103	R044299
丙 60	合 11483	R044280	丙 95	合 7103	R044299
丙 61	合 11423	R044281	丙 96	合 376	R044300
丙 62	合 11423	R044281	丙 97	合 376	R044300
丙 63	合 12051	R024982	丙 98	合 10613	R044301
丙 64	合 12051	R024982	丙 99	合 10613	R044301
丙 65	合 14129	R041291	丙 100	合 11006	R044302
丙 66	合 14129	R041291	丙 101	合 11006	R044302
丙 67		R044283	丙 102	合 10408	R044303
丙 68		R044283	丙 103	合 10408	R044303
丙 69	合 6654	R044284	丙 104	合 3458	R044304

丙 105	合 3458	R044304	丙 140		R044407
丙 106	合 456	R044305	丙 141	合 6016	R044323
丙 107	合 456	R044305	丙 142	合 6016	R044323
丙 108	合 14208	R044306	丙 143	合 7426	R044324
丙 109	合 14208	R044306	丙 144	合 7426	R044324
丙 110	合 6033	R044307	丙 145	合 13506	R044325
丙 111	合 6033	R044307	丙 146	合 13506	R044325
丙 112	合 14735	R044308	丙 147	合 14206	R044327
丙 113	合 14735	R044308	丙 148	合 14206	R044327
丙 114	合 6664	R044309	丙 149	合 5658	R044326
丙 115	合 6664	R044309	丙 150	合 5658	R044326
丙 116	合 14732	R044310	丙 151	合 12324	R044328
丙 117	合 672	R044311	丙 152	合 12324	R044328
丙 118	合 672	R044311	丙 153	合 16131	R044329
丙 119	合 6959	R044312	丙 154	合 16131	R044329
丙 120	合 190	R044313	丙 155	合 667	R044330
丙 121	合 190	R044313	丙 156	合 667	R044330
丙 122	合 418	R044314	丙 157	合 9177	R044331
丙 123	合 418	R044314	丙 158	合 9177	R044331
丙 124	合 1027	R044315	丙 159	合 6477	R044332
丙 125	合 1027	R044315	丙 160	合 6477	R044332
丙 126	合 9504	R044316	丙 161		R044422
丙 127	合 9504	R044316	丙 162		R044422
丙 128	合 152	R044317	丙 163	合 10601	R044333
丙 129	合 152	R044317	丙 164	合 10601	R044333
丙 130	合 4259	R044318	丙 165	合 7772	R044334
丙 131	合 4259	R044318	丙 166	合 7772	R044334
丙 132	合 506	R044319	丙 167	合 9774	R044335
丙 133	合 506	R044319	丙 168	合 9774	R044335
丙 134	合 6648	R044320	丙 169	合 9668	R044336
丙 135	合 6648	R044320	丙 170	合 9668	R044336
丙 136	合 4179	R044321	丙 171	合 6572	R044337
丙 137	合 4178	R044322	丙 172	合 590	R044338
丙 138	合 4178	R044322	丙 173	合 590	R044338
丙 139		R044407	丙 174	合 4855	R044339

丙 175	合 13750	R044340	丙 211		R044400
丙 176	合 13750	R044340	丙 212	合 14199	R044360
丙 177	合 6945	R044341	丙 213	合 14199	R044360
丙 178	合 267	R044342	丙 214	合 14211	R044361
丙 179	合 267	R044342	丙 215	合 14211	R044361
丙 180	合 10049	R044343	丙 216	合 14295	R044362+R038487
丙 181	合 10049	R044343	丙 217	合 1901	R044363
丙 182	合 924	R044344	丙 218	合 1901	R044363
丙 183	合 924	R044344	丙 219	合 2273	R044364
丙 184	合 14659	R044679	丙 220	合 2273	R044364
丙 185	合 96	R044345	丙 221	合 14315	R044365
丙 186	合 2422	R044346	丙 222	合 14315	R044365
丙 187	合 697	R044347	丙 223		R044366
丙 188	合 697	R044347	丙 224		R044366
丙 189	合 3333	R044348	丙 225	合 1779	R044367
丙 190	合 13931	R044349	丙 226	合 1779	R044367
丙 191	合 7851	R044350	丙 227	合 226	R044368
丙 192	合 7851	R044350	丙 228	合 226	R044368
丙 193	合 18860	R044351	丙 229		R044484
丙 194	合 18860	R044351	丙 230		R044484
丙 195	合 14929	R044352	丙 231	合 944	R044395
丙 196	合 14929	R044352	丙 232	合 944	R044395
丙 197	合 903	R044353	丙 233		R044413
丙 198	合 903	R044353	丙 234		R044413
丙 199	合 14207	R044354	丙 235	合 902	R044369
丙 200	合 14207	R044354	丙 236	合 902	R044369
丙 201	合 11018	R044355	丙 237	合 14198	R044370
丙 202	合 11018	R044355	丙 238	合 14198	R044370
丙 203	合 776	R044356	丙 239	合 13647	R044482
丙 204	合 776	R044356	丙 240	合 13647	R044482
丙 205	合 938	R044357	丙 241		R044545
丙 206	合 938	R044357	丙 242		R044545
丙 207	合 11497	R044358	丙 243	合 641	R044371
丙 208	合 11497	R044358	丙 244	合 641	R044371
丙 209	合 11498	R044359	丙 245	合 14003	R044372
丙 210	合 11498	R044359	丙 246	合 14003	R044372

丙 247	合 14002	R041287	丙 283	合 9783	R044388
丙 248	合 14002	R041287	丙 284	合 10198	R041288
丙 249	合 6948	R044373	丙 285	合 10198	R041288
丙 250	合 6948	R044373	丙 286	合 10910	R044389
丙 251		R044415	丙 287	合 10910	R044389
丙 252		R044415	丙 288	合 14621	R044390
丙 253	合 2652	R044374	丙 289		R044366
丙 254	合 2652	R044374	丙 290		R044366
丙 255		R044375	丙 291	合 10346	R044391
丙 256		R044375	丙 292	合 10346	R044391
丙 257	合 454	R044376	丙 293	合 816	R044392
丙 258	合 454	R044376	丙 294	合 816	R044392
丙 259	合 7076	R044378	丙 295	合 13647	R044393
丙 260	合 7076	R044378	丙 296	合 17079	R044394
丙 261	合 6946	R044379	丙 297	合 17079	R044394
丙 262	合 6946	R044379	丙 298	合 3291	R044395
丙 263	合 7768	R044380	丙 299	合 9811	R044396
丙 264	合 536	R044381	丙 300	合 16152	R044397
丙 265	合 10299	R044382	丙 301	合 16152	R044397
丙 266	合 10299	R044382	丙 302	合 6571	R044398
丙 267	合 2530	R044383	丙 303	合 6571	R044398
丙 268	合 2530	R044383	丙 304	合 6947	R044399
丙 269	合 5439	R044384	丙 305	合 6947	R044399
丙 270	合 5439	R044384	丙 306	合 6943	R044400
丙 271		R044443	丙 307	合 6928	R044401
丙 272		R044443	丙 308	合 6928	R044401
丙 273	合 6649	R029571	丙 309	合 3061	R044402
丙 274	合 6649	R029571	丙 310	合 3061	R044402
丙 275	合 13490	R044385	丙 311	合 811	R044403
丙 276	合 6461	R044473	丙 312	合 811	R044403
丙 277	合 6461	R044473	丙 313	合 6478	R044404
丙 278	合 9743	R044386	丙 314	合 6478	R044404
丙 279	合 9743	R044386	丙 315	合 6468	R044405
丙 280	合 10137	R044387	丙 316	合 11000	R044406
丙 281	合 10137	R044387	丙 317	合 6653	R044407
丙 282	合 9783	R044388	丙 318	合 6653	R044407

丙 319	合 6530	R044408	丙 355	合 1100	R044850
丙 320	合 6530	R044408	丙 356	合 2274	R044426
丙 321	合 14200	R044409	丙 357	合 2274	R044426
丙 322	合 14200	R044409	丙 358	合 5298	R044427
丙 323	合 10950	R044410	丙 359	合 5298	R044427
丙 324		R044543	丙 360	合 2274	R044428
丙 325		R044543	丙 361	合 2274	R044428
丙 326	合 7852	R044411	丙 362	合 3271	R044429
丙 327	合 7852	R044411	丙 363	合 3271	R044429
丙 328	合 419	R044412	丙 364	合 2498	R044430
丙 329	合 419	R044412	丙 365	合 2498	R044430
丙 330	合 904	R044413	丙 366	合 671	R044431
丙 331	合 904	R044413	丙 367	合 671	R044431
丙 332	合 9741	R044414	丙 368	合 12478	R041289
丙 333	合 9741	R044414	丙 369	合 12478	R041289
丙 334	合 709	R044415	丙 370	合 10184	R044432
丙 335	合 709	R044415	丙 371	合 10174	R044433
丙 336	合 3216	R044416	丙 372	合 10174	R044433
丙 337	合 3216	R044416	丙 373	合 9791	R044434
丙 338	合 1657	R044417	丙 374	合 9791	R044434
丙 339	合 1657	R044417	丙 375	合 9234	R044435
丙 340	合 10136	R044418	丙 376	合 9234	R044435
丙 341	合 10136	R044418	丙 377	合 18911	R044436
丙 342	合 945	R044419	丙 378	合 18911	R044436
丙 343	合 945	R044419	丙 379	合 11462	R044437
丙 344	合 894	R044420	丙 380	合 11462	R044437
丙 345	合 13793	R044421	丙 381	合 900	R044438
丙 346	合 13793	R044421	丙 382	合 900	R044438
丙 347	合 14022	R044422	丙 383	合 5532	R044439
丙 348	合 14022	R044422	丙 384	合 5532	R044439
丙 349	合 974	R044423	丙 385	合 9524	R044270
丙 350	合 974	R044423	丙 386	合 9472	R044288
丙 351	合 7773	R044424	丙 387	合 9472	R044288
丙 352	合 368	R044425	丙 388	合 1531	R044440
丙 353	合 11177	R044851	丙 389	合 1531	R044440
丙 354	合 1100	R044850	丙 390	合 9608	R043931

丙 391	合 9608	R043931	丙 427	合 13604	R044457
丙 392	合 1248	R044441	丙 428	合 13604	R044457
丙 393	合 1248	R044441	丙 429	合 10315	R044458
丙 394	合 1772	R044422	丙 430	合 10315	R044458
丙 395	合 1772	R044422	丙 431	合 1140	R044459
丙 396	合 150	R044443	丙 432	合 1140	R044459
丙 397	合 150	R044443	丙 433		R044460
丙 398	合 93	R044444	丙 434	合 2357	R043934
丙 399	合 93	R044444	丙 435	合 2357	R043934
丙 400	合 655	R044445	丙 436	合 1821	R044461
丙 401	合 655	R044445	丙 437	合 1821	R044461
丙 402	合 18353	R044446	丙 438	合 734	R044462
丙 403	合 17230	R044447	丙 439	合 734	R044462
丙 404	合 17230	R044447	丙 440	合 478	R043933
丙 405	合 13282	R044448	丙 441	合 478	R043933
丙 406	合 13282	R044448	丙 442	合 14755	R044366
丙 407		R044546	丙 443	合 14755	R044366
丙 408		R044546	丙 444	合 6657	R044463
丙 409	合 7440	R044449	丙 445	合 6657	R044463
丙 410	合 7440	R044449	丙 446	合 3217	R044464
丙 411	合 17409	R044450	丙 447	合 3217	R044464
丙 412	合 17409	R044450	丙 448	合 235	R044465
丙 413	合 940	R044451	丙 449	合 235	R044465
丙 414	合 940	R044451	丙 450	合 5477	R044466
丙 415	合 201	R044452	丙 451	合 5477	R044466
丙 416	合 201	R044452	丙 452		R043936
丙 417	合 10306	R043932	丙 453		R043936
丙 418	合 10306	R043932	丙 454		R044467
丙 419	合 1385	R044453	丙 455		R044543
丙 420	合 1385	R044453	丙 456		R044543
丙 421	合 140	R044454+R029249	丙 457		R044468
丙 422	合 140	R044454+R029249	丙 458		R044468
丙 423	合 10407	R044455	丙 459		R044542
丙 424	合 10407	R044455	丙 460		R044542
丙 425	合 1052	R044456	丙 461		R044469
丙 426	合 1052	R044456	丙 462		R044470

丙 463	合 7387	R044471	丙 499	合 947	R044484
丙 464		R043942	丙 500	合 8985	R044485
丙 465		R043942	丙 501	合 8985	R044485
丙 466	合 255	R044472	丙 502	合 456	R044305
丙 467	合 717	R028116	丙 503	合 456	R044305
丙 468	合 717	R028116	丙 504	合 17271	R044486
丙 469	合 12842	R044474	丙 505	合 17271	R044486
丙 470	合 12842	R044474	丙 506	合 991	R043939
丙 471	合 8947	R044475	丙 507	合 991	R043939
丙 472	合 8947	R044475	丙 508	合 13713	R044487
丙 473	合 13666	R044476	丙 509	合 13713	R044487
丙 474	合 13666	R044476	丙 510	合 891	R038548+R044488
丙 475	合 14787	R043935	丙 511	合 891	R038548+R044489
丙 476	合 14787	R043935	丙 512	合 728	R038322+R044489
丙 477	合 13283	R043937	丙 513	合 795	R044490
丙 478	合 13283	R043937	丙 514	合 795	R044490
丙 479	合 17407	R043938	丙 515	合 14128	R044491
丙 480	合 17407	R043938	丙 516	合 14128	R044491
丙 481	合 7571	R043941	丙 517	合 17397	R044492
丙 482	合 7571	R043941	丙 518	合 17397	R044492
丙 483	合 1623	R044477	丙 519	合 973	R044493+R042047
丙 484	合 1623	R044477	丙 520	合 973	R044493+R042047
丙 485	合 6949	R044478	丙 521	合 14161	R044494
丙 486	合 6949	R044478	丙 522	合 14161	R044494
丙 487	合 98	R043940	丙 523	合 809	R044495
丙 488	合 98	R043940	丙 524	合 809	R044495
丙 489	合 943	R044479	丙 525	合 3521	R044496
丙 490	合 943	R044479	丙 526	合 3521	R044496
丙 491	合 4121	R044480	丙 527	合 11892	R044497
丙 492	合 14	R044481	丙 528	合 11892	R044497
丙 493	合 14	R044481	丙 529	合 14153	R044498
丙 494	合 2373	R044482	丙 530	合 14153	R044498
丙 495	合 2373	R044482	丙 531	合 4141	R043945
丙 496	合 14173	R044483	丙 532	合 11940	R044499
丙 497	合 14173	R044483	丙 533	合 12948	R044500
丙 498	合 947	R044484	丙 534	合 12948	R044500

丙 535	合 14468	R044501	丙 571	合 274	R044520
丙 536	合 14468	R044501	丙 572	合 275	R044521
丙 537	合 14156	R043944	丙 573	合 275	R044521
丙 538	合 13333	R028373+R044502	丙 574	合 276	R043948
丙 539	合 13333	R028373+R044502	丙 575	合 276	R043948
丙 540	合 775	R044503	丙 576		R043950
丙 541	合 775	R044503	丙 577		R043943
丙 542	合 1532	R044504	丙 578	合 9236	R044522
丙 543	合 1532	R044504	丙 579	合 9236	R044522
丙 544	合 1655	R044513	丙 580	合 9271	R044523
丙 545	合 1655	R044513	丙 581	合 16335	R044524
丙 546	合 1076	R044505	丙 582	合 16335	R044524
丙 547	合 1076	R044505	丙 583	合 5445	R044525
丙 548	合 702	R044506	丙 584	合 5445	R044525
丙 549	合 702	R044506	丙 585	合 722	R044526
丙 550	合 7427	R044507	丙 586	合 722	R044526
丙 551	合 7427	R044507	丙 587	合 7267	R044527
丙 552	合 2940	R044508	丙 588	合 7267	R044527
丙 553	合 2130	R044509+R029190	丙 589	合 17185	R044528
丙 554	合 10902	R044510	丙 590	合 17185	R044528
丙 555	合 916	R044511	丙 591	合 1899	R044529
丙 556	合 916	R044511	丙 592	合 1899	R044529
丙 557	合 3481	R044512	丙 593	合 488	R044530
丙 558	合 6830	R044514	丙 594	合 488	R044530
丙 559	合 7942	R044515	丙 595	合 13624	R044531
丙 560	合 133	R044516	丙 596	合 13624	R044531
丙 561	合 133	R044516	丙 597	合 13220	R043946
丙 562	合 11499	R043949	丙 598	合 13220	R043946
丙 563	合 11499	R043949	丙 599	合 13624	R043947
丙 564	合 11007	R044517	丙 600	合 13624	R043947
丙 565	合 11007	R044517	丙 601	合 8720	R044532
丙 566	合 5884	R044518	丙 602	合 8720	R044532
丙 567	合 5884	R044518	丙 603	合 6457	R044533
丙 568	合 273	R044519	丙 604	合 6457	R044533
丙 569	合 273	R044519	丙 605	合 7075	R044534
丙 570	合 274	R044520	丙 606	合 7075	R044534

丙 607	合 1823	R044535	丙 620	合 5446	R043942
丙 608	合 1823	R044535	丙 621	合 7076	R044378
丙 609	合 22196	R044536	丙 622	合 7076	R044378
丙 610	合 22067	R044537	丙 623	合 1773	R044545
丙 611	合 21586	R044538	丙 624	合 1773	R044545
丙 612	合 21727	R044539	丙 625	合 6460	R044544
丙 613	合 22098	R044540	丙 626	合 6460	R044544
丙 614	合 22078	R044541	丙 627	合 10171	R044283
丙 615	合 3201	R044542	丙 628	合 10171	R044283
丙 616	合 3201	R044542	丙 629	合 1656	R044275
丙 617	合 893	R044543	丙 630	合 1656	R044275
丙 618	合 893	R044543	丙 631	合 905	R044546
丙 619	合 5446	R043942			

殷墟 YH 一二七坑甲骨卜辭研究

附表三　一二七坑賓組卜辭同版事類表

　　以下錄《丙編》及《丙編》新綴中的賓組卜辭同版事類。表中所列卜辭一律不加句逗，對於未有定論及特殊字體則錄以原形。在《丙編》每一號的上欄，列有貞人及可分期的字體、同版人物與同版內所有的干支及一月參數量。干支以 A、B、C 等代表第一、二、三旬，更以 A1、A2 代表第一旬第一天，第一旬第二天，依此類推。又其中的字體分類欄乃先依黃天樹及彭裕商的分類標準字而暫定。而爲使正反面關係清楚區分，一律以某號反取代原丙篇的編號。又對於正反對貞卜辭，僅舉正面貞卜句爲代表。而一版內各卜辭的先後順序以丙篇釋文的順序爲次

一、《殷虛文字丙編》部分

號　碼	貞人	分期字體、用語	人物	字體分類	干支及一月參量
	爭.殼	濽、彡	雀、子商、龍敖、侯專、扶	賓一	E9E0F7F8F0 A2A3 29-58
丙 1	1.壬子卜爭貞自今（五）日我戈田（宙）　　2.（癸丑）自今至于丁巳我戈田（宙）王固曰丁巳我毋其戈于來甲子戈旬业一日癸亥卓（車）弗戈之夕田甲子允戈　　3.（庚申）王貞余伐（木）召三月　　4.庚申卜王貞雀隻缶　　5.（辛酉）翌壬戌昆至　　6.（癸亥）我屰戈缶　　7.癸亥卜濽貞翌乙丑多臣戈缶　　8.子戌隻先〔子戌弗其隻先〕　　9.（丙寅）乎勹戈（龍敖）刐由（侯專）咎爪（权）　　10.燚（扶）出王事				
反	1.辛酉卜殼貞我亡肙　　2.殼				

	㱿、爭	𢆉、𢆉、𢆉	子商、子不（𢆉）	賓一、典賓	F6
丙 3	1.己未卜爭貞王亥（𢆉）求我（宜）　2.叀子𢆉乎𢆉（陷糜）〔叀子𢆉乎〕 3.叀王往　4.王于𢆉（襲）𢆉（陳）　5.貞我其出𢆉　6.今夕雨　7.𢆉（斬） 8.（己未）我于𢆉（雉）𢆉（陳）　9.𢆉弗其𢆉				
丙 3 反	1.翌辛酉其出　2.其啓　3.于妣己卯　4.奠				F8
	爭	𢆉、𢆉、不（𢆉）𢆉	西史旨	賓一、典賓	D7
丙 5	1.庚子卜爭貞𢆉（𢆉）𢆉𢆉（西使旨）亡𢆉出〔𢆉𢆉𢆉其出𢆉〕				
丙 5 反	1.帚𢆉來　2.王固曰其隹丁引𢆉　3.𢆉（易）入廿				
	㱿	𢆉		賓一	F3F7
丙 7	1.（丙辰）其𢆉羌　2.于庚申伐羌				
	㱿	𢆉、二告		典賓	F3　56-25
丙 8	丙辰卜𢆉貞我受𢆉（黍）年四月				
丙 8 反	王固曰吉受出年				
	𢆉	二告			D1
丙 10	甲午卜𢆉貞𢆉（亞）受年				
丙 10 反	𢆉				
	㱿	𢆉	望乘、沚𢆉	典賓	F8
丙 12	1.（辛酉）今𢆉（早）王比𢆉（望乘）伐下𢆉（犁）受出又　2.王比 沚𢆉　3.𢆉（祝）以之疾齒𢆉（鼎）𢆉　4.出犬于父庚卯羊（成套卜辭 一卜）　F8				
丙 12 反	1.𢆉冎入二在𢆉　2.隹父甲　3.隹父庚　4.隹父辛　5.隹父乙				
丙 14	成套卜辭二卜				
丙 16	成套卜辭三卜				
丙 16 反	1.其隹戊有𢆉（戠）不吉王固曰弗其出𢆉　2.隹父甲　3.隹父庚　4.隹父 辛　5.隹父乙				
丙 18	成套卜辭四卜				
丙 18 反	1.王固曰丁丑其出不吉其隹甲出𢆉（戠）若其隹辛出𢆉亦不吉　2.隹父 甲　3.隹父庚　4.隹父辛　5.隹父乙　B4				
丙 20	成套卜辭五卜				
丙 20 反	1.□冎入二在𢆉　2.隹父甲　3.隹父庚　4.隹父辛　5.隹父乙				
	㱿	𢆉、𢆉、𢆉	望乘、沚𢆉	典賓	F2F4F7
丙 22＋乙 補 1653+ 乙補 6022	1.（乙卯）王𢆉望乘伐下𢆉（犁）受出又　2.王比沚𢆉伐𢆉（巴）方　3. （丁巳）王學眾𢆉于𢆉（莞）方受出又〔勿學眾𢆉方弗其受出又〕　4. 王叀出𢆉　5.（庚申）乍方　（成套卜辭第四卜）				
丙 22 反	我				

丙24+京津1266	爭		望乘、沚戓		
	1.王比望乘伐下□　2.王隹沚戓比□　3.王叀𢏌（夷）征　3.王隹𢏌（龍）方伐　成套卜辭第一卜（乙3797爲第成套卜辭第五卜）				
丙25		𢏌	戓、𢀤		
	1.王比戓伐巴帝受又　2.王勿比𢀤（鬼）　3.今不其來　4.□歸𢀤𢏌來余其比				
丙26		𢆶、二告	沚戓	典賓	
	1.王比沚戓伐𢏌　2.降　3.翌乙巳㞢且乙　4.王往出				
丙26反	1.貞㞢于且辛伐卯三宰　2.㞢母己十𢏌㞢卯宰　3.疾身不𢏌　4.王叀夷征　4.王固曰㞢戠				
丙28	殼	𢆶	沚戓、𢏌鳳	典賓	B5
	1.（戊寅）沚戓其來　2.（戊寅）𢏌鳳其來				
丙28反	1.王固曰戓其出叀庚其先戓至　2.王固曰鳳其出叀丁丁不出鳳其㞢疾弗其凡　成套卜辭第三卜（第二卜見甲骨續存388）				
丙30	成套卜辭第四卜1.（戊寅）沚戓其來　2.（戊寅）𢏌𢏌（雷鳳）其來　B5				
丙32	爭、殼	𢆶、𢏌、𢏌、𢏌、𢏌	食、亞、戓	典賓	F0B2
	1.𢏌（食）來〔亞以來〕　2.在北史有隻羌　3.戓往來亡𡆥　4.父乙𢏌王　5.父乙來　6.今日王入　7.不𢏌𣇄十且乙　8.癸亥卜𢆶貞卲于且丁　9.貞翌乙亥不其𢏌日　10.貞王𡆥𢏌				
丙32反			子商、呵		
	1.臣大入一　2.乎子𢏌爵㞢且　3.𢏌來　4.沚𢏌　5.不隹𢏌（孽）				
丙34	殼	𢆶		典賓	E1F2
	1.甲辰卜𢆶貞王勿卒入于秭入　2.王咸酒癸𢏌（登）勿𢏌（方）𢏌（翌）日〔甲辰王𢏌𢏌日〕　3.乙卯王𢏌𢏌（菑黍）若（成套卜辭一卜）				
丙35	成套卜辭二卜1.王咸酒登勿𢏌𢏌日〔甲辰王𢏌𢏌日〕　2.乙卯王𢏌𢏌（菑黍）若　E1				
丙36	成套卜辭三卜1.甲辰王勿卒入于秭入　2.王咸酒登勿𢏌𢏌日上甲〔王卒𢏌翌日〕　3.王𢏌𢏌（菑黍）若　E1				
丙37	成套卜辭四卜1.甲辰王勿卒入于秭入　2.王咸酒登勿𢏌𢏌日〔王𢏌𢏌日〕　3.（乙卯）王𢏌𢏌（菑黍）　E1F2				
丙38	成套卜辭五卜1.甲辰王勿卒入于秭入　2.王咸酒𢏌勿𢏌𢏌日〔王卒𢏌𢏌日〕　3.（乙卯）王𢏌𢏌（菑黍）　E1F2				
丙39	殼	𢆶、𢏌		典賓	E1
	1.（甲辰）翌乙巳㞢于父乙宰用　2.咸𢏌（方）于帝大甲𢏌（方）于帝大甲𢏌（方）于咸下乙𢏌（方）于帝下乙𢏌（方）于咸				

丙 39 反	1.貞乍茲　　2.其來☒				
丙 41+乙補 2089+乙補 5853	殼爭屮	☒	旨		典賓	F9B3B5C2
	1.◁（弓）錫于☒（詩）　　2.奴人乎伐☒　　3.（壬戌）旨伐☒☒　　4.（丙子）來羌率用〔勿用〕　　5.（戊寅）我☒（永）　　6.且乙☒（孽）王　　7.咸允又王　　8.翌乙酉屮伐自咸若　　9.翌乙酉屮伐于五示（上甲、咸、大丁、大甲、且乙）　　10.屮于妣乙				
丙 41 反	1.王固曰吉　　2.勿取　　3.我來卅　　4.我允其來　　5.屮于母庚　　6.王固曰吉☒隹甲不（隹甲）重丁				
丙 43		☒	多子		賓一	
	1.多子逐☒　　2.隹☒☒（南庚）（羌甲、祖庚、學戊、咸戊）　　3.屮于父甲				
丙 43 反	1.☒（賈）入十　　2.王固曰　　3.☒				
丙 45	殼	☒、☒	興方		典賓	D9
	1.壬寅卜☒貞☒（興）方以羌用自上甲至于下乙　　2.☒不☒				
丙 45 反	1.☒（逆）入十　　2.王固曰吉勿酒				
丙 47	㱿	☒、☒、☒			典賓	F2A0B2
	1.翌乙卯（亥）酚我☒（雝）伐于☒（庭）　　2.其屮來☒（齒）　　3.于羌甲卯☒〔勿于羌甲卯☒〕　　4.卯☒南庚（☒☒）〔勿于南庚〕　　5.來乙未屮祖乙牢　　6.宰牝〔勿〕　　7.屮及妣庚☒　　8.☒（戕）于西南帝介卯　　9.乙卯允酚☒☒（陰）				
丙 47 反	王固曰☒（魚）酚隹屮咎亡田				
丙 49（丙 629）	爭	☒			典賓	A9
	（壬申）父乙☒羌甲（父乙☒且乙、父乙☒☒☒）				
丙 49 反	1.卯于父乙　　2.爭				
丙 51	㱿	☒、☒、☒	若、☒		典賓	A3
	1.令若歸　　2.（丙寅）于祖辛卯　　3.王疾隹田　　4.于父乙求屮☒				
丙 51 反	1.乎☒以羌　　2.其☒〔不☒〕　　3.貞值屮于祖乙（妣庚）　　4.屮父一牛　　5.屮祖丁　　6.王疾祖☒余卯豕隹十7爭　　8.隹☒　　9.爭				
丙 53	亘	☒、☒☒、☒			賓一、典賓	B0C1C8
	1.（癸未）王屮☒若　　2.（甲申）屮☒（彭）　　3.（辛卯）父乙☒王固曰父☒隹不☒（值）　　3.乎比☒侯				
丙 53 反	1.貞若　　2.貞今日王入　　3.貞王辛入　　4.王固曰吉余☒				
丙 55 丙 625	殼	☒、☒、☒、☒	易伯☒、侯告		賓一	E2E8 52-21
	1.（辛亥）王重☒（易）伯☒比　　2.王重侯告比☒☒（夷）六月　　3.（己巳）我☒（受）年〔我不其☒（受）年〕				

丙 55 反	1.乎雀往于帛　2.唐來十				
丙 57	彔.殼	夰、龄		典賓	C6A0
	1.（己丑）翌乙未彔品（黍登）于且乙王固曰出咎不其雨六日甲午夕月出食（食）乙未酌多古（工）龄（率）豸（遭）龄（遭）　2.马曾（正）唐〔弗其马曾〕　3.麂　4.出反妣己（高妣己.妣庚）豸（繋）　5.（癸酉）于妣己出反十　6.于高妣己				
丙 57 反	1.豕入　2.王固曰隹☒重庚☒				
丙 59	爭	夕、き、ヂ、ハ		賓一	B0C1D6
	1.（癸未）翌甲申ゐ（易）日之夕月出食（食）甲家（陰）不雨　2.翌己亥不其易日				
丙 59 反	之夕月出食				
丙 61	彔	夰、き、日	望乘	典賓	B0C1　56-25
	1.（癸未）茲品隹降固　2.（甲申）罕（雩）丁其出的（貝）　3.王隹望乘比十一月				
丙 61 反	1.帚龄（娘）示三　2.殼　3.王固曰吉降固				
丙 63	从（佛）ハ、ウ		求	賓一、典賓	B0E1E2E4
	1.翌癸未燎五牛　2.（甲辰）今日（翌乙巳、翌丁未）其雨　3.乎ウ（求）先比東ウ（得）				
丙 63 反	1.ゥ（誖）來十　2.殼　3.乎取燎一（二、三）牛　4.出報于祖乙不隹固				
丙 65+ R041291	亩、韋	き	き	賓一	E4A7A9
	1.（壬申）帝令雨　2.及今二月令き（雷）　3.（丁未）王往比之　4.王勿往も（次）弔				
丙 65 反+	1.き入二在き（鹿）　2.王固曰帝隹今二月令雷其隹丙不吉彗隹庚日其吉　3.出收于ど（龐）　4.（庚午）乎世（肇）王女來　5.王勿其往比之　6.き				
丙 67 丙 627 合 10171 正	彔、 爭、殼	龄、夰、き、 ハ	佛、帘正化、般	賓一、典賓	E1E5F3 16-45
	1.甲辰卜夰貞我來茲ど更ハ若〔我來茲玉黄尹弗若〕　2.甲辰卜夰貞重从（佛）乎日ㄩ（凡丘）　3.乎取（尋）冊〔勿盖乎取冊〕4.（丙辰）せ☒ウゲ桑　5.（戊申）帝其降我幺（暵）一月〔帝不我降幺〕　6.貞乎般				
丙 67 反	1.帚き　2.王固曰重既　3.☒入　4.癸卯卜內			D0	
丙 69	彔	ハ	帘正化	賓一	F8
	辛酉卜夰貞せ☒ウゲ桑				
丙 69 反	奠來十				
丙 71	殼	緕、ウ		賓一	F3F7　55-24
	1.（丙辰）帝隹其ハ（終）茲邑　2.我舞雨　3.翌庚申せ（戠）于甴奭（黄奭）（成套卜辭二卜）				

丙 71 反	雀入一百五十				
丙 73	成套卜辭四卜				55-24
丙 73 反	雀入一百五十				
丙 75	殼.	⅋、▣	亘	賓一	D3D5
	1.（□申）翌戊戌勿⯑于⯑⯑（黃奭）　2.□⯑⯑（成套卜辭一卜）				
丙 76	爭		帚正化、叩、多⯑		E4
	1.（丁未）⯑⯑⯑受又　2.方其⯑我⯑　3.我⯑其⯑方　4.⯑（叩）其⯑ 5.往西多⯑（⯑）□王伐（成套卜辭二卜）				
丙 76 反	1.王⯑曰隹戊⯑　2.王⯑曰吉隹其亡囚⯑重其⯑				
丙 78	殼	⯑、▣	帚正化、多⯑	典賓	E4
丙 386 丙 79 丙 387	1.（丁未）⯑⯑⯑受又　2.帚正化亡囚　3.方其⯑我⯑　4.我⯑其⯑方　5. 往西多⯑其以伐　6.我⯑古（工）〔我⯑亡其古〕　7.令尹⯑大田（成套 卜辭第三卜）				
	王⯑曰隹旬⯑⯑重⯑不⯑				
丙 80	殼	⯑		賓一	F2
	（己卯）我其⯑（陷麋）⯑（擒）〔弗其⯑〕				
丙 81	殼	⯑	畫	典賓	E7　17-47
	1.（庚戌）王⯑⯑（蒞黍）受年　2.⯑（畫）來牛				
丙 81 反	戊午卜殼				
丙 83	爭、殼	⯑、⯑、⯑	帚正化、旨	賓一、典賓	C7D0E0
	1.（癸卯）王令三百射弗告□示王⯑隹之　2.王⯑⯑〔王⯑不其⯑〕　3. ⯑來自⯑（南）以⯑　4.至于庚寅⯑⯑（酒）既若　5.（癸丑）旨⯑⯑⯑ ⯑⯑　5.帚正化⯑　6.乎多馬逐鹿隻　7.⯑（醫）⯑鹿				
丙 83 反	1.戊子卜貞己丑雨　2.王⯑曰⯑隹庚不隹庚重丙　3.畫來　4.帚⯑⯑（妣）				
丙 85	方	⯑、⯑	壘、祈	賓一	A2
	（乙丑）⯑以⯑				
丙 86	殼	⯑	⯑、子⯑、雀	賓一	D5E0F1
	1.戊戌卜⯑囚　2.（癸丑）隹兄丁　3.王隻鹿允隻　4.⯑（擒）麋　5.王 其隻⯑（兄）　6.（甲寅）燎于⯑⯑（土）　7.⯑宰⯑一人　8.⯑重犬⯑ 羊⯑一人⯑				
丙 86 反	1.丁亥卜牛⯑　2.今日其雨　3.丁亥⯑　4.子⯑亡囚　5.雀亡囚　6.允隻 麋四百五十　7.辛卯卜殼貞王入于商				
丙 88	爭	⅋、▣、⯑		賓一	D3
	1.（丙申）王夢隹囚　2.（丙申）王步　3.（丙申）王其逐麋⯑（菁）				
丙 88 反	1.⯑來五　2.王⯑⯑				

丙90		⋀	小臣、絅		F4F5 60-29
	1.（丁巳）王余⋀☰〔王余勿⋀☰十月〕 2.⋀（姦）多⋀（仆）于⋀（柄） 3.（戊午）小臣妁十月 4.戊午卜小臣不其妁癸酉⋀甲戌⋀（毋）妁 4.我受年 5.⋀（絅）☐ 6.（壬午）⋀妣庚				
丙90反	雀入				
丙93	內、爭	⋀		賓一	A5A7 13-41
	1.（戊辰）其雨 2.（庚午）⋀（屯）乎步八月 3.王乍邑帝若〔王勿乍邑⋀（在）茲帝若〕				
丙94	岳	西			A0 15-44
	（癸酉）岳貞⋀來自⋀（西）八月〔☐亡其來自⋀〕				
丙94反	1.帝內示四 2.⋀入九以				
丙96	殼、㞢	⋀、ₐ、ₐ、⋀、ₐ、ₐ	牧石麋、帝⋀、般、並、雀	賓一、典賓	A1A2B2D2D7E2F7 34-3
	1.乙丑卜⋀貞甲子⋀（饗）乙丑王夢⋀☐⋀（牧石⋀）不隹☐隹又三月 2.王夢⋀乎余卯☐〔王㞢夢不隹乎余☐〕 3.王其疾☐ 4.王隹㞢不若〔王不隹㞢不若〕 5.今般取于⋀王用若 6.我受⋀（黍）年〔不其受⋀年〕 7.王又三羌于⋀（宜）不又若 8.翌乙亥⋀（啓） 9.來乙未⋀ 10.（庚子）帝⋀⋀妁 11.于來乙巳⋀ 12.（乙巳）㞢疾⋀（身）其⋀ 13.王固曰⋀其⋀（言）⋀（辭）隹辛令 14.乎⋀⋀〔勿乎⋀⋀〕 15.王固曰吉若 16.庚申卜㞢貞王使人于⋀（陝）若 17.乎⋀⋀（知）入人				
丙96反	1.勿于 2.王夢示並立 3.不人 4.爭 5.翌庚子（辛丑）燎 6.于祖辛 7.王夢不隹又 8.我☐ 9.王固曰不隹☐ 10.王固曰其隹甲⋀ 11.⋀庚其隹丁引吉 12.于翌辛丑燎☐ 13.卯于且辛 14.王固曰吉余亡不若不于⋀（薪） 15.今乙未亡⋀ 16.令報卯大⋀ 17.爭 18.⋀入二在⋀ D2D7D8				
丙98	殼、方	⋀、⋀、⋀	多介	賓一	D0F4 57-27
	1.乎取黍 2.多⋀（介）⋀（⋀） 3.生五月⋀（陝）至 4.翌癸卯⋀（狩）⋀（擒） 5.（丁巳）告☐于且勿㞢歲⋀（祼） 6.且乙⋀（鳴）不⋀ 7.（丁巳）⋀（祼）于且乙告王☐四月 8.王不⋀示左 9.示又王				
丙98反	1.甲午卜方 2.王固曰吉⋀（陝）至其隹辛 3.丙不 4.王固曰吉 5.己未卜方 6.㞢于且乙 7.翌乙卯㞢且乙用 8.王固曰茲⋀（鬼）卜 9.⋀（賈）入				
丙100	殼、爭	⋀、⋀、⋀	多子		典賓 C3C4E3F5
	1.燎王亥（⋀）⋀（勿⋀燎十牛） 2.（丙戌）翌丁亥我狩⋀（寧） 3.（丁亥）王夢隹☐（齒） 4.方其⋀我 5.乎⋀（擧）多子 6.王其舞若 7.（丙午）引☐疾☐☐⋀（糧）自旨〔貞☐旨☐自疾〕 8.（戊午）先⋀（得）				
丙100反	1.戊戌卜殼 2.貞其㞢青之 3.王固曰⋀隹 4.⋀入五				D5

	方	分		典賓	D0E1F5F6
丙102	1.翌癸卯其㷭（焚）癸卯允㷭毕（擒）隻兕十一豕十五虎□四罷廿 2.于甲辰㷭 3.屮且乙十伐卯三牛 4.（戊午）王夢隹我妣 4.屮于斅（學）戉（且辛）〔勿盍屮于斅戉〕 5.屮㘱				
丙102反	1.𡧊（賈）入 2.其隹己來				
丙104	殼	𧷴、𠂤、𠂤、𢆶、𢦏		賓一、典賓	F6F7F8
	1.不征雨 2.翌己未王步 3.（庚申）我屮午圉 4.（辛酉）王自𣂺（余）入 5.王夢不隹圉 6.炗（黃）尹咎王 7.燎于河				
丙104反	1.奠來五在𢆾（襄） 2.庚申卜𣂺				F7
丙106	爭、方	分、𠂤、𢦏		典賓	D1D2
丙502	1.（甲午）翌乙未用羌用之日𠕉（陰） 2.（乙未）以𢆯（武）錫 3.屮于𤔲（唐）子伐 5.乎取𦥑（孟）𣂺（伐） 6.燎于土 7.屮于父乙 8.王夢隹圉 9.王其疾目				
丙502反	1.甲午卜爭 2.乙未卜殼 3.方帝 4.乎目于河屮來 5.王固曰屮咎 6.今其㘱 7.勿卒				D1D2
丙108			弘		
	令𠂤取以 2.帝𤕝（疾）唐邑				
丙108反	𢦏迄冊				
丙110	韋	𠂤、𠂤	役、罝	賓一	C3
	1.王逹首 2.（丙戌）令𢓊（役）往于𣂺（罝） 3.王𦔩（聽）隹圉				
丙110反	1.翌庚辰王往逹首 2.王夢𤩹（琮）隹圉				B7
丙112	爭、	𢆶、𢦏、𠂤		賓一、典賓	C1C5
	1.（甲申）燎于王亥其𤩹（琮）〔勿𤩹〕 2.翌戊屮（子）㷭于西 3.王往馬 4.燎于王亥（𦔼）十牛 5.勿盍三牛 6.勿燎十牛				
丙112反	1.貞屮于父乙（母庚） 2.奠來二				
丙114	爭、殼	𦥑、𢆶、𢦏	𣂺	賓一	C1C2E1E8F5 24-53；12-41
	1.（乙酉）隹父乙降圉（齒） 2.（辛亥）曹父乙百牢十一月 3.（戊午）叀王自往圉（陷麋）十二月 4.（甲辰）我伐馬方帝受我又一月 5.屮于上甲三牢告我圉𢓊（衛） 6.十犲于上甲 7.屮于示壬				
丙114反	1.貞𢦏亡圉 2.于下乙牛 3.屮于咸 4.甲辰卜				
丙116	殼、內	𣻬、𠂤		賓一	A8B3B4 12-41
	1.（辛未）日叀羊六月 2.屮來 3.屮于王亥（𦔼） 4.（辛未）王叀屮圉酻于王亥 5.（辛未）今來甲戌酻王𦔼 6.（丙子）翌丁丑王步于𣂺（豐） 7.翌丁丑其雨				

丙 117	㱿	[illegible]、[illegible]、[illegible]	賈、雀、子汏、子[illegible]、斫	賓一	D1D2D4D0E1E2E8
	1.（甲午）[illegible]其㞢𡆥　2.（甲午）酳于河匚　3.乎雀酳于河五十　4.酳河卅牛以我女　5.翌乙未酳咸　6.（乙未）酳[illegible]　7.貞[illegible]　8.（乙未）其㞢來[illegible]　9.翌酉𢓊㞢于大丁　10.翌癸卯帝其令鳳（風）夕陰　11.（癸卯）甲辰酳大甲　12.𠦪年于大甲十宰且乙十宰　13.𠦪雨于上甲宰　14.㞢于上甲牛　15.（乙巳）勿衣　16.酳王亥　17.翌辛[illegible]㞢于王[illegible]四十牛　18.翌卯酳子[illegible]　19.乎子[illegible]（祝）一牛乎父甲　20.翌乙酉酳子[illegible]　21.叀王[illegible]　22.[illegible]夕二羊二豕宜　23.三羊二豕五十牛于王[illegible]　24.㞢于河女　25.酳五十牛于河　26.[illegible]祀今[illegible]　27.[illegible]其酳[illegible]（祼）自咸告　28.㞢于咸大丁大甲大庚大戊中丁且乙且辛且丁一牛卯（[illegible]）羊　29.[illegible]				
丙 119	㱿	[illegible]、[illegible]	雀	賓一、典賓	B8D2
	1.乎雀[illegible]（𦎫）[illegible]（桑）　2.乎雀[illegible]（𦎫）[illegible]　3.雀[illegible]（亘）我　4.（辛巳）乎雀伐[illegible]（[illegible]）　4.（乙未）[illegible]戈（成套二卜）				
丙 120	爭、宂、㱿	[illegible]、[illegible]、[illegible]、[illegible]、[illegible]	[illegible]、雀、[illegible]	賓一、典賓	D2E8F9B4 6-35；49-18
	1.（乙未）來辛亥酳[illegible]（雚）匚于祖辛七月　2.隹𢓊[illegible]　3.（壬戌）㞢于且乙五宰　4.叀伐酳于且乙　5.[illegible]于[illegible]　6.（丁丑）[illegible]隻羌〔[illegible]不其隻羌〕九月　7.今日勿[illegible]㞢且丁宰　8.其逐兕隻弗[illegible]兕隻豕二				
丙 120 反	1.雀入卅　2.翌丁亥酳大丁　3.乎人入于雀　4.曰雀取乎人　5.丁巳　C4-F4				
丙 122	㱿、內	[illegible]、[illegible]、[illegible]		賓一、典賓	D7E7F7 19-48
	1.（庚子）其沚于[illegible]　2.（庚戌）于河㞢匚三月　3.王[illegible]（祼）鼎㞢伐　4.（庚申）燎于[illegible]（稷）（[illegible]）　5.方帝一羌二犬卯一牛				
丙 122 反	1.王固曰己雨　2.戊戌卜貞　D5				
丙 124	㱿、爭	[illegible]、[illegible]、[illegible]	缶	賓一	D0F4F5F6 27-56
	1.（癸卯）㞢于河三羌卯二牛燎一牛〔燎河一牛㞢三羌卯三牛〕　2.（癸卯）王㞢于且乙二牛用　3.（癸卯）王𠦪于大甲　4.（丁巳）降[illegible]千牛千人　5.（戊午）我其乎[illegible]（亩）[illegible]　6.（己未）[illegible]（缶）其[illegible]我[illegible]（旅）（缶不其[illegible]我[illegible]一月）　7.缶其來見王一月〔缶不其來見王〕　8.（己未）王夢[illegible]隹𡆥　（龜甲下緣有三小孔）				
丙 124 反	我來十				
丙 126	㱿、古、爭、宂	[illegible]、[illegible]、[illegible]	𠷎	賓一、典賓	D1D2D3E3F3
	1.（甲午）翌乙未㞢于且乙　2.乎省[illegible]（專）牛　3.（丙申）乎[illegible][illegible][illegible]　4.（丙午）王往出田若　5.（丙辰）乎耤于[illegible]（陮）受㞢年　6.乎[illegible]（啚）歸田　7.妣已壱王　8.㞢[illegible]自示				

丙 126 反	1.般入四　2.帚羊				
丙 128	方、內	夃、🔣	般、🔣	典賓	B7B8D2
	1.（庚辰）🔣（朕）🔣于🔣　2.🔣🔣于🔣🔣（丘剢）　3.🔣往來亡🔣　4.般往來亡🔣　5.翌乙未其燎〔翌乙未勿卒燎〕				
丙 128 反	1.奠來十　2.壬辰卜爭　3.王🔣曰雨　4.王🔣曰亡🔣				C9
丙 130	🔣	🔣			F5
	（戊午）般往來亡🔣〔往來其🔣🔣〕				
丙 130 反	王🔣曰吉				
丙 132	殼	🔣、🔣	般、龍	賓一、典賓	
	1.（□寅）🔣（般）亡不若不🔣（奉）羌　2.🔣亡不若不🔣羌　3.般其🔣羌　4.🔣其🔣羌				
丙 132 反	奠來十				
丙 134	殼、🔣	🔣	旨、🔣正化	賓一	A2C7
	1.（乙丑）旨其🔣🔣　2.（庚寅）🔣🔣🔣🔣🔣🔣　3.王亡🔣　4.王🔣曰重既三日戊子允既🔣🔣方				
丙 134 反	1.🔣來廿　2.王🔣曰重既　3.我🔣（妟）來　4.勿🔣人				
丙 136	爭	🔣	🔣正化		E4
	（丁未）🔣🔣🔣亡🔣				
丙 137+	方	夃	🔣正化	賓一	
	1.（辛未）曰🔣🔣來〔貞勿曰🔣正化來〕　2.貞不其若				
丙 137 反	王🔣曰重來				
丙 139 （丙 317）	殼	🔣	帚好、🔣正化	典賓	D1D2F8
	1.（甲午）王🔣茲🔣（玉）咸右〔王🔣茲玉咸弗右〕　2.（乙未）其🔣🔣帚好🔣（瓚）　3.王🔣報于🔣（蔑）隹之🔣🔣　4.（辛酉）🔣🔣🔣🔣🔣　5.令🔣（戎）🔣卯　6.翌庚子🔣伐　7.翌乙巳🔣且乙宰🔣牝重牡　8.且丁若小子🔣（溫）				
丙 139 反	1.王🔣曰重既　2.丙子卜殼　3.甲辰卜殼				B3
丙 141	爭	🔣	旨	賓一	C6D5F7
	1.（己丑）王其🔣　2.🔣于妣庚　3.其乎🔣（麥）豕从北　4.（戊戌）王歸🔣🔣（玉）其伐　5.其🔣🔣🔣　6.（庚申）旨其伐🔣🔣🔣　7.🔣（雍）🔣于🔣〔🔣🔣勿于🔣〕　8.王从🔣				
丙 141 反	1.🔣入十　2.貞目不🔣疾　3.王🔣曰吉其伐隹丁				
丙 143			🔣		
	🔣🔣（龏）🔣乎歸				
丙 143 反	1.王🔣🔣不若　2.隹之乎犬茲于🔣　3.乎及以　4.貞王以之　5.鬥品　6.允🔣				
丙 145			望🔣		E2
	1.（乙巳）王其乍邑　2.令望🔣歸　3.令侯🔣				

丙 145 反	畫入三				
丙 147	爭	𧰼		賓一	E9E0 21-50
	1.（壬子）我其𧰼（乍）邑帝弗左若三月〔勿乍邑帝若〕 2.（癸丑）我宅茲邑大[甲]𠂤帝若三月				
丙 147 反	王省从西				
丙 149	㱿、爭	𩁹、𠂤	妥、引		A1A3
	1.（甲子）𩁹（妥）以巫 2.伐□巫以 3.山河 4.王固曰不吉其以□（齒） 5.（丙寅）今十一月帝令雨 6.大𡆬𢆶（臺）𢆸（次）〔勿卒𡆬𢆶𢆸〕 7.羌甲〔𡆬𠂤（南庚）〕咎王 8.翌乙巳燎一牛 9.往雨 10.勿重𠂤乎田				
丙 149 反	1.甲子卜㱿 2.甲子卜爭 3.乍冊 4.王固曰令 5.燎東黃兒 6.山父乙 7.乎隹𠂤𩁹				A1
丙 151	㱿、㠯	𣲖、夕、𠂤		賓一	F4F5F7
	1.（丁巳）自今至于庚申其雨 2.（戊午）翌庚申其雨				
丙 151 反	1.爭 2.𠂤（老）以五十				
丙 153		翌、丑	𡆬		A2E0F1
	1.貞爭𡆬 2.勿乎 3.其雨 4.□𢆸 5.王其伐若乙丑允伐右卯暨左卯隹𠂤（夷）牛 6.翌癸丑其雨 7.翌甲寅其雨				
丙 153 反	1.王固曰其夕雨𢆶（枂）□ 2.山入 3.王固曰癸其雨三日癸丑允雨 4.辛亥卜內				E8E0
丙 155	㱿、爭、亘	𩁹、𠂤、不𦏌𡇡	㝃、𢆸	典賓	A8D9D0E8
	1.（辛未）𩁹告于且乙 2.㝃山王𠂤 3.（壬寅）自今至于丙午雨 4.（癸卯）乎𠂤（㝃）往于𢇛比𢆸〔乎𠂤往比𢆸于𢇛〕 5.（辛亥）卯帝于山𣥐（妻）				
丙 155 反	1.乎比卯取屯于𢇛 2.王其比取 3.王往于 4.□凡有疾 5.令𦥑𩁹（湔）□又□ 6.王固曰隹今夕癸𢆸丁 7.帝井來𢆸 8.𠂤（詩）來五 9.王𠂤〔勿𠂤〕 10.𩁹				
丙 157	㱿	𩁹		典賓	C3C6E1
	1.今丙戌𢆶（燎）𩁹（姓）山从雨〔□亡其从雨〕 2.重己丑秉（于翌庚秉） 3.舞岳山 4.（甲辰）𢆸（癸）來白馬王固曰吉其來				
丙 157 反	1.王固曰隹丁不雨戊雨 2.庚寅山从雨 3.奠□ 4.爭				C7
丙 159	亘	𧰼		賓一	E0F3
	1.（癸丑）王比𢆸（癸）伐𢇛 2.（癸丑）王重望乘比伐下𢇛 3.（丙辰）卯𠂤身□𡆬𠂤（南庚） 4.𩁹于咸 5.王往于𢇛（朱）𠂤（京）〔王勿步于𢇛（𢆸）𠂤〕 6.乎逐比𢇛（萬）隻王固曰其乎逐隻 7.王山取若 8.隹咎 9.□子𩁹山𢇛 10.翌丁巳勿山于且丁				
丙 159 反	1.其山令 2.乎子畫涉 3.翌乙酉王往達 4.王勿比𢆸（癸）伐下𢇛 5.令子𢇛（衛）涉 6.登伐燎 7.山王祖庚十				C2

丙 161 （丙 394）	韋、殼	𤔲、𤔲、𤔲、𤔲		賓一、典賓	
	1.（庚申）昔且丁不黍隹𤔲𤔲疒 2.（庚申）乎逐鹿 3.（壬辰）卸𤔲（肘）于羌甲 4.（壬辰）卸𤔲于祖辛 5.勿于且辛卸				
丙 161 反	1.㞢于兄戊 2.王固曰不吉南庚疒且丁疒大示且乙且辛羌甲疒 3.卒入五十 4.方				
丙 163		1.貞父乙疒王 2.王往𤔲（狩）			
丙 163 反		1.王固曰不 2.𤔲入百廿			
丙 165	方、内	𤔲、𤔲、𤔲、𤔲		典賓	A8E3E7E8F2
	1.王𤔲（復） 2.今辛未王夕步〔今未勿夕步〕 3.（丙午）𤔲 4.翌辛亥王入 5.翌乙卯王入不𤔲〔其𤔲〕 6.翌庚戌王入 7.（庚戌）王入于𤔲亡乍𤔲 8.王㞢𤔲在𤔲𤔲（念）				
丙 165 反	1.卯 2.王歸 3.乎𤔲登 4.示 5.令戊田 6.己酉卜翌庚卸王 7.庚戌卜今日其雨 8.㞢羌甲				E7F1
丙 167	殼	𤔲、𤔲		賓一、典賓	E9E0 52-21
	1.𤔲于𤔲（洱） 2.（壬子）𤔲（祓）于𤔲丙 3.用二小牢于𤔲 4.（癸丑）𤔲受年二月〔𤔲受年、𤔲受年〕 5.㞢犬于𤔲𤔲（黃奭）卯三牛 6.重𤔲卯三牛（勿㞢犱）				
丙 167 反	雀入𤔲五百				
丙 169	爭	𤔲、𤔲		賓一	A3E8
	1.（丙寅）今卩（歲）我不其受年在𤔲（㓞）十二月 2.今辛亥王出若 3.不𤔲				
丙 169 反	1.𤔲象 2.象來 3.王固曰吉其象				
丙 171	内		子商	賓一	B8B0D5 23-52
	1.（辛巳）基方𤔲 2.（癸未）子𤔲𤔲基方缶 3.（癸未）子𤔲㞢𤔲（保）四月 4.（戊戌）𤔲三牛 5.（戊戌）乎雀𤔲一牛 6.乎雀𤔲于出日于入日宰				
丙 172	方	𤔲、𤔲、𤔲、𤔲、𤔲語		賓一、典賓	E5
	1.（戊申）𤔲亡𤔲〔卜亡𤔲〕 2.𤔲以 3.用𤔲（周弗）亡𤔲〔用𤔲其㞢𤔲〕七月				
丙 172 反	1.□申卜𤔲重丁𤔲重丁 2.王固曰其㞢				E5
丙 174	𤔲曰元祉（𤔲弗其元祉）				
丙 175	𤔲		𤔲		賓一
	（□寅）𤔲其㞢疾				

丙175反	1.且乙耑王　2.王固曰吉勿余耑				
丙177	殼、爭	𩵋、𠂤	亘	賓一、典賓	B9B0D9E2 24-53
	1.（壬午）𠂤允其𢦏鼓（鼓）八月　2.兄丁耑王　3.兄丁耑𠂤　4.（癸未）燎㞢𠂤（黃尹）一豕一羊卯三牛𢍶五十牛　5.乎我人先于𩵋（彎）　6.不隹丁□𤕟（誖）　7.壬寅卜爭□　8.（乙巳）㞢于且乙一牛用				
丙178	方、𩵋	㑥、𩵋		典賓	D8
	1.（辛丑）𩵋（施）暨𩵋以羌　2.王其取且乙𢆶（繫）若				
丙178反	1.𡥈入百廿　2.王往田𩵋（魯）鹿				
丙180	1.㞢隹𢆶（咎）　2.受𥝩（糧）年　3.牛𠚫（由）〔牛亡其𠚫〕　4.王𡆥羌甲日				
丙180反	1.丙寅卜貞　2.貞燎				A3
丙182	殼	𩵋		典賓	C9D2E2
	1.（壬辰）乎子㪔卸㞢母于父乙𢍶小宰𢍶㞢三𥝩五宰　2.上甲重王𡆥用五伐十小宰用 3 翌乙未乎子𡧜𢔳（祝）父𢍶小宰𢍶㞢三𥝩五宰𠨅𠂤𠦝　4.上甲重宰用　5.（己巳）乎子㪔㞢于㞢且宰　6.貞乎帚㞢于父乙宰𢍶三宰㞢𠨅　7.（壬辰）帚𠦝（良）㞢子　8.㞢㠭（頔）羌于多妣　9.（丁亥）帚好毓□㞢𠂤（勺）于父乙王				
丙182反	1.卸帚于妣癸𠨅𥝩卯宰　2.王其㞢用入𢆶（擒）（王勿用）　3.王𢍶𠦝子隹□其不含㞢□				
丙184		𠂤𪊽		賓一	
	1.燎于𥞤（稷）一牛　2.重小宰　3.卅牛于㞢𠂤（黃尹）　4.㞢于𪊽（蔑）　5.㞢于㞢示				
丙185	方	𪊽	𢦏	賓一	A7
	1.（庚午）𩵋（𢦏）以𨳯𨳯〔𩵋弗其以𨳯𨳯〕　2.于九火燎				
丙186	𡥈（永）				D7
	1.妣乙𣲏（聞）				
丙187			𤝢候		
	1.㞢于妣甲（妣巳）十（五、六）𠨅　2.乎比𤝢（𤝢）候				
丙187反	王固曰𣦼𢆶（牽屯）				
丙189	𡥈	𢆶	𩵋候	賓一	D3
	（丙申）乎𩵋（𩵋）候				
丙190+ 北圖5241	爭、殼	𩵋、𢆶、𠂤	帚好、帚妌	賓一、典賓	F7
	1.（庚申）𠦝（帚）好不徙㞢疾〔其徙㞢疾〕　2.（癸未）帚妌㞢子〔帚妌𡡗（毋）其㞢子〕				
丙191	方	㑥		典賓	C6
	1.（乙丑）隹𡥈人　2.隹之人				

丙 191 反	𩑈入十				
丙 193	㞢	𠂤、𠂤		典賓	B8
	（辛巳）其曰之（不曰之）				
丙 193 反	奠來十				
丙 195		𠂤語		賓一	
	王㞢𦣞羞（不其羞）				
丙 195 反	雀入二百五十				
丙 197	𣪠	𩰊、𐀀、𠂤、𠂤、𠂤	𦣞	賓一、典賓	E4C1D4D8E 2F2F8 25-54
	1.我用𪊦𡗗（俘） 2.（丁未）酚𠂤（勺）伐十宰 3.（乙卯）來乙亥酚下乙十伐㞢五卯十宰二旬㞢一日乙亥不酚雨五月 4.來甲申㞢于大甲 5.翌丁酉㞢于且丁 6.翌辛丑㞢祖辛 7.翌乙巳㞢且乙 8.翌辛酉㞢且宰用 9卻父乙 10.父乙隹伐𠂤 11.今日夕用𠂤 12.𠂤（魯）甲（父庚、父辛）㞢王					
丙 197 反	1.癸卯卜𣪠 2.于來乙卯㞢且乙 3.𠂤羊三 4.乙卯卜 5.三旬來甲申 6.重乙亥酚 7.㞢犬于咸戊（𠂤戊） 8.于𠂤卻𠂤 9.翌丁勿于且丁 10.𠂤人于妣己𠂤（孽） 11.重白豕二牛 12.㞢下乙 13.庚申卜𣪠 14.子𠂤入				B2C1D0F2F7
丙 199		𠂤、𩰊	旨	賓一、典賓	E0 22-51
	1.㞢于母庚 2.庚酚河 3.沈五牛燎三牛卯五牛 4.𠂤（旨）以 5.舞岳㞢雨 6.（癸丑）我𠂤（作）邑帝弗左若三月					
丙 199 反	1.丙申卜𣪠 2.（己未）我又𠂤帝左若 3.七日咸王往出 4.八日庚申允㞢𠂤千用 5.王固曰𠂤其㞢𠂤辛 6.㞢入二 7.爭				D3F6
丙 201+ 乙補2471	爭	𠁣、𠂤	𦣞、𠂤、𩰊		A6
	1.（己巳）𠂤𠁥于𠂤〔𠂤𠁥勿于𠂤〕 2.𠁣（𦣞）以大 3.令𠂤取大以 4.乎伐取 5.我馬㞢虎隹𡇡〔我馬㞢虎不隹𡇡〕 6.王㞢夢隹𡇡〔王㞢夢不隹𡇡〕 7.王𠂤隹𡇡 8.王目㞢 9.乎𠂤𠂤 10.王𠂤隹㞢𠂤 11.燎于土宰方帝 12.重𠂤（疾）人 13.㞢于大甲 14.今日㞢于且丁 15.隹𠂤（娑） 16.卻𠂤于㞢妣					
丙 201 反	1.燎羊盖用 2.奴隹乎易牝 3.卯卜用 4.今日王出 5.王固曰勿㞢下上𠂤隹㞢𠂤 6.戊辰卜爭 7.庚午卜𣪠 8.雨				A5A7
丙 203	𣪠、爭	𠂤、𠂤、𠁣		賓一	C6C8C9D1D 9D0 29-58
	1.（己丑）王夢隹且乙 2.（己丑）𠂤于𠤳𠂤四月 3.翌辛卯㞢于且辛 4.三宰（一牛） 4.㞢于且乙（且辛） 5.（壬辰）㞢于示壬宰 6.（甲午）于河 7.反三𠂤 8.（壬寅）河㞢王 9.（壬寅）不雨隹茲𠂤㞢作𡇡					
丙 203 反	㞢妣辛一宰				

丙 205+ 乙 1881+ 乙補 1771		[illegible]、[illegible]、[illegible]	𡧊	典賓	B2
	1.黃[illegible]（孽）隹㞢壱七月　2.（甲寅）㞢宰于父乙　3.翌乙亥㞢于唐三伐三宰　4.告于且乙　5.㞢于示壬[illegible]（妻）妣庚宰叀勿牛七十　6.[illegible]（𡧊）不[illegible]（婚）十月　7.乎取[illegible]（蔡）臣廿				
丙 205 反	1.戊申卜㱿曹𠬝妣庚用于▨　2.在▨彭▨　3.不其出　4.王𡆥曰㞢求　5.叀豕羊　6.三𤘘　7.勿盖㞢于目　8.壬申卜㱿　9.癸酉卜　10.乎逐不其隻　11.帚好示（置）五　12.[illegible]（良）子[illegible]入五　A9A0				
丙 207	殼、爭	[illegible]、[illegible]、[illegible]		賓一、典賓	B4C7C8C3E2E3F0
	1.（丁亥）翌庚寅㞢于大庚　2.翌辛卯㞢于且辛　3.（丙申）來乙巳酌下乙王𡆥曰酌隹㞢求其㞢[illegible]（戠）乙巳酌明雨伐既雨咸伐亦雨[illegible]卯鳥星（倏晴）　4.（丙午）來甲寅酌大甲				
丙 207 反	1.己丑㞢于上甲一伐卯十小宰　2.九日甲寅不酌雨乙巳夕㞢[illegible]于西　C6E2F1				
丙 209	殼	[illegible]、[illegible]		典賓	C7C8D3E2E3
	1.翌庚寅㞢于大□　2.翌辛㞢▨　3.（丙申）來乙巳酌下乙王𡆥曰酌隹㞢求其㞢[illegible]乙巳明雨伐既雨咸伐亦雨[illegible][illegible]（倏晴）　4.（丙午）三羌多妣　5.（丙午）王[illegible]隹𡆥				
丙 209 反	乙巳夕㞢[illegible]于西　E2				
丙 211	爭、[illegible]	[illegible]、[illegible]、[illegible]、[illegible]、[illegible]、[illegible]		賓一、典賓	E4F6　43-12 18-47
丙 306	1.（丁未）余不盖隻[illegible]（獋）六月　2.（壬申）[illegible][illegible]（戎）其[illegible]我七月　3.[illegible]弗其取　4.[illegible]（由）[illegible]　5.（癸酉）令多[illegible][illegible]（庇）[illegible]（爾）[illegible]（墉）　6.（甲戌）我馬及[illegible]（戎）　7.乎[illegible]（葬）[illegible]（蔡）侯　8.（辛亥）今來乙卯㞢于咸十牛　9.于下乙㞢　10.（辛酉）自今至于乙丑其雨壬戌雨乙丑不陰不雨　11.乙丑其雨隹我𡆥　12.[illegible]亡在亘				
丙 212			[illegible]、旨		
	1.[illegible]弗其[illegible]凡㞢疾　2.王夢隹大甲　3.（己未）[illegible]（旨）▨千若于帝又				
丙 212 反	1.癸丑卜㱿　2.王𡆥曰吉[illegible]𡆥凡　3.勿[illegible]于東　4.旨值[illegible]若　5.帚[illegible]來　E0				
丙 214	爭				D5
	1.（戊戌）帝[illegible]（疾）茲邑　右甲橋部分有四個小孔兩兩相對				
丙 214 反	1.▨㞢來[illegible]　2.邑人[illegible]（震）				
丙 216	內	[illegible]、[illegible]、[illegible]		賓一	E8E0
	1.（辛亥）今一月帝令雨四日甲寅夕雨　2.（辛亥）帝于東（西、南）方曰析（彝、因、夗）風曰劦（彭、[illegible]、[illegible]）[illegible]年　3.王往逐[illegible]于[illegible]（[illegible]）其隻　4.[illegible]其㞢不若一月　5.（癸亥）生二月[illegible]㞢[illegible]（[illegible]亡其[illegible]）　6.隹尤				

丙 217+ 乙 5484	方	𠨭		典賓	E2
	1.（乙巳）𠨭于父乙〔勿𡭗里𩫸（祼）于父乙〕　2.（乙巳）今日里于父乙一牛（宰）　3.且丁虫王　4.日□得				
丙 219	爭、方	𠨭、𢀜		典賓	F6A1E1 2-31
	1.（丁未）來甲子酚≶𠨭　2.于父乙𠨭　3.翌甲辰不其𢀜（易）日　4.乍𩫸　5.貞帝弗□　6.四𩫸〔勿四𩫸〕　7.帚妌𡉈〔勿妌帚己〕				
丙 219 反	1.己卯卜爭　2.翌庚辰其雨　3.辛□卜方　4.里以五　5.弗若				B6B7
丙 221		又		典賓	
	1.𠨭（正）且乙　2.不隹妣己　3.燎于東西（里伐）卯𩫸（南）黃里牛〔燎東西𩫸卯𤉩〕　4.其𠨭多𩫸𢀜（龖）〔勿又多𩫸𢀜〕　5.夆于且乙五牛				
丙 221 反	1.王疾　2.王固曰吉𠨭　3.燎于東　4.今乙巳勿告于庚　5.貞囚虐亡𩫸（由）				E2
丙 223 丙 289 丙 442	方	𩫸、𤉩	臧、囷、周	賓一	A4　52-21
	1.臧亡囚在𧊒　2.（癸未）臧亡囚三月　3.里于父乙　4.翌丁卯夆舞里雨　5.燎于大甲三豕三□　6.□里从雨　7.𢀜王𤉩（亥）十牛　8.于東　9.囚（囷）允其取女　10.（癸未）冊（周）𤉩（擒）犬征𩫸（湄）				
丙 223 反 丙 289 反	1.王固曰隹丁　2.不其𩫸（魯）允不　3.里犬于五日隹于龏啓　4.亡其以　5.里比于河　6.其比　7.勿于河　7.王固曰乙　8.王隹里且丁　9.𩫸（畫）來十				
丙 225	且辛𩫸于父乙				
丙 225 反	1.王固曰且辛不𩫸于父乙　2.乎帚　3.𤉩（老）以五十　4.𣪊				
丙 227+ 合 13579	𣪊	𩰢、𢀜	豪	典賓	A0C9
	1.（癸酉）父乙之𩫸（賓）自羌甲至于父辛𠨭父乙　2.豪不其來羌　3.貞乎往于河不若				
丙 227 反	1.王隹庚勿祀隹庚五十其不吉隹祀吉　2.五十其不吉隹祀吉				
丙 229	內、爭	𢀜	旨		F5
丙 498	1.自上甲里伐　2.（戊午）若里（里不若）　3.勿盖告于且辛　4.（壬戌）𩫸（旨）伐𩫸𩫸　5.（乙酉）乎馬逐其及翌乙酉				
丙 229 反	1.里于唐子　2.王固曰勿其卲　3.亡其雨　4.貞里　5.□𢀜□河				
丙 231					B1
	來甲戌里伐自上甲				
丙 231 反	其史				
丙 233	方	𩰢、𠂤、𢀜	乍	賓一	C1D1
丙 330	1.（甲申）乎藉𡉈（生）　2.里于妣己𠬝　3.里𩫸（姜）于妣己　4.𢀜（乍）其來　5.來甲午里伐上甲十　6.（辛巳）酚我報大甲且乙十伐十宰				
丙 233 反	1.丙戌卜𣪊　2.戊子卜爭　3.王固曰丙其雨之				C3C5

丙235	殼、	𣥺、𠂤、𢦏	𡩡、龍、呂	賓一、典賓	B6B7E8F1 48-17

1.（己卯）不其雨〔雨王𠂤其雨隹壬壬午允雨〕　2.王田允隹𡆥虫一月
3.王不雨在𣲘（瀧）〔其言雨在𣲘〕　4.（庚辰）黃尹□我年　5.（辛亥）令𠂤（𡩡）比呂　6.虫于上甲　7.虫于大甲伐十虫五　8.翌甲寅虫伐于大甲　9.王比𢦏　10.王比𡖖（龍）東𢦏　11.于下乙伐1　2.虫于且丁

丙235反	1.不隹帝咎王　2.𠂤入十　3.上甲

丙237	殼	𣥺、𠂤悟		賓一、典賓	D8

1.翌辛勿虫且辛　2.（辛丑）帝若　3.乎比來取虫兄以

丙237反	1.王比𣦢涉于河　2.勿𢓊于𡆥

丙239	𡆥、亘	𠂤、𠂤			B4B5

丙494 R044482	1.隹之〔不隹之〕　2.帝曰〔帝勿曰〕　3.疾𡆥（齒）隹虫𡆥　4.不隹父乙

1.□王□　2.于高妣己　3.（丁丑）　4.𦔻（聖）𡆥　5.（戊寅）燎于岳
6.（戊寅）王若

丙239反 丙494反	1.虫子不虫羌于黃尹　3.丁巳卜方示□若　4.貞勿燎
	1.貞示弗若　2.勿于妣庚　3.□𡆥妣𡥆（子）王若　4.𣇳卯十小宰　5.王𡆥曰吉勿隹𡆥

丙241		𠂤、𠂤	婦𣏟		F7F8B7

丙623	1.（庚申）翌辛酉虫于且辛　2.王𦔻（聖）隹虫𡆥　3.虫于父乙　4.帝𣏟不其妣　5.卯帝𣏟　6.翌庚辰兮（卒）亦虫羌甲

丙241反	1.貞𡩡　2.翌辛酉虫于且辛　3.叀小宰　4.𦥑（尋）卯帝于𡆥甲　5.甲子卜貞　6.勿盖虫于蔑　7.乙酉卜燎于河		F8A1A2

丙243	亘、 殼、𡆥	𣥺、𢦏、𠂤	帝𣏟	賓一、典賓	A3A5A0B2 13:11-40

1.（丙寅）今來𡆥（歲）我不其受年　2.（戊辰）來甲戌其雨　3.（癸酉）臣𡆥（得）王𡆥曰其𡆥隹甲乙甲戌臣涉𡆥（舟）𢓊𡆥弗告旬虫五日丁亥𡆥（卒）十二月　4.疾　5.于羌甲卯克𡆥疾　6.（乙亥）帝𣏟𡆥妣

丙243反	1.王𡆥曰𡆥（陰）　2.虫母庚　3.王𡆥曰其隹□其隹□引吉妣　4.王𡆥曰其卯□其隹易日　5.𡆥　6.爭

丙245	殼	𣥺	帝好	典賓	A5　48-17

1.（戊辰）帝好𡆥妣丙子夕虫丁丑𡆥妣五月　2.酒　3.𢆶（妥）以　4.大丁𡆥我

丙245反	1.王𡆥曰其隹庚娩　2.壬申卜　3.畫來廿

丙247	殼	𣸧、𠂤、𠂤、 𠂤	帝好	賓一	C1

1.（甲申）帝好𡆥妣王𡆥曰其隹丁𡆥妣其隹庚𡆥引吉三旬虫一日甲寅𡆥不妣隹女　2.（甲申）帝好𡆥不其妣三旬又一日甲寅𡆥不妣隹女

丙 247 反	1.貞𢀖（勿）𤔲不其帚不若　2.其𡆥不若　3.甲申卜㱿　4.母庚𦏵（牢）臣十　5.王𡆥曰其隹丁𤔲㚔其庚引吉其隹壬戌不吉　C1			
丙 249	㱿	𡉈、𢀖、𠂤、𦥑	帚好、雀		D8D9D0E4E8 13:41-10
	1.（辛丑）王夢亻（疒）隹又　2.（壬寅）帚好𤔲㚔壬辰𡆥癸巳𡆥隹女　3.帚好𤔲不其㚔　4.（癸卯）乎雀𠦪（衞）伐𢀖（亘）𢦔十二月　5.翌丁未王步　6.（丁未）☐日㚔于且乙　7.于姎庚𡆥　8.（辛亥）𢼎（鼓）以　9.（辛亥）先　10.雀☐于				
丙 249 反	甲辰卜方　E1				
丙 251 丙 334	𢀖	子𡆥	帚好		E7
	1.𡆥疾𦣻（身）隹𡆥㚔　2.（庚戌）王其疾𡆥（肩）〔王𡆥曰勿疾〕　3.帚好𡆥凡𡆥疾　4.帚㚔　5.乎子𡆥𠦪父乙𨢲𠬝𢦔卯宰　6.于姎己　7.十𠬝于且辛　8.𡆥于且辛　9.于羌甲卯			
丙 251 反 丙 334 反	1.三宰燎　2.之卯亡☐　3.帚好㚔　4.于且辛　5.屯卯于姎庚一羌　6.王田　7.勿帚入于父乙　8.于父卯　9.王𡆥曰吉迄卯一羌㚔　10.貞今月雨其彗　11.翌丁求彗　12.王𡆥曰吉𡆥（肩）凡　13.𡆥于且丁　14.爭　15.☐入二在𠨢			
丙 253			帚好		
	1.帚好☐比之𦥑　2.乎帚𢀖其𡆥𡆥（得）				
丙 253 反	1.帚往　2.妻				
丙 255	㱿	𡉈	㚔、子𠂤、帚好	典賓	D5D9
R044375	1.（戊戌）自今至于壬寅雨　2.令𡉈允子𠂤（荷）　3.卯帚好于𢀖（母）𢀖（鳳）　4.貞今丁				
丙 255 反	王𡆥曰庚雨				
丙 257	㱿	𡉈、𢀖	帚𢀖	典賓	A8D0E139-8
	1（辛未）帚𢀖𤔲㚔王𡆥曰其隹庚𡆥㚔庚戌𡆥㚔（三月）　2.隹母庚㞢子𡆥　3.隹𢀖㞢子𡆥　4.𡆥☐隹𡆥　5.（☐卯）今夕用羌〔貞勿隹今日用羌〕　6.于翌甲辰用羌允用三月（常玉芝以爲此三月不能肯定大於 29 天，見殷商曆法研究 290 頁）			
丙 257 反	1.庚戌卜方　2.隹乙㞢且乙　3.壬戌卜㒸貞　4.貞𦥑☐　5.貞不隹戊　6.今酉用㱿于姎己　7.王疾隹姎☐　E7F9				
丙 259	㱿、內	𡉈、𠂤、𢀖𦥑	雀、畫	典賓	A6E8E0F1F5
丙 621	1.（戊午）𤔲（戎）及𢀖〔弗其及𢀖〕　2.（戊午）乎射弗羌　3.曰（亘）隻　4.（己巳）𡉈（畫）乎來　5.㞢來自𢀖（南）以𢀖（龜）　6.不其以　7.今辛𠂤㞢于上甲　8.其先征　9.其先𢦔　10.其先雀𢦔　11.雀克入𢀖（各）邑〔雀弗其克入〕　12.雀𢦔𢀖　13.雀其𢦔　14.曰雀勿伐　15.貞我𢦔𢀖（枏）　16.貞我弗其𢦔　17.𢀖其𡆥　18.貞允不其𤔲𢀖（妖）　19.（癸丑）☐𦥑☐其隻☐隹☐𢀖（執）　20.（甲寅）曰雀來𢀖（復）　21.雀𦥑（隓）𢀖（壹）			

	1.甲子卜殼　2.翌甲申其雨　3.我𢦏　4.令𦎫（𦎫）𢦏　5.𢀛不其𢦏　6.今壬勿桒☐　5.癸丑☐　A1C1E0				
丙 261	殼、方、爭	𣪘、𢀛、𠂤、𠙵𣎵	雀、𡘋	賓一、典賓	F5F6F7A1A4 39-8
	1.（戊午）乎雀往于㭬　2.（己未）黃尹壱王　3.（庚申）乎王族𢓜比𡘋　4.（甲子）雀弗其乎王族來　5.乎雀征（目）　6.乎王往☐　7.犬追𠂤（亘）㞢及　8.（丁卯）乎雀𩰪中𠂤（𣏟）九月				
丙 261 反	1.自𠃊　2.丁巳卜殼　F4				
丙 263	殼	𣪘	雀	賓一	A1A0C0
	1.王𡆥𦝠　2.（癸酉）雀叀今日𢦔〔于翌甲戌𢦔〕　3.（癸巳）今日其雨				
丙 264	殼、爭、內	𣪘、𠂤、	子商、子𢀛	賓一	C8D7D8 11-41
	1.（辛卯）乎取㚔女子　2.（辛卯）甲酌燎　3.（辛卯）王㞢乍𡆥　4.（庚子）令子𢆶先涉羌于河七月　5.（辛丑）取子𢀛（𢀛）				
丙 265	1.王其逐鹿　2.隹𡴆𢀛（南庚）壱王　3.𢀛　4.王𡆥隹㞢壱				
丙 265 反	1.壬寅卜癸雨　2.丙戌卜　C3D9				
丙 267	𠂤（永）	𠂤、𠂤𣎵𪊨		典賓	F2
	1.（乙卯）隹𢀛（𢀛）𠙵（母丙）壱　2.𢀛𠙵允㞢𢀛				
丙 267 反	1.王固曰𢀛𠙵㞢𢀛于☐　2.帚井示（置）百　3.我以千　4.𣪘				
丙 269 R044384	爭、殼	𣪘、𢀛、𠂤、𠂤	𢀛正化	賓一、典賓	F0A1　7-36
	1.（癸亥）𢀛𠙵（𠙵）𢀛亡𡆥𠙵王𢀛十月　2.王入亡𡆥　3.（甲子）今十月凡至　4.王往于𢀛　5.今㞢于羌甲〔于南（𡴆）庚〕　6.于𢀛				
丙 269 反	㚔來四在𢀛				
丙 271 丙 396	1.𢀛𨪮于𢀛（𢀛𨪮勿于𢀛）　2.𢀛𨪮于𢀛　3.𢀛𨪮于𢀛　4.𢀛𨪮于𢀛　5.𢀛𠙵𢀛𠙵王𢀛　7.其入㞢𠂤示若				
丙 271 反 丙 397	1.辛卯卜殼　2.王固曰隹其𠣞史隹其𢀛（桒）𢀛（𢀛）　3.貞㞢且乙　4.㚔來一在□　C8				
丙 273	方	𠂤、𠙵	𢀛正化	典賓	F8
	1.𢀛𠙵𢀛𢦏𢀛（𢀛）暨𢀛（𢀛）　2.王固曰吉𢦏之日允𢦏𢀛方十三月　3.我不其受年				
丙 273 反	1.王固曰叀既隹乙𢀛（見）丁丁矢　2.冊（周）入　3.疾𢀛不隹𡟰　4.貞伐				
丙 275	爭、方	𠂤、𠂤	𢀛、𢀛、沚𢦔、𡆥、侯告	典賓	F3A0
	1.（丙辰）隹𢀛令比𢀛𢀛　2.令𢀛比𢀛𢀛　3.沚𢦔𢀛（启）𢀛（巴）王比〔王勿𢀛比〕　4.王叀𠂤比　5.王叀侯告比　6.（癸丑）叀𠂤𢀛（爲）　7.我𢀛邑				

丙 276	方	分	㲋茲、咸	典賓	C7C8　1-30
	1.乎比㲋茲　2.咸在茲示若　3.（庚寅）今戊王其步伐 （夷）　4.（辛卯）沚咸名（啓）（巴）王重之比五月				
丙 276 反	1.甲子卜方　2.甲子卜方咸在茲示若　3.王固曰吉沚咸　4.王固曰吉重己其伐其弗伐不吉　　　　　　　　　　　　　A1				
丙 278	韋				D1
	（甲午）西土受年				
丙 278 反	㕭				
丙 280	㞢		帚良		A8
	1.（辛未）黍（黍）年有足雨　2.王㔾（飲）㞢巷				
丙 280 反	1.王固曰吉隹丁　2.㞢　3.帚弓來㞢　4.爭				
丙 282	方	分		典賓	F1F2
	1.（乙卯）�（匯）受年　2.㕢受年				
丙 282 反	㱿入二				
丙 284	㱿	㳄		賓一	E8F5
	1.翌辛亥王出　2.畢（擒）　3.翌戊午㕬畢（擒）　4.（戊午）我狩㸚畢（擒）之日狩允畢（擒）隻虎一鹿四十狐百六十四麑百五十九㺇㽅㞢友二□				
丙 284 反	1.㚔且乙　2.王疾　3.示勿　4.示弗若　5.王固曰乙步　6.王固曰甲不用7.王固曰吉允　8.爭　9.㱿入十				
丙 286					
	㿝于東㞢鹿（㿝亡其鹿）				
丙 286 反	王固曰之㞢隻鹿一豕				
丙 288	亘	㈒、㕣	河㞢	賓一	D3
	（丙申）河㞢彘〔貞河㞢不其彘〕				
丙 289	見丙 223				
丙 291	㱿	㕭、㕮、㕯	㕿	賓一、典賓	D3D8
	1.我其逐麋隻　2.乎比□　3.㕿亡田　4.（辛丑）我亡至㜏（婐）				
丙 291 反	奠來五				
丙 293		㕮	㸸		
	1.于父乙多介子㞢犬　2.㞢犬于父辛多介子　3.隹㞢　4.㕣（㸸）其㞢田				
丙 293 反	1.己酉卜爭　2.立㕰為史其奠　3.多屯王心若　4.王在茲大示左　　E6				
丙 295	爭	㕮、㕣			A4
	1.（丁卯）㞢㛰㕝〔㞢㛰不其㕝〕　2.□不㞢				
丙 296	1.子㕫不㞢（㛰）　2.重盍用㔾　3.其鳳　4.其㞢來				

丙 296 反	1.其鳳　2.壬寅卜屮咎　3.毋其徏屮咎　4.王固曰吉勿入　5.隹父乙巷 6.亡來　　　　　　　　　　　　　　　　　　　　　　　　　　　　　D9				
丙 298			凸、陕、昌侯		
	1.貞重凸令比昌侯歸　2.重陵（陕）令比昌侯歸				
丙 299	方	介		賓一	E1
	（甲辰）我奴人				
丙 300	爭	仆			F5
	1.（戊午）啟（啟）王屮（值）于之若（勿啟不若）　2.河				
丙 300 反	1.勿啟　2.勿盖啟				
丙 302	殼	綠、仆	子商、雀	賓一	D8D9E1 51-40　12-41
	1.（辛丑）今日子昌其臿屮方昌戋五月　2.（壬寅）昌雀重合（喜）臿 屮方〔子昌不盖戋屮方〕　3.（壬寅）至今至于甲辰子昌戋屮方五月　4. （壬寅）日子昌臾癸昌　5.日臾甲昌　6.日子昌于乙昌　7.日子昌至于屮 丁乍凹（火）戋　8.（甲辰）翌己巳日子昌（敦）至于丁未戋（成套 卜辭三卜）				
丙 302 反	1.我來　2.凹田				
丙 304	爭、殼	綠、新、宀、 仆	雀、戓、弜、杏、 昌	賓一、典賓	E8F2F5F6F7 A7
	1.（辛亥）翌乙卯雨乙卯允雨　2.戓☒田　3.（戊午）乎雀化戓　4.（戊 午）雀追昌屮隻　5.杏（喜）戋觷（獲）　6.（乙未）令宀往汕　7.亘其 犇（果）隹昌（執）〔言不隹昌〕　8.（辛酉）今日屮于下乙一牛曺十 宰凸　9.雀以戓　10.啟（妥）以羊〔啟以昌〕　11.奉于上甲戓大丁大甲 下乙12.（庚午）言戈				
丙 305	1.己未卜王　2.屮舸凹（婚）　3.亡舸其凹　4.自之　　　　　　　　F6				
丙 307	爭、王	夕、為	子效、子商	賓一	C1C3　25-54
	1.帝令隹鳳（楓）　2.重子化令曲（西）〔重子昌令〕　3.重王自往西　4. （甲申）余曰（正）觷（獲）六月　5.（丙戌）王屮凹正　6.乙酉曰旬 癸巳屮甲午雨				
丙 307 反	1.庚申卜爭　2.雀入三十　　　　　　　　　　　　　　　　　　　F7				
丙 309	爭、 殼、方	綠、角、夕、 卩	子沚	賓一	E0F1A8A9
	1.（癸丑）旦缶于大子　2.（甲寅）乎子化（沚）酌缶于昌　3.于丙酌缶 4.（辛未）我戋觷（獲）在卩（寧）　5.翌乙亥子沚其來　6.子化其隹甲 戌來　7.我其曰（征）戈　8.勿乎抢夕（敦）				
丙 309 反	1.癸丑卜殼隹田　2.缶雙用　　　　　　　　　　　　　　　　　　E0				

丙 311	㱿、亘	🔯、🔯、🔯	🔯、望乘、子🔯、子🔯	賓一、典賓	A9E0
	1.（壬申）我立中（勿立中）　2.（癸丑）王比🔯伐🔯方　3.（癸丑）王重🔯🔯比伐下🔯　4.且辛又　5.王其☐屮告父正　6.（乙巳）父乙卯🔯（媚）　7.今己巳燎（一.二.三牛）　8.屮🔯（复）又子王🔯于之屮若　9.子🔯（求）🔯凡〔子🔯弗其凡〕　10.子🔯🔯凡屮疾〔子🔯弗其凡〕　11.貞多☐　12.勿盖用　13.🔯（雍）其受年〔🔯不其受年〕				
丙 311 反	1.黃尹　2.翌甲戌酚勺伐　3.于生七月勿屮酚五伐（壬🔯🔯王🔯）　4.王🔯曰吉其隹庚🔯🔯丁　5.王勿比🔯〔望乘〕伐　6.上甲〔黃尹〕求王　7.貞隹且丁若　8.勿立中　9.勿卒屮于下乙　10.勿🔯冊立中　11.乎子往　12.🔯亡其　13.弗其🔯鹿　14.燎五牛于河　15.壬子卜爭　16.受年　17.🔯				
					B1
丙 313		🔯、🔯	沚🔯、婦好	賓一、典賓	B2F7
	1.來乙亥屮于且乙　2.翌庚申🔯　3.屮于且辛　4.令比沚🔯伐🔯方受屮又　5.王隹婦好比沚🔯伐巴方受屮又				
丙 313 反	1.翌卯屮　2.辛未卜方　3.殸入十　4.爭				
丙 315	㱿	🔯、🔯	🔯	賓一、典賓	D3
	（丙申）🔯🔯冊乎比伐🔯方				
丙 316	1.田于🔯　2.重🔯（夷）犬乎田　3.今十三月🔯乎來				
丙 317	見丙 139				
丙 319		🔯、🔯、🔯、🔯	興方	典賓	A9
	1.（壬申）🔯（興）方來隹🔯余在🔯　2.王比🔯方伐下🔯				
丙 319 反	1.王🔯曰吉其☐　2.🔯其隹☐　3.癸酉卜亘　4.爭　5.☐入廿				
丙 321	爭				B6
	（己卯）王乍邑帝若我比之🔯〔王乍邑帝弗若〕				
丙 321 反	貞至				
丙 323		🔯、🔯、🔯🔯		賓一	A1A2A5A6A0C3C4 54-23 55-24 3-32　8-37
	1.（丙戌）王我其逐鹿隻允隻十（一月）　2.我重七鹿逐七鹿不🔯　3.（丁亥）我重卅鹿逐允逐隻十（一月）　4.（甲子）王其隻鹿允隻十🔯（蚰）二月　5.（乙丑）王其逐隻鹿不往　6.（戊辰）我隻鹿允隻六　7.（己巳）王隻在🔯兇允隻　8.（癸酉）王其隻鹿				
丙 324					C7
	1.來庚寅屮一牛姓庚🔯十🔯十宰十穀　2.勿盖☐　3.于甲🔯隻　4.于東　5.🔯屮鹿　6.亡其鹿　7.貞亡🔯				

丙324反	1.壬午卜㱿　2.燎單東　3.屮父庚　4.禾酒咸　5.父庚屯				B9
丙326	方	升、日		典賓	D5
	1.屮于父☒　2.我亡屮　3.（戊戌）茲邑其屮降☒　4.☒㞢于臺〔☒勿于臺〕　5.方㞢乎于臺				
丙326反	1.岀入十　2.王固曰其屮☒				
丙328	韋		升、㪀		E1E2
	1.翌甲辰勿酌羌自上甲〔貞勿盍自上甲一羌至下乙〕　2.貞其來〔貞亡來☒〕　3.令㞢歸求我（宜）　4.翌庚辰王出　5.（乙巳）乎㪀（俪）允☒				
丙328反	1.癸酉卜亘　2.貞丙午來　3.至于午先來　4.受黍年　5.我ゝ　6.王固曰吉其令　7.㱿　8.岀入五十				A0E3
丙330	見丙233				
丙332	方、㱿	食、㪀、日	臧	賓一、典賓	E4E0　15-44
	1.西土（土）受年　2.簏（簏）受年　3.姐（姐）受年　4.☒受年　5.于㞢（尋）匕〔勿于㞢匕〕　6.㞢（燉）　7.臧其來　8.且乙其屯王　9.乎取女于林　10.（癸丑）隹☒				
丙333	1.丁未卜㱿　2.王隹屮屯　3.戊申卜爭　4.乎邑人出羊牛　5.☒人㞢至我若　6.今日雨　7.我來十				E4E5
丙334	見丙251				
丙336	㱿、方	㪀、升、ゝ	子凡	賓一、典賓	A2B2C2F2
	1.（乙丑）酌子㞢（凡）于且丁五宰　2.先酌子凡父乙三牢　3.（乙酉）大甲若王　4.（乙卯）酒　5.（乙亥）☒㞢（母）☒				
丙336反	奠入五				
丙338		升		典賓	A3
	（丙寅）父乙方于且乙				
丙338反	1.王固曰方隹易日　2.王固曰父乙方于☒				
丙340	爭、㱿	㪀、ゝ、ゝ		賓一.典賓	D3D6D9
	1.在㞢田屮日雨　2.☒屮于姒己☒㞢卯牝　3.（丙申）帚好ゝ弗以帚☒（婚）〔帚ゝ其以帚☒〕　4.（壬寅）屮于父乙宰曰ゝ卯鼎　5.屮于父乙宰子ゝゝ				
丙340反	岀入四				
丙342	爭	ゝ、凡		賓一	C1C0
	1.翌甲申㞢伐自上甲　2.㞢來犬（馬）　3.貞ゝ乎取白馬以　4.ゝ其來　5.弗其隻　6.ゝ〔勿令ゝ〕　7.屮于河　8.酌黃尹（勿⽄㞢⼚可）　9.⼏屮不若　10.其雨　11.（癸巳）王比				
丙342反	1.癸未卜㱿　2.丁酉卜　3.辛亥卜方　4.貞ゝ（擒）　5.不其至　6.其雨　7.勿可（截）　8.屮田				B0D4E8

丙 344	殼	🔣、🔣		賓一.典賓	E2B2C2
	1.于來乙巳酚　2.重乙酉🔣（酚）　3.☐卯伐十　4.乙亥卜🔣貞					
丙 345 R044421	🔣、方	🔣、🔣辞、🔣、🔣		賓一、典賓	F0B0
	1.（癸亥）亡疾〔其㞢疾〕　2.🔣亡🔣〔㞢🔣〕　3.方其🔣〔不🔣〕　4.（癸未）🔣亡🔣〔㞢🔣〕					
丙 345 反	1.貞乍🔣　2.不其雨　3.🔣　4.🔣來十					
丙 347		帚🔣			
	1.帚🔣🔣妫　2.涉狩🔣☐　3.疾🔣（瘳）　4.貞🔣〔貞若〕					
丙 347 反	1.王固曰其隹甲🔣妫其隹乙㞢求其隹丙（寅）不吉乙卯吉　2.王固曰吉用　3.貞其㞢來🔣自西　4.🔣☐黃　5.王固曰于甲　6.🔣☐					F1
丙 349	殼	🔣、🔣、🔣、🔣、🔣			A2A3A4A5B1B2B6D3
	1.翌乙丑（乙亥）勿㞢伐　2.（丙寅）翌戊辰王出丁卯🔣　3.翌甲戌其雨　4.🔣（毋）其隹🔣（卒）八月　5.帚🔣🔣妫　6.隹王亥（🔣）　7.告王冊于父乙　8.㞢于且乙（咸）　9.于咸🔣（繫）🔣（兒）　10.翌乙亥王令　11.翌乙亥㞢伐　12.父乙🔣隹之　13.㞢🔣（勺）🔣于父乙　14.王🔣父乙（妣己）🔣　15.㞢于🔣妣十一戔🔣　16.乎先　17.入雀☐🔣（妾）　18.勿㞢于🔣（南）庚　19.王夢隹🔣　20.帝☐🔣☐三（四.五.十）牛　21.其㞢🔣　22.其㞢🔣（暬）　23.翌己卯其雨　24.（丙申）我受年					
丙 349 反	1.翌乙丑㞢伐　2.王固曰勿雨隹其風　3.貞🔣　4.王固曰隹甲🔣余　5.其🔣今夕㞢于☐　6.王固曰隹乙其雨　7.甲戌卜殼　8.射　9.🔣（繫）兒　10.勿🔣于咸　11.乎🔣出　12.王🔣（聖）隹🔣乙亥酚　13.王夢　14.王妫　15.乎🔣于　16.王固曰吉其🔣　17.㞢🔣廿　18.庚入一					A2B1
丙 351	1.我🔣（凡）牛🔣羊🔣豕🔣　2.🔣其🔣　3.王往省🔣（南）若					
丙 352		🔣			
	1.乎🔣往于🔣　2.🔣于🔣三羌〔勿🔣于🔣五羌〕					
丙 353	方	🔣辞、🔣		賓一.典賓	E3
	（丙午）乎省牛于多奠					
丙 354	方	🔣、🔣		賓一	E8
	（辛亥）🔣🔣☐🔣以王🔣（係）					
丙 354 反	1.王固曰吉以　2.雀入二百五十					
丙 356	方	🔣、🔣、🔣		典賓	B3
	1.父乙🔣（異）隹🔣（敗）　2.乙🔣（夕）㞢疾隹㞢🔣〔乙🔣㞢疾不隹㞢🔣〕					
丙 356 反	雀入百五十					
丙 358		🔣、🔣			
	王🔣隹🔣〔王🔣不隹🔣〕					

丙 358 反	1.戊戌卜爭 2.雀入二百五十				D5
丙 360	爭				A5
	1.（戊辰）𰀭（饮）羌自妣庚〔𰀭羌自高妣己〕 2.曹于妣庚 3.好出𰀭〔弗𰀭出𰀭〕 4.出𰀭（勺）于父庚宰				
丙 360 反	1.王固曰其自高妣己 2.勿卯 3.勿𰀭羌 4.帝示三 5.𰀭（誇）來四十 6.方				
丙 362	方、爭	分		典賓	C2D2
	1.卯𰀭（單子）于母庚〔于母己卯𰀭〕 2.（乙未）其出皆（暂） 3.（乙酉）卯于妣己				
丙 362 反	1.王固曰其出皆 2.勿卯 3.于高妣己暨⊠ 4.𰀭				
丙 364	內				F9
	1.之其凡 2.𰀭（母）癸卣王 3.翌丁出于妣癸				
丙 364 反	⊠入七十				
丙 366	殼	𰀭	𰀭	典賓	C7
	1.貞出𰀭（虎）〔亡其𰀭〕 2.（庚寅）𰀭以𰀭𰀭（角女）〔弗其以𰀭𰀭〕				
丙 366 反	𰀭入七十				
丙 368	爭	𰀭、𰀭		賓一	C0D9 1-30
	今一月雨〔今一月不其雨〕王固曰丙雨旬壬寅雨甲辰亦雨				
丙 368 反	1.己酉雨辛𰀭亦雨 2.雀入二百五十				E6
丙 370	殼	𰀭、𰀭、𰀭		賓一	C8C9 60-29
	1.（辛丑）其𰀭（莫）三月〔不𰀭〕 2.（壬辰）𰀭亡田〔𰀭其出田〕三月				
丙 371	亘	𰀭			E6
	（己酉）帝不我𰀭〔帝不其𰀭我〕				
丙 371 反	王固曰出求				
丙 373		𰀭	𰀭、𰀭		
	1.𰀭不其𰀭（受）年 2.𰀭不其𰀭年				
丙 373 反	1.雀入二百五十 2.𰀭受年 3.𰀭受年 4.辛巳卜方				B8
丙 375	殼	𰀭	沚臧	典賓	E9
	（壬子）今𰀭王重⊠				
丙 375 反	今𰀭王勿比沚臧 2.雀入二百五十				
丙 377	韋				B9 13:30-49
	1.（壬午）韋貞⊠ 2.十二月				
丙 377 反	1.𰀭（永）入十 2.帝闋示 3.方				

丙 379	𠣸	⌘	𢆷		B3 19-48
	1.（丙子）今十一月不其雨　2.𢆷來舟　3.乎☒				
丙 379 反	1.乙酉卜爭　2.我來十　3.𦅷				C2
丙 381	㱿、分	分、𦅷		典賓	B0D4D7E1
	1.㞢伐于上甲（咸）十㞢五卯十小宰狇　2.（丁酉）𡛡（姤）受年　3.我受㞢（甫）耤在𡛡年三月〔我弗其受㞢耤在𡛡年〕　4.自今庚子至于甲辰帝令雨　5.叀癸未用　6.㞢于且乙一宰𤴎				
丙 381 反	1.今日不其雨　2.三日癸未㞢𤓷于上甲　3.王固卜曰我其田㞢耤在姤年4.癸未卜方　5.𤲅入五				B0
丙 383	1.其㞢來𤾭自沚　2.史人于𤰔（畫）　3.王𦥑（肘）𢆩　4.且丁𤐫（𢼸）父乙☒　5.𤔌𤔌𤔌父乙𡚁王〔𤔌𤔌弗𤔌父乙𡚁王〕　5.允吕（舌）王				
丙 383 反	1.戊辰卜爭　2.㞢于且丁　3.乎帚好𩚏（食）				A5
丙 385	㱿	𦅷		典賓	E1F2
	1.（甲辰）王勿䒸（卒）入于𦥑（秭）入　2.王咸彭𤑱勿𠦪翌日〔王𠦪𡇯𤑱日〕　3.王莅黍（成套卜辭第五卜）				
丙 386	見丙 78				
丙 388	今日㞢于且乙				
丙 388 反	雀入二百五十				
丙 390	方	分		典賓	B1
	1.在𡛡田𤔌　2.及今四月雨　3.☒𤴎于𤑱				
丙 390 反	1.丁丑卜爭　2.王固曰其雨　3.丁丑卜爭　4.奠取				B4
丙 392+乙 3367	㱿、爭	𦅷、乙、𢼸		典賓	B0C1D1F8
	1.（癸未）翌甲申王𡇯上甲日王固曰吉𡇯允𡇯　2.（癸未）告于姤己暨姤庚　3.不雨　4.（甲午）王𡇯咸日　5.乎取𤲅卜（任）于𤑱　6.𤔌（祼）于父甲日𦅷不鼎　7.父甲弗其用王☒　8.今日𡛡（汝）不其𩚏　9.㞢𤔌（卒）　10.（辛酉）子𡛡（目）其疾				
丙 392 反	1.隹𡆥　2.𡇯上甲日　3.乙未王𡇯𤔌　4.今夕其雨　5.勿葢告　6.㞢于父乙　7.王夢其☒　8.告㞢既一羊　9.其𤔌（卒）10.帚井示（置）十　11.𦅷				
丙 394	見丙 161				
丙 396	見丙 271				
丙 398	㱿	𦅷、⌘		典賓	C6
	（己丑）𤔌（即）以𤔌（𢽲）其五百隹六				
丙 398 反	1.戊午卜方貞乎取牛　2.貞王沚𢧜伐𤔌方　3.王固曰☒沚𢧜☒巴　4.比沚百以王固☒吉以其至				F5

丙400	殼	𣪊、𝼐、𝼋		賓一、典賓	F5A3B2
	1.（戊□）令𡡠（吳）𝼐𝼋𝼐（由）取舟不若　2.血牛　3.㞢伐𝼐（妾）𝼐（蔑）　4.卅𝼐𝼐　5.㞢于且辛死𝼐　6.王㞢夢不佳𠤖　7.（丙寅）來乙亥易日王𠂤曰乃兹易日乙亥陰不雨兹日雨　8.來燎　9.□𝼐燎□　10.□入于𝼐				
丙400反		1.燎父乙三豕㞢十伐卯十牛　2.辛未卜爭　3.□易日乙□　4.㞢父乙　5.令□			A8
丙402	方	𝼐、𝼋、𝼐		賓一	F7
	（庚申）重𝼐（𝼐）〔勿佳𝼐〕				
丙403	殼	𣪊		典賓	C5
	1.（戊子）王田𝼐　2.王往𝼐（奔）𝼐至于𝼐𝼐（剛）				
丙403反	1.貞多　2.𣪊				
丙405	方	𝼐		典賓	E3E4
	（丙午）翌丁未子𝼐其血𝼐（易）日（十一月）				
丙405反	1.帚示十　2.𝼐（畫）入				
丙407 丙631	殼、𝼋	𣪊、𝼐、𝼋		典賓	F6F0　34-3
	1.王往𝼐　2.㞢于父乙牢　3.多姤咎王　4.（己未）子𝼐㞢𠤖　5.于姤己卲子𝼐　6.㞢于父庚　7.王夢𝼐（裸）佳𠤖　8.不佳𠤖　9.（癸亥）燎上甲三牛㞢伐十卯十豕　10 𝼐于𝼐				
丙407反		1.戊子卜　2.王狩　3.王勿𝼐狩　4.㞢且辛三伐　5.父甲𝼐王　6.于母□子𝼐　7.十（十㞢五）伐　8.𝼐　9.𝼐父庚十𝼐十宰　10.𠂤曰其燎上甲			C5
丙409	爭				F3　58-27
	1.（丙辰）𝼐𝼐𝼐王比帝若受我又　2.（丙辰）王往省比西若				
丙409反	1.王𠂤曰吉帝其受余又　2.帚來　3.𝼐入十　4.殼				
丙411	殼	𣪊、𝼐		典賓	F5
	1.（戊午）王㞢夢其㞢𠤖　2.王𝼐　3.且辛（且丁）咎王　4.王入若				
丙411反	𝼐入十				
丙413	𝼐、方	𝼐		典賓	A8C7E2
	1.王𝼐（求）牛于𝼐（夫）　2.㞢𝼐𝼐　3.𝼐（夕）㞢羌甲〔勿夕㞢羌甲〕　4.我𝼐□　5.姤癸𝼐王　6.姤癸𝼐　7.卲于姤庚𝼐　8.（辛未）𝼐（旨）𝼐　9.𝼐弗其𝼐𝼐　10.㞢于卜丙一伐　10.（庚寅）𝼐（注）及　11.允至㞢于三示　1.勿衣㞢□　1.（乙巳）𝼐（弓）𝼐于𝼐　　冊冊				
丙413反		1.壬申卜爭　2.𝼐允來　3.乎　4.于𝼐　5.重𝼐人乎比　6.㞢佳　7.㞢伐于卜丙㞢宰　8.王𠂤曰伐　9.王𠂤曰弗其及𝼐　10.𝼐入二在𝼐			
丙415	方	𝼐、𝼐、𝼐、 𝼐		典賓	D3
	1.佳父乙𠤖王　2.帚好夢不佳父乙　3.王𝼐父乙　4.王𠤖佳𝼐　5.（丙申）𝼐隻四羌其至𝼐（咼）				

丙 415 反	1.貞南　2.曰隹父乙　3.以自我廿　4.壬□卜　5.夢隹				
丙 417	爭				E9
	1.（壬子）㞢于且辛　2.其來今夕　3.乎多子逐鹿				
丙 417 反	1.王固曰其來　2.王固曰不其隻　3.㞢來				
丙 419		🜨			B7
	1.貞隹𠂤（戊）囧　2.翌庚辰燎十豕🜨　3.燎于咸🜨〔勿燎於咸🜨〕				
丙 419 反	1.王囧隹且丁🜨　2.不隹父乙　3.𢦏弗其囧凡㞢疾　4.🜨（唯）入二				
丙 421		🜨		賓一	E9
	1.（壬子）不以　2.🜨　3.王固曰吉茲日追🜨（光）　4.貞𢽉□盖于🜨（丘）				
丙 421 反	1.㞢犬于多介母　2.貞今日雨　3.貞出　4.貞南庚　5.曹且乙卅伐　6.貞王征□若　7.貞乎宅丘　8.🜨				
丙 423		🜨、🜨、🜨		賓一	A9
	1.壬申王勿狩不其𤣩（擒）壬申🜨𤣩（擒）　2.其狩壬申允狩𤣩（擒）隻🜨（兕）六豕十㞢六罷百㞢九　3.㞢隻　4.王狩🜨　5.卲于㞢妣　6.勿卲亡疾				
丙 423 反	1.曰🜨　2.王曰名㞢𤣩（擒）　3.勿曰名弗其𤣩（擒）　4.卲于　5.爭				
丙 425	爭	🜨		典賓	D2D4D9
	1.（乙未）㞢且乙　2.酚于河五十（三十、廿、十）牛　3.㞢五人卯五牛于二冊（朋）〔十人卯十牛〕　4.其隹今夕雨〔翌壬辰雨〕　5.（丁酉）🜨🜨				
丙 425 反	二月				
丙 427	1.貞且乙若王🜨🜨　2.𡦬🜨門				
丙 427 反	1.丁卯卜㲼　2.王固曰且乙弗若朕不其□　3.㲼				A4
丙 429	𠀉、㲼	🜨、🜨、🜨		典賓	
	1.（丙寅）且丁弗🜨　2.子🜨隻鹿　3.不🜨　4.（丁卯）🜨🜨（姌）㞢子　5.貞受				
丙 429 反	1.王固曰隻　2.甲戌卜爭　3.🜨入				B1
丙 431	𠀉、㲼	🜨、🜨、🜨	雀	賓一、典賓	E4E5E9F1
	1.（丁未）燎于🜨　2.（戊申）方🜨燎于🜨🜨（社稷）🜨卯上甲　3.（壬子）㞢于示壬正　4.乎雀酚于河五十牛　5.旨河燎于🜨㞢雨　6.乎舞于🜨（蚰）　7.來甲寅㞢于上甲十牛				
丙 431 反	壬子卜🜨				E9
丙 433	🜨（永）				D7D8D9D0
	1.（庚子）🜨（翌）辛丑雨　2.（壬寅）🜨（翌）癸卯其雨				
丙 434	㲼	🜨		典賓	B5
	1.（戊寅）于妣己卲　2.于㐭（高）妣己卲				

丙 436 R044461	𡆠、方	介		典賓	E7A6
	1.乎五日　2.不其𡆠　3.（庚戌）其𡆠（如）　4.𢀛隹其𠚕𡆠自之（亡其 𡆠自止）　5.（壬子）钔于且丁（羌甲）　6.𠚕于𤔲（婁）　7.□𢀛				
丙 436 反	1.丙辰卜爭　2.不其雨　3.吉　4.王固曰□商茲　4.貞其　5.父乙（父辛） 𡆠　6.王固曰𢀛（咎）見𠅃　7.隹父乙				F3
丙 438	殼	𤲃、𠬝		賓一	A6
	1.（己巳）𢀛不𡆠王固曰吉勿𡆠（婚）　2.𤲃不𡆠〔𤲃其𡆠〕　3.貞三𠚕				
丙 438 反	1.勿令　2.貞勿盖令卒　3.貞勿𡆠　4.不青　5.□十羌𠚕𠬝　6.𢀛				
丙 440	內	𢀛		賓一	C5D3
	1.（戊子）豪（𤔲）及　2.翌丙申其雨　3.于王𢀛𢀛我　4.方帝羌卯牛　5. 隹父□𡆠王𠚕				
丙 440 反	1.逐□壬隻七羌　2.乙未卜殼　3.貞隹　4.王固曰辛				D2
丙 442	見丙 223				
丙 444	方	介		典賓	F3
	（丙辰）王重用（周）方正				
丙 444 反	登禾于且乙				
丙 446	方	𤔲		賓一	B3
	1.（丙子）王往西　2.乎子凡𢀛				
丙 446 反	1.于寅𢀛　2.♡隹之乎𢀛𢀛若　3.𠚕羊于多介　4.其雨				
丙 448	1.𤲃（登）𤲃（黍）　2.甲用𢀛（罦）來羌〔勿盖用𢀛來羌〕　3.隹父庚 4.隹父乙𡆠				
丙 448 反	1.癸丑卜爭　2.王固曰吉　3.丁酉卜𡆠貞今日燎下□　4.貞勿燎王固曰 隹父庚隹𢀛余　5.□入三　6.𢀛				D4E0
丙 450		𤲃	弓		
	1.𢀛亡其𢀛來自南允亡𢀛　2.□𤲃□　3.勿燎　4.隹𤲃（婁）𢀛王　5.令 弓比𢀛古王事〔重邑令比𢀛〕　7.𢀛其𠚕疾				
丙 450 反	1.□申　2.己丑卜方　3.壬申方				A9C6
丙 452	殼	𢀛、𠬝、𤲃		賓一.典賓	D4F1
	1.（丁酉）今日用五宰且日（勿用五宰且日）　2.（甲寅）王夢隹𡆠				
丙 452 反	𤲃（壴）入廿				
丙 454	1.自今五日至于丙午雨　2.自今五日雨				E3
丙 455 （丙617）	1.來庚寅𠚕一牛姚庚𤔲十𠬝十宰十𠚕　2.貞于甲𢀛（宙）隻　3.于𢀛　4. 𤲃（𤲃）𠚕鹿5貞亡𡆠　6.乎取𢀛（武）兄　7.𠚕于上甲十伐卯十宰　8. 重小牢（一牛）　9.上甲十伐𠚕五卯十小宰　10.貞廿伐上甲卯十小宰 11.貞翌乙未𠚕于父乙二牛				C7D2

丙 455 反（丙 617 反）	1.壬午卜殼　2.燎單東　3.㞢父庚　4.禾酻咸　5.父庚壱王　6.☒且乙☒丁　7.㞢于三父一伐卯宰羊[illegible]　8.貞壬辰[illegible]　9.勿示　10.乙未卜[illegible]　B9C9D2				
丙 457		𡆥			
	1.隹庚妣　2.𢀛𡆥于妣己　3.于高妣己　4.帚㞢[illegible]（[illegible]）（帚亡其[illegible]）				
丙 457 反	1.𠦪且丁十伐　2.十伐卯十宰				
丙 459（丙615）		[illegible].[illegible]			
	子[illegible]（眉）亦[illegible]（毓）隹[illegible]（臣）〔子[illegible]亦[illegible]不隹[illegible]〕				
丙 459 反	1.王𡆥曰吉其隹臣　2.雀入二百五十　3.貞隹且丁壱				
丙 461	㱿、殼	[illegible]、[illegible]		賓一、典賓	D2E5
	1.（乙未）父乙壱王　2.（戊申）[illegible]（祀）弗若				
丙 462	1.隹妣己[illegible]（咎）王𡆥　2.隹父乙				
丙 463	殼	[illegible]	沚戓	典賓	D4
	1.（丁酉）沚戓爯冊王比　2.乎[illegible]往于河㞢从雨				
丙 464	殼	[illegible]、[illegible]		賓一、典賓	C4
丙 619	（丁亥）[illegible]（旃）亡𡆥𡆥王史				
丙 465	王𡆥曰㞢咎				
丙 466	㱿				F5
	（戊午）今來羌于☒				
丙 467 R028116	殼	[illegible]、[illegible]、[illegible]		賓一	E5F7　59-28
	1.帚[illegible][illegible]㚬二月庚申[illegible]不㚬　2.𢀛于妣己㞢𡧊　3.酻𡧊卯宰一牛 4 王☒唐隹𡆥　5.翌戊申王狩　6.[illegible]　7.往　8.𢀛于妣庚十[illegible]　9.子[illegible]𡆥凡㞢疾				
丙 467 反	1.丁丑卜　2.今日酻　3.翌戊其鳳（風）　B4				
丙 469	1.[illegible]（熯）㞢雨　2.勿舞岳				
丙 470	☒入卅				
丙 471	殼	[illegible]、[illegible]		賓一、典賓	E8
	（辛亥）王其乎収[illegible]白出牛允[illegible]（正）				
丙 471 反	㞢𡧊于妣庚				
丙 473	1.隹多父〔[illegible][illegible]隹多父〕　2.疾[illegible]隹㞢壱〔疾[illegible]不隹㞢壱〕				
丙 473 反	1.今丁巳雨　2.隹且　F4				
丙 475	1.隹[illegible]（嫛）壱子[illegible]　2.乎[illegible]于河㞢來				
丙 475 反	1.㞢于妣癸　2.勿㞢☒　3.㞢口（祊）　4.王𡆥曰其㞢　5.己未卜　6.㞢犬　F6				
丙 477	1.翌庚子[illegible]其[illegible]（易）日庚子[illegible]（啓）之夕雨　D7				
丙 479	爭	[illegible]			F9
	1.（壬戌）王夢隹𡆥　2.王勿耤☒				

丙 479 反	帝𗊸				
丙 481	1.（甲𠂤）山𠂤（影）　2.山𠂤王勿衛（衛）				C1
丙 483	1.妣月（丹）㞢王　2.且乙㞢王　3.妣己㞢王〔妣甲㞢王〕				
丙 483 反	山于介子				
丙 485+乙補 954	殼、爭	𗊸、𗊸、𗊸、𗊸		賓一、典賓	D9E2
	1.𠦪于且辛　2.今日𗊸牛于且辛　3.于翌辛𗊸牛且辛　4.（壬寅）翌丁未勿步　5.王重翌乙巳步　6.我□隹𗊸云　7.雀亡田　8.乎雀𗊸伐云　9.今十二月我步〔貞于生一月步〕　10.乎𗊸豕隻				
丙 485 反	1.壬寅　2.翌丁未				D9E4
487	爭	𗊸			F6
	1.（己未）我受年　2.（己未）𗊸𗊸亡田　3.侯以田𗊸				
487 反	1.壬戌卜殼貞王㞢（鹿）𗊸（次）				F9
丙 489	1.乎奴山□　2.來甲戌山伐自上甲　3.勿山				B1
丙 489 反	王固曰吉其				
丙 491	方	𗊸、𗊸𗊸		賓一	E1
	1.（甲辰）今日勿乎雀步　2.其勿令以				
丙 492	㞢、方	𗊸、𗊸		賓一、典賓	C3F7
	1.（丙戌）令眾𗊸受山年　2.乎𗊸耤于𗊸（明）　3.（庚申）勿𗊸𗊸𗊸𗊸宰用				
丙 493	王固曰吉受年				
丙 494	見丙 239				
丙 496	殼	𗊸、𗊸		典賓	F1
	1.帝其降𗊸（摧）在𗊸　2.（甲寅）其□　3.𗊸（鬼）其山田				
丙 496 反	1.王固曰吉　2.乎般以　3.羌　4.王固曰其田上下　5.甲子卜方				A1
丙 498	見丙 229				
丙 500	章				C0
	（癸巳）行以山自暨邑				
丙 500 反	1.王固曰其以				
丙 502	見丙 106				
丙 504	㞢	𗊸、𗊸、𗊸			
	（□寅）𗊸隹田〔不隹田〕				
丙 504 反	1.王固曰吉　2.于𗊸（斲）勿隹田　3.王夢				
丙 506	方、㞢	𗊸		典賓	A0B7
	1.（癸酉）𗊸彭伐　2.帝𗊸𗊸不其妨　3.翌庚辰王亡𗊸				

丙 506 反	1.令殳　2.乙重　3.𦥯				
丙 508	方	分、𠂤		典賓	E4
	1.帚好其征㞢疾　2.貞雨　3.貞不☒　4.（丁未）乎上　5.㞢疾身（身） 卲于且丁　6.☒妣☒卲　7.且丁弗其𤘘（專）　8.疾止　9.勿㞢于☒𡥩 10.𣏟☒𣏟弗其戋𡥩				
丙 508 反	1.癸卯卜㲉　2.癸丑卜㞢　3.示丁隹𤓰　4.翌辛亥㞢且辛　5.辛☒卜　6. ☒入廿				D0E8E0
丙 510	爭	⻊、𠂤	鼓、侯告、𤰇	賓一	C1
	1.（甲申）王㞢不若　2.鼓（鼓）以𢎥（孖）　3.貞乎不☒　4.王☒侯告 比　5.𡥩乎取羌以☒　6.貞于𢆶（冀）　7.㞢于咸卅伐　8.十☒㞢☒宰　9. ☒㞢于且丁　10.𤰇其來				
丙 510 反	1.以𢎥☒　2.壬寅卜余奴㞢往田于不比𢎥𡥩　3.勿乎比𢎥于𡰥　4.壬子 卜　5.王征出又　6.王勿征出				D9E9
丙 512	爭				
	1.子𢎥于𢆶（母）𠂤𢿒曶小宰㞢殳𢎥（女）〔勿盖用𠂤𢿒曶小宰㞢殳女于 𢆶母〕				
丙 513	㲉	𠦪、𠂤		典賓	A8B9
	1.（辛未）我奴人迄在黍不受曶㞢年〔我弗其受黍年〕　2.（壬午）帚 曰凡　3.于𢆶甲卲帚　4.𢿒（既）曶𢆶甲殳　6.貞帚好𡥩　7.𢆶甲其帚 8.貞其𢎥鹿〔貞鹿不其𢎥〕　9.貞王㞢圂（圍）若〔王㞢圂不若〕　10. 貞羊𡥩舟　11.勿盖用殳舞于父乙				
丙 513 反	1.王固曰吉　2.貞𢆶　3.于𢆶甲☒好卲　4.貞隹𡥩𢎥巷婦好　5.隹用　6. 不其𢎥　7.貞卲妊于𢆶甲　8.勿盖于𢆶甲　9.王固曰吉其用　10.王固曰 吉𢆶　11.乙卯卜豆　12.其☒𢎥　13.酓𡥩　14.王夢北比𡥩隹　15.☒貞 不隹☒　16.王固曰吉勿隹☒　17.我來十　18.𠦪				
丙 515	爭	𢎥、𡰥、𠂤			B0C3D3
	1.（癸未）⽣（生）一月帝其𢎥（昌）令𡥩　2.（丙戌）婦𢎥妫　3.貞乎 𣃩（卣）比會（㐭）　4.翌丙申酓王𢎥允酓　5.貞不隹☒　6.貞其卲　7. 貞不其雨				
丙 515 反	1.貞燎豕㞢𡥩（青）　2.王☒其𤓰甲　3.帚𡥩　4.丙申令　5.庚子卜𠦪　6. 示曶不　7.人來　8.王夢吉其隹庚吉　9.王夢𢆶其戊申吉　10.王固曰其 往☒　11.豆（壴）入一　12.爭				D3D7
丙 517		𠂤、𢎥、𠂤𡥩	𤔲	賓一	
	1.王夢隹㞢又　2.𤔲㞢☒曰（正）〔𤔲㞢☒弗其曰〕　3.𢎥隹甾（西）土 4.王夢隹若				
丙 517 反	1.辛卯卜方　2.王固曰吉勿隹㞢又　3.𤔲以四十				C8
丙 519	方	分、𢎥		賓一、典賓	E5
	1.（戊申）奉步于𢎥（誖）其☒　2.唐子𢎥父乙　3.貞今日雨　4.貞唐子 伐				

丙 519 反	1.王固曰吉🔣　　2.壬寅卜由貞雨				D9
丙 521	由、方	𠂤		典賓	D1F3
	1.☐且辛　　2.今五月山來☐（齒）〔今☐亡其來☐〕　　3.翌甲午其雨　　4.山🔣庚　　5.🔣（毋）屰王　　6.（丙辰）由貞帝令隹🔣（弗令隹🔣）　　7.牽🔣　　8.貞王入于🔣（𪊔）🔣㞢　　9.于🔣🔣（母）				
丙 521 反	1.己丑卜爭翌乙未雨　　2.癸未卜爭🔣（得）　　3.王固曰雨隹其不𣲺　　4.庚戌貞山☐　　5.貞且辛燎🔣王豕　　6.貞不若燎王　　7.王固曰吉不于矢　　8.五犬于母庚　　9.勿山				B0C6E7
丙 523	方	𠂤、🔣		賓一	D9　45-14
	1.王🔣（𪊔）多🔣不若左于下上　　2.貞🔣（將）🔣　　3.（壬寅）今十月雨　　4.王固曰吉🔣（黽）勿余屰				
丙 523 反	1.貞其山來☐　　2.貞亡來🔣（摧）　　3.王固曰勿若　　4.王固曰其雨隹庚其隹辛雨🔣（引）吉　　5.殼				
丙 525	方	𠂤、🔣		典賓	C6E3E4F0
	1.☐勿☐𡆥　　2.自今至于己酉不雨　　3.貞今癸亥其雨　　4.貞燎犬　　5.（丙午）翌丁未🔣（易）日〔翌丁未不其🔣日〕　　6.🔣戌🔣王〔🔣戌弗🔣王〕　　7.貞🔣隹屰　　8.令🔣（𣪊）比🔣（逆）🔣山任（🔣）暨唐若				
丙 525 反	1.🔣（衛）王　　2.☐丑卜方　　3.取羊于𡉉　　4.勿☐且丁　　5.🔣（匿）入一				
丙 527	韋	🔣、𠂤、🔣		賓一	D2D4D5E6E7 E8E9
	1.（乙未）雨　　2.（丁酉）其雨　　3.（戊戌）雨				
	1.（己酉）雨　　2.（庚戌）其雨　　3.（壬子）其雨　　4.（辛亥）其雨				
丙 527 反	丙申卜韋貞其雨				D3
丙 529	殼	🔣、𠂤、🔣、🔣		賓一	A3A4A5A6A 7A8A9　A0 B1B2B3B4B 5
	1.（丙寅）翌丁卯帝其令雨　　2.允不雨　　3.（丁卯）翌戊辰帝其令雨戊辰允陰　　3.（戊辰）翌己巳帝不令雨　　4.（己巳）翌庚午帝其令雨　　5.（辛未）翌壬申帝其令雨壬申🔣　　6.（壬申）翌癸酉帝其令雨　　7.（甲戌）翌乙亥帝其令雨　　8.（乙亥）翌丙子帝其令雨　　9.（丁丑）翌戊寅帝其令雨				
丙 529 反	1.🔣（龍）　　2.己巳帝允令雨至于庚				A6
丙 531	内	𠂤、🔣		賓一	D6D8D9E1E 2
	1.（己亥）翌辛丑乎雀酚河卅酚　　2.貞🔣　　3.（壬寅）王翌乙巳山于且乙　　4.翌甲辰于上甲一牛　　5.貞宰于上甲　　6.我舞　　7.不其雨				
丙 532	貞不其雨				
丙 533	殼	🔣		典賓	C5D4
	（戊子）王令河沉三牛燎三牛卯五牛王固曰丁其雨九日丁酉雨二月				

丙 533 反	丁王亦囚曰其亦雨之夕允雨				
丙 535	1.取岳㞢雨　2.其亦卣（卣）雨				
丙 535 反	1.☑卜亘　2.王囚曰其雨　3.王囚曰其亦卣雨隹巳　4.殼				
丙 537	爭	⋔		賓一	B4
	（丁丑）不嚚帝隹其□〔不嚚帝不隹□〕				
丙 538	殼	觳、己、⋔		典賓	C1C2
	（甲申）翌乙酉其㷋（風）〔翌乙酉不其㷋〕				
丙 538 反	1.王囚曰☑　2.翌乙酉不☑　3.雀入二百五十			C2
丙 540	1.王㞢弋（戈）人〔王弗弋人〕　2.王其飲　3.亡來㷋　4.囚妨　5.于父甲〔于父辛〕　6.㞢于妣庚〔二羊、三羊、四羊、五羊〕				
丙 540 反	1.今二月㞢至　2.丁巳卜爭疾止卸于父庚〔勿卸于父辛〕　3.且丁老王			F4
丙 542	1.翌乙未㞢且乙　2.（乙未）王其歸母于母（母）（勿母于母母）			D2
丙 542 反	癸巳卜方				C0
丙 544		⋔铻龜		典賓	
	貞且乙彳王〔祖辛彳王〕				
丙 544 反	1.貞乍方于丫　2.貞燎				
丙 546	方	分、巳		賓一	F8B2B3
	1.乎取酚（飯）人暨夫（夫）以　2.冬暨永（永）隻鹿允隻十　3.（辛酉）隹父乙老子囚　4.（乙亥）合（合）⋔卸于且乙　5.（乙亥）卸于且乙三牛　6.（丙子）毛（毛）于且乙四（五、六、十）牛				
丙 546 反	1.丙申卜方　2.乎取　3.丙午卜殼　4.王囚曰隻一　5.于河㞢囚　6.王魟（祝）于南庚曰之　7.㞢三宰于且乙　8.曹十宰十且乙　9.王田　10.王囚曰隹父乙老　11.五牛　12.吳（吳）入一　13.爭			D3E3
丙 548		⋔			B2
	1.☑宰㞢十宰羊十　2.（乙亥）酚伐不冬　3.卸帚好于父乙宰㞢曹十宰十及青十				
丙 548 反	1.貞帚好其囚凡㞢疾　2.爭				
丙 550	爭				A6
	1.勿于且庚　2.（己巳）王往若　3.今日來隹父乙　4.㞢來嬞（嬞）自西〔亡來嬞自西〕　5.車每冊巳　6.貞其㞢☑				
丙 550 反	1.王囚曰隹　2.庚子卜殼　3.奠☑　4.九月　5.爭			D7
丙 552	內、爭	彳、囚		賓一	C3C4C8
	1.（丙戌）父乙宰多子　2.（丁亥）子害㞢圉在田〔子害亡圉在田〕　3.翌辛卯燎三牛　4.貞勿☑				

丙 553	1.貞屮爻（學）戊　2.貞奴屮☒　3.貞屮羌甲　4.父辛☆王〔父庚☆王、父甲☆王〕				
丙 554	方	分、𠂤		典賓	E4
	1.（丁未）允〔不允〕　2.咸戊步王　3.田比北甾（西）　4.田比東				
丙 555	㞢.殼	𩵋		典賓	C6F5
	1.（己丑）🕭若　2.（己丑）王↟（達）🝀（首）亡步　3.王屮🝁羊☒　4.（戊午）隹𠂤（終）〔🝂隹𠂤〕　5.屮于夬川十伐十牛				
丙 555 反	1.貞術（衛）于妣己〔于妣庚〕　2.屮于黃尹五伐五牛				
丙 557	㞢	𠂤𠱠		賓一	B0
	1.（癸未）黃尹𨚵（保）我𡧍〔夬川弗保我𡧍〕　2.🝃（狄）以屮取〔🝄弗其以屮取〕　3.🝅（蔑）不☒				
丙 558	殼	🝆、🝇		賓一、典賓	E9A1 13:50-19
	1.（壬子）我🝈☒（宙）王固曰吉🝈旬㞢三日甲子允🝈十二月（卅卅卅卅）　2.🝉來☒				
丙 559	方	分、🝊、🝋		典賓	F4F7
	1.（丁巳）王出于🝌　2.王今丁巳出〔勿隹今丁巳出〕　3.于庚申凶于🝌〔勿于庚申凶〕				
丙 560	🝍🝎🝏（得）				
丙 560 反	王固曰其☒				
丙 562	爭				D0
	1.（癸卯）下乙其屮（侑）鼎王固曰屮（侑）鼎隹大示王亥亦🝐（𤾁）彭明雨伐既雨咸伐亦雨🝑（施）卯🝒（鳥）大🝓（啓）🝔（易）				
丙 562 反	1.貞乎往🝕（微）　2.🝖（俘）于🝗　3.翌其屮王☒　4.卯　5.貞亡☒				
丙 564		🝘		賓一	C4
	翌丁亥勿🝙（焚）屮（寧）				
565	🝚入五				
丙 566	㞢				E3
	（丙午）𠂤🝛田（貞勿𠂤）				
丙 566 反	1.兹奉　2.不🝜（奉）　3.分（袁）入五十　4.方				
丙 568	殼	🝇、𠂤		典賓	B0
	1.（癸未）🝝以羌　2.歌不其以羌（成套一卜）				
丙 568 反	1.王固曰其☒　2.🝞（畫）來☒　3.王固曰以☒				
丙 570	1.（癸未）🝝以羌　2.貞歌以羌（成套二卜）				B0
丙 570 反	王固曰其以				

丙 572	1.（□未）𣂤以羌　2.貞𣥐以羌（成套三卜）				
丙 572 反	王固曰其以				
丙 578 反	雀入二百				
丙 580	𡦽入一百五十				
丙 581	屮				
	1.貞𣥐　2.（戊寅）王貞　3.（庚子）王若				B5D7
丙 581 反	1.王固曰𢓶（俞）不吉在茲				
丙 583	𠃌				
	1.（丁酉）𠱠屮王史　2.（丁酉）王曰𠱠來				D4
丙 583 反	1.王固曰吉其曰舌來				
丙 585	1.☑𡬾（元）于東　2.歸𢓅乎𠬝于庚𠂤（方）				
丙 585 反	雀入二百五十				
丙 587	☑𣥐比之若				
丙 587 反	☑吉比之若				
丙 589	方	𠂤、𠂤、𡦽		典賓	F0
	1.（癸亥）其𡥈〔不其𡥈〕　2.允隹𢆶至〔不隹𢆶至〕				
丙 589 反	王固曰其來允				
丙 591	1.𡥈且丁　2.勿于𠂤（龐）　3.屮𣈏（替）〔亡𣈏〕				
丙 591 反	1.且辛　2.𡥝入　3.𣥐				
丙 593 反	1.貞燎于屮（𣂤）三示用　2.王固曰吉　3.隹父乙𠧪其隹卯　5.王固曰勿卯				
丙 595	𠃌				E6
	（己酉）𦎫𡥈（禾）〔勿𦎫𡥈〕				
丙 595 反	1.王固曰吉𡥈　2.方				
丙 597	屮			B7B8	
	1.（庚辰）翌辛巳𡥈（易）日王固曰𡥈（易）日　2.貞令屮𢆶（萬）出				
丙 597 反	1.王屮咎　2.燎　3.辛巳沈𡥈日　4.翌辛巳其𡥈日			B8	
丙 599	1.于𢆶𢆶舞　2.乎舞于𢆶　3.王其屮𡥈　4.于示壬　5.貞取岳　6.貞于咸7.卸王𠂤于妣己　8.宰于妣己　9.旬屮二日☑				
丙 599 反	1.岳宰　2.𡥝己☑亡☑				
丙 601	1.奴𡦽人乎宅𡦽　2.弗其以屮取　3.𡦽（汱）𢆶　4.貞允其入				
丙 601 反	1.☑隹　2.不隹𡥈　3.于𠃌甲　4.于𢆶〔勿于𢆶〕　6.王固曰吉　7.入二				
丙 603				F4	
	1.侯告𠂤（征）夷　2.勿比侯告　3.王重沚𢦔𡥈（啓）比〔王勿比沚𢦔〕4.丁巳卜☑其				

丙 603 反	1.王🔲曰比侯告　2.唐☑　3.爭			
丙 605	司、殼🔲、乇		典賓	E7F0
	1.（庚戌）王乎取我🔲（夾）在🔲（臀）🔲（亩）若于🔲王🔲曰吉　2.帝若　3.🔲亡🔲　4.立🔲（明）史　5.重王往🔲（陷麋）🔲（擒）　6.以　7.（癸亥）屮于且丁			
丙 605 反	1屮于且辛亡其　2.王🔲曰吉🔲亡🔲　3.王🔲曰吉帝若　4.（癸酉）子🔲（汏）逐鹿　5.王🔲曰茲隻			A0
丙 607 背甲	方	🔲		典賓	C2
	1.（乙酉）乎🔲（弜）🔲若　2.屮于妣壬　3.🔲父壬𢀖王　4.🔲（南）庚𢀖王〔羌甲𢀖王〕			
丙 607 反	小臣入二			
丙 615	見丙 459			
丙 617	見丙 455			
丙 621	見丙 259			
丙 623	見丙 241			
丙 625	見丙 55			
丙 627	見丙 67			
丙 629	見丙 49			
丙 631	見丙 407			

二、張秉權《丙編》新綴（部分）

以下號碼據中研院史語所「考古資料數位典藏資料庫」之典藏號（請查閱 http://ndweb.iis.sinica.edu.tw/archaeo2_public/System/Artifact/Frame_Advance_Search.htm）

R026012		𠂤、🔲、🔲		
	1.（癸未）旬甲申🔲人雨允雨　2.（癸丑）旬甲寅大食自北乙卯小食大采丙辰中日亦雨自南　3.（癸亥）旬昃雨自東九日辛未大采各雲自北🔲征大風自西刜雲率羊蓋日　4.（癸酉）旬二月　5.（癸巳）旬之日子羌女老征雨小二月　6.大采日各雲自北🔲風以雨不征隹好			
R026671		乇		典賓
	1.翌乙亥其雨　2.翌癸丑其雨　3.乍🔲☑　4.🔲（追）☑　5.☑🔲屮王史6.🔲暨🔲（得）			
反	1.庚子卜爭☑　2.貞大　3.帝☑　4.🔲　5.王🔲曰			
R026695	殼	🔲		典賓
	1.王往于🔲　2.🔲來☑			

R026703	㱿	𡆥		典賓	
	1.（乙巳）我受黍年𡆥（㓻） 2.（乙巳）我受畬年 3.勿𠦪于妣庚 4.貞𡆥㞢伐				
反	1.乎來 2.王固曰吉 3.其▨年 4.□入▨				
R026729					
	1.▨王㞢𡆥不隹㞢▨ 2.（戊戌）𡆥其我𡆥（𡆥）				
R026772	1.𡆥𡆥于且乙 2.于且乙𡆥王𡆥				
反	𡆥				
R026859	1.王其往𡆥（雚）河不若 2.叀西土受𡆥（年） 3.▨𡆥河				
反	𡆥				
R026867	㱿	𡆥、𡆥		賓一、典賓	
	1.（丁亥）王曰𡆥來𡆥若 2.（王勿𡆥曰𡆥來𡆥） 3.沚𡆥𡆥王比（王勿比沚𡆥）				
反	1.王固曰吉其𡆥 2.𡆥				
R026872	▨多屯下上▨				
R026889	𡆥、方	𡆥			
	1.（乙丑）𡆥我𡆥（𡆥） 2.（丙寅）乎𡆥（象）凡（犯）𡆥 3.㞢疾目不其𡆥				
反	1.王固曰吉𡆥 2.𡆥于乙勿𡆥乙 3.亘入一 4.爭				
R026890	亘				
	1.（丙子）王㞢𡆥（報）于庚百𡆥（羌）用 2.▨臣𡆥（瘳）乎𡆥（湔）㞢𡆥（▨𡆥牛臣𡆥）				
	1.貞其 2.勿曰 3.貞庚▨				
R026937					
	1.貞乍𡆥火 2.隻兕 3.于且辛 4.叀乎𡆥				
反	甲辰卜				
R026960	1.翌辛己王其𡆥𡆥（舟）日辛巳王𡆥允𡆥				
反	王隹卜貞▨				
R028032					
	令𡆥𡆥多女				
R028082	爭				
	1.（庚午）𡆥（擒）𡆥（㞢𡆥不其𡆥𡆥） 2.𡆥亡來𡆥 3.𡆥𡆥𡆥于妣甲				
反	1.王固曰其來𡆥 2.㞢𡆥 3.𡆥入十				
R028084	貞父乙𡆥				

反	1.☐羊𣄃隹　2.隹				
R028221	方	介		典賓	17-46
	（丁未）咸受又五月（咸弗其受）				
R028230	彀	𣥦		賓一	
	1.（戊子）重六月　2.（戊子）重七月　3.（☐辰）以屮取四月　4.（☐子）重八月				
R028278	1.☐翌辛巳不其𧴦日　2.翌辛巳				
反	𢆶己亥其☐				
R028448	伇				
	1.屮于且辛　2.（乙卯）今𩁹𢎥（𢎥）來牛				
R028468	今丁				
反	隹往				
R028522	爭				
	（丁巳）來甲子酒大甲				
反	八日甲酓羊☐于☐				
R028593					
	1.𢀇𢆶示岳　2.☐𨸔𨳍　3.比𦙡　4.勿乎般　5.（甲申）以馬　6.子𥄗隻隹				
反	1.來乙酉酓登且乙　2.勿隻				
R028598	彀	𩁹		典賓	11-34
	1.（甲午）今日燎牛　2.☐六日己亥屮（嚮）庚子☐𠦛（霿）庚子𩁹鳥星（候晴）七月　3.（丁酉）來乙巳酓下乙　4.翌乙未屮于下乙一牛☐用　5.重大甲先　6.于庚子燎　7.（戊戌）重咸先酓　8.來☐				
反	1.王𠬝曰☐庚酓　2.甲午卜☐　3.☐𠦛十宰　4.奠入二　5.己亥				
R028640	1.☐幼　2.王𣬩父乙（勿𣬩）				
R028643	伇（永）	𣦼			33-2
	1.（庚申）河𡆥雨十一月　2.（庚申）岳𡆥雨　3.（庚申）翌辛酉其雨（冊冊）				
R028876	1.☐帚𢽥𠂤（老）隹屮𡥈〔不屮𡥈〕				
反	妣庚				
R028968	爭	𥄗、𥄗			
	1.王𠬝曰吉亡𠂤𥄗其屮冬（終）𣥏　2.我屮𠂤𥄗　3.（己巳）我屮𠂤𥄗				
反	1.貞☐弗其☐　2.庚☐　3.癸亥　4.畫來				
R029171					
反	1.若　2.貞𣦼				

R029240		乇		典賓	
	1.（□亥）昊亡疾　2.㠪（肇）黍蟲　3.小㲃（母）庚　4.乎				
反	庚子卜				
R029278	殼	㠪、乇		典賓	E0B2
	（癸丑）來乙亥酚下乙十伐屮五卯十宰乙亥不酚				
R029279	囧				
	1.（辛卯）王貞㞢　2.屮㐭（高）妣己㞢子宰曹宰　3.囗酓囚囗余　4. 窲其屮囧　5.于㐭（南）庚卬　6.屮疾齒隹屮㞢（由）				
R029285	率飤多屯若				
R029405	爭				
	（乙巳）㞢方其㘽三月（㞢方不其㘽）				
R029461	宁	㝵		典賓	B8
	（辛巳）乎舞屮从雨				
反	1.王固曰其囚止　2.之夕雨				
R029463	殼	㠪		典賓	
	（辛未）王曰十（弋）人來㞢（復）				
R029525	亘				
	1.（癸酉）生月多雨　2.今日其雨　3.方于㝵（方勿于㝵）　4.重㝵目乎 比　5.貞令㝵　6.其雨				
反	1.王固曰其隹庚戌　2.囚雨其隹庚　3.囚雨多　4.壬申　5.丙子卜貞　6. 貞雨				
R029528	宁	㝵		典賓	
	1.（己卯）子㝵曰凡　2.于多囚				
反	1.貞丁　2.于牛燎十牛				
R029538	1.燎三犬三㸚（豚）　2.燎三羊囚犬三㸚　3.咸喪屮直　4.囚屮迺				
R029544	爭	㴻、㠪		賓一、典賓	
	（戊戌）㴻其以齒（㠪不以齒）				
反	1.㝵（交）　2.固曰吉				
R029594	翌庚寅勿屮㞽伐				
R029601	㞷				
	（辛巳）其屮犬（亡其犬）				
R029631	宁	㝵		典　賓	56-25
	（甲寅）沚霝媜（啓）王比伐㞷方屮又十月				
R029722	貞囝㝵囚				

反	乎□				
R029740	1.今日其雨　2.勿㞢于妣庚　3.三🐛　4.四🐛				
反	乙亥卜殼				
R029815		🐚			
	1.疾人隹父甲㞢（㞢疾人不隹父甲㞢）　2.雨不隹🐚				
R029880	方、爭	🐚		賓一	13-42
	1.（壬寅）以　2.（己巳）🐚（火）今一月其雨				
R032230	殼	🐚		典賓	
	王比歸				
R032265	不隹🐚㞢云				
R032359	1.重🐚乎🐚（□🐚乎）				
R032371	（□戌）王往出于田不酒				
反	1.□卜爭貞其🐚　2.入十				
R032394	韋				C2
	1.貞弗其受黍年　2.（乙酉）我受黍年				
反					
R032527	㞢疾目其🐚				
反	今夕雨				
R032793	1.□其🐚（克）🐚王疾　2.□庚🐚🐚王疾				
反	🐚				
R033131	爭、殼	🐚、🐚		典賓	
	1.（□午）🐚㞢王史　2.（丁亥）🐚以㞢🐚　3.□王乍令🐚（罷）不🐚 4.王🐚曰□				
反	1.㞢羌　2.勿令🐚比				
R033374	殼	🐚、🐚		賓一	
	1.（庚戌）翌辛亥燎于🐚　2.（壬子）勿燎于🐚				
反	雀入百				
R033492	殼				
	1.（癸丑）王夢隹且乙　2.王夢不隹🐚				
反	🐚入十				
R038030	1.（丁巳）不🐚　2.□丑□				
R038031	方	🐚		賓一	
	1.（甲午）今日勿夕燎　2.于🐚（桑）燎牛二🐚　3.（甲午）翌乙未🐚				
反	1.甲寅卜方　2.王🐚曰吉易日于庚				

R038044	⿰(不其⿰)			
反	1.☒其⿴凡⿱屮疾　2.王⿴			
R038074	妣己⿱老王			
反	1.☒吉　2.☒⿰□			
R038114	1.子⿰其隻在⿱（萬）鹿　2.☒人不其⿰			
R038122				
	1.王夢隹妣己　2.且丁⿱老王			
反	1.隹妣　2.爭			
R038133		⿱		賓一
	1.（庚申）隻☒　2.（丁巳）雀弗其⿱（缶）　3.丁巳卜王			
R038163				
	勿于來乙酉⿱下乙			
R038189	1.重妼⿱（燌）⿱屮雨			
R038295	1.（壬子）馬其逐☒王⿴曰允隻　2.其隻（弗其⿱）			
R038326	爭			E6
	1.（己丑）翌辛卯⿱河沈三牛燎三牛卯四牛　2.雨			
反	1.⿱（壹）入　2.王⿴			
R038351	1.⿱不⿴〔⿱其⿴〕			
R038421				
	1.（癸巳）⿱自在⿱（勿曰⿱自在⿱）　2.（丁卯）⿱⿱于⿱（洮）四月　3.乎⿱⿱于⿱（洮）⿱（宅）			
R038428	1.☒涉　2.翌☒燎☒　3.☒牛			
R038505	乎⿱（⿱）⿱⿱（視）⿱			
R038707	⿱夢隹⿴			
反	1.吉　2.殼			
R038761	爭			
	（□子）今⿱王☒戚伐⿱☒			
反	⿱			
R038904	亘			
	1.來庚寅其雨　2.（辛巳）雨　3.來庚寅不其雨　4.來乙酉其雨　5.⿱屮來重⿱（南）			
反	雨隹甲丁⿱辛巳			
R039023	丙			A5
	（戊辰）貞⿱弗其受⿱年			
R039099	1.我北田受年　2.⿱受年			

R039133	貞雨其𩂣（雨不其𩂣）				
R039312	㱿、韋				
	1.（辛卯）令貞受黍年　2.（丁卯）來𢦏（歲）我不其受（受）黍年				
反	1.王固曰其㞢　2.宰　3.令				
R039667	㱿	[illegible]、[illegible]		典賓	
	1.（□酉）[illegible]不隹囚　2.▨夢▨				
R041291	古、韋				
	1.（壬申）帝令雨　2.及今二月令[illegible]（雷）　3.（丁未）王往比之　4.王勿往[illegible]（次）弔				
反	1.[illegible]入二在[illegible]（鹿）　2.王固曰帝隹今二月令雷其隹丙不吉彗隹庚曰其吉　3.㞢收于[illegible]（龐）　4.（庚午）乎[illegible]（肈）王女來　5.王勿其往比之　6.[illegible]				
R042237	爭				
	1.（□寅）我受年　2.乎[illegible]				
R042381					E5E0A8
	1.（癸丑）翌甲寅帝其令雨　2.貞以咸　3.（戊申）其㞢虎（亡其虎）4.王叀今辛未步				
反	1.牧入十在漁　2.帚[illegible]　3.[illegible]				
R042434	隹[illegible]（母）癸[illegible]王				
反	貞王□其▨				
R042764	1.喪𠙵（其喪𠙵）　2.乎𠬝牛　3.囚[illegible]以允[illegible]				
反	王固曰吉其史				
R043937	1.庚子[illegible]之夕雨庚子[易]日王固曰[illegible]勿[易]　2.翌庚子不其易日				
反	1.王固曰[illegible]隹　2.㞢來　3.亡其來　4.勿□　5.貞𧊒于父乙				
R044311	爭、㱿	[illegible]			
	1.（甲午）[illegible]其㞢囚　2.（甲午）酢于河[illegible]　3.乎雀酢于河五十　4.酢河卅牛以我女　5.翌乙未酢咸　6.（乙未）酢[illegible]　7.貞[illegible]　8.（乙未）其㞢來[illegible]　9.翌酉征㞢于大丁　10.翌癸卯帝其令鳳（風）夕陰　11.（癸卯）甲辰酢大甲　12.𠦪年于大甲十宰且乙十宰　13.𠦪雨于上甲宰　14.㞢于上甲牛　15.（乙巳）勿衣　16.酢王亥　17.翌辛[illegible]㞢于王[illegible]四十牛　18.翌卯酢子[illegible]　19.乎子[illegible]祝一牛乎父甲　20.翌乙酉酢子□[illegible]　21.叀王嚮　22.[illegible]夕二羊二豕宜　23.三羊二豕五十牛于王[illegible]　24.㞢于河女　25.酢五十牛于河　26.[illegible]祀今[illegible]　27.[illegible]其酢[illegible]（祼）自咸告　28.㞢于咸大丁大甲大庚大戊中丁且乙且辛且丁一牛卯（[illegible]）羊　29.[illegible]				
R044384	爭、㱿	[illegible]、[illegible]	[illegible]正化	賓一、典賓	7-35
	1.（癸亥）[illegible]正化亡囚[illegible]王史十月　2.王入亡囚　3.（甲子）今十月[illegible]至　4.王往于[illegible]　5.今㞢于羌甲　6.㞢于[illegible]（南）庚　7.于[illegible]（黃）				
反	[illegible]來四在[illegible]（襄）				

R044395	方、亘	分、乇、不唶	？、冒侯、？	賓一
	1.貞來甲戌屮伐自上甲 2.令？ 3.重？令 4.？比冒侯歸不？ 5.重？令比冒侯歸			
反	1.貞其史 2.貞來 3.王固曰其屮 4.貞不其□			
R044396	內、唐、方	分		
	1.（乙巳）？其屮田 2.于？北 3.（戊午）？受？（年） 4.（甲寅）我奴人			
反	唐入十			
R044405	殼	？、？	臧	典賓
	（丙申）？（臧）？冊王乎比伐？			
R044421	方、亘	分、乇		典賓
	1.（癸亥）亡疾 2.（癸亥）？亡田 3.方其？ 4.（癸未）？亡田			
反	1.？來十 2.唐 3.翌□子雨 4.貞乍？ 5.不其雨			
R044463	方	分		
	（丙辰）王重用方？			
R044468	爭	？		
	1.☑自？亡田 2.？其屮田			
R044469	殼、唐	？、？		賓一、典賓
	1.（戊申）？弗若 2.（乙未）？王			
R044514	1.辛酉勿燎 2.勿盖屮☑			
反	1.辛酉卜 2.牛 3.既			
R044521	殼	？、？		賓一
	1.帚？� 2.（庚申）？不� 3.卸于妣己屮？ 4.酒？卯宰一牛 5.王☑唐隹田 6.翌戊申王單 7.？ 8.往 9.卸于妣庚十？ 10.子？田凡屮疾			
反	1.丁丑卜 2.今日酒 3.翌戊其鳳（風）			
R044549		田		
	1.☑？王田 2.☑其屮疾			
R044554	亘			B6F1
	1.（己卯）乎？于？（耤）于？含酒 2.重大羊？ 3.（甲寅）隹田 4.帚？？隹？（卒）			
反	？（般）入十			
R044555	殼、爭	？		賓一 ‧ 31-60

	1.（甲戌）雀隹子🦴基方🦴（克）☐　2.（辛卯）基方缶作🦴（墉）其🦴（不🦴弗🦴）四月　3.（辛卯）勿🦴（🦴）基方缶乍🦴子🦴入　4.（辛卯）勿🦴基方缶作🦴子🦴四月　5.（壬辰）王先雀翌甲午步于🦴（朱）　6.（癸巳）翌甲勿先雀步于🦴　7.（壬辰）🦴出取（弗其以出取）			
反	🦴			
R044556	㞢、殼	🦴、🦴、🦴、🦴		賓一、典賓
	1.（癸卯）🦴暨🦴（殼）其出🦴　2.且乙又王　3.王出🦴（遣）且乙又王　4.（丙申）🦴暨🦴弗其出王史			
反	1.隹其☐　2.貞且弗又　3.王🦴　4.🦴			
R044557	殼	🦴		典賓
	1.（己卯）🦴帚好于父乙🦴羊出豕🦴五（十）宰（勿🦴父乙五宰）　2.弗其🦴🦴　3.🦴☐🦴🦴卯小宰　4.隹帝🦴王疾			
反	1.貞不雨　2.王🦴曰用自上甲　3.勿隹☐至于下乙　3.貞允于方以羌自上甲　6.王用至于　7.若于下乙　8.貞不隹子于丁　9.丁卯卜方　10.裸于母庚			
R044558	爭			F5
	1.出🦴（家）且乙又王　2.王🦴（爲）我🦴且辛又王　3.（戊午）🦴（水）其🦴（迫）茲邑			
反	1.王🦴曰吉且☐勿🦴　2.王🦴曰🦴不丁丑　3.我來🦴　4.🦴其吉　5.隹甲午　6.其隹庚　7.不吉　8.🦴　9.癸亥殼			
R044559	爭			
	1.今日其雨　2.（庚寅）🦴🦴🦴（🦴🦴不其🦴）　3.☐🦴🦴☐不其🦴　4.（庚寅）我其🦴于河			
反	1.王🦴曰畫　2.🦴🦴　3.🦴入二			
R044560	方、殼	🦴、🦴、🦴		
	1.我（🦴）耤受出年　2.（癸卯）出🦴🦴我🦴🦴（勿伐🦴我）　3.自今四日其雨　4.☐羊出于多介豕　5.令雀于🦴　6.（壬申）雀☐　7.不其來			
反	1.二月　2.庚午卜殼			
R044561	殼			
	1.（戊午）子☐🦴妝王🦴曰隹丁🦴允　2.（戊午）子🦴🦴不其妝允　3.于伐　4.子🦴🦴凡　5.來勿且辛			
反	1.🦴不雨　2.盖于　3.曰不其　4.貞其癸　5.父乙　6.父乙北　7.曰不　8.允隹止			
R044562	方	🦴		典賓
	1.（癸亥）臣🦴王🦴曰吉其🦴隹乙丁七日丁亥既🦴　2.王勿入于東　3.🦴王🦴于羌克🦴☐🦴🦴　4.（甲寅）其🦴🦴🦴隹之來			
反	1.☐父乙　2.雨　3.勿雨　4.癸巳🦴曰吉　5.貞🦴于東🦴　6.王🦴🦴			

R044566				
	1.翌乙卯屮一牛☐　2.☐☐冊王☐（☐）帝若　3.王勿比☐帝若			
反	1.乙亥卜亘　2.般入十　3.爭			
R044567	方	介		典賓
	1.其☐（求）我（宜）于岳屮雨　2.河求我（宜）〔河不我求〕　3.其求我（宜）于岳亡其雨　4.（乙丑）屮伐于且辛　5.（己亥）☐☐☐☐☐　6.妣癸求王			
反	1.王固曰其雨　2.且☐　3.隹屮疾　4.☐弗于王　5.☐入三　6.丙辛☐　7.☐			
R044568	㞢	☐	☐正化	
	1.（丙辰）☐正化受屮又三旬屮二日戊子☐☐☐（戈）方　2.（丙辰）☐☐（正）化弗其受又　3.☐正化其屮☐			
R044570	1.貞屮☐（為）　2.于且丁卲　3.翌辛巳☐（易）日　4.亡☐　5.☐（娥）降　6.王夢隹☐（曼）　7.其屮來自☐（☐）			
反	1.貞勿☐辛巳☐　2.貞☐牛☐　3.辛巳貞日　4.其☐　5.☐來于☐不其☐　6.☐良來　7.寅羌			
R044572	內、爭			賓一　F0F3F4A1 37-57
	1.（乙卯）☐大庚七宰伐廿十一月　2.（丙辰）☐亡☐　3.（丙辰）☐亡不若（十一月）　4.（丙辰）日雀來　5.（丙辰）燎其河　6.（丁巳）勿隹☐☐（臺）　7.（丁巳）重☐（臺）　8.（甲子）☐以☐允以十一月			
R044573	1.王疾隹大示　2.示又〔示弗又〕			
反	1.弗又王　2.申　3.☐入五			
R044574	爭	☐		典賓
	1.取☐　2.取☐　3.子☐☐（☐）屮☐　4.今日屮于咸三牛　5.今日夕☐　6.☐王☐且辛　7.且丁〔且辛〕　8.多☐夕羊☐犬　9.☐方☐☐☐　10.于且辛屮11.（乙亥）☐☐1　2.屮于上甲十伐卯十犲			
反	1.翌丁巳☐且丁　2.丙寅易日　3.乙丑　4.☐于☐☐　5.癸酉卜　6.辛酉			
R044575	方、㞢、亘	介		典賓
	1.（乙未）☐日　2.（戊申）大乎奴牛多奠　3.貞☐日（貞☐）　4.貞不雨（貞不其☐）			
R044576	爭			
	1.（辛卯）子☐☐凡屮疾　2.帝弗若　3.（乙巳）舞河亡其雨			
R044578	殼	☐		典賓
	1.（☐戊）殼燎　2.且辛☐（☐）于☐			
R044580	爭、方	介、$		賓一、典賓　46-15

	1.王屮昌不之（王屮昌允之）　2.帝其乍王囚　3.隹ᕈ　4.（甲辰）自今至于戊申雨八月				
反	1.貞囚　2.丙□貞丁囚　3.王囚曰隹之　4.勿往于　5.乙未囚入二　6.商屮囚				
R044581	殼	ᚼ、囚		典賓	B7
	1.乎目于水屮來　2.乎伐ᚼ　3.王夢不隹囚　4.貞父乙ᚼ　5.（庚辰）乎ᚼ　6.貞弗其ᚼ　7.貞ᚼ　8.重ᚼ				
反	1.王囚曰吉　2.帚婡　3.王囚曰至隹不　4.我來卅　5.ᚼᚼ來				
R044584				E4C9	36-49
	1.（丁未）王其逐在ᚼᚼ（蚰）鹿允隻十一月　2.（壬辰）我隻鹿允隻八豕隹十二月				
R044592	吉				
	1.屮疾齒不隹父乙ᚼ　2.（癸卯）茲云其雨　3.勿于大甲ᚼ（告）　4.勿于大戊ᚼ　5.勿ᚼ于中丁　6.乍卲帚好ᚼ　7.兄戊亡ᚼ于王				
反	1.ᚼ入二在日　2.屮于屮且　3.乎子ᚼ　4.貞□茲勿裸于ᚼ　5.勿屯卲于妣庚　6.勿冊于父乙　7.母己不ᚼ王　8.爭				
R044593	爭、亘				14-43
	1.（甲辰）子ᚼᚼ妿隹ᚼ　2.（甲辰）子ᚼᚼ不其妿ᚼ五月　3.取屮　4.勿取亡比　5.亦囚				
反	1.不隹父　2.囚疾　3.日其至				
R044623	殼	ᚼ		典賓	C7
	1.（庚寅）帝右ᚼ（ᚼ）多ᚼ（屯）（帝弗右ᚼ多ᚼ）　2.ᚼ（ᚼ）在王				
反	1.王囚曰吉帝　2.囚又朕　3.ᚼ多囚　4.丁酉卜ᚼ　5.ᚼ入　6.其用				
R044634	爭				
	1.（庚寅）子奠隹令　2.（辛卯）子ᚼ隹令				
R044635	內、殼	ᚼ		典賓	
	1.（壬子）翌癸丑于且辛　2.（癸丑）隹且辛ᚼ王囲				
反	畫來				
R044637	爭	ᚼ、囚		賓一	
	1.（甲申）沚ᚼ其ᚼ雀　2.（辛卯）ᚼ隻　3.囚我囚　4.翌壬辰其征雨　5.（壬辰）ᚼ往沚亡囚　6.（乙未）翌庚子王步　7.（乙未）翌丁酉王步　8.（乙未）ᚼ不隹ᚼ　9.（丙申）ᚼ丁酉大取鳳十月				
R044667	方	ᚼ		賓一	
	1.（甲戌）ᚼ（甫）受黍年　2.ᚼ（ᚼ）受年　3.ᚼ受年				
R044687	王囚曰隹ᚼᚼ				

R044695		｝、ネ、介		賓一	E2F9A1A2A 3A6A0B3B4
	1.（甲子）翌乙丑不雨允不　2.（甲子）翌乙丑其雨　3.（乙丑）翌丙寅雨　4.（辛酉）翌壬戌不雨之日夕雨不征　5.（乙亥）翌丙子其雨　6.（丙子）翌丁丑不雨　7.（丁丑）翌戊寅既雨　8.（丙寅）翌丁卯不雨丁卯允雨　9.（壬戌）翌癸亥不雨癸亥雨　10.（癸酉）翌甲戌不雨　11.（癸酉）翌☒　12.（戊辰）翌己巳不雨　13.（丁卯）翌戊辰不雨　14.（癸亥）翌甲子不雨甲子雨小　15.（己巳）翌庚午不雨允不　16.（乙巳）翌庚午其雨　17.（壬申）翌癸				
R044701	乎歬雨（勿歬不其雨）				
反	唐來				
R044706	妣己耂王（弗耂王）				
反	1.貞不其　2.王固曰吉				
R044710	峀				D4
	1.（丁酉）燎燛（楓）　2.重河隹矽（祀）				
反	固曰祀				
R044713	爭				
	1.王曰㞢正化來羍（復）（王勿曰㞢正化來羍）				
反	王固曰☒				
R044719					
	1.貞㞢夅　2.王㡀不隹有夅				
R044740	殼	舑、巨		賓一、典賓	
	1.（辛亥）耑于☒　2.勿叙多射于河				
R044741	內				
	1.王往入　2.（戊辰）甴疋射　3.甴疋（旁）射三百				
反	唐來四十				
R044768	今㞢☒不其來				
反	1.固曰其來隻其☒　2.□戌卜貞　3.☒千　4.卅　5.峀				
R044781	方	介、田		典賓	B8
	（辛巳）崮田（其㞢田）				
反	王固曰其☒				
R044785	1.孑不囟（其囟）　2.戊辰卜爭				
反	1.王固曰吉　2.帚好入五十				
R044810	1.卜丙耂王　2.古囟（其㞢囟）　3.我以勿牛（我勿以叮牛）				
反	1.辛未卜峀　2.孓　3.庚辰卜爭帚妒（征）來				

附表四 一二七坑甲骨綴合表

以下依據《合集》、《合補》、《乙編》、《乙補》號碼順序由小至大排列

	綴　合　號
1	合 32 正（丙 22）+乙補 1653+乙補 6022
2	合 99（乙 6343）+合 8990 正（乙 4582）+乙補 6752
3	合 119（乙 2111+乙 2635）+乙補 2084
4	合 135 正甲（乙 6491+乙 6679）+乙 6492+乙 6493
5	合 140 正（丙 421）+合 11416（乙 1993）
6	正：合 232 正（乙 6410）+合 249 正（乙 3331）+合 5701（乙 5701） 反：合 232 反（乙 6411）+合 249 反（乙 3332）
7	合 248 正（丙 41）+乙補 2089+乙補 5853
8	合 261（乙 8292）+合 1004 甲（乙 4228）－合 1004 乙（乙 4236）+合 16075（乙 7838）+乙補 2093+乙補 6878+無號甲
9	正：合 267 正（丙 178）+合 10534（乙 5991） 反：合 267 反（丙 179）+乙補 5307
10	合 271（乙 1033+乙 2759+乙 2999+乙 3007+乙 3383+乙 7350+乙 7578+乙 7655）+合 14222 乙（乙 7913）+合 14222 丙（乙 7304）+乙 2802+乙 3494+乙補 412+乙補 1094+乙補 2022+乙補 3118+乙補 3121+乙補 6559
11	合 368（丙 352）+乙補 6081
12	合 405（乙 683）+合 5117（乙 4932）
13	合 423（乙 1045+乙 2637+乙 3711+乙 4049+乙 4141+乙 4144+乙 7577+乙 8190）+乙補 470

14	正：合 454 正（丙 257）+合 1694 正（乙 666）+乙補 280+乙補 342 反：合 454 反（丙 258）+合 1694 反（乙 667）+乙補 281+乙補 343
15	合 478 正（丙 440）+乙補 6698+乙補 6708
16	合 505 正部分（乙 686）+合 878（乙 1075）+合 12445 正（乙 2160）+乙 1080+乙 1247+乙 1775+乙 2162+乙補 223+乙補 323+乙補 325+乙補 345+乙補 744+乙補 983
17	正：合 506 正（丙 132）+乙 1990 反：合 506 反（丙 133）+乙 1991
18	正：合 517 正（乙 5612）+合 1395 正（乙 5640） 反：合 517 反（乙 5613）+合 1395 反（乙 5641）
19	正：合 641 正（丙 243）+乙 7681+乙補 1447+乙補 1557 反：合 641 反（丙 244）+乙 7682+乙補 1448
20	正：合 643 正甲（乙 5826）+合 643 正乙（乙 524）+合補 1738 正（乙補 127）+乙 525+乙補 6849 反：合 643 正甲反（乙 5827）+合補 1738 反（乙補 128）
21	合 672 正（丙 117）+合 1403（故宮藏新 74177）+合 7176（乙 713）+合 15453（乙 2862）+乙 2462+北圖 5207+北圖 5246
22	合 700（乙 627）+合 717 正（丙 467）+合 13864（乙 964）+合 13874 部分（乙 777+乙 981+乙 1253+乙 1709）+乙 1251
23	合 728（乙 1670+乙 1957+乙 2249）+合 9906（乙 4635）+合 15101（乙 4647）
24	合 766（丙 53）+合 3332（乙 4645）
25	正：合 767 正（乙 1881）+合 938 正（丙 205）+乙補 1771 反：合 767 反（乙 1882）+合 938 反（丙 206）
26	正：合 774（乙 2626）+合 778 正（乙 3101+乙 7448）+乙補 2213 反：合 778 反（乙 7449）+乙補 2210
27	合 776 正（丙 203）+合補 3220（乙 7620）+乙 7618+乙 7619
28	正：合 777 正（乙 1320+乙 7806+乙 8139）+合 9274 正（乙 7804）+乙 2473+乙補 91 正面+乙補 6493 反：合 777 反（乙 7807+乙 8140）+合 9274 反（乙 7805）+乙 2474+乙補 91+乙補 6494
29	合 789（乙 4783）+合 4891（乙 4899+乙 4904+乙 4946+乙 6089）
30	合 815（乙 2047）+合 16125（乙 2089）+乙 7995
31	合 829 正（乙 1512）+乙補 1335+乙補 1347+乙補 1376+乙補 1538
32	合 848（乙 2271+乙 6710）+乙補 1851
33	合 860 正甲（乙 1715）+合 860 正乙（乙 1730）+乙 1728+乙補 1462
34	正：合 891 正（丙 510）+合補 4188（乙 4955） 反：合 891 反（丙 511）

35	合895甲（乙6307+乙6459）+合895乙（乙5762-乙6208）+合895丙（乙4331）+合3568甲乙（乙4425+乙6196）+合4814（乙2262）+合7034（乙4406）+合9068（乙4943+乙4776+乙4777）+合9128（乙4690）+合14566（乙4780）+合16545（乙8329）+合補5781（乙4559）+合補5968（乙5865）+乙3052+乙4349+乙4797+乙4804+乙4843+乙4871+乙5170+乙5496+乙5537+乙5680+乙5718+乙5745+乙6160+乙補2396+乙補4379+乙補4480+乙補4568+乙補4598+乙補4636+乙補4659+乙補4718+乙補4904+乙補4944+乙補5074
36	合906（乙3025）+合917正（乙2487）+合2953（乙2307+乙3036）+合7338（乙3024）+合11188（乙2478）+合13166（乙8386）+合15457（乙2275）+乙補1759+乙補1800+乙補2684+乙補2866+乙補3255+乙補6340
37	正：合915正（丙475）+合1869正（乙8464）+合16133正（乙7666）+乙補6283 反：合915反（丙458）+合1869反（乙8465）+合16133反（乙7667）
38	正：合930（乙4687）+合14019正（乙4480+乙4630+雙下32.2）+合15127正（乙4351） 反：合14019反+合15127反（乙4352）+乙補4460
39	正：合941（乙3684）+合14722正（乙3721）+乙3754 反：合14722倒反（乙3722）+乙補3350+乙補3414
40	正：合947正（丙498）+合1726（乙7583） 反：合947反（乙1256+乙2875+乙6822+乙7627）
41	正：合973正（丙519）+乙6680+乙補1723+乙補6124+乙補6125倒 反：合973反（丙520）+合3282（乙7091）+乙補5858+乙補6126
42	合978（乙6930）+合2502（乙2382+乙2435+乙8191）+合11980（乙7047）+合12651（乙1987）+合14485（乙7292）+合14492（乙7506）+合14616（乙2120）+合14648（乙6812）+合16965（乙7408）+合16971（乙6890）+合16984（乙7293）+乙2223+乙2272+乙2301+乙2370+乙2612+乙2620+乙2807+乙6832+乙6874+乙7278+乙補0552+乙補0554+乙補0910+乙補1705+乙補1804+乙補2166+乙補2201+乙補2208+乙補3269+乙補4889+乙補5632+乙補5895+乙補6004+乙補6216+乙補6923+乙補6959+乙補7080
43	合980正（乙2846）+乙補2473+乙補2474
44	正：合1006正（乙7404+乙7406+乙7407）+合13167正（乙7565）+乙7567+乙補2009+乙補6333 反：合1006反（乙7405）+合13167反（乙7566）+乙補6334
45	正：合1027正（丙124）+乙補4919 反：合1027反（丙125）
46	合1040（乙5672+乙5673）+乙補5131+乙補5134倒
47	正：合1106正部分（乙6011+乙6027+乙6046+乙6052+乙6054+乙6550+乙6555）+合12063正（乙8141）+乙補5337+乙補5719 反：合1106反部分（乙6012+乙6028+乙6047+乙6048+乙6058+乙6551+乙6553+乙6556）+合12063反（乙8142）+乙6048+乙補5720

48	合 1122（乙 1229）+乙補 963
49	正：合 1191 正（乙 3424）+乙 3548+無號甲 反：合 1191 反（乙 3425）+無號甲
50	合 1231（乙 5267）+合補 682（乙 5014）+乙補 4662
51	正：合 1233 正（乙 5144）+乙 5173 反：合 1233 反（乙 5145）+乙 5174
52	合 1248 正（丙 392）+合 13642（乙 1463）+乙 1617+乙 2934+乙 3367
53	合 1280（乙 3336）+乙補 3183
54	合 1288（乙 3664）+乙 3665+乙補 3279
55	合 1324（乙 3098+乙 3708）+乙補 3274+乙補 3391
56	正：合 1331（乙 5184）+合 3690 正（乙 6337）+乙 4795+乙 4796+乙 4801+乙 4945+乙 5957+乙補 4461+乙補 4564+乙補 4615+乙補 4861+乙補 4966 倒 反：合 3690 反（乙 6338）+乙 4802+乙 5142+乙 5958+乙補 4616 +乙補 4709 +乙補 4462
57	合 1351 甲（乙 1904）+合 1351 乙（乙 7267）+合 1668（乙 7295）+合 11500（乙 2362+乙 7895+乙 7991）+合 13484（乙 2183+乙 8060）+合 15637（乙 1877）+乙 1387+乙 2808 +乙 8155+乙補 1872+乙補 3033
58	合 1364 正（乙 2471+乙 2539）+合 1410 正（乙 4553）+合 5381（乙 1197+乙 2394）+乙 3604+乙 7189+乙補 870+乙補 875+乙補 805+乙補 1128+乙補 1154+乙補 6503
59	合 1402 正（丙 39）+乙補 1635 乙補 1708+無號甲
60	合 1430 甲（乙 1214+乙 8330）+合 1430 乙（乙 7257）+乙 887+乙 2025+乙補 1695 倒+乙補 1696 倒
61	合 1580 甲（乙 690+乙 1098）－合 1580 乙（乙 1099+乙 1244）+乙補 851
62	合 1646 正（乙 1384）+合 8961 甲乙（乙 7647+乙 7676）+合 15858（乙 2417）+合 18693（乙 4227）+乙 2431+乙 7028+乙 7665+乙補 1994
63	合 1670（乙 4422+乙 4462）+合 15726（乙 5685+乙 6285）+乙補 5398
64	合 1715（乙 1682+乙 1683+乙 1685）+合 9178 甲乙（乙 1490+乙 1283+乙 1687）+乙 1688
65	合 1717（乙 4939）+合 13721（乙 4937+乙 4938）+乙補 4638+乙補 4717
66	合 1720（乙 4875）+合 1757（乙 4908）+合 13667（乙 5366）+合 13668 正（乙 6344）+合 13858（乙 6462）+合補 217（乙 5894）+乙 4877+乙補 5463+乙補 2564
67	合 1749（乙 7870）+合 1821（丙 436）+合 10356 部分（乙 7494）+合 17257（乙 6945）+ 合 19127（乙 7873）+乙 4134+乙 7633+乙補 3880+乙補 6539
68	合 1750（乙 8128）+乙 6974+乙補 841+乙補 5691
69	合 1760（乙 7185）+合 3175（乙 4074）+合 3200（乙 2421）+合 13975（乙 6803）+合 14109（乙 2414+乙 8073）+合 14798（乙 2638）+合 18194（乙 2712）+乙 1154+乙 1666+乙 2402+乙 2627+乙 4234+乙 7241+乙補 815+乙補 3763+乙補 6635

70	正：合 1763（乙 1280+乙 807）+合 10431 正（乙 7859）+乙 739+乙 3962+乙補 1013 反：合 10431 反（乙 7860）+乙補 388
71	合 1784（乙 5574）+合 1829（乙 3453+乙 8369）
72	合 1855（乙 2329+乙 7589）+合 2073（乙 8039）+合 17390 甲（乙 2115）+合 17390 乙（+乙 3313+乙 3535+乙 7357+乙 7551）+合 17438（乙 2184）+乙 1963+乙 2304+2590+3314+乙補 1767
73	正：合 1870（乙 4385）+合 2437 正（乙 5702）+合 17377 正（乙 6144）+乙 5084 反：合 2437 反（乙 5703）+合 17377 反（乙 6145）+乙補 4253+乙補 4812
74	合 2054（乙 1686）+合 15322（乙 1691）
75	合 2071（乙 5132）+乙 4334+乙 8640+乙補 4872
76	正：合 2117 正（乙 7979）+合 17231（乙 7911+乙 8130）+乙補 6595 反：合 2117 反（乙 7980）+合 2168（乙 7968）
77	合 2123（乙 2739+乙 8068）+合 12887（乙 3140）
78	合 2130（丙 553）+乙補 1598
79	正：合 2191 正（乙 2838）+乙 2841+乙補 2453+乙補 2454+乙補 2457+乙補 2459 倒+乙補 2462+乙補 2465 反：合 2191 反（乙 2839）+合 18242（乙 2837）+乙補 2461
80	合 2221（乙 554+乙 680）+乙 528+乙補 179 倒+乙補 254
81	合 2223（乙 3200）+合 6826（乙 3129）+合 7600（乙 3236）+合 9200（乙 3526）+合 10155（乙 4028+乙 4031）+合 20889（乙 4039）+合補 4706（乙 3812）
82	合 2229（乙 8249）+乙補 5034
83	正：合 2236（乙 5148+乙 5741）+合 3800 正（乙 5746）+合 10040（乙 4389+乙 4567+乙 4891）+合 15237 正（乙 4844）+合 16331 正（乙 4407+乙 5377）+合 18935（乙 4363）+乙 5054+乙 5055+乙 5372+乙 5773+乙 5832+乙 6080+乙補 4661+乙補 4665+乙補 5500+乙補 5504+乙補 5552+乙補 5590 倒+無號甲 反：合 3800 反（乙 5747）+合 15237 反（乙 4845）+合 16331 反（乙 4408）+乙 4895 倒+乙 5373+乙 5774 +乙補 5505+乙補 5553 倒
84	正：合 2353 正（乙 5942）+合 2358 正（乙 5319）+合 18442（乙 5919）+合補 3121（乙 5923） 反：合 2353 反（乙 5943）+合 2358 反（乙 5320）
85	正：合 2356 甲（乙 1269）+合 2356 乙（乙 1495+乙 1499）+合 16327 正（乙 1267） 反：合 16327 反（乙 1268）
86	正：合 2372 正（乙 4013）+乙補 3753 反：合 2372 反（乙 4014）+合 19445（乙 4008）
87	合 2389 正（乙 4282+乙 4957）+合 2775（乙 2081）+合 13992（乙 4284）+乙補 3675

88	正：合 2393（乙 4738）+合 2399 正（乙 4419）+合 13881（乙 4543+乙 5524）+乙 5748+乙補 5245 倒 反：合 2399 反（乙 4420）+乙補 4365
89	合 2394（乙 4476）+合 2433（乙 6124）+乙補 4199+乙補 4708
90	合 2404（乙 6037）+合 5324（乙 8224）+合 13656 正部分（乙 2655+乙 4009+乙 5944）+合 14322（乙 6936）+合 17698（乙 8588）+乙 2609+乙補 1702
91	合 2429（乙 2493+乙 2752）+乙 7786+乙補 1590
92	合 2439 甲（乙 2439）+合 2439 乙（乙 7475）+合 5439（丙 269）+乙 2472+乙 3461+乙 7540+乙補 1845+乙補 2090+乙補 6258
93	合 2443（乙 1596）+乙 1618+乙 1627+乙補 1383
94	合 2456（乙 4918+乙 5996）+乙補 4678+乙補 4699
95	正：合 2476 正（乙 4587）+合 15232（乙 2997） 反：合 2476 反（乙 4588）
96	正：合 2521 正（乙 2843+乙 6524）+合 13702（乙 2240）+合 14222 正甲（乙 7699+乙 8069）+合補 4703（乙 6573）+乙補 5656 反：合 2521 反（乙 6525）+合 14222 反甲（乙 7700）
97	合 2581（乙 4318）+合 18254（乙 4311）
98	合 2629（乙 870）+合 5219（乙 6770）+合 12801（乙 7998）
99	合 2640（乙 6453）+合 15211（乙 6488）
100	合 2667 正（乙 8344）+乙 3598+無號甲
101	合 2823（乙 6484）+合 2850（乙 6096）+乙 4418+乙 4494+乙補 4548+乙補 4802+乙補 4805+無號甲
102	合 2936（乙 3785）+合 17002（乙 3762）+合 17922（乙 3766）+乙 3782+乙 3786+乙補 3441+乙補 3451
103	正：合 2967 正（乙 7253）+合 10948 上（乙 8075）+合 10948 下（乙 7734）+合 13673（乙 2340）+乙補 1601 反：合 2967 反（乙 7254）+合 10948 反（乙 8706）+乙補 1602
104	合 3055（乙 4140）+合 4835（乙 4085）+合 4836（乙 5191）
105	合 3163（乙 4930）+合 3810（乙 5009）+乙 8228+乙補 291
106	合 3165 正（乙 2964）+合 3174（乙 8301）+乙 2976+乙補 2611
107	正：合 3171 正（乙 1971+乙 2246）+合 14987（乙 3902）+合 17255 正（乙 1388）+乙補 6052 反：合 3171 反（乙 1972+乙 2247）+合 17255 反（乙 1389）+合 17732（乙 6990）
108	合 3195 甲（乙 8416+乙 8417）+合 3195 乙（乙 8035）+合 7877（乙 4280）+乙 4580+乙 7502+乙補 1436+乙補 6718
109	合 3196（合 3895）+合 14197（乙 6857）+合 14603（乙 3899）+乙 2531+乙 6823+乙 7034+乙 7088+乙補 534+乙補 565+乙補 773+乙補 1743+乙補 2135+乙補 3026+乙補 5861+乙補 6995+乙補 7184

110	合 3216 正（丙 336）+乙補 3672
111	合 3234（乙 2988）+乙補 2372+乙補 2390
112	合 3243（乙 4003）+合 3244（乙 4847）+合 10331（乙 7837）+合 15205（乙 4001）+乙 2935+乙 2986+乙 5217
113	合 3271 正+合 3400（乙 3599）+合 19529+乙 3579+乙補 3145+乙補 5524
114	正：合 3406 正（乙 969）+合 4907 正（乙 7756）+合 13347（乙 1375+乙 1391）+乙補 1125+無號甲 反：合 3406 反（乙 970）+合 4907 反（乙 7757）+乙補 1126 +乙補 1172+無號甲
115	合 3408（乙 4279）+合 16307（乙 4276）
116	合 3438 甲（乙 3522）+合 3438 乙（乙 7467+乙 7468）+乙 3246+乙補 2219+乙補 2221
117	合 3484（乙 6842+乙 6847+乙 6938）+乙 6939+乙補 5891 倒
118	合 3557（乙 2959+乙 5057）+乙 2960
119	正：合 3611 正（乙 4970）+合 14168 正（乙 5497）+合 14184（乙 5342）+合 14235 部分（乙 6177）+合 17341（乙 4573）+合補 6261（乙 8562）+乙 4691+乙 6172+乙 6529+乙補 4159+乙補 4230 反：合 3611 反（乙 4971）+合 14168 反（乙 5498）+乙 4384+乙 4379+乙補 4231
120	合 3655（乙 1526+乙 1559）+乙補 1555 倒
121	合 3672（乙 6482）+合 14246（乙 6468）
122	正：合 3695 正（乙 5090）+乙補 4787 反：合 3695 反（乙 5091）
123	合 3715（乙 630）+合 854（乙 5448）
124	合 3814（乙 5047）+合 13034（乙 4890）+合 13485（乙 4882）+合 14295（京 428+乙 4548+乙 4794+乙 4872+乙 4876+乙 4883+乙 4924+乙 5161+乙 6533+北圖 5252）+乙 5012
125	合 3825（乙 3774）+乙補 3426
126	正：合 3832（乙 8012）+合 11762 正（乙 6200）+乙 6153+乙補 1692+乙補 6591+乙補 6700 反：11762 反（乙 6201）+乙補 6618+乙補 6701
127	合 3845（乙 8055）+合 6571（乙 6992）+合 21919（乙 334）+乙 908+乙 2674+乙 6628+乙補 803
128	正：合 3869 正（乙 2150）+合 11882 正（乙 2068+乙 2332） 反：合 3869 反（乙 2151）+合 11882 反（乙 2069）+乙補 1942
129	合 3898（乙 823）+合 12417（乙 820+乙 1414+乙 1638）+合 12844 部分（乙 1236）+合 14620（乙 920）+乙補 299+乙補 694+乙補 976+乙補 977+乙補 978+乙補 1225

130	正：合 3971 正（乙 7715）+合 3992（乙 5353）+合 7996（乙 5913+乙 5350）+合 10863 正（乙 7674）+合 13360（乙 7390）+合 16457（乙 4651）+合 17344（乙 7821）+合補 988（乙 8007）+合補 3275 正（乙 7944）+乙 6076+乙 7952 反：合 3971 反（乙 7716）+合 10863 反（乙 7675）+合補 3275 反（乙 7945）+乙補 4477
131	合 4174 甲（乙 3053+乙 4337+乙 4490+乙 5069+乙 8252+乙 8268）+乙 6064+乙 6099+乙補 4291+乙補 4499+乙補 4580+乙補 6726
132	合 4197 正甲（乙 637）+合 4197 正乙（乙 860+乙 1084）+合 9945（乙 1398）+合 9946 正甲（乙 639+乙 640）+合 9946 正乙（乙 771+乙 773+乙 1044+乙 1209+乙 1723）+乙 774+乙補 245+乙補 251
133	合 4349 正甲（乙 4617）+合 4349 正乙（乙 4714）+合 7584 正部分（乙 6005）+合 18321（乙 5700）+乙 4498+乙 4712+乙 4881+乙補 4305+乙補 4660
134	合 4465（乙 8364）+合 5725（乙 6494）+合 17696（乙 6258）+乙 532+乙 6444
135	合 4499 甲（乙 8227）+合 4499 乙（乙 3767）+合 5449（乙 8235）+乙 3808+乙補 2250
136	合 4509（乙 2872）+合 4510 部分（乙 3201）+合 4511（乙 4139）+合 10463（乙 4044）－合 4510 部分（乙 3726）－乙 4048+乙補 2295
137	合 4557（乙 655）+合 10173 正（乙 953+乙 1274+乙 1949）+合 10192（乙 7832）+乙補 964+乙補 967+乙補 1440+乙補 3322
138	正：合 4773 正（乙 7367）+合 9067（乙 2393+乙 2418）+合 17304（乙 1357）+合 17695 正（乙 7381）+合 18165 正面+乙補 6104+乙補 6252 反：合 4773 反（乙 7368）+合 17695 反（乙 7382）+合 18165（乙 2650）+乙補 6105
139	合 5125（乙 6894+乙 8439）+乙 8187
140	合 5157 甲（乙 1284）+合 5157 乙（乙 761+乙 1719）+乙 1740+乙補 1458+乙補 1463+乙補 1465+乙補 1468+乙補 1473+乙補 1479+乙補 1482+乙補 1485+乙補 1489+乙補 1494
141	正：合 5300 正（乙 733）+乙補 2116+乙補 2118 反：合 5300 反（乙 734）+乙補 2119
142	合 5310（乙 2926）+乙 2671 倒
143	合 5332（乙 3210）+合 10313（乙 3209）
144	合 5380（乙 1041+乙 1862）+合 11479 倒（乙 2121 倒）+合 13281 正甲（乙 1118+乙 1870+乙 2195）+合 18674（乙 829）+乙 3455+乙補 855
145	合 5447 甲乙丙丁（乙 980+乙 2882+乙 2885+乙 2889+乙 8169）+乙 1279+乙 2558+乙 3193+乙 8183+乙 8554+乙補 1067+乙補 1068+乙補 2502+乙補 2504+乙補 2506+乙補 2509+乙補 2510+乙補 2511+乙補 2512+乙補 2513+乙補 2514+乙補 2518+乙補 2519+乙補 2520+乙補 2522+乙補 2524+乙補 2526+乙補 2529+乙補 2530+乙補 2531
146	合 5471 甲（乙 5722+乙 6348）合 5471 乙（乙 6518）+合補 3014（乙 5753）

147	合 5474（乙 4430+乙 4434）+乙 2621+乙補 4300
148	合 5483 正(乙 5356+乙 5359)+合 9249(乙 5361)+乙 3898+乙 4007+乙 4015+乙 4021+乙補 3756+乙補 3793
149	合 5484（乙 4413+乙 4772）+乙補 4549
150	合 5516（乙 6696+乙 7000）+合 3675（乙 7446）
151	合 5530 甲（乙 1335）合 5530 乙（乙 7575）+乙補 6339
152	合 5532 正（丙 383）+乙補 6642
153	合 5654（乙 7801+乙 7933）+乙補 6477 倒+乙補 6478 倒
154	合 5770 甲乙丙丁戊（乙 2898+乙 2899+乙 2900+乙 2901+乙 2949+乙 3003+乙 4088）+乙補 2544
155	合 5776 正（乙 4473+乙 4475+雙下 32.1）+乙補 4143+乙補 4161+乙補 4180+乙補 4191+乙補 4192+乙補 4232
156	合 5802（乙 4210+乙 4213+乙 4547）+乙 4201+乙 4213+乙補 3955
157	合 6471（乙 2464+乙 2537+乙 2820+乙 3147+乙 3627+乙 8306）+乙 3624+乙補 1729+乙補 2065+乙補 6865+乙補 6935
158	正：合 6530 正（丙 319）+乙 5426+乙補 4256 反：合 6530 反（丙 320）
159	合 6550（乙 2809+乙 3264）+乙補 1836
160	合 6573（乙 5582）+合 8066（乙 2440）+合 9069（乙 1153+乙 1655+乙 1992）+合 9070（乙 1871+乙 1892）+合 9071（乙 1233）+合 9072（乙 1958+乙 8093）+合 9073（乙 3511）+合 9136（乙 4885）+合 13514 甲（乙 5591+乙 5593+乙 5760+乙 5765+乙 5790+乙 7981）+合 13514 乙（乙 906）+合 14956（乙 1116）+合 16341（乙 3479）+乙 1119+乙 1999+乙 3514+乙 8163+乙補 862+乙補 1683+乙補 2054+乙補 3228
161	合 6650（乙 2031+乙 2268+乙 2503）+乙 7155+乙補 1700+乙補 2244+乙補 6211+乙補 6254
162	乙 6715+乙補 1802+乙補 2267
163	合 6828 正（乙 1054）+合 14549 正（乙 2587）+乙補 3993+乙補 5915
164	合 6949 正（丙 485、合補 5121 正下半）+乙補 954
165	合 7240（乙 3693）+合 15639 甲（乙 2381）+合 15639 乙（乙 7445）
166	合 7407 正甲（乙 1399）+合 15065（乙 1724+乙 1725）+乙 1713+乙 1720+乙 1722+乙 1727+乙補 1174+乙補 1177+乙補 1178+乙補 1181 倒+乙補 1460+乙補 1469 倒+乙補 1470+乙補 1471+乙補 1477+乙補 1481+乙補 1484+乙補 1488+乙補 1491
167	合 7571 正（丙 481；合 3780 重）+合 7890（乙 7424）
168	正：合 7584 正部分（乙 3202）+合 9053 正（乙 2991）+合 18695（乙 2793）+乙補 3808+乙補 3811 反：合 7584 反（乙 3203）+合 9053 反（乙 2992）

169	合 7772 正（丙 165）+乙補 2614
170	合 7906（乙 8274）+合 7907（乙 4532）+合 17432（乙 4991）+乙 8271+乙補 6818
171	合 7942（丙 559）+乙 7110+乙補 5965
172	合 8015（乙 498）+合補 4572 正（乙 501）
173	正：合 8129 正（乙 8046）+合 16178（乙 8122）+乙 7820+乙 8430+乙 8457+乙補 2391+乙補 2811+乙補 5389+乙補 6919 反：合 8129 反（乙 8047）+乙 8389+乙 8431+乙補 5390+乙補 6486
174	合 8167（乙 4779+乙 6532）+乙補 4856
175	合 8300（乙 1057+乙 1420）+乙 7037+乙補 2586+乙補 6746
176	正：合 8332 正（乙 1417+乙 7621）+乙 1271+乙 1382+乙補 1222+乙補 2168+乙補 6018+乙補 6183+乙補 6184 反：合 8332 反（乙 7622）+乙 7239
177	合 8411（乙 2213+乙 8171）+乙 6903
178	合 8472 正甲（乙 3536）+合 8472 正乙（乙 2170+乙 6764）+合 8472 正丙（乙 1195）+乙補 5510
179	合 8779（乙 7713）+乙補 1238
180	合 8895（乙 5000+乙 5166）+乙 5167+乙 6474+乙補 4163
181	合 8938 甲（乙 4973）+合 8938 乙（乙 2424+乙 2566）+合 11783（乙 8084）+合 11838（乙 7875）+合 13056（乙 4155+乙 7501）+合 13164（乙 7997）+乙 4240+乙補 3634+乙補 3892+乙補 6632
182	合 9009（乙 6860）正面+合 19312（乙 2824）+乙補 1913
183	合 9074（乙 4488+乙 8387）+合 15150（乙 4429）+乙 6520+乙補 4281+乙補 4297+乙補 4399
184	合 9197 正（乙 2336）+合 16470（乙 5251+乙 5357）+合 16471（乙 6895）+合 17683（乙 4415）+乙 1673+乙 4451 乙補 4644
185	正：合 9257 正（乙 4220）+合 12315 正（乙 4223+乙 4225+乙 5866）+合 18900 正（乙 8201）+乙 4224 反：合 9257 反（乙 4221）+合 12315 反乙（乙 5867）+合 18900 反（乙 8202）
186	合 9259（乙 4597）+合 13697 正甲（乙 3583）+合 13697 正乙（乙 2298+乙 4468+乙 4725+乙 7617+乙 8304）+乙補 3459+乙補 6353+乙補 6476
187	正：合 9322 正（乙 846）+合 9505（乙 7808）+合 13958（乙 862）+合 16442（乙 1079）+合補 3970（乙補 589 倒）+乙 1426+乙 2864+乙補 831+乙補 919 倒+乙補 925+乙補 928+乙補 930 反：合 9322 反（乙 847）+乙補 1245
188	合 9502（乙 2461+乙 6816）+乙補 6071
189	正：合 9504 正（丙 126）+乙 4982+乙補 6091 反：合 9504 反（丙 127）

190	合 9507（乙 2331+乙 7720+乙 7726+乙 7960）+合 2347（乙 7593）+合 4154（乙 1046）+合 5025（乙 1960）+合 7590（乙 7725）+合 9514（乙 1111）+乙 7592+乙 7728+乙 7865+乙補 6728
191	合 9554（乙 3541）+合 9555（乙 3534）+乙 3662+乙補 2870
192	正：合 9613 正甲（乙 2913+乙 5834）+合 6913 正乙（乙 5535）+乙補 5412 反：合 9613 反（乙 2914+乙 5835）
193	合 9724（乙 6427+乙 6586）+乙 5554+乙 6796
194	合 9750 甲（乙 5584）+合 9750 乙（乙 6183+乙 6241）+合 9802（乙 5670）+乙補 5075
195	合 9751 甲（乙 294）+合 9751 乙（乙 4977）+乙補 4734
196	合 9810（乙 2956+乙 7672）+乙補 5324
197	合 9811（乙 1966+乙 6781+乙 7205）+乙 2027+乙補 854+乙補 5952
198	合 9849（乙 645）+乙 495+乙補 282+乙補 289
199	合 9934 正（乙 4055）+合 9955（乙 4367）+乙 4106 +乙補 4609+乙補 5252 倒
200	合 9936（乙 3821）+乙 3824+乙補 3502+乙補 3517+乙補 3528+乙補 3533+乙補 3539+乙補 3544+乙補 3546+乙補 3568 倒
201	合 10022 甲（乙 6519）+合 10022 乙（4638）+合 10022 丙（6513）+合 10022 丁（乙 3652）+乙 6621
202	合 10023（乙 5579+乙 5639）+乙 2349
203	正：合 10026 正（乙 2118+乙 8170）+合 10034（乙 2853+乙 3231）+乙補 2884 反：合 10026 反（乙 2119）+乙補 6748
204	正：合 10049 正（丙 180）+乙補 2498 反：合 10049 反（丙 181）
205	正：合 10171 正（丙 627）+合 14293 正（乙 8000）+乙補 6530 反：合 10171 反（丙 628）+合 14293 反（乙 8001）
206	正：合 10198 正（丙 284）+乙 507+乙補 306+乙補 318 反：合 9230（乙 695）+合 10198 反（丙 285）+乙補 307
207	合 10302（乙 3334+乙 3347+乙 3974）+乙補 3751
208	合 11018 正（丙 201）+乙 4084+乙補 2471
209	合 11217（乙 7985）+乙 2430+乙 3104+乙 3360+乙 3614+乙補 4424
210	合 11297（乙 4546+乙 4556）+乙補 4373 倒+乙補 4375 倒+無號甲
211	合 11460（乙 930+乙 1134）+乙 824+乙補 711
212	合 11553（乙 8216）+乙補 6782
213	合 11674 正（乙 8181）+乙補 2448
214	合 11697 正甲部分（乙 5182）+合 11697 正乙（乙 4913+乙 6147）+乙 5704+乙補 4251+乙補 4376+乙補 4396 +乙補 5526

215	合 11746（乙 567）+合 14131（乙 563）
216	合 11830（乙 499）+合 12721（乙 500）
217	正：合 11835 正（乙 3644）+乙 2823+乙 3632+乙補 3217+乙補 3226 反：合 11835 反（乙 3645）+乙補 2438
218	合 11923（乙 5530 倒+乙 6051+乙 6361）+乙 5528+乙補 5050
219	合 11940（丙 532）+乙補 6484
220	合 11971 正（乙 7743）+合 12976（乙 4128）+合 14577 正（乙 2858）+合 14579（乙 3055）+合 14580（乙 1989）+合 14599（乙 7690）+合 16189（乙 1061）+合補 4497（乙 3393）+乙 4646+乙 7616+乙 8385+乙補 555+乙補 612+乙補 3000
221	合 12057（乙 2790）+乙 2784+乙 2918+乙補 2569+乙補 2574
222	合 12087（乙 6187）+乙 7754
223	合 12160（乙 713）+乙 7354+乙 7503
224	正：合 12312 正甲乙（乙 3119+乙 4526+乙 8195）+合 17311 正（乙 4584）+乙補 2620+乙補 2629+乙補 2631+乙補 2746+乙補 3039+乙補 5106+乙補 6771+乙補 6774+乙補 6992 反：合 12312 反甲乙（乙 4527）+合 17311 反（乙 4585）+乙補 2630+乙補 6772+乙補 6993
225	正：合 12318 正（乙 555）+乙補 154 反：合 12318 反（乙 556）+乙補 155
226	合 12324 正（丙 151）+乙補 587+乙補 1472+乙補 1474+乙補 1487 倒
227	合 12348（乙 1908+乙 6699+乙 7370+乙 8319）+乙補 1621
228	合 12367（乙 6068）+乙 5136+乙 5195
229	合 12376（乙 4477+乙 4788+乙 5013+乙 6121）+乙 4767+乙 4906+乙 8374+乙 8543+乙補 3501+乙補 4215
230	合 12409（乙 7989）+乙補 6602+乙補 6603
231	合 12441（乙 512+乙 8372）+乙 8380
232	合 12446 部分（乙 488+乙 3912）+合 20864（乙 2961）+合補 3657（乙 2955）+乙 490 倒+乙 491+乙 6336 倒+乙 6347+乙補 95+乙補 2597
233	合 12446 乙部分（乙 3970）+乙 7463+乙補 3113
234	合 12447 甲（乙 1152+乙 2021+乙 2020）+合 12447 乙（乙 1085+乙 1199+乙 4165+乙 7918）+乙 1082+乙 3562+乙補 840+乙補 956+乙補 1333+乙補 2101
235	合 12488 甲（乙 3807－乙 4287）+合 12488 乙（乙 2763+乙 4100）
236	合 12449 甲部分（乙 2611）+合 12449 乙（乙 6828+乙 6935+乙 6937）+乙補 5924
237	正：合 12466 正（乙 2704+乙 5453+乙 5567+乙 5789）+乙補 5359+乙補 5548 反：合 12466 反（乙 5454+乙 5568）+乙 6321+乙補 5581
238	合 12672 部分（乙 2814）－合 12672 部分（乙 3701）+乙補 2179

239	正：合 12831 正（乙 2295+乙 2689）+乙補 6457 反：合 12831 反（乙 2690）+乙補 1912+乙補 6458
240	合 12841 正（乙 3712+乙 3716）+乙補 3376 +乙補 3387
241	合 12896 甲乙（乙 2001+乙 2019）+乙補 1028+乙補 2143+乙補 2164+乙補 2165
242	合 12977（乙 3582+乙 5115+乙 5118）+合 13026（乙 2764）
243	合 13147（乙 1143+乙 1237）+乙 1412
244	正：合 13200 正（乙 5245）+合 13324 正（乙 4443）+乙 6119+乙補 4219+ 　　乙補 4312 反：合 13200 反（乙 5246）+合 13324 反（乙 4444）+乙補 4220
245	合 13222（乙 4340+乙 6094）+乙 5464+乙 5652+乙 6117+乙 6149+乙 6211+ 乙 8233
246	合 13283（丙 477）+乙 2189+乙 2527+乙 3607+乙 4169+乙 7907+乙 8030+乙 補 817+乙補 3229+乙補 3295
247	正：合 13313 正（乙 3735）+乙補 3351 反：合 13313 反（乙 3736）+乙 3690
248	合 13333 正（丙 538）+合 16998 正（乙 1198+乙 3989+乙 7193）
249	正：合 13403（乙 3054+乙 3095）+合 18730 正（乙 3622）+乙補 2702 反：合 18730 反（乙 3623）+乙補 2739
250	合 13490（丙 275）+乙 3240
251	合 13584 甲（乙 1047+乙 1050+乙 3162）+合 13584 乙（乙 4656）+合 17847 （乙 6062）+乙 6079+乙 6284+乙補 1415+乙補 4360+乙補 4504+乙補 4909
252	正：合 13623 正（乙 3018）+乙 2829 反：合 13623 反（乙 3019）
253	正：合 13625 正（乙 770+乙 937+乙 960）+乙 925+乙 939+乙 1249+乙 1501+ 　　乙補 475+乙補 680+乙補 688+乙補 690+乙補 693 反：合 13625 反（乙 938）+乙 1502+乙補 1296
254	合 13627（乙 1847）+乙 1831
255	正：合 13648 正（乙 4511）+乙補 4651+乙補 4668 +乙補 4670+無號甲 反：合 13648 反（乙 4512）+乙補 4671
256	合 13669（乙 687）+乙補 293+乙補 295+乙補 296+乙補 297+乙補 315
257	合 13676（乙 3145+乙 3150）+乙 8134
258	合 13693（乙 1187）+合 13694（乙 7711）
259	正：合 13750 正（丙 175）+乙補 617 反：合 13750 反（丙 176）+乙 886
260	合 13782（乙 1772）+乙補 1505
261	合 13805（乙 5696）+合 17800（乙 6093）+乙 5283+乙補 4938+乙補 5854 倒+乙補 6001+乙補 6122

262	合 13874 甲部分（乙 2367+乙 6931）+合 13874 乙（乙 2721）+乙 7637
263	合 13969（乙 1065）+合 416（乙 1261）+乙補 403
264	正：合 14033 正（乙 3373+乙 3498+乙 3954）+合 14506（乙 4145）+合 14507（乙 3238）+合 19707（乙 4186）+乙 3887+乙 3893+乙 4188+乙補 3924+乙補 3926 反：合 14033 反（乙 3499+乙 3955）
265	正：合 14035 正（乙 4463+乙 4562+乙 4623+乙 4633+乙 4764+乙 5229+乙 5878+乙 6156）+乙補 4248+乙補 4942+乙補 5286 反：合 14035 反（乙 4624+乙 4634）+乙 4381
266	合 14060 正（乙 4206）+乙 4214+乙補 3951+乙補 3956 倒+乙補 3967 倒+乙補 3970+乙補 3972+乙補 3977+乙補 3989
267	正：合 14129 正（丙 65）+乙補 357+乙補 4950 反：合 14129 反（丙 66）+乙補 358+乙補 4951
268	合 14131（乙 563）反面+合 19638（乙 564）+乙補 181
269	合 14146（乙 2740）+乙 2772
270	合 14148（乙 3682+乙 5578）+乙 5624
271	合 14149（丙 421）+乙補 529
272	合 14182（乙 4861）+合 16437（乙 5194）+乙 4830+乙 5065 +乙補 4918+無號甲
273	正：合 14198 正（丙 237）+合補 595（乙 5782）+乙補 5155 反：合 14198 反（丙 238）
274	合 14229 正（乙 8207）+合 17220（乙 3783）+乙 8231+乙補 3437+乙補 6800+乙補 6814
275	合 14238（乙 6718+乙 7558）+乙補 5827
276	合 14267（乙 1051）+乙補 429+乙補 1645
277	合 14277（乙 5088）+合 17221（乙 643）+合 22416（乙 5042）+乙 5006+乙補 4534+乙補 4579
278	合 14328 部分上（乙 2282）+合 14328 部分中（乙 2401）+合 14328 部分下（乙 2399）+合 15981（乙 2252）+乙 3565+乙補 1859+乙補 3094+乙補 6103
279	正：合 14524（乙 2705）+合 14527 正部分（乙 650+乙 698+乙 5445）+合 15582 正（乙 5905） 反：合 14527 反（乙 699+乙 5446）+乙補 5255
280	合 14527 部分（乙 4828）+合補 6292（乙 6135）+乙補 4514+乙補 4956 倒+乙補 5419+乙補 5577+乙補 5708 倒
281	合 14531（乙 5707）+乙補 5140
282	正：合 14576 正（乙 2773+乙 2778+乙 2779+乙 2780）+乙 2781+乙 2783+乙補 2358+乙補 2359+乙補 2362 反：合 14576 反（乙 2774）+合 14166（乙 2775）

283	合 14621（丙 288）+乙補 5343+乙補 6662
284	合 14630（乙 584）+合 19374（乙 719）
285	合 14639（乙 2912）+合 15493（乙 6526）+合 18416 正（乙 5638）+乙 3778+乙 3779+乙補 3427
286	合 14892（乙 3728）+乙 3729
287	合 14930（乙 4300）+乙補 4094
288	合 15108（乙 5810）+合 22045（乙 5321）
289	合 15153（乙 3811）+乙 3817
290	合 15498（乙 4185）＋乙 4187+乙補 3934
291	合 15531（乙 3016+乙 3199）+乙 3207+乙補 3747
292	合 15781（乙 572）+乙 932
293	合 15847（乙 816）+乙補 1262
294	正：合 15854 正（乙 6630+乙 6641）+合 8917 正（乙 6179） 反：合 15854 反（乙 6631+乙 6642）+合 8917 反（乙 6180）
295	合 16117 正甲（乙 8352）+合 16117 正乙（乙 8418）+乙補 5599
296	合 16137（乙 4097）+乙補 3830
297	合 16256（乙 1139）+乙 958+乙補 718+乙補 729+乙補 874+乙補 889
298	合 16302 正（乙 561）+乙補 182
299	合 16306（乙 3668）+乙補 3277
300	合 16335 正（丙 581）+乙補 1770
301	合 16458 甲（乙 2618）+合 16458 乙（乙 6826）+乙 6871+乙補 6042
302	合 16463 甲（乙 2465）+合 16463 乙（乙 7303）+乙 5533+乙補 1786+乙補 2070+乙補 2197+乙補 6207
303	合 16497（乙 3470）+乙 3135+乙 3137+乙補 2751+乙補 2752
304	合 17006（乙 4033）+合 17226（乙 3856）+乙 3985＋乙補 3746
305	正：合 17041（乙 720）+乙補 365+乙補 367+乙補 370 反：乙補 366+乙補 368
306	合 17083 甲（乙 1611+乙 1773）+合 17083 乙（乙 1646）+乙 1482+乙 1491
307	合 17084（乙 4697+乙 5477）+合 17105 甲（乙 5505+乙 6127+乙 6181）+合 17105 乙（乙 6186）+乙 6591+乙補 275+乙補 5512+乙補 5716+乙補 5737
308	合 17228（乙 8197）+合補 3974（乙 8403）+乙 691+乙 2449+乙 2717+乙 6086+乙補 1887+乙補 1888+乙補 2278+乙補 6059+乙補 6243+乙補 6312+乙補 6343+乙補 6344+乙補 6912+乙補 6922
309	合 17243（乙 3503）+乙補 2993
310	正：合 17265 正（乙 3602）+乙補 3153 反：合 17265 反（乙 3603）+乙 3612

311	合 17373 甲（乙 8054）+合 17373 乙（乙 8125+乙 8189）+乙 3987+乙 3991
312	合 17493（乙 5281）+合 17494（乙 3330）
313	合 17529（乙 1541）+乙補 1539
314	合 17705（乙 4122+乙 6534）+乙補 3925
315	合 17793（乙 950）+乙補 692
316	合 18123（乙 3569 倒）+乙補 3079
317	合 18374（乙 536）+乙 527
318	合 18668（乙 3850）+合 22104（乙 8113+乙 4581）+合 22121（乙 7760）+合 22125（乙 3501）+合 22126（乙 3930）+合 22128（乙 7039）+乙 3839+乙補 3579
319	合 18724（乙 4892）+乙補 4212＋乙補 4221+乙補 4142
320	合 18810（乙 4195）+合 19709（乙 4247+乙 4200）
321	合 18899（乙 6794+7296）+乙 1036+乙 6817+乙 7329+乙 7553+乙補 561+乙補 747+乙補 6135+乙補 6223+乙補 6230
322	合 18904（乙 566）+乙補 189 反
323	合 18956（乙 1282）+乙補 1009+乙補 1016+乙補 1017+乙補 1010+乙補 1023
324	合 19136（乙 1089）+乙 1785
325	合 19139 甲（乙 1750）+合 19139 乙（乙 1540）+乙 1689+乙補 1339
326	合 19229（乙 8200）+乙 8159+乙 8194
327	合 19372（乙 5150）+乙 5294+乙 5331+乙補 4888
328	合 19377（乙 5092+5164）+乙 5056+乙補 4894
329	合 19756（乙 104+乙 452）+合 20710（乙 200+乙 427）+乙 235
330	合 20379 部分（乙 485）+合 22397（乙 7814）
331	合 20725（乙 330）+合 20811（乙 36）
332	合 20784（乙 1127）+乙補 1254
333	合 21073（乙 5276）+乙補 5573
334	合 21265（乙 1008）+合 21946（乙 794）+合 22007（乙 1640）
335	合 21508（乙 5365）+乙補 4971
336	合 21564（乙 1001）+合 21626 部分（乙 1004+乙 1786）+合 21856（乙 1302）
337	合 21572（乙 1432）+合 21626 左、中（乙 1208+乙 1437+乙 1550+乙 1555）+合 21654（乙 1176）+合 21706（乙 1848）+乙 1763
338	合 21586（丙 611）+乙 5235
339	合 21597（乙 1767）+合 21600（乙 1313）+乙 8581+乙補 901
340	合 21619（乙 4180）+乙 4184
341	合 21653（乙 5123）+合 21804（乙 4911+乙 5985）+乙 5203+乙 5725＋乙補 4838

342	合 21666（乙 1106）+合 21667（乙 1014+乙 1849）+合 21705（乙 974）
343	合 21728（乙 1474+乙 1621+乙 1624）+合 21823（乙 616）
344	合 21809（乙 1805）+合 21822（乙 1530）+乙補 1352
345	合 21810（乙 7843）+乙 620+乙 1843
346	合 21821（乙 1310）+乙 757+乙 1295
347	合 21839 左（乙 1850）+合 21878（乙 1446+乙 1174）+合 21952（乙 1449）
348	合 21864（乙 1799）+合 21947（乙 1531）
349	合 21866（乙 1792）+乙 1304
350	合 21875（乙 1322）+合 21938 上（乙 1606）+合 21973（乙 787）+合 21977（乙 1311）+乙 1517+乙 1658+乙 1791 倒
351	合 21877（乙 1318）+合 21948（乙 1108+乙 1124+乙 1521）+乙 1840
352	合 21887（乙 1751）+合 21889（乙 832+乙 1120）+合 22459（乙 7718）+乙 635+乙補 1380
353	合 21921 部分（乙 1518 倒+乙 1546）+合 21932（乙 1305）+乙 1179
354	合 21921 下（乙 1454 倒）+乙補 511+乙補 595
355	合 21923（乙 1323+乙 1553+乙 1590+乙 1692+乙 8251）+乙補 1047
356	合 21926 下（乙 1019）+乙補 1362
357	合 21928（乙 1109+乙 1549）+合 22041（乙 758）+乙補 402+乙補 1034
358	合 21931（乙 1316）+乙 717+乙補 576+乙補 1350
359	合 21934（乙 1798）+合 21972（乙 1480+乙 1122）
360	合 21937（乙 940）+乙 1012
361	合 21939（乙 1162）+合 21974（乙 1022）
362	合 21940（乙 1468）+乙 1472
363	合 21941（乙 1693）+合 21996（乙 1436）
364	合 21942（乙 1158）+合 21938 下（乙 1581）
365	合 21951（乙 1160）+乙 609+乙 613
366	合 21953（乙 1652）+乙 7803
367	合 21964 下（乙 1564）+合 21964 上（乙 1123）+乙 1488
368	合 12973（乙 5278+乙 5987+乙 6001+乙 6014+京 396）+乙 621+乙補 229+乙補 5318+台灣某收藏家藏品
369	合 21976（乙 997）+乙 1842+乙補 1272
370	合 21979（乙 1602+乙 1622）+乙 622
371	合 21981（乙 1508）+乙 1408
372	合 21990（乙 1018）+合 21994（乙 1554+乙 1748）
373	合 22000（乙 1770）+乙 1762
374	合 22016（乙 859）+乙補 1230

375	合 22018（乙 1637 倒）+合 22369（乙 1573）
376	合 22019（乙 1548）+合 22026（乙 1438）+乙 7932+乙補 1257
377	合 22021（乙 1459）+乙補 1357
378	合 22049（乙 4860+乙 5162+乙 5178+乙 5596）+合 22081（乙 5156）+無號甲
379	合 22050（乙 4520+乙 4522+乙 4678）+乙 6390
380	合 22055（乙 1015+乙 1434+乙 1538+乙 1603+乙 1764）+乙 1557+乙補 1534
381	合 22063 左右（乙 7512+乙 8413）+合 22088（乙 4549）+合 22113（乙 8435+乙 8441）+合 22186（乙 8406）+乙 4266+乙 8384+乙 8407+乙 8443+乙 8454+乙 8455+乙補 7125
382	合 22066（乙 2061+乙 2254+乙 6887+乙 7379）+乙 2112
383	合 22070 甲（乙 5410）+合 22070 乙（乙 1173）+乙補 217+乙補 890
384	合 22079 甲（乙 1444）+合 22079 乙（乙 1464）+合 22101 左（乙 983+乙 982）+合 22129（乙 1625）+合 22437（乙 1470）+合 22439（乙 1062）+乙 975
385	合 22091 甲（乙 3259+乙 3065+乙 3259+乙 3803）+合 22091 乙（乙 7318）+合 22124（乙 7359）+合 22212（乙 7086）+合 22309（乙 1185）+合 22410（乙 3843）+合 22418（乙 7280+乙 8557）+合補 5638（乙 2625）+乙補 3399+乙補 3400+乙補 6106
386	合 22093（乙 4505+乙 4719+乙 8587）+乙 4944
387	合 22094（乙 6690）+合 22441（乙 1956+2130）
388	合 22127（乙 1527）+合 22495（乙 1962）
389	合 22157（乙 1469）+合 22032（乙 1594）
390	合 22206 甲（乙 804+乙 973+乙 1780+乙 1855）+合 22206 乙（乙 1479+乙 1623）+乙 1428
391	合 22310（乙 1445）+合 21967（乙 1510）
392	合 22491（北圖 5237）+合補 6925（乙 4810）+北圖 5251+北圖 5232
393	合補 1429（乙 4428）+乙補 4286
394	合補 1550（乙補 3787）+合 5305（乙 3994）
395	合補 2047（乙 3694）+乙 3688
396	合補 3762（乙 3931）+合補 3833（乙 3924）+乙補 3670
397	正：合補 4002 正（乙補 658）+合 8594 正（乙 3804）+乙補 6703 正 反：合補 4002 反（乙補 659）+合 8594 反（乙 3805）
398	合補 5907（乙 4261）+乙 4267
399	乙 588+乙補 2568
400	乙 668+乙補 342
401	乙 716+乙補 235
402	乙 723+乙補 371

403	乙 856+乙補 596
404	乙 879+乙 890+乙補 610+乙 891+乙補 643
405	乙 880+乙補 611+乙補 630+乙補 631
406	乙 893+乙補 335+乙補 391
407	乙 942+乙補 1519
408	乙 995+乙補 719
409	乙 999+乙 1000
410	乙 1141+乙補 877
411	乙 1163+乙補 1416
412	乙 1235+乙補 1214
413	乙 1258+乙 1714+乙補 92+乙補 985+乙補 986
414	乙 1259+乙補 994+乙補 995
415	乙 1285+乙 3968+乙補 1131+乙補 1137
416	乙 1294+乙補 1265
417	乙 1352+乙補 779
418	乙 1401+乙補 1243
419	乙 1407+乙補 1192
420	乙 1433+乙補 1255
421	乙 1478+乙 1582
422	乙 1500+乙補 990
423	乙 1533+乙補 738+乙補 1372
424	乙 1574（合 21975）+乙 1803（合 22031）
425	乙 1593+乙補 1367
426	乙 1610+乙 1619+乙補 1371
427	乙 1641+乙補 413
428	乙 1694+乙補 477
429	乙 1707+乙補 593+乙補 1237
430	乙 1754+乙 1828
431	乙 1755+乙 1795+乙補 1036
432	乙 1796+乙補 1379
433	乙 1819+乙補 1556
434	乙 1821+乙 1836 倒
435	乙 2058+乙 1852
436	乙 2219+乙 7614+乙補 6374
437	乙 2335+乙補 1951+乙補 2013

438	乙 2371+乙 7504+乙補 6335
439	乙 2397+乙補 3001
440	乙 2410+乙補 2010
441	乙 2433+3587+乙補 2030+乙補 3749
442	乙 2629+乙 2699+乙補 2249+乙補 2253+乙補 2254
443	乙 2727+乙補 3012+乙補 5429
444	乙 2755+乙補 2307
445	乙 2757+乙補 2306 倒
446	乙 2770+乙補 2339+乙補 2346
447	乙 2786+乙補 2399+乙補 2385
448	乙 2812+乙補 2425
449	乙 2865+乙補 2482+乙補 2483+乙補 2494+乙補 2495 倒+無號甲
450	乙 2931+乙補 2936
451	乙 2995+乙補 2625
452	乙 3097+乙補 2738
453	乙 3123+乙補 2747 倒
454	乙 3159+乙補 2767
455	乙 3204+乙 8107+乙補 3303
456	乙 3266+乙補 2787
457	乙 3275+乙補 2841
458	乙 3531+乙補 3045
459	乙 3532+乙補 3048 倒+乙補 3049 倒
460	乙 3610+乙補 3151
461	乙 3613+乙補 3162
462	乙 3626+乙補 3186 的正面
463	乙 3715+乙補 3388
464	乙 3874+乙補 3610
465	乙 3884+乙補 3707
466	乙 3903+乙 3904+乙補 3655+乙補 3656+乙補 3658
467	乙 4043 正面（乙 4042）+乙補 3796 正面+乙 4041
468	乙 4053+乙補 3812
469	乙 4091+乙 4094+乙補 3829 倒+乙補 3832
470	乙 4107+乙補 3844+乙補 3850
471	乙 4126+乙補 3864
472	乙 4146+乙補 3891+乙補 3895

473	乙 4412+乙補 4296 倒
474	正：乙 4689+乙補 4513 反：乙 4713（乙 4689 反面）
475	乙 4894+乙補 4713 倒
476	乙 4922+乙補 4684 倒
477	乙 4934+乙 5062+乙補 178
478	乙 5094+乙補 5383
479	乙 5220+乙補 4928
480	乙 5332+乙 5337
481	乙 5363+乙補 4735+乙補 4949
482	乙 5417+乙 5422
483	乙 5479+合 13215（乙 6244）
484	乙 5706+乙 5721+乙補 5830
485	乙 6346+乙補 5544+乙補 5587 倒
486	乙 6437+乙 6438
487	乙 6445+乙補 5684+乙補 5686
488	乙 6510+乙 6514
489	乙 6870+乙 6892
490	乙 6972+乙補 6019
491	乙 7105+乙補 749+乙補 5537+乙補 6133+乙補 6370
492	乙 7107+乙 7327
493	乙 7238+乙補 6182
494	乙 7265+乙補 947+乙補 6212
495	乙 7279+乙補 6205
496	乙 7631+乙補 614+乙補 766
497	乙 8017+乙補 6621
498	乙 8027+乙補 6627
499	乙 8116+乙補 6706
500	乙 8414+乙補 2807+乙補 6939
501	乙 8424+乙補 1646
502	乙補 247+乙補 248 倒
503	乙補 302+乙補 1344
504	乙補 366+乙補 368
505	乙補 512+乙補 1540
506	乙補 580+乙補 582

507	乙補 583+乙補 1456
508	乙補 652+乙補 750
509	乙補 720+乙補 734
510	乙補 843+乙補 6506
511	乙補 869+乙補 1285
512	乙補 904+乙補 906
513	乙補 942+乙補 943+乙補 952
514	乙補 999+乙補 1000
515	乙補 1071+乙補 1072
516	乙補 1132+乙補 1133
517	乙補 1182 倒+乙補 1188+乙補 1195+乙補 1199
518	乙補 1183+乙補 1189+乙補 1196
519	乙補 1197+乙補 1203
520	乙補 1259+乙補 1536
521	乙補 1303+乙補 1319
522	乙補 1334+乙補 1351 倒
523	乙補 1363+乙補 1566
524	乙補 1499 倒+乙補 1530
525	乙補 1548+乙補 1572 倒
526	乙補 1583 倒+乙補 1584+乙補 1586
527	乙補 1596+乙補 1957
528	乙補 1726+乙補 1735+乙補 1739
529	乙補 1897+乙補 1900
530	乙補 1952+乙補 1955
531	乙補 2100+乙補 2102
532	乙補 2169+乙補 2171
533	乙補 2279+乙補 6244
534	乙補 2308+乙補 2309+乙補 2311
535	乙補 2341+乙補 2348
536	乙補 2599+乙補 2602
537	乙補 2685+乙補 2691
538	乙補 2753+乙補 2758
539	乙補 2756+乙補 3600
540	乙補 2808+乙補 3889+乙補 3935
541	乙補 2823+乙補 3630

542	乙補 2907+乙補 2909+乙補 2933
543	乙補 2965+乙補 2974
544	乙補 2970+乙補 2975
545	乙補 2980+乙補 2991
546	乙補 3152+乙補 3158
547	乙補 3236+乙補 3237+乙補 3243 倒
548	乙補 3272+乙補 3273 倒
549	乙補 3312+乙補 3330 倒
550	乙補 3355+乙補 3357
551	乙補 3476+乙補 3477+乙補 3478+乙補 3480 倒+乙補 3483
552	乙補 3511+乙補 3513+乙補 3524 倒
553	乙補 3526+乙補 3529+乙補 3530+乙補 3540+乙補 3548+乙補 3549+乙補 3553
554	乙補 3534+乙補 3532
555	乙補 3731+乙補 3734+乙補 3739
556	乙補 3737+乙補 3738
557	乙補 3764+乙補 3777
558	乙補 3873+乙補 3878
559	乙補 3886+乙補 3888+乙補 3913
560	乙補 3951+乙補 3956
561	乙補 3988+乙補 4005
562	乙補 3994+乙補 4004
563	乙補 4064+乙補 4066
564	乙補 4112+乙補 4114+乙補 4117+乙 4325+乙 4328
565	乙補 4174+乙補 4181 倒
566	正：乙補 4196+乙補 4250 反：乙 4383（乙補 4196 反面）
567	乙補 4225+乙補 4241
568	乙補 4327+乙補 4329
569	乙補 4407+乙補 4409
570	乙補 4442 倒+乙補 5898+無號甲
571	乙補 4469 倒+乙補 4479
572	乙補 4503+乙補 4515
573	乙補 4683 倒+乙補 4694
574	乙補 4746+乙補 4785 倒
575	乙補 4807+乙補 4846

576	乙補 4827+乙補 4922
577	乙補 4871+乙補 4957
578	乙補 4891+乙補 4903
579	乙補 4916+乙補 4984
580	乙補 5069+乙補 5070
581	乙補 5135+乙補 5137
582	乙補 5352+乙補 5353
583	乙補 5448 倒+乙補 5464 倒
584	乙補 5663+乙補 5664
585	乙補 5927+乙補 5928
586	乙補 5955+乙補 5956
587	乙補 6028+乙補 6029
588	乙補 6075 倒+乙補 6076
589	乙補 6159+乙補 6161
590	乙補 6234+乙補 6235
591	乙補 6613 倒+乙補 6616
592	乙補 6633+乙補 6634
593	乙補 6673+乙補 6649
594	乙補 6727+乙補 6729
595	乙補 6745+乙補 6773+乙補 6775
596	乙補 7347+乙補 7374

參考書目

三畫 于

1 于省吾：《甲骨文字釋林》，北京：中華書局，1983 年 8 月。

2. 于省吾：《甲骨文字詁林》，北京：中華書局，1996 年 5 月。

3. 于省吾：《雙劍誃古器物圖錄》，北京：中華書局，2009 年 4 月。

四畫 中、王、方

1. 中國社會科學院考古研究所編：《小屯南地甲骨》，北京：中華書局，1980 年 10 月。

2. 中國國家博物館編：《中國國家博物館館藏文物研究叢書·甲骨卷》，上海：上海古籍出版社，2007 年 7 月。

3. 王輝：〈殷墟玉璋朱書「戉」字解〉，《于省吾教授百年誕辰紀念文集》，長春：吉林大學出版社，1996 年 9 月。

4. 王宇信：《西周甲骨探論》，北京：中國社會科學出版社，1984 年 4 月。

5. 王宇信：〈武丁期戰爭卜辭分期的嘗試〉，《甲骨文與殷商史》第三輯，上海：上海古籍出版社 1991 年 8 月。

6. 王宇信：《甲骨學一百年》，北京：社會科學文獻出版社，1999 年 9 月。

7. 王宇信：〈殷人寶玉、用玉及對玉文化研究的幾點啟示〉，《中國史研究》2000 年 1 月。

8. 王恩田：〈陝西岐山新出薛器考釋〉，《古文字論集（一）》考古與文物叢刊第二號，考古與文物編輯部，1983 年 11 月。

9. 王恩田：〈人方位置與征人方路線新證〉，《胡厚宣先生紀念文集》北京：科學出版社，1998 年 11 月。

10. 王道還：〈史語所的體質人類學家〉，《新學術之路》，台北：中研院史語所，1998 年 10 月。

11. 王蘊智：〈說枼〉，《吉林大學古籍整理研究所建所十五周年紀念文集》，長春：吉林大

學出版社，1998 年 12 月。

12. 王蘊智：〈抓緊甲骨文的基礎整理工作〉，《殷都學刊》2000 年第 2 期。

13. 王蘊智：〈出土資料中所見的「贏」和「龍」〉，《字學論集》，鄭州：河南美術出版社，2004 年 9 月。

14. 方稚松：《殷墟卜辭中天象資料的整理與研究》，首都師範大學碩士學位論文，2004 年 5 月。

15. 方稚松：〈甲骨文字考釋四則〉，《紀念王懿榮發現甲骨文 110 周年國際學術研討會論文集》，北京：社會科學文獻出版社，2009 年 8 月。

16. 方述鑫：《殷墟卜辭斷代研究》，台北：文津出版社，1992 年 7 月。

17. 方述鑫：〈論非王卜辭〉，《古文字研究》第十八輯，北京：中華書局，1992 年 8 月。

18. 方述鑫：〈殷墟卜辭中所見的「尸」〉，《考古與文物》2000 年第 5 期。

五畫　石、白

1. 石璋如：〈小屯後五次發掘的重要發現〉，《六同別錄》上冊，中研院史語研所集刊外編第三種，1945 年 1 月。

2. 石璋如：《小屯第一本·乙編·殷墟建築遺存》，台北：中研院史語所，1959 年。

3. 石璋如：〈兩片迷途歸宗的字甲〉，《大陸雜誌》七十二卷六期，1986 年 6 月。

4. 石璋如：〈乙五基址與賓、自層位〉，《中研院史語所集刊》第六十一本一分，1991 年 7 月。

5. 石璋如：《小屯·遺址的發現與發掘·丁編·甲骨坑層（二上）》，台北：中研院史語所，1992 年 9 月。

6. 石璋如：《小屯·遺址的發現與發掘·丁編甲骨坑層（二下）》，台北：中研院史語所，1992 年 9 月。

7. 石璋如：〈李濟先生與中國考古學〉，《新學術之路》，台北：中研院史語所，1996 年 10 月。

8. 石璋如：〈胡厚宣先生與侯家莊 1004 大墓發掘〉，《胡厚宣先生紀念文集》，北京：科學出版社，1998 年 11 月。

9. 石璋如：〈殷虛地上建築復原第八例兼論乙十一後期及有關基址與 YH251、330 的卜辭〉，《中研院史語所集刊》第七十本四分，1999 年 12 月。

10. 白玉崢：〈讀甲骨綴合新編暨補編略論甲骨綴合〉，《中國文字》新一期，台北：藝文印書館，1980 年 3 月。

11. 白玉崢：〈簡論甲骨文合集〉，《中國文字》新十四期，台北：藝文印書館，1991 年 5 月。

12. 白玉崢：〈東薇堂讀契記〔三〕讀後〉，《中國文字》新十九期，台北：藝文印書館，1994 年 9 月。

13. 白玉崢：〈近卅年之甲骨綴合〉，《中國文字》新廿期，台北：藝文印書館，1995 年 12 月。

14. 白于藍：《《殷墟甲骨刻辭摹釋總集》校訂》，吉林大學博士學位論文，1998 年 6 月。

六畫　朱

1. 朱國理：〈『月』『夕』同源考〉，《古漢語研究》1998 年第 2 期。

2. 朱鳳瀚：《商周家族型態研究》，天津：天津古籍出版社，1990 年 8 月。

3. 朱鳳瀚：〈商人諸神之權能與其類型〉，《盡心集》，北京：中國社會科學出版社，1996 年 11 月。

4. 朱鳳瀚：〈論周代金文中肇字的字義〉，《北京師範大學學報》2000 年 2 月。

七畫　李、杜、汪、宋、何、沈

1. 李卉、陳星燦編：《傳薪有斯人：李濟、凌純聲、高去尋、夏鼐與張光直通信集》，北京：生活・讀書・新知・三聯書局，2005 年 12 月。

2. 李濟：〈安陽最近發掘報告及六次工作之總估計〉，《安陽發掘報告》第四冊，1933 年 6 月。又收錄於《李濟文集》卷二。

3. 李濟：〈南陽董作賓先生與近代考古學〉，《董作賓先生逝世三週年紀念集》，台北：藝文印書館，1966 年 11 月。又收錄於《李濟文集》卷五。

4. 李濟：〈大龜四版的故事〉，《董作賓先生逝世三週年紀念集》，台北：藝文印書館，1966 年 11 月。又收錄於《李濟文集》卷五。

5. 李濟：〈跋彥堂自序〉，《殷虛文字甲編》，台北：中研院史語所，1948 年 4 月。

6. 李濟：《李濟文集》，上海：上海人民出版社，2006 年 8 月。

7. 李棪：《北美所見甲骨選粹考釋》，香港：中文大學中國文化研究所學報第三卷第二期，1970 年。

8. 李光謨：《鋤頭考古學家的足跡－李濟治學生涯瑣記》，北京：人民大學出版社，1996 年 9 月。

9. 李光謨：〈李濟先生學行紀略〉，《學術集林》卷十，上海：上海遠東出版社，1997 年 8 月。

10. 李東華：〈從往來書信看傅斯年與夏鼐的關係：兩代學術領袖的相知與傳承〉，《古今論衡》第 21 期，2010 年 12 月。

11. 李學勤：《殷虛文字綴合》，北京：科學出版社，1955 年 4 月。

12. 李學勤：〈評陳夢家《殷虛卜辭綜述》〉，《考古學報》1957 年第 3 期。又收錄於《李學勤早期文集》，頁 52。

13. 李學勤：〈帝乙時代的非王卜辭〉，《考古學報》，1958 年第 2 期。又收錄於《李學勤早期文集》，頁 105。

14. 李學勤：《殷代地理簡論》，北京：科學出版社，1959 年 1 月。又收錄於《李學勤早期文集》，頁 157。

15. 李學勤：〈盤龍城與商朝的南土〉，《文物》1976 年第 2 期。又收錄於《新出青銅器研究》，頁 12。

16. 李學勤：〈論婦好墓的年代及其有關問題〉，《考古》，1977 年第 11 期。

17. 李學勤：〈元氏銅器與西周的邢國〉，《考古》，1979 年第 1 輯。

18. 李學勤：〈關於自組卜辭的一些問題〉，《古文字研究》第三輯，北京：中華書局，1980 年 11 月。

19. 李學勤：〈小屯南地甲骨與甲骨分期〉，《文物》，1981 年第 5 期。

20. 李學勤：〈小屯丙組基址與扶卜辭〉，《甲骨探史錄》，香港：三聯書局，1982 年 9 月。

21. 李學勤：《古文字學初階》，北京：中華書局，1985 年 5 月。

22. 李學勤：〈考古發現與古代姓氏制度〉，《考古》1987 年第 3 期。

23. 李學勤：〈論西周金文的六師、八師〉，《華夏考古》1987 年 2 期。

24. 李學勤：〈平山三器與中山國史的若干問題〉，《新出青銅器研究》，北京：文物出版社，1990 年 6 月。

25. 李學勤：《周易經傳溯源》，長春：長春出版社，1992 年 8 月。

26. 李學勤：〈殷墟甲骨分期兩系說〉，《古文字研究》第十八輯，北京：中華書局，1992 年 8 月。

27. 李學勤：《失落的文明》，上海：上海文藝出版社，1997 年 12 月。

28. 李學勤：〈一九九七年夏商周斷代工程研究〉，《先秦、秦漢史》，1998 年第 3 期。

29. 李學勤：〈談小臣系玉瑗〉，《故宮博物院院刊》，1998 年第 3 期。

30. 李學勤：〈花園莊東地卜辭的子〉，《河南博物院落成暨河南省博物館建館七十周年紀念論文集》，鄭州：中州古籍出版社，1998 年 7 月。

31. 李學勤：《四海尋珍》，北京：清華大學出版社，1998 年 9 月。

32. 李學勤：《綴古集》，上海：上海古籍出版社，1998 年 10 月。

33. 李學勤：〈蕩社、唐土與老牛坡遺址〉，《周秦文化研究》，西安：陝西人民出版社，1998 年 11 月。

34. 李學勤：〈甲骨學的七個課題〉，《歷史研究》，1999 年第 5 期。

35. 李學勤：《夏商周年代學札記》，瀋陽：遼寧大學出版社，1999 年 10 月。

36. 李學勤：〈甲骨文同辭同字異構例〉，《江漢考古》2000 年第 1 期。

37. 李學勤：〈論殷墟卜辭的新星〉，《北京師範大學學報》2000 年 8 月。

38. 李學勤：〈續釋「尋字」〉，《故宮博物院院刊》2000 年第 6 期。

39. 李學勤：《李學勤早期文集》，石家莊：河北教育出版社，2008 年 1 月。

40. 李學勤：〈論新出現的一片征夷方卜辭〉，《文物中的古文明》，北京：商務印書館，2008 年 11 月。

41. 李學勤：〈《殷墟甲骨輯佚》序〉，《文物中的古文明》，北京：商務印書館，2008 年 11 月。

42. 李宗焜：〈卜辭所見一日內時稱考〉《中國文字》新十八期，1994 年 1 月。

43. 李宗焜：《殷墟甲骨文字表》，北京大學博士研究生學位論文，1995 年。

44. 李宗焜：〈《甲骨文字編》芻議〉，《甲骨文發現一百周年學術研討會論文集》，台北：文史哲出版社，1998 年 5 月。

45. 李宗焜：〈殷墟發掘的甲骨〉，《古今論衡》第 4 輯，台北：中研院史語所，2000 年 6 月。

46. 李家浩：〈包山二六六號簡所記木器〉，《國學研究》第二卷，北京：北京大學出版社，1994 年 7 月。

47. 李家浩：〈王家台秦簡易占爲歸藏考〉，《傳統文化與現代化》，1997 年第 1 期。

48. 李先登：〈孟廣生舊藏甲骨選介〉，《古文字研究》第八輯，北京：中華書局，1983 年 2 月。

49. 李旼姈：《甲骨文例研究》，台北：台灣古籍出版有限公司，2003 年 6 月。

50. 杜正勝：〈卜辭所見的城邦形態〉，《盡心集》，北京：中國社會科學出版社，1996 年 11 月。

51. 杜正勝：〈無中生有的志業－傅斯年與史語所的創立〉，《新學術之路》，台北：中研院史語所，1998 年 10 月。

52. 汪濤：〈甲骨學在歐美：1900－1950〉，《甲骨文發現一百周年學術研討會論文集》，台北：文史哲出版社，1998 年 5 月。

53. 宋雅萍：《殷墟 YH127 坑背甲刻辭研究》，政治大學中文系碩士學位論文，2008 年 5 月。

54. 宋鎮豪：〈試論殷代的紀時制度〉，《全國商史學術討論會論文集》，《殷都學刊》增刊，1984 年 2 月。

55. 宋鎮豪：〈甲骨文『出日』『入日』考〉，《出土文獻研究》，北京：文物出版社，1985 年 6 月。

56. 宋鎮豪：〈論古代甲占卜的三卜制〉，《中國殷商文化國際討論會論文》，1987 年 7 月。

57. 宋鎮豪：《百年甲骨學論著目》，北京：語文出版社，1999 年 7 月。

58. 宋鎮豪：〈再論殷商王朝甲骨占卜制度〉，《歷史博物館館刊》第 2 期，2000 年。

59. 宋鎮豪：〈殷商紀時法補論－關於殷商日界〉，中研院史語所演講稿，2001 年 6 月 4 日。

60. 宋鎮豪：〈記國博所藏甲骨及其與 YH127 坑有關的大龜六版〉，收錄於中國國家博物館編：《中國國家博物館館藏文物研究叢書·甲骨卷》，上海：上海古籍出版社，2007 年 7 月。

61. 宋鎮豪：〈記中國國家博物館所藏與 YH127 坑有關的大龜六版〉，收錄於宋鎮豪、唐茂松主編：《紀念殷墟 YH127 甲骨坑南京室內發掘 70 周年論文集》，北京：文物出版社，2008 年 10 月。

62. 何琳儀：〈釋圂〉，《徐中舒先生百年誕辰紀念文集》，成都：巴蜀書社，1998 年 10 月。

63. 何會：《殷墟賓組卜辭正反相承例》，首都師範大學碩士學位論文，2009 年 5 月。

64. 沈培：《殷墟甲骨卜辭語序研究》，台灣：文津出版社，1992 年 11 月。

65. 沈培：〈釋甲骨文、金文與傳世文獻中跟「眉壽」的「眉」相關的字詞〉，《出土文獻與傳世典籍的詮釋——紀念譚樸森先生逝世兩週年國際學術研討會論文集》，上海：上海

古籍出版社，2010 年 10 月。

八畫　林、吳、金、屈、周

1. 林澐：〈從武丁時代的幾種子卜辭試論商代家族型態〉，《古文字研究》第一輯，北京：中華書局，1979 年 8 月。

2. 林澐：〈小屯南地發掘與殷墟甲骨斷代〉，《古文字研究》第九輯，北京：中華書局，1984 年 1 月。

3. 林澐：〈無名組卜辭中父丁稱謂研究〉，《古文字研究》第十三輯，北京：中華書局，1986 年 6 月。

4. 林澐：〈士王兩字分化同形說〉，《盡心集》，北京：中國社會科學出版社，1996 年 11 月。

5. 林澐：〈甲骨文中的商代方國聯盟〉，《林澐學術文集》，北京：中國大百科全書出版社，1998 年 12 月。

6. 林澐：〈古文字轉注舉例〉，《林澐學術文集》，北京：中國大百科全書出版社，1998 年 12 月。

7. 林澐：〈究竟是翦伐還是撲伐〉，《林澐學術文集（二）》，北京：科學出版社，2008 年 1 月。

8. 林小安：〈武丁晚期卜辭考證〉，《中原文物》，1990 年 3 期。

9. 林小安：〈武丁早期卜辭考證〉，《文史》卅六期，1992 年 8 月。

10. 林小安：〈殷墟卜辭收字考辨〉，《盡心集》，北京：中國社會科學出版社，1996 年 11 月。

11. 林宏明：〈殷墟文字乙編綴合補遺〉，第一屆古文字與出土文獻學術研討會，台北中研院史語所，2000 年 11 月 16 日。

12. 林宏明：〈殷虛甲骨文綴合四十則〉，國立政治大學八十九年度研究生研究成果發表會，2001 年 5 月 26 日。

13. 林宏明：《醉古集》，台北：台灣書房，2008 年 9 月。

14. 吳振武：〈戋字的形音義〉，《甲骨文發現一百周年學術研討會論文集》，台北：文史哲出版社，1998 年 5 月。

15. 吳振武：〈合 33208 號卜辭的文字學解釋〉，《史學集刊》2000 年 1 期。

16. 金祥恒：〈論貞人扶的分期標準〉，《董作賓先生逝世十四周年紀念刊》，台北：藝文印書館，1978 年，復收入《金祥恒先生全集》第一冊，台北：藝文印書館，1990 年 12 月。

17. 金祥恒：〈談一片斷代值商榷的甲骨卜辭〉，《金祥恒先生全集》第一冊，台北：藝文印書館，1990 年 12 月。

18. 金祥恒：〈釋萑雈〉，《中國文字》第廿四冊，1967 年 6 月，復收入《金祥恒先生全集》第四冊，台北：藝文印書館，1990 年 12 月。

19. 屈萬里：〈甲骨文从比兩字辨〉，《六同別錄》中冊，中研院史語所集刊外編第三種，1945 年 12 月。復收入《中研院史語所集刊》第十三本。

20. 屈萬里：《殷虛文字甲編考釋》，中國考古報告集之二，台北：中研院史語所，1961 年 7 月。又 1976、1992 年再版。

21. 屈萬里：〈跋李棪齋先生綴合的兩版「用侯屯」牛骨卜辭〉，《大陸雜誌》31 卷第 3 期，1965 年 8 月。

22. 周忠兵：《卡內基博物館所藏甲骨的整理與研究》，吉林大學博士學位論文，2009 年 6 月。

九畫　姚、胡、范、俞

1. 姚孝遂、肖丁：《小屯南地甲骨考釋》，北京：中華書局，1985 年 8 月。

2. 胡厚宣：《甲骨年表正續合編》，中研院史語所單刊乙種，1937 年 4 月初版，1976 年 8 月再版。

3. 胡厚宣：〈卜辭同文例〉，《中研院史語所集刊》第九本，1947 年 9 月。

4. 胡厚宣：《五十年甲骨文發現的總結》，上海：商務印書館，1951 年 3 月。

5. 胡厚宣：《殷墟發掘》，上海：學習生活出版社，1955 年 5 月。

6. 胡厚宣：〈中國奴隸社會的人殉和人祭〉，《文物》，1974 年第 7、8 期。

7. 胡厚宣：〈記故宮博物院新收的兩片甲骨卜辭〉，《中華文史論叢》，1981 年 1 輯。

8. 胡厚宣：〈一甲十癸辨〉，《甲骨學商史論叢初集（上）》，台灣：大通書局，1983 年 9 月。

9. 胡厚宣：《甲骨六錄》（《甲骨學商史論叢三集》），台灣：大通書局，1983 年 9 月。

10. 胡厚宣：〈紀念殷墟甲骨文發現 90 周年，想到 127 坑〉，《文物天地》，1989 年 6 月。

11. 胡厚宣：〈殷墟一二七坑甲骨文的發現和特點〉，《中國歷史博物館刊》13、14 期，1989 年 9 月。

12. 胡厚宣：〈黃季剛先生與甲骨文字〉，《傳統文化與現代化》1994 年第 2 期。

13. 胡厚宣：〈大陸現藏之甲骨文字〉，《中研院史語所集判》第六十七本四分，1996 年 12 月。

14. 胡厚宣：〈深切懷念容希白先生〉，《容庚先生百年誕辰紀念文集》，廣州：廣東人民出版社，1998 年 4 月。

15. 范毓周：〈甲骨文月食紀事刻辭考辨〉，《甲骨文與殷商史》第二輯，上海：上海古籍出版社，1986 年 6 月。

16. 范毓周：〈殷代武丁時期的戰爭〉，《甲骨文與殷商史》第三輯，上海：上海古籍出版社，1991 年 8 月。

17. 俞偉超：《考古學是什麼》，北京：中國社會科學出版社，1996 年 3 月。

十畫　夏、徐、連、郭、高、晁、馬、孫

1. 夏商周斷代工程專家組：〈夏周斷代工程 1996-2000 年階段成果概要〉，《文物》2000 年 12 期。

2. 徐亮工：〈徐中舒先生生平編年〉，《徐中舒先生百年誕辰紀念文集》，成都：巴蜀書社，

1998 年 10 月。

3. 夏含夷：〈殷墟卜辭的微細斷代法〉，《甲骨文發現一百周年學術研討會論文集》，台北：文史哲出版社，1998 年 5 月。又收錄於《古史異觀》，上海：上海古籍出版社，2005 年 12 月。

4. 夏含夷：《古史異觀》，上海：上海古籍出版社，2005 年 12 月。

5. 徐寶貴：〈甲骨文考釋三則〉，《于省吾教授百年誕辰紀念文集》，長春：吉林大學出版社，1996 年 9 月。

6. 徐寶貴：《石鼓文整理研究》，北京：中華書局，2008 年 1 月。

7. 連劭名：〈安陽小屯 F36 坑與貞人衍卜辭〉，《華夏考古》1987 年 1 月。

8. 連劭名：〈殷墟卜辭中所見的「尸」和「祝」〉，《徐中舒先生百年誕辰紀念文集》，成都：巴蜀書社，1998 年 10 月。

9. 連劭名：〈虢國墓地所商代小臣系玉瑗〉，《中原文物》2000 年 4 期。

10. 郭振彔、劉一曼、溫明榮：〈考古發掘與卜辭斷代〉，《考古》1986 年第 6 期。

11. 郭振彔、劉一曼、溫明榮：〈試論甲骨刻辭中的「卜」及其相關問題〉，《中國考古學論叢》，北京：科學出版社，1993 年 5 月。

12. 高明：〈武丁時代的「貞𤔲卜辭」之再研究〉，《古文字研究》第九輯，北京：中華書局，1984 年 1 月。

13. 晁福林：〈評《甲骨文合集》〉，《中國史研究》1985 年第 2 期。

14. 馬季凡、彭邦炯：〈《甲骨文合集》的反顧與《甲骨文合集補編》的編纂〉，《歷史研究》1999 年第 5 期。

15. 孫俊：《殷墟甲骨文賓組卜辭用字情況的初步考察》，北京大學碩士學位論文，2005 年 5 月。

十一畫　黃、陳、常、許、郭、曹、宿、崎

1. 黃天樹：〈論師組小字類卜辭的時代〉，《陝西師範大學學報》1990 年 3 期。

2. 黃天樹：《殷墟王卜辭的分類與斷代》，台北：文津出版社，1991 年 11 月。

3. 黃天樹：〈關於非王卜辭的一些問題〉，《陝西師大學報》1995 年 12 月。

4. 黃天樹：〈甲骨新綴 11 例〉，《考古與文物》1996 年第 4 期。

5. 黃天樹：〈談殷墟卜辭中的師組肥筆類卜辭〉，《文博》1997 年 2 期。

6. 黃天樹：〈非王劣體類卜辭〉，《徐中舒先生百年誕辰紀念文集》，成都：巴蜀書社，1998 年 10 月。

7. 黃天樹：〈午組卜辭研究〉，《甲骨文發現一百周年學術研討會論文集》，台北：文史哲出版社，1998 年 5 月。

8. 黃天樹：〈婦女卜辭〉，《中國古文字研究》第一輯，長春：吉林大學出版社，1999 年 6 月。

9. 黃天樹：〈非王卜辭中圓體類卜辭的研究〉，《出土文獻研究》第五集，北京：科學出版社，1999 年 8 月。

10. 黄天樹：〈殷墟甲骨文所見夜間時稱考〉，第二屆中國古典文學研討會－紀念聞一多先生百週年誕辰論文，新竹清華大學，1999 年 10 月 22 日。

11. 黄天樹：〈賓組月有食卜辭的分類及其時代位序〉，《古文字研究》第廿二輯，北京：中華書局，2000 年 7 月。

12. 黄天樹：〈子組卜辭研究〉，《中國文字》新廿六期，台北：藝文印書館，2000 年 12 月。

13. 黄天樹：〈重論關於非王卜辭的一些問題〉，甲骨學國際學術研討會，台中東海大學，2005 年 11 月。

14. 黄天樹：〈甲骨綴合四例及其考釋〉，《中國文字學報》第二輯，北京：商務印書館，2008 年 12 月。

15. 黄天樹：《甲骨拼合集》，北京：學苑出版社，2010 年 8 月。

16. 黄歷鴻、吴晉生：〈殷王帝辛四征夷方考釋〉，《殷都學刊》2000 年第 1 期。

17. 黄懷信、張懋鎔、田旭東：《逸周書彙校集注》，上海：上海古籍出版社，1995 年 12 月。

18. 黄庭頎：《《殷虛文字乙編》背甲刻辭內容研究》，政治大學中文系碩士學位論文，2010 年 6 月。

19. 陳劍：〈柞伯簋銘補釋〉，《傳統文化與現代化》1999 年 1 期。

20. 陳劍：〈釋忠信之道的「配」字〉，《國際簡帛研究通訊》第二卷第六期，2002 年 12 月。

21. 陳劍：〈釋造〉，《甲骨金文考釋論集》，北京：線裝書局，2007 年 4 月。復收入《出土文獻與古文字研究》第一輯，上海：復旦大學出版社，2006 年 12 月。

22. 陳劍：〈甲骨文舊釋「眢」和「𢇍」的兩個字及金文「䚄」字新釋〉，《甲骨金文考釋論集》。復收入《出土文獻與古文字研究》第一輯，上海：復旦大學出版社，2006 年 12 月。

23. 陳劍：〈金文字詞零釋（四則）〉，《古文字學論稿》，合肥：安徽大學出版社，2008 年 4 月。

24. 陳劍：〈釋「由」〉，《出土文獻與古文字研究》第三輯，上海：復旦大學出版社，2010 年 7 月。

25. 陳夢家：《殷虛卜辭綜述》，北京：科學出版社，1956 年 7 月。

26. 陳年福：〈卜辭「御」字句型試析〉，《古漢語研究》1996 年第 2 期。

27. 常玉芝：《商代周祭制度》，北京：中國社會科學出版社，1987 年 9 月。

28. 常玉芝：〈己未夕登庚申月有食解〉，北京建城 3040 年暨燕文明國際研討會論文，復收入《殷都學刊》1997 年 1 期。

29. 常玉芝：《殷商曆法研究》，長春：吉林文史出版社，1998 年 5 月。

30. 常正光：〈卜辭侑祀考〉，《徐中舒先生百年誕辰紀念論文集》，成都：巴蜀書社，1998 年 10 月。

31. 常耀華：〈關於子組卜辭材料問題〉，《徐中舒先生百年誕辰紀念文集》，成都：巴蜀書社，1998 年 10 月。

32. 常耀華：《百年甲骨學論著目》，北京：語文出版社，1999 年 7 月。

33. 常耀華：《殷墟甲骨非王卜辭研究》，北京：線裝書局，2006 年 11 月。

34. 許進雄：《懷特氏等收藏甲骨文集》，多倫多：皇家安大略博物館，1979 年。

35. 許進雄：〈第五期五種祭祀祀譜的復原〉《大陸雜誌》73 卷 3 期，1986 年 9 月。又並見於《古文字研究》第十八輯，1992 年 8 月。

36. 許進雄：〈武乙征召方日程〉，《中國文字》新十二期，台北：藝文印書館，1988 年 7 月。

37. 郭若愚、曾毅公、李學勤：《殷虛文字綴合》，北京：科學出版社，1955 年 4 月。

38. 曹定雲：《殷墟婦好墓銘文研究》，台灣：文津出版社，1993 年 12 月。

39. 宿白：〈八年來日人在華北諸省所作考古工作記略〉，《天津大公報》1947 年 1 月 11 日及 1 月 18 日。

40. 崎川隆：《賓組甲骨文字體分類研究》，吉林大學博士學位論文，2009 年 6 月。

十二畫 傅、張、彭、曾、馮

1. 傅斯年：〈本所發掘安陽殷墟之經過〉，《安陽發掘報告》第二期，中研院史語所專刊之一，1930 年 12 月。

2. 張政烺：〈帚好略說〉，《考古》1983 年 6 期。

3. 張政烺：〈帚好略說補記〉，《考古》1983 年 8 期。

4. 張政烺：〈釋戈戈〉，《古文字研究》第六輯，北京：中華書局，1981 年 11 月。

5. 張政烺：〈釋因蘊〉，《古文字研究》第十二輯，北京：中華書局，1985 年 10 月。

6. 張秉權：《殷虛文字丙編》，台北：中研院史語所，1992 年重印本。

7. 張秉權：〈卜辭卜爸各化說〉，《中研院史語所集刊》第廿九本下冊，1957 年 11 月。

8. 張秉權：〈論成套卜辭〉，《中研院史語所集刊》外編第四種上冊，1960 年 7 月。

9. 張秉權：〈略論婦好卜辭〉，《漢學研究》第一卷第一期，1983 年 6 月。

10. 張秉權：〈甲骨文中的『甲午月食』問題〉，《中研院史語所集刊》第五十八本四分，1987 年 12 月。

11. 張培瑜：〈甲骨文日月食紀事的整理研究〉，《天文學報》第 16 卷 2 期，1975 年。

12. 張培瑜：《中國先秦史曆表》，濟南：齊魯出版社，1987 年 6 月。

13. 張培瑜：〈甲骨文日月食與商王武丁的年代〉，《文物》1999 年 3 期。

14. 張光直：〈商史新料三則〉，《中研院史語所集刊》第五十本四分，1979 年 12 月。

15. 張忠培：〈淺談考古學的局限性〉，《故宮博物館院院刊》1999 年第 2 期。

16. 張世超：〈自組卜辭中幾個問題引發的思考〉，《古文字研究》第廿二輯，北京：中華書局，2000 年 7 月。

17. 張世超：《殷墟甲骨字蹟研究》，長春：東北師範大學出版社，2002 年 12 月。

18. 張玉金：《甲骨文虛詞詞典》，北京：中華書局，1994 年 3 月。

19. 張玉金：〈釋甲骨文中的「𢀖」和「𢀖」〉，新世紀中國古文字學國際學術研討會論文，

2000 年，安徽大學中文系。復收入《故宮博物院院刊》2001 年第 1 期。

20. 張惟捷：〈試論卜辭中用作憂患義之「齒」字〉，2009 年全國博士生學術論壇，重慶西南大學漢語文獻研究所，2009 年 10 月。

21. 張惟捷：《YH127 坑賓組卜辭整理與研究》，輔仁大學博士學位論文，2011 年 6 月。

22. 彭裕商：〈非王卜辭研究〉，《古文字研究》十三輯，北京：中華書局，1986 年 6 月。

23. 彭裕商：〈自組卜辭分類及其它〉，《古文字研究》第十八輯，北京：中華書局，1992 年 8 月。

24. 彭裕商：《殷墟甲骨斷代》，北京：中國社會科學出版社，1995 年 5 月。

25. 彭裕商：《殷墟甲骨分期研究》，上海：上海古籍出版社，1996 年 12 月。

26. 彭裕商：〈殷代日界小議〉，《殷都學刊》2000 年第 2 期。

27. 彭澤周：〈董彥堂先生在日本〉，《董作賓先生逝世三周年紀念論文集》，台北：藝文印書館，1966 年。

28. 彭邦炯：〈甲骨文字缺刻例再研究－關於甲骨文書法的新探索〉，《胡厚宣先生紀念文集》，北京：科學出版社，1998 年 11 月。又見於《甲骨文發現一百周年學術研討會論文集》，台北：文史哲出版社，1998 年 5 月。

29. 彭邦炯、馬季凡：〈《甲骨文合集》的反顧與《甲骨文合集補編》的編纂〉，《歷史研究》1995 年第 5 期。

30. 曾毅公、郭若愚、李學勤：《殷虛文字綴合》，北京：科學出版社，1955 年 4 月。

31. 曾毅公、郭若愚、李學勤：〈論甲骨綴合〉，《華學》第四輯，北京：紫禁城出版社，2000 年 8 月。

32. 馮時：〈殷曆武丁期閏法初考〉，《中國歷史文物》2004 年 2 期。

十三畫　裴、董、楊、溫、鄒、齊、賈

1. 裘錫圭：〈殷墟甲骨文研究概況〉，《中學語文教學》1979 年 6 期，復收入《古文字論集》，北京：中華書局，1992 年 8 月。

2. 裘錫圭：〈說弜〉，《古文字研究》第一輯，1979 年 8 月，復收入《古文字論集》。

3. 裘錫圭：〈釋勿發〉，《中國語文》1981 年 2 期，復收入《古文字論集》。

4. 裘錫圭：〈關於殷墟卜辭的命辭是否問句的考察〉，《中國語文》1988 年 1 期，復收入《古文字論集》。

5. 裘錫圭：〈釋無終〉，中國古文字研究會第八屆討論會論文，江蘇太倉，1990 年。復收入《裘錫圭學術文化隨筆》，北京：中國青年出版社，1999 年 10 月。

6. 裘錫圭：〈論歷組卜辭的時代〉，《古文字研究》第六輯，1981 年 11 月，復收入《古文字論集》。

7. 裘錫圭：〈甲骨文中所見的商代農業〉，《殷都學刊》1985 年 2 月，復收入《古文字論集》。

8. 裘錫圭：〈釋求〉，《古文字研究》十五輯，1986 年 6 月，復收入《古文字論集》。

9. 裘錫圭：〈釋殷墟甲骨文裏的遠邇及有關的諸字〉，《古文字研究》十二輯，1985 年 10

月，復收入《古文字論集》。

10. 裘錫圭：〈淺談璽印文字的研究〉，中國文物報 1989 年 1 月 30 日，復收入《裘錫圭學術文化隨筆》。

11. 裘錫圭：〈說甲骨卜辭中戠字的一種用法〉，《語言文字學術論文集》，上海：知識出版社，1989 年 1 月，復收入《古文字論集》。

12. 裘錫圭：〈評殷墟卜辭綜述〉，《文史》卅五輯，1992 年。復收入《文史叢稿》，上海：遠東出版社，1996 年 10 月。

13. 裘錫圭：〈釋殷墟卜辭中的𣅄、𣅊等字〉，《第二屆國際中國古文字學研討會論文集》，香港：中文大學，1993 年 10 月。

14. 裘錫圭：〈說掆函〉，《華學》第一期，廣州：中山大學出版社，1995 年 8 月。

15. 裘錫圭：〈說殷卜辭的奠〉，《中研院史語所集刊》六十四本三分，1993 年 12 月。

16. 裘錫圭：〈從幾件周代銘文來看宗法制度下的所有制〉，《盡心集》，北京：中國社會科學出版社，1996 年 11 月，復收入《裘錫圭文化隨筆》，北京：中國青年出版社。

17. 裘錫圭：〈殷墟甲骨文彗字補說〉，《華學》第二輯，廣州：中山大學出版社，1996 年 12 月。

18. 裘錫圭：〈說「𠃊凡有疾」〉，《故宮博物院院刊》2000 年第 1 期。

19. 裘錫圭：〈釋郭店《緇衣》「出言有丨，黎民所訓」─兼說「丨」為「針」之初文〉，《中國出土古文獻十講》，上海：復旦大學出版社，2004 年 12 月。

20. 裘錫圭：〈說「妿」〉，《古文字與古代史》第二輯，台北：中研院史語所，2009 年 12 月。

21. 董作賓：〈中華民國十七年十月試掘安陽小屯報告書〉，《安陽發掘報告》第一冊，1929 年 12 月。

22. 董作賓：〈大龜四版考釋〉，《安陽發掘報告》，中研院史語所專刊之一，1931 年 6 月。

23. 董作賓：《殷契佚存》序，金陵大學中國文化研究所叢刊甲種，1933 年 7 月。

24. 董作賓：《甲骨年表正續合編》，中研院史語所單刊乙種，1937 年 4 月初版 197 年 8 月再版。

25. 董作賓：〈殷代月食考〉，《中研院史語所集刊》第廿二本，1950 年 7 月。

26. 董作賓：《殷虛文字外編》，台北：藝文印書館，1956 年 6 月。

27. 董作賓：《殷曆譜》，《中研院史語所專刊》之二十三，1992 年 9 月景印二版。

28. 董作賓：《殷虛文字乙編》，台北：中研院史語所， 1994 年 6 月重印本。

29. 董作賓：《甲骨學五十年》，台北：藝文印書館，1955 年 7 月。

30. 楊平：〈對西周銅器分期方法的幾點認識〉，《文博》，1996 年 5 期。

31. 楊升南：《甲骨學一百年》，北京：社會科學文獻出版社，1999 年 9 月。

32. 楊寶成：〈試論殷墟文化的年代分期〉，《考古》，2000 年第 4 期

33. 溫少峰：《殷虛卜辭研究·科學技術篇》，成都：四川省社會科學出版社，1983 年 12 月。

34. 鄒衡：〈試論殷虛文化分期〉，《夏商周考古論文集》，北京：文物出版社，1980 年 10 月。

35. 齊文心：〈釋讀汏戛再冊相關卜辭〉，《2004 年安陽殷商文明國際學術研討會論文集》，北京：社會科學文獻出版社，2004 年 9 月。

36. 賈雙喜：〈劉體智和他的甲骨舊藏〉，《文獻季刊》2005 年 4 期。

十四畫　趙、蔣

1. 趙卻民：〈甲骨文中日月食〉，《南京大學學報》，1963 年第 1 期。

2. 趙平安：〈夬字的形義和它在楚簡中的用法〉，《第三屆國際中國古文字學研討會論文集》1997 年 10 月。

3. 趙平安：〈『允』『寧』形義考〉，《古漢語研究》1996 年第 2 期。

4. 趙平安：〈從楚簡「娩」的釋讀談到甲骨文的「娩妫」－附釋古文字的「冥」〉，《簡帛研究二○○一》，桂林：廣西師範大學出版社，2001 年 9 月。

5. 蔣玉斌：《自組甲骨文獻的整理與研究》，東北師範大學碩士學位論文，2003 年 5 月。

6. 蔣玉斌：《殷墟子卜辭的整理與研究》，吉林大學博士學位論文，2006 年 6 月。

7. 蔣玉斌：〈《甲骨文合集》新綴十二組〉，《古文字研究》第廿八輯，北京：中華書局，2010 年 10 月。

十五畫　蔡、劉、鄭、魯

1. 蔡哲茂：《論卜辭中所見商代商法》，東京大學東洋史學專攻博士論文，1991 年。

2. 蔡哲茂：〈伊尹舅示考〉，《中研院史語所集刊》第五十八本四分，1987 年 12 月。

3. 蔡哲茂：〈伊尹傳說的研究〉，《中國神話與傳說學術研討會論文集》，台北：漢學中心，1996 年 3 月。

4. 蔡哲茂：〈說殷卜辭中的成字〉，《第九屆中國文字學全國學術研討會論文集》，台北：台灣師範大學國文系，1998 年 3 月。

5. 蔡哲茂：〈論《尚書·無逸》「其在祖甲，不義惟王」〉，《甲骨文發現一百周年學術研討會論文集》，台北：文史哲出版社，1998 年 5 月。

6. 蔡哲茂：〈釋肙（蜎）〉，收錄於周鳳五、林素清編，《古文字學論文集》，台北：國立編譯館，1999 年 7 月。

7. 蔡哲茂：《甲骨綴合集》，台北：樂學書局，1999 年 9 月。

8. 蔡哲茂：〈論甲骨文合集補編的綴合〉，殷商文明暨紀念三星堆遺址發現七十周年國際學術研討會論文，2000 年 7 月。

9. 蔡哲茂：〈釋殷卜辭的「見」字〉，《古文字研究》第廿四輯，北京：中華書局，2002 年 7 月。

10. 蔡哲茂：〈殷墟甲骨文字新綴五十一則〉，《古籍整理研究學刊》2003 年 4 期。

11. 蔡哲茂：〈論甲骨文合集的誤綴〉，第一屆古文字與出土文獻學術研討會論文，台北：中研院史語所，2000 年 11 月 16 日。

12. 蔡哲茂：《甲骨綴合續集》，台北：文津出版社，2004 年 8 月。

13. 蔡哲茂：〈釋殷卜辭的屮（贊）字〉，《東華人文學報》第十期，2007 年 1 月。

14. 蔡哲茂：〈甲骨研究二題〉，《中國文字研究》2008 年第一輯，鄭州：大象出版社，2008 年 6 月。

15. 蔡哲茂：〈YH127 坑的發現對甲骨學研究的意義〉，收錄於宋鎮豪、唐茂松主編：《紀念殷墟 YH127 甲骨坑南京室內發掘 70 周年論文集》，北京：文物出版社，2008 年 10 月。

16. 蔡哲茂：〈史語所藏一版復原完整龜背甲的新研究—《丙》65+《乙補》357+《乙補》4950〉，紀念王懿榮發現甲骨文 110 周年國際學術研討會，山東煙台，2009 年 8 月 13 日。又收錄於《孔德成先生學術與薪傳研討會論文集》，台北：台灣大學，2009 年 12 月。

17. 蔡哲茂：〈殷卜辭的「梁」字試釋〉，《2010 中華甲骨文學會創會 20 週年慶國際名家書藝展暨學術論文研討會論文集》，台中文化中心，2010 年 10 月 2 日。

18. 劉朝陽：〈殷末周初日月食考〉，《中國文化研究匯刊》第 4 卷，第 10 冊，1944 年。

19. 劉寶林：〈公元前一五○○年至公元前一○○○年月食表〉，《天文集刊》第一號，1978 年。

20. 劉一曼、郭振彔、溫明榮：〈考古發掘與卜辭斷代〉，《考古》1986 年第 6 期。

21. 劉一曼、郭振彔、溫明榮：〈殷墟花園莊東地甲骨坑的發現及主要收穫〉，《甲骨文發現一百周年學術研討會論文集》，台北：文史哲出版社，1998 年 5 月。

22. 劉一曼、郭振彔、溫明榮：〈殷墟花園莊東地甲骨卜辭選釋與初步研究〉，《考古學報》1999 年第 3 期。

23. 劉一曼、郭振彔、溫明榮：〈考古學與甲骨文研究〉，《考古》1999 年第 10 期。

24. 劉桓：《殷契存稿》，哈爾濱：黑龍江教育出版社，1992 年 6 月。

25. 劉學順：〈有關商代曆法中的兩個問題〉，《殷都學刊》1992 年 3 期。

26. 劉學順：《YH127 坑賓組卜辭研究》，中國社會科學院歷史研究所博士論文，1998 年 5 月。

27. 鄭杰祥：《商代地理概論》，鄭州：中州古籍出版社，1994 年 6 月。

28. 鄭振香：〈婦好墓出土司巧母銘文銅器的探討〉，《考古》1983 年第 8 期。

29. 鄭慧生：〈甲骨綴合八法〉，《甲骨卜辭研究》，開封：河南大學出版社，1998 年 4 月。

30. 魯實先：〈卜辭姓氏通釋之一〉，《東海學報》第一卷第一期，1959 年 6 月。

31. 魯實先：〈卜辭姓氏通釋之二〉，《幼獅學報》第二卷第一期，1959 年 10 月。

32. 魯實先：〈卜辭姓氏通釋之三〉，《東海學報》第二卷第一期，1960 年 6 月。

十六畫　冀、賴

1. 冀小軍：〈說甲骨金文中表祈求的 字〉，《湖北大學學報》1991 年 1 期。

2. 賴美香：《貞人自及其相關卜辭之時代探索》，中國文化大學中文所碩士論文，1981 年 6 月。

十七畫　鍾、蕭

1. 鍾柏生：〈婦姘卜辭及其相關問的探討〉，《中研院史語所集刊》五十六本一分，1985年。

2. 鍾柏生：《殷商卜辭地理論叢》，台灣：藝文印書館，1989年9月。

3. 鍾柏生：〈台灣地區所藏甲骨概況及合集12973版之新綴合〉，中國古文字研究會第九屆學術討論會，南京，1992年。

4. 蕭丁、姚孝遂：《小屯南地甲骨考釋》，北京：中華書局，1985年8月。

5. 蕭楠：〈安陽小屯南地發現的「𠂤組卜甲」〉，《考古》1976年第4期。

6. 蕭楠：〈論武乙、文丁卜辭〉，《古文字研究》第三輯，北京：中華書局，1980年11月。

7. 蕭楠：〈再論武乙、文丁卜辭〉，《古文字研究》第九輯，北京：中華書局，1984年1月。

8. 蕭良瓊：〈卜辭中的立中與商代圭表測景〉，《科技史論文集》第10輯，上海：科學技術出版社，1983年4月。

9. 蕭良瓊：〈卜辭文例與卜辭的整理和研究〉《甲骨文與殷商史》第二輯，上海：上海古籍出版社，1986年6月。

十八畫　魏

1. 魏慈德：〈說甲文骨字及與骨有關的幾個字〉，第九屆中國文字學全國學術研討會，台灣師範大學國文系，1998年3月21日。

2. 魏慈德：〈關於一二七坑非王卜辭裏幾個辭語的解釋〉，第五屆訓詁學全國學術研討會，台中逢甲大學中文系，2000年12月16日。

3. 魏慈德：〈試對賓組卜辭中和雀有關的卜辭排譜〉，第十二屆中國文字學全國學術研討會，桃園銘傳大學中文系，2001年3月15日。

4. 魏慈德：〈說卜辭「某芻于某」的句式〉，《東華漢學》第一期，2003年2月。

5. 魏慈德：〈十三月對甲骨文排譜的重要性〉，《殷都學刊》2007年第2期。

十九劃　羅

1. 羅琨：〈試析登婦好三千〉，《盡心集》，北京：中國社會科學出版社，1996年11月。

2. 羅琨：〈殷卜辭中高祖王亥史跡尋繹〉，《胡厚宣先生紀念文集》，北京：科學出版社，1998年11月。

二十畫　嚴、饒

1. 嚴一萍：〈關於戰後殷墟出土的新大龜七版〉，《中國文字》50期，1973年12月。

2. 嚴一萍：〈補述新大龜七版中的雙劍誃藏甲〉，《中國文字》51期，1974年3月。

3. 嚴一萍：〈評甲骨文合集〉，《中國文字》新一期，台北：藝文印書館1980年3月。

4. 嚴一萍：〈再評甲骨文合集〉，《中國文字》新二期，台北：藝文印書館，1980年9月。

5. 嚴一萍：〈YH127坑的使用時期〉，《中國文字》新三期，台北：藝文印書館，1981年3月。

6. 嚴一萍：〈婦好列傳〉，《中國文字》新三期，台北：藝文印書館，1981 年 3 月。

7. 嚴一萍：〈壬午月食考〉，《中國文字》新四期，台北：藝文印書館，1981 年 7 月

8. 嚴一萍：〈三評「甲骨文合集」〉，《中國文字》新五期，台北：藝文印書館，1981 年 12 月。

9. 嚴一萍：〈經過三十年綴合的一版大龜甲〉，《中國文字》新十一期，台北：藝文印書館，1986 年 6 月。

10. 嚴一萍：《殷虛第十三次發掘所得卜甲綴合集》，台北：藝文印書館，1989 年 6 月。

11. 嚴一萍：《甲骨學》，台北：藝文印書館，1991 年 1 月。

12. 嚴文明：《走向廿一世紀的考古學》，西安：三秦出版社，1997 年 8 月。

13. 饒宗頤：《殷代貞卜人物通考》，香港：香港大學出版社，1959 年 11 月。

14. 饒宗頤：《歐美亞所見甲骨錄存》，香港出版，1970 年。

15. 饒宗頤：〈殷代西北西南地理研究的定點〉，《第三屆國際中國古文字學研討會論文集》，香港：中文大學，1997 年 10 月。

16. 饒宗頤：〈卜辭中之危方與興方〉，《徐中舒先生百年誕辰紀念文集》，成都：巴蜀書社，1998 年 10 月。

17. 饒宗頤：〈說沚與𠭯及沚𠭯〉，《故宮博物院院刊》2000 年 6 期。

外文部分

1. 貝塚茂樹 Kaizuka、伊藤道治 Ito：〈甲骨文研究法の再檢討〉，《東方學報》京都第二十三冊，1953 年。

2. 松丸道雄 Matsumaru：〈散見於日本各地的甲骨文字〉，《古文字研究》第三輯，北京：中華書局，1980 年 11 月。（劉明輝譯）

3. 松丸道雄 Matsumaru：《シンポヅウム中國古文字と殷周文化－甲骨文・金文をめぐって》，日本東方書店，1989 年 3 月。

4. 松本信廣 Matsumoto：《江南踏查》，東京都：三田史學會，昭和十六年三月。

5. 水野清一 Mizuno：〈殷墟侯家莊記〉，《史林》第廿五卷第二號，1940 年。

6. 成家徹郎 Nari：〈郭沫若と文求堂田中慶太郎－交流の軌跡〉，《人文科學》第十五號，2010 年 3 月。

7. 大山柏 Ooyama：〈北支考古學調查班報告〉，《史學》第十七卷二號，1938 年。

8. 大給尹 Oogyo：〈河南省安陽郊後岡・高樓莊兩遺跡掘調查豫報〉，《史學》第十七卷第四號，1938 年。

9. 島邦男 Shima：《殷虛卜辭研究》，台北：鼎文書局，1975 年。（李壽林、溫天河譯）

10. 高島謙一 Takazima：〈有關甲骨文的時代區分和筆跡〉，《胡厚宣先生紀念文集》，北京：科學出版社，1998 年 11 月。（胡秀敏譯）

11. 保阪三郎 Yasusaka：〈甲骨文錄〉（書評），《史學》第十六卷第四號，1937 年。

12. 保阪三郎 Yasusaka：〈慶應義塾圖書館藏甲骨文字〉，《史學》第廿卷第一號，1941 年。